M A R C U S   S A K E Y

異能時代 II

A BETTER WORLD

美麗新世界

馬可斯・塞基——著　林詔伶——譯

各方推薦與書評

首爾虛弱、平壤瘋狂、華府偏執……在二〇一七年前半段，美國總統川普與白宮成為全球風暴引擎的此時，讀馬可斯．塞基這套異能英雄拯救世界的書，還滿有點寓意的。「異能時代」系列與《X戰警》、《超異能英雄》有相似的神韻，事實上，我們並不確定現正操控全球大局的「菁英」們，是否也是一種異能者？他們正在保護正在對抗的，是否如同他們所宣稱的那樣真實？他們的目的到底是什麼，我們也沒有十分把握。川普說，美國主流媒體有不少都是假的媒體，你該相信全球最有權勢的總統，還是「假的」媒體？

——偵探書屋探長　譚端

在馬可斯．塞基的小說中，漫威電影的「X戰警」變成「異能者」，X教授改當總統顧問，而萬磁王則是恐怖分子領袖，這兩大異能者的世紀對決，將會影響整個世界的命運。角色雖然似曾相識，但作者的玩法不太一樣，導致劇情的走向截然不同，正邪兩方鬥智鬥力的過程也大相逕庭；最重要的是，塞基想要陳述的主題獨樹一格，猶如從全新觀點來閱讀「X戰警」的冒險歷程，其內涵和娛樂性卻毫不遜色。

——推理讀書人　黃羅

這是一部關於美國人如何摧毀美國的寓言，那些不滿被社會長期歧視的變種人，那些厭惡不平等待遇的異能者，最終集結為一股強大的革命力量，為了開創美麗新世界，他們必須趕盡殺絕燒光舊人類！毀滅舊世界！男主角庫柏從上一集分析應變部的異能探員，晉身為美國總統的特別顧問，卻依然深陷於自身是異能者對抗同類的矛盾中，而這次他所面臨的將是一場充滿殺戮的美國內戰！作者馬可斯・塞基勇於挑戰自己，從過往懸疑犯罪小說的創作中，開啟了自成一格的科幻犯罪小說新路線，在他筆下那些令人暈眩與不安的反烏托邦行動中，營造出如電影般令人目不轉睛的節奏感。

——推理小說作家、書評人　提子墨

讓人絞盡腦汁、劇情峰迴路轉，還有一點扭曲的推理故事，融合了加州黑色偵探故事、公路電影元素，還有狡黠的心理驚悚，總歸來說：才氣縱橫之作。

——《控制》作者吉莉安・弗琳

美國犯罪小說界正需要這樣的電擊！

——《隔離島》丹尼斯・勒翰

前所未見的故事！

——《神隱任務》李查德

當代最傑出的說書人！

——《林肯律師》麥可・康納利

驚人的天賦。

——《貝塞尼家的姊妹》蘿拉・李普曼

獻給我父親，

他讓我明白身為男人的意義。

冰冷的液體潑在凱文·坦普臉上，讓他回過神來。

他開了一整夜的車，滿載新鮮蔬果，從印第安納州出發。才離開克里夫蘭市的卸貨站十五分鐘，肚子裡大量的咖啡和牛肉乾就讓他感到一陣不適。他真正渴望的其實是雙倍起司漢堡。貨車司機在中年就身材走樣並不是什麼新鮮事，因此他十分自豪能在三十九歲的年紀，體重只比高中時期多十磅。

警笛和警示燈照亮他車後的黑暗時，他嚇了一跳，咒罵出聲。他一定是出神了，結果油門踩得太重——不對，他的時速只有六十七哩啊。他雖然很疲倦，但還不到讓車身偏離車道的地步。是車尾燈壞了嗎？現在是凌晨四點，警察可能正覺得無聊。

凱文將貨車駛往路肩停下。他打個哈欠，伸伸懶腰，然後打開前座燈，降下車窗。離感恩節還有一個星期，車外的冷空氣很舒爽。

這位州警正值中年，身材精瘦，面貌凶狠。他的制服筆挺，帽子遮住了雙眼。「知道我為什麼攔下你嗎？」

「不知道，長官。」

「請你下車。」

絕對是車尾燈壞了。有些警察喜歡為此找麻煩。凱文將駕照從皮夾滑出來，拿了貨單和登記證，然後打開車門，爬下駕駛座。另一名州警走了過來。

「請將雙手放在我看得見的地方。」

「當然好。」凱文回答。他舉起手上的文件。「這是怎麼回事，警官？」

州警拿起他的駕照，打開手電筒。「……坦普先生？」

「就是我，長官。」

「你今晚的目的地是克里夫蘭？」

「是的，長官。」

「你固定跑這條路線嗎？」

「一星期兩、三次。」

「你是變種嗎？」

「什麼？」

「你是異種嗎？」州警說。

「你在——你管這幹嘛？」

「回答我就是了。你是異種嗎？」

這是他覺得應該要做出「該有的反應」的時刻。他應該要拒絕回答這個問題。他應該要發表一場激昂的長篇大論，述說這個問題如何侵害了他的公民權。他應該要求這個偏執的警察閉上那張白痴嘴巴，別再把「變種」這個字眼掛在嘴上。

但現在是凌晨四點，整條路上空無一人，他也累了。有時候，「該做」的事會輸給「想做」的事，所以他選擇只用稍微強硬一點的語氣回答：「不，我不是異能。」

州警瞪著他看，然後把手電筒往上照。凱文皺起眉頭，瞇起眼睛。「喂！噢，我看不見了！」

「我知道。」

他從模糊的視野邊緣看見一陣騷動，另一名警察舉起閃著藍色電流的器具，接著電光正中凱文．坦普的胸口。他身上的每條肌肉瞬間收縮，嘴裡發出類似尖叫的聲音，眼冒金星，感覺像是有爪子深深陷進他的肋骨。

痛苦終於消失之後，他癱倒在地。他的思緒混亂，試圖理解剛才到底發生了什麼事。地面很冷，正在移動。不對，是他在移動，正被人拖著走。他的雙手被拉到身後，用某個東西牢牢綁住。

接著某種液體潑在他臉上。冰冷的感覺讓他倒抽一口氣，不小心吸入一些液體進到嘴裡。是汽油。他聞過這種刺激性強烈的化學物品不下千次，但從未嚐過它的味道。恐慌感將身體殘留的痛苦一掃而空，他發現自己被用手銬銬在路邊，而這些人正將汽油淋在他身上。

「噢，老天，拜託、拜託不要，拜託不要——」

「噓。」一面貌凶狠的州警在他身旁蹲下。他的同伙將汽油罐一傾，往後退，在地面留下一道油痕。「安靜點。」

「求求你，警官，求求你——」

「我不是警察，坦普先生，我是——」他猶豫了一下，「我想你可以說我是個士兵。達爾文的軍隊。」

「我會照你說的話做。我身上有點錢，你可以拿走任何東西——」

「安靜下來，好嗎？聽我說就好。」男人的聲音很堅定，但並不嚴厲。「你在聽嗎？」

凱文用力點頭。到處瀰漫著汽油味。那味道充滿他的鼻腔、刺痛他的雙眼，讓他的臉和雙手變得冰冷。

「我要你知道，這不是因為你是個普通人。我也非常抱歉我們必須這麼做，但在一場戰爭裡，沒有人是無辜的旁觀者。」他似乎還想說點什麼，但接著他只是站起身。

前所未有的全然恐懼充滿凱文．坦普的身體，從體內擠壓他，讓他的肉體變成包裹住恐懼的一層外衣。他想哭泣、哀求、尖叫、逃跑，可是他吐不出任何話，他的牙齒格格打顫，手臂動彈不得，雙腿像橡膠一樣。

「你現在是某個龐大事物的一部分了，如果這可以帶給你一點安慰的話。你是計畫中非常重要的一部分。」這名士兵用火柴在盒子上劃了一次、兩次，火柴頭點燃，火焰冒出。明亮的黃色火舌映照在他眼中。「這是我們打造美好新世界的方式。」

他鬆手讓火柴掉落。

三星期前

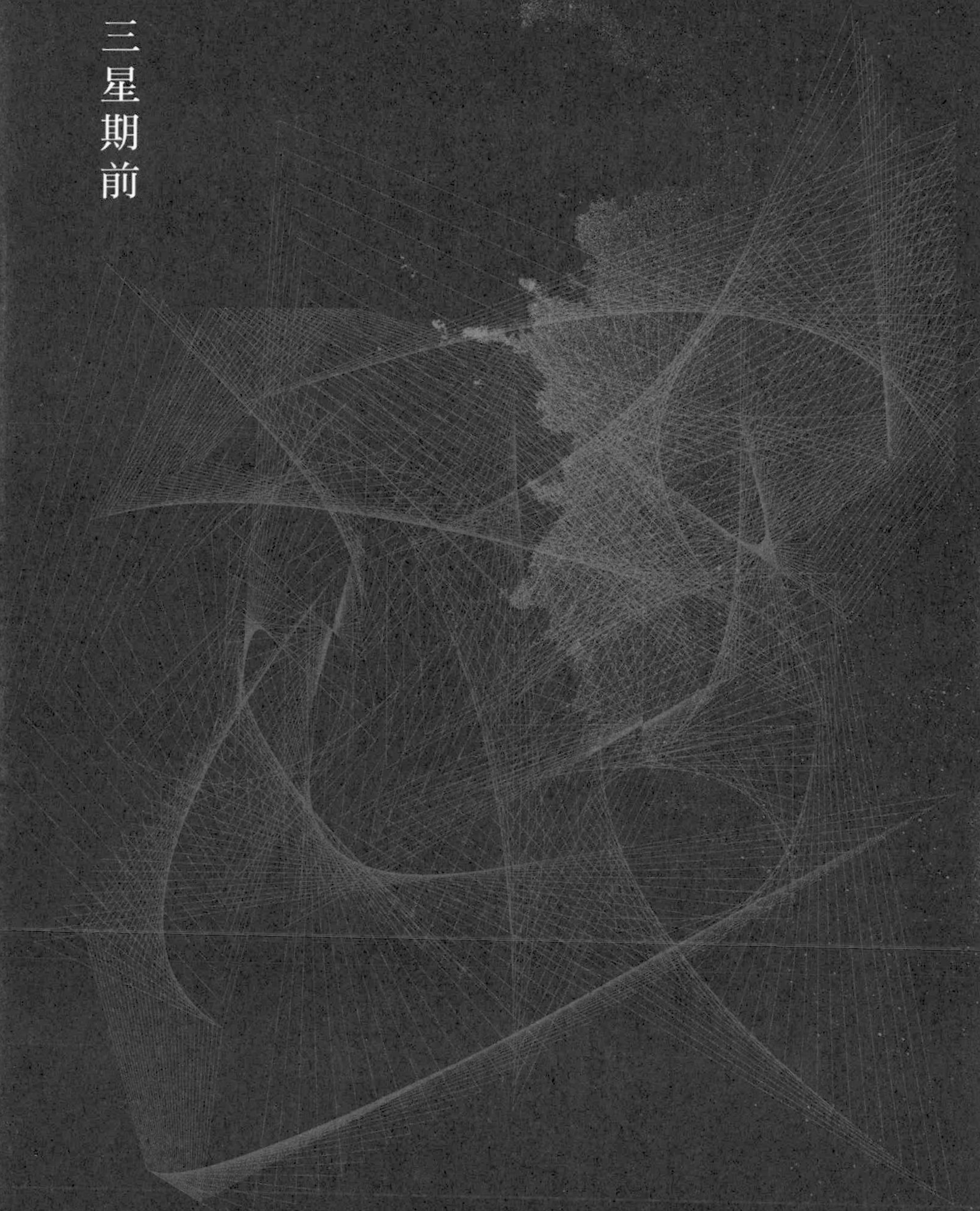

1

庫柏的雙臂大張，手中空無一物，敏銳地感知到有多少把武器正對向他。他正想著所有事情是怎麼沒按照他的計畫走。

這是忙碌的一個月。忙碌的一年。他花了一半時間臥底查案，遠離孩子，在外追捕美國最重要的通緝犯。但當他找到約翰．史密斯後，庫柏才發現他原先相信的一切都是謊言。他工作的機構不只是個祕密機構，還是個腐敗至極的地方，由一名為了個人利益而掀起戰爭的男人所領導。

這項發現造成的後果既血腥又戲劇化，尤其是對他的老闆而言。接下來幾週，他都把時間花在收拾殘局和重新陪伴孩子上。

今天本該是個平靜的一天才對。他的前妻娜塔莉帶著孩子拜訪娘家去了。庫柏沒有人要見，沒有瑣事要處理，而且他現在也沒有工作。他計畫去一趟健身房，然後在外面吃午餐，接著可能找間咖啡店坐坐，整個下午都泡在書裡。晚上隨便弄頓飯，開一瓶波本威士忌，邊喝邊看書，早點上床，然後睡上整整十個小時，只為了享受那種放縱感。

他的計畫只成功撐到了午餐。

那是間他很喜歡的破爛阿拉伯餐廳，提供扁豆湯和炸豆泥三明治。那時他正坐在大窗前的雙層茶几旁，毫無熱度的十一月陽光讓銀器餐具熠熠生輝。他將燙熱的醬汁倒進湯裡時，才發現他不是單獨一人。

事情就這樣發生了。上一刻，對面的椅子還空無一人，下一瞬間，她就坐在那裡，彷彿她是陽光幻化而成的。

雪倫看起來很不錯。不是那種身體健康的不錯，而是那種讓男人胡思亂想的不錯──黑色的緊身露肩上衣，頭髮滑過耳朵，雙脣的弧度似笑非笑。「嗨，」她說，「想我嗎？」

他往後靠，打量著她。「妳知道嗎，當我說要約妳出來時，是指馬上，而不是等到一個月後。」

「我有些事情要處理。」

庫柏看著她，不只在分析她的話語，還包括她微微緊繃、連結頸背的斜方肌。她想將視線掃向旁邊，實際上並沒有這麼做的意圖。進入室內之後，她身上便散發出戒備感。仍然是個士兵，而且不確定你是否跟她站在同一邊。很公平，因為他自己也不確定。「好吧。」

「不是我不信任──」

「我知道。」

「謝了。」

「但妳現在出現了。」

「我出現了。」她傾身向前，自己動手拿起半個他的三明治。「那麼，尼克，我們今天要幹嘛？」

答案對他們兩個來說顯而易見。他們花了一整個下午把他公寓牆上的照片掃落到地上。真是有趣，這只是他們第二次做愛──還有第三次和第三次半──他們之間卻已經有了需要長期的親密關係才能培養出來的舒適感。或許是因為他整個月都在想她，想著她何時才會出現，而這種期待感很像真正和她在一起的感覺。

也可能是因為他們的關係已經夠複雜了。他是曾經以替美國政府獵捕其他異能為業的異能，而她是行為幾近恐怖分子的革命軍。見鬼的，他們第一次見面時，她的槍就正對著他，而這種狀況還不只發生過一次。

可是，她曾救過你的孩子，還幫你推翻了總統。

身為分析應變部的最高層級探員，庫柏的職責就是搶在恐怖分子動手之前阻止他們。但有一個恐怖分子逃過了他的追捕，也逃過了整個國家布下的天羅地網——是一個最危險的頭號要犯。約翰．史密斯是個魅力十足的領袖，擁有極為優秀的戰略能力，他同時被指控犯下濫殺無辜的罪行。

一次極為駭人、奪走上千條人命的恐怖攻擊發生在曼哈頓後，庫柏就展開搜捕史密斯的祕密調查行動。在那段期間，他和雪倫第一次相遇。他們一開始是死敵，然後勉強成為同伴，最後變成一對戀人。當庫柏總算追查出史密斯的下落後，才發現了恐怖的真相——原來他的導師德魯．彼得斯才是真正的怪物。關鍵證據是一部影片，內容是彼得斯和美國總統策畫一場在知名國會山莊餐廳大屠殺的過程。這是一場出於政治考量的行動，為了加劇國家的分化，也為了讓政府可以獲得更多權力。只要將這場攻擊推到異能恐怖分子身上，彼得斯和他的同謀就可以擁有無法想像的權力，進而控制異能，甚至暗殺他們。

只要付出七十三條無辜人命的代價——其中六個是孩童——就可以達到這個目標。

庫柏發現這個真相後，德魯．彼得斯就綁架了他的孩子和前妻，好控制他。雪倫幫助庫柏救出了他們。他從不懷疑，要是沒有她的幫助，他的孩子一定早就死了。

所以，沒錯，非常複雜。他和雪倫就像那種圓圈互相重疊的圖表。某些部分的他們總是沒有交集，但中間重疊的部分……噢，老天。

不論如何，性愛非常美妙，事後淋浴也非常美妙，在淋浴間做愛也非常美妙。他們之間的對話輕鬆愉快，她告訴他過去一個月來，她做了些什麼事：在新迦南特區——一個位於懷俄明州的特區，異能在那裡嘗試打造一個新世界——度過的時光；那裡的人抱持的心態、他們如何對現況感到擔心。他們對預定在下個夏天執行的追蹤計畫議論紛紛——政府打算在國內每一個異能的頸動脈處植入追蹤器。他們會先從雪倫這種第一級的人開始，還有庫柏自己。

幾乎每個人都知道，異能現象是從一九八〇年開始的，直到一九八六年才被發現。當時，科學研究指出，所有的新生兒中有百分之一是「異能」，自誕生便身懷特異能力，原因不明。這些天賦各有不同，大部分都非常驚人，但不會造成任何威脅——例如加乘龐大的數字，或是完美演奏出只聽過一次的樂曲。

不過其他種類的天賦卻能改變世界。像是約翰．史密斯的天賦。他的戰略天賦讓他能同時與三位最高段的西洋棋棋手對弈，並擊敗他們。而他當時不過才十四歲。

像是艾瑞克．艾普斯坦的天賦。他分析數據的能力讓他獨力賺進三兆美金，進而加速全球金融市場的崩毀。

像是雪倫的天賦。她可以完全感知周遭世界的動線，只要出現在其他人的視線之外，就可以在完全不被察覺的情況下移動。

庫柏的天賦是辨識他人的行為模式，一種經過增強的直覺能力。他可以解讀他人的肢體語言，靠著觀察皮下肌肉的動作，就能看出對方下一步要幹什麼。只要看著目標的公寓，看他們平常讀什麼書、怎麼整理衣櫥、床頭櫃上放了些什麼，就可以大致知道他的目標可能會逃去什麼地方。這讓他成為一名優秀的獵人，卻也為此付出了代價。他曾見過的事物糾纏著他。一個菁英士兵拚命想要阻止戰爭，是件很諷刺的事。

你已經不是士兵了。這也不是你的戰爭。

過去一個月來，他一直對自己覆誦這句話。但不斷重複也無法讓這句話聽起來像是真的。

「他們有審問你嗎？」這時候他們雙雙躺在沙發上，全身赤裸痠痛，同蓋一張毯子。雪倫將頭靠在他肩上，一隻手玩著他的胸毛。「你的老東家？」

「有啊。」

「你是怎麼跟他們說彼得斯的事？」

「他們沒問。」

「真的假的？分析應變部的局長從十二層樓高的大樓跳下來，他們讓這件事過去就算了？」

「我敢說他們一定知道是我幹的，但昆恩已經都處理好了。」

庫柏的老搭檔是那天晚上的第三名成員。他的這位朋友負責指揮大樓保全中心，早已抹去了他們行動的證據。「如果有確切的證據，他們就別無選擇。一旦沒有證據，他們就寧可暫時不要傳出醜聞。他們甚至還要我回去工作。」他感覺到她全身緊繃起來。「放輕鬆點，我拒絕了。」

「所以你失業了？」

「我們稱之為自願離職。說起來我還是政府探員，但我已經為上帝和國家做夠多事了，我需要時間好好整理一下自己。」

雪倫點點頭。他那從不停歇也從未受控制的天賦讓他腦海出現一個念頭。她有事想告訴你。除了性愛之外，還有別的重要事情。

但當她開口時，她只是問：「你的孩子還好嗎？」

「非常棒。他們兩個做了一陣子噩夢，但他們的回復力非常強，看起來事情都已經過去了。凱特現正熱衷裸體主義，老是脫光衣服，嘻嘻哈哈地在房子裡跑來跑去。陶德說他決定長大後要當總統。他說如果上個總統幹了這些事，那我們就需要一個更好的人選。」

「他拿到我的票了。」

「我也是。」

「娜塔莉呢？」她問道，口氣有點太過隨意。

「她很好。」庫柏知道該怎麼點到為止。

過沒多久，他們出門散了個步。這是個魔幻時刻，太陽幾乎完全西沉，光似乎同時從四面八方照射大地。這是個氣候溫和的秋天，色彩斑斕的樹葉從上星期才開始落下。這樣的天氣適合穿牛仔褲，樹葉在他們腳下發出清脆的聲響。他們的雙頰通紅，她的手在他手中散發暖意。沒有比華盛頓特區的秋天還要美好的事物了。他們漫步在國家廣場，從映像池旁經過。

「妳會在這裡待多久？」

「我不確定。」她說，「可能待上一陣子吧。」

「要幹嘛？」

「辦點事。」

「啊，更多事情要辦。」

「事情愈來愈糟了，庫柏。你一直擔心的這場戰爭已經快要爆發了。不論是普通人還是異能，大多數人都只想相安無事地過日子，但極端分子強迫每個人都要選邊站。你知道現在賴比瑞亞人甚至開始拋棄身上有胎記的嬰兒了嗎？他們相信那是天賦的標記，就把那些孩子丟掉。在墨西哥，異能掌控了販毒集團，利用他們來對付政府。那是由異能軍閥領導的私人軍隊，靠販毒提供資金。」

「我有看新聞，雪倫。」

「更別說美國到處開始冒出右翼武裝團體。完全重蹈三K黨的覆轍。上星期在奧克拉荷馬，一群普通人抓了一個異能，把他綁在小卡車後面，然後拖著他在田裡打轉。你知道那些人幾歲嗎？」

「十六歲。」

「十六歲。喬治亞州的學校發生炸彈攻擊。微晶片植入人們的喉嚨。參議員在CNN的節目上高談闊論，說要擴大學園的規模，容納第二級、甚至第三級的異能孩子。」

他轉過身，走向一張公園長椅，然後坐下來。林肯紀念堂的白色廊柱在明亮的光線下閃著光輝，階梯上仍擠滿了遊客。他從這個距離看不到那座雕像，但他在腦海中仍可描繪出亞伯拉罕·林肯陷入沉思的模樣，忖度那些威脅著分裂他的國家的問題。

「庫柏，我是認真的——」

「太可惜了。」

「什麼意思？」

「我原本有點期待妳是來見我的。」

雪倫張開嘴，然後閉上。

「所以，約翰想要什麼？」庫柏說。

「你怎麼——」

「妳的瞳孔放大，表示妳很專注，然後妳瞥向左邊，代表妳正在回想什麼事情。妳的脈搏快了十下。妳列出了好幾項恐怖攻擊事件，那很簡單沒錯，但事件順序卻是照那些地點的地理位置排列的，由遠到近。這可不是隨便就能做到的。而且妳叫我庫柏，而不是尼克。」

「我……」

「整段論述是妳背下來的。這表示妳想說服我某件事情，那也就代表他想說服我某件事情。就說出來吧。」

雪倫瞪著他，牙齒咬著嘴角。接著她在他身旁坐下。「我很抱歉。我真的是為了見你才來的。這完全是兩回事。」

「我知道。這就是約翰．史密斯的手段。他把自己的優先事項隱藏在計畫裡，再用計謀包裝這些計畫。我了解。他想要什麼？」

她開口，沒有看著他。「自從他被宣判無罪之後，情況就改變了。你知道他寫了一本書吧？」

「《我是約翰．史密斯》。他還真是下了許多工夫在書名上啊。」

「他現在是公眾人物了，四處演講，向媒體發表意見。」

「是啊。」庫柏捏住鼻梁。「這跟我又有什麼關係？」

「他想要你加入他。想想看，這會多有說服力啊——史密斯和曾經追捕過他的人攜手合作，改變這個世界。」

庫柏瞪著逐漸消逝的日光，以及正走上林肯紀念堂前階梯的遊客。這裡全天對外開放，這點總是讓他覺得很感動。

「我知道你不信任他。」她輕聲說，「但你也知道他是無辜的。你證明了這一點。」

不只是林肯而已。金恩博士也曾站在這道階梯上，告訴全世界他有一個夢。而現在任何人都可以在任何時候來到這個地方，不論是權貴還是收垃圾的清潔工——

那個垃圾清潔工的姿勢很僵硬，頭髮剪得像商務人士一樣短，而且他清同一個垃圾桶已經清很久了。

當他在清垃圾時，他的視線就是不會落到右邊……在那個方向，有個商務人士正在講手機。那支手機的螢幕是暗的。這個商務人士的一隻手臂下突起一塊東西。

你現在聽到的是高性能引擎發動的聲音。動力經過強化。

——這裡歡迎每一個人。

庫柏轉向雪倫。「第一，約翰的清白程度就跟成吉思汗一樣。他可能沒有犯下他被指控的罪行，但他雙手沾上的鮮血都已經濺到手肘上了。第二，快離開這裡。」

她是個行家，並沒有突然做出任何舉動，只是靜靜看著四周，像是在欣賞眼前的美景。他注意到她發現那個垃圾清潔工時，全身微微僵硬起來。「我們最好一起行動。」

「不，」他回答，「我還是個政府探員，我會沒事的，但妳可是在逃的通緝犯。露一手妳的拿手絕活吧。穿越牆壁。」

那個聲音愈來愈響亮，從四面八方傳來引擎的轟隆聲。很可能是休旅車。他回頭瞥一眼，然後轉回來。「聽著，我是說真的——」

雪倫已經不見了。

庫柏微笑，搖了搖頭。這招永遠管用。

他站起身，脫掉夾克，將皮夾從口袋裡拿出來，然後把兩件物品都放在地上。接著他往後退，張開手臂，他的手中空無一物。

他們很行。四輛裝設染色玻璃的凱迪拉克休旅車同時從四個方向衝出。宛如編舞家巴斯比·貝克萊式的突襲。車門猛然打開，幾名男人以有如舞蹈排練過的劃一動作從車裡湧出，手持步槍靠上車頂。他們總共至少有二十個人，隊形整齊，槍口和目標之間毫無阻礙。好消息是，這些人很明顯是群專業人士，動作沉著鎮定，光從這點判斷，幾乎可以肯定他們是政府的人馬。但壞消息是——政府中有很多人想要他的命。

好吧。他雙臂保持大張，開口大喊：「我是尼克．庫柏。分析應變部的探員。我身上沒有武器，身分證明就在地上我的皮夾裡。」

一位穿著普通西裝的男子從休旅車後座爬出。他穿過廣場時，庫柏注意到那些槍口都轉往其他方向，掩護任何可能的攻擊。

「我們知道你是誰，先生。」那名探員彎下腰，撿起庫柏的皮夾和外套，交還給他，接著他以對麥克風發話的簡潔語氣開口：「全區淨空。」

一輛大型豪華轎車從環形車道開進來，壓過路緣，從兩輛休旅車中間穿過，最後停在他們前面。那位探員上前打開車門。

庫柏在心裡聳聳肩，爬進車裡。車裡充滿皮革的氣味，裡頭有兩位乘客。一位是看起來五十多歲、打扮俐落的女性。她的眼神剛硬，散發出一股才幹過人的強烈氣勢。另外一位乘客是個黑人，一副在哈佛大學教過書的樣子……事實上，他是真的在哈佛待過。

哈，你之前還覺得今天過得已經夠奇怪了。

「你好，庫柏先生。我可以叫你尼克嗎？」

「當然可以，總統先生。」

「我要為如此戲劇化的會面方式道歉，但最近我們大家都有點神經緊繃。」萊恩諾．克雷的聲音聽起來就像位老師，聲線圓潤深沉，富有學養，帶有一點南加州人特有的鼻音。

真是委婉的說法。具有天賦的人開始成為各個領域的佼佼者後——從各種體育運動到動物學——普通人便開始愈來愈緊張。世人不難想像威爾斯的小說裡區分成兩個階級的世界，更沒有人想要成為莫洛克族[1]。另一方面，某些具有天賦的極端分子並不只是追求單純的平等——他們相信自己是更為高等的人類，也不惜用殺戮來證明這一點。美國人對恐怖攻擊、超市裡的自殺炸彈客、寄給議員的下毒郵件愈來愈習以為常。最嚴重的一次攻擊發生在三月十二日，恐怖分子炸掉了曼哈頓證交所，殺死一千一百四十三人。庫柏當時就在那裡，在殘破的灰色街道上徘徊，精神恍惚。有時候，他仍會夢見一具遺落在百老匯街口的粉紅填充娃娃。**我們不只是有點緊繃而已——我們都他媽的嚇壞了。**但他只是說：「我了解，長官。」

「這位是我的幕僚長，瑪拉·基佛斯。」

「基佛斯小姐。」雖然庫柏成為政府探員已經十一年了，對政治卻從來提不起興趣，但就連他都聽過瑪拉·基佛斯這個人。她是位厲害的政治調停者，以凶猛殘暴出名的幕後智囊。

總統用指節敲了敲駕駛座隔板，豪華轎車便開始移動。「瑪拉？」

幕僚長開口：「庫柏先生，是你公開了單眼鏡餐廳的錄影畫面嗎？」

「庫柏先生。」

好個含蓄的起頭啊。

他回想起那個晚上。雪倫救出他的孩子之後，庫柏將他的前老闆追趕上屋頂。他拿回了德魯·彼得斯和沃克總統密謀的影片，然後將他的導師從十二樓高的大廈頂樓丟下去。

感覺真爽。

在那之後，庫柏坐在離此處不遠的長椅上，思考該怎麼處置那部影片。在單眼鏡餐廳發生的大屠殺是第一起、也是影響最嚴重的國家分化行動——不是北方人槓上南方人，也不是自由派對上保守派，而是普通人和異能之間的對立。他覺得應該揭露這起攻擊的真相，雖然他知道必定會造成無法控制的後果。

德魯死前是怎麼說的？「你要是這麼做，世界會大亂。」

克雷總統正盯著他。庫柏忽然了解，這是一場測試。「沒錯，就是我。」

「這是個非常莽撞的舉動。我的前一任或許不是什麼好人，但他還是總統。你破壞了整個國家對公家機關的信任，意思就是對整個政府的信任。」

「長官，請原諒我這麼說，但當沃克總統下令殺害美國公民的時候，他就破壞所有人的信任了。我所做的只不過是把真相告訴大家。」

「真相是個不可靠的概念。」

「不，真相最棒的部分就在於它是真的。」庫柏不小心流露一絲過去反抗權威的語氣，趕緊控制住自己。「長官。」

基佛斯搖搖頭，轉而望向窗外。克雷問道：「你最近都在做什麼，尼克？」

「我正在休假。」

「你有打算回去工作嗎？」

「我不確定。」

「那你來替我工作吧。總統的特別顧問，這名稱聽起來如何？」

就算庫柏列出所有美國總統可能會對他說的話，這句話再怎麼樣也不會出現在清單上。他

1　莫洛克族（Morlock）為英國小說家H. G.威爾斯（Herbert George Wells，一八六六～一九四六）的著名作品《時間機器》（*The Time Machine*）中，外形像白色的猴子、生活於地底的人類。他們必須為體態嬌小、衣著華麗、生活在地面上的人類埃洛依族（Eloi）生產各種必需品。

發現自己的嘴巴是開的，於是閉上。「我想你被錯誤資訊誤導了。我對政治一竅不通。」

「我們先不管這個，好嗎？」克雷平穩地看著他，「沃克把事情弄得一團亂。他和彼得斯局長將分析應變部從一個讓我們擁有和平未來的希望所在，變成為了個人利益而存在的私人間諜工廠。你同意這點嗎？」

「我——是的，長官。」

「你則是殺了一打以上的人，還洩漏高度機密的資訊。」

庫柏點點頭。

「但是在這整場災難中，你卻是唯一一個公正行事的人。」

聽到這話，基佛斯皺起嘴脣，但什麼都沒說。總統往前傾身。「尼克，狀況愈來愈糟了。有些普通人想把所有異能關起來，甚至奴役他們；有些異能則想把所有普通人趕盡殺絕。這場新的內戰會讓上一場[2]看起來只是小衝突而已。我需要得到幫我避免戰爭的助力。」

「長官，我受寵若驚，但我對政治真的一無所知。」

「我自己就有政治顧問。我缺少的是一位能夠直接提供我意見、曾將大半人生花在追捕異能革命分子的異能。再加上你已經證明自己是個不計任何代價，都要做你相信是正確事情的人。這正是我需要的顧問類型。」

庫柏盯著前方，試著回想他對這位總統的了解有多少。他原本是哈佛大學的歷史教授，接著成為議員。他依稀記得自己讀過一篇文章，內容暗示克雷被指定為副總統的真正原因是跟選舉數學有關。一位來自南加州的黑人，將能影響美國南方和非裔美國人手中的選票。

老天爺啊，庫柏。某篇你想不太起來的文章？這就足以說明你到底有沒有資格留在這輛車上了。

「我很抱歉，長官。我非常感激你的提議，但我想我無法勝任這項工作。」

「你誤會我的意思了。」克雷溫和地說，「你的國家需要你。我並不是在徵詢你的同意。」

庫柏看著——

克雷的姿勢和肢體語言，都與他說的話完全一致。

這不是什麼公關策略，他也不是來堵你的嘴。

而他說的整個世界所處的情況，都是正確的。

——他的新老闆。

「如果是這樣的話，長官，我將聽候總統的差遣。」

「很好。你對一個叫做『達爾文之子』的組織知道些什麼？」

2 指一八六一～一八六五年的南北戰爭，又稱美國內戰（American Civil War）。

感恩節前一個星期

2

伊森．帕克瞪著眼前的景象。

超市貨架是空的。不是現貨不多，也不是可供選擇的牌子太少，而是空無一物。徹底被清空了。

他閉上眼睛，覺得周遭的世界開始搖晃。他已經習慣長時間工作。研究團隊這一年都處在差一步就有突破性進展的狀態。當他們開始進行實際驗證理論的階段時，日夜的分界便開始變得模糊。他們站著吃完每一餐；抓到空檔便在休息室的椅子上小憩。他已經累了一整年了。直到艾咪生下了薇奧拉，他才真正感受到自己有多疲憊。他閉起的眼皮後方黑暗舒適得可怕，是寒冷夜晚中的一張床，他可以立刻陷進去，踏入夢鄉——

他立刻回過神來，張開眼睛，再度檢視眼前的貨架。依然是空的。走道上的標示寫著「維他命」、「有機罐頭」、「紙巾」、「尿布」以及「嬰兒食品」。架上的紙巾還剩不少，但放著「美強生」、「亞培心美力」、「地球最好」的奶粉貨架，則是只有灰塵和棄置一旁的購物清單。

伊森有種怪異的被背叛感。如果有什麼東西用完了，你就會去雜貨店買。這基本上是構成現代生活的基礎。當你再也無法理所當然地這麼做時，會發生什麼事？

你會頂著一臉蠢相，回到累壞的老婆和餓肚子的寶寶身邊。

在他們有孩子以前，他對哺乳很困難這個說法嗤之以鼻。他可是個遺傳學家。乳房的功能就是用來哺育嬰兒。這有什麼難的？

結果證明，對於精巧細緻的現代人乳房來說，哺乳真的很困難。這些乳房被包裹在棉布與蕾絲中，從未受過風吹日晒，從未因摩擦受傷而變得粗糙不平。經過一個月痛苦又緩慢的哺乳過程，使用一位「哺乳專家」推銷的特製枕頭和順勢療法乳膏，當艾咪的乳頭裂開流血、感染發炎之後，他們決定停止這個作法。艾咪用彈性繃帶綁住胸部，阻止乳汁分泌，然後改用嬰兒配方奶粉。他們整個世代都是靠奶粉養大的，也沒出過什麼差錯，再加上沖泡奶粉餵食又是那麼簡單。

太簡單了，直到貨架上再也沒有任何配方奶粉。

好吧，來看看還有什麼選擇。

這個嘛，對薇奧拉這個年紀來說，牛奶不是理想的選項。酪蛋白分子對嬰兒發展中的腎臟來說負擔太重了。但另一方面，有牛奶總比什麼奶都沒有好——

放牛奶的冰櫃是空的，上頭貼了一張紙。

如造成任何不便，在此向您致歉。近來的恐怖攻擊中斷了物資運輸。我們希望能盡快補貨。感謝您在這段艱難時期展現的耐心。

伊森瞪著那張紙。昨天一切都還很正常，現在架上卻連一罐配方奶粉都沒有，冰櫃裡也沒有牛奶。這裡到底發生了什麼事？

烘焙區。

他腳跟一轉，跑過走道，注意到其他顧客正在清空所有貨架，拿到什麼就往推車裡塞，一邊爭吵推擠。伊森可以預見接下來一個小時內，就連禮物卡、雜誌和學校用品，都會被掃蕩一空。或許還沒有人想到……

原本放煉乳的地方，現在只剩下一片空蕩。

伊森蹲下來，瞪著貨架後方，希望還有一、兩罐留下來。雖然他知道根本不可能。

去另一家店。

美國超價商店的門口擠滿了人，結帳隊伍排到天邊。店員都看起來震驚不已。伊森從人群中擠出一條路到外面。

現在正值十一月中，天氣多雲寒冷。一聲喇叭讓他驚跳起來，一輛奧迪幾乎沒慢下來，快速開過。停車場一位難求，正在排隊的車龍已經延伸到底特律大道。他爬進駕駛座，一邊駛出停車場，一邊將收音機轉到克里夫蘭公共電臺。

「——接獲整個克里夫蘭都會區物資短缺的報告。警方要求民眾保持冷靜。我們邀請到交通部的詹姆斯．加納博士，以及分析應變部的羅柏．康納爾。加納博士，可以為我們說明一下這個狀況嗎？」

「我盡力。今晨稍早，奧克拉荷馬州土爾沙市和加州弗雷斯諾市，當然，還有克里夫蘭的運輸業，都遭受一連串恐怖攻擊。恐怖分子劫持超過二十輛貨車，還殺害了司機。」

「不只是殺害了他們。」

「不。」男人咳了一聲。「那些司機被活活燒死。」

老天爺啊。最近幾年發生了許多攻擊事件，恐怖行動已經成為美國生活的一部分。接著發生了三月十二日的事件，新的曼哈頓證交所發生爆炸。超過一千一百人死亡，有更多人受傷，忽然間，沒人可以忽視美國正在發生令人不悅的內部分裂。儘管這次的攻擊是如此可怕，其中卻還有更為駭人的部分——更加殘忍、具有針對性——將一個活生生的人從卡車裡拉出來，把汽油倒在他身上，然後點燃火柴。

「——再加上，三座城市的貨倉都被放了炸彈。消防隊撲滅了土爾沙和弗雷斯諾的火，但克里夫蘭的貨倉已經完全遭燒毀。」

電臺主播插話：「這些都是一個自稱達爾文之子的異種團體所為。但這些都是有數千條運輸路線的大城市。」

「沒錯。但因為這些攻擊司機的事件，承保單位只能撤回這部分的保險。沒有保險，貨車甚至被禁止駛出廠區。」

伊森連過了兩個綠燈，第三個變了燈號，讓他停下來。他在等待的同時，一邊用手指敲打方向盤。

「你是說，一天沒有運送物資，商店就全空了？」

「現代社會的連結非常複雜。雜貨店這類商店是靠剛好夠用的存貨在運作。如果你買了一罐豆子，掃描器就會指示電腦下更多訂單，接著貨品會在下一次運送時到達。這是非常複雜的體系。達爾文之子看來十分了解這點。他們針對我們的體系弱點下手。」

「康納爾先生，你是分析應變部的人。應變部的職責不就是要防範這類攻擊嗎？」

「首先，謝謝妳今天的邀請。其次，我想提醒每一個人，包括妳，女士，保持冷靜。這是一個手段激烈但規模很小的恐怖組織造成的暫時性問題——」

伊森朝東駛去，經過一家餐廳、一座停車場和一所高中。一家高級超市不久前在河邊開幕。那家超市的價格高到其他人可能還沒想到它。就算你是對的，也沒有多少時間了，所以趕快計畫。首要目標是嬰兒配方奶粉，不管是什麼高級夢幻素食的種類都可以。再來是牛奶。推車能塞得下的肉類。容易腐壞的東西就算了，直接拿罐頭和冷凍蔬菜——

通往商店的路已經塞滿，汽車喇叭聲大作、車燈狂閃，將這條單行道塞成兩排。他可以看見前方四十碼處，一群人圍住了入口。他在觀看的時候，一個女人試圖強行將推車擠過人群。一時間喊叫聲四起，那一圈人圍得更緊了。一個穿商務西裝的男人伸手強拉她的購物袋。女人大喊，但他抱了滿手商品轉身就走，還不小心將推車撞倒在地。瓶瓶罐罐散落在人行道上，每個人都撲上前去。一個細瘦的男子將一隻雞塞在手臂下，像是抱著一顆美式足球，然後快速跑開。兩個頂著昂貴髮型的女人在爭奪一加侖牛奶。

「——再重複一次，我們很快就會控制好整個情況。如果每個人都能保持冷靜、協力合作，我們就能度過這個難關。」

一聲巨響傳來，商店的前窗破碎落地。人群大喊著湧進店內。

伊森將車子掉頭開走。

他們剛搬來克里夫蘭時，不動產經紀人向他們保證，底特律灣岸道就是他們在找的街區——離湖邊一哩、市中心兩哩；辦學嚴謹的學校；種滿行道樹的街道；還有充滿「像他們一樣」的友善鄰居的社區。基本上，這裡具備了所有郊區該有的優點，卻又不是郊區。這裡是養育小孩的最佳地點——經紀人會意地說，好似看見精子和卵子結合的畫面。

他費了一番工夫才習慣這個地方。伊森是土生土長的紐約客，不信任任何需要靠自用汽車移動的地方。老天，如果幾年前別人告訴他未來會在克里夫蘭成家立業，他一定嗤之以鼻。但克里夫蘭是亞伯設立實驗室的地方，雖然他是伊森此生見過最傲慢的渾蛋，同時也是個天才，更不用說伊森根本無法拒絕高等基因體學研究中心副院長這麼誘人的位子。

而整件事的結果也出乎他意料。雖然他熱愛曼哈頓，但你可能在同一棟公寓住了十年，卻從來沒見過鄰居長什麼樣子。中西部人的純樸、後院烤肉，以及那種「我幫你收信，你可以跟我借割草機，我們都是好夥伴」的氛圍，形成令人愉快的對比。

再加上他很愛擁有一棟房子的感覺。不是一戶或一棟公寓，而是真正的房子，附加地下室和庭院。**他們的**房子，音樂想開多大聲都可以，薇奧拉半夜的啼哭也不會吵醒樓下鄰居。他同時也是手藝相當靈巧的男人，有辦法自己裝設照明設備、砌好育兒間的牆。在揮汗如雨的下午裝修好他們的房子，手拿一瓶啤酒坐在前廊，看著太陽從他的楓樹間落下，更是一大享受。

現在，他想著他是否只是在自我欺騙。曼哈頓雖然擁擠又物價高昂，華盛頓特區可能是個雜亂無章又吵鬧的都會區，但那裡的超市不可能會沒有牛奶。

如果是在昨天，你可能也會為克里夫蘭說一樣的話。

他關掉引擎，坐在黑暗中。明天他可以開車出城，駛上高速公路，在別的地方找到嬰兒配方奶粉。

是啊，但她今晚就會餓肚子。硬起來啊，老爸。

伊森爬出休旅車，走向鄰居的房子，那是一棟華而不實、面南處那半被常春藤吞噬的房子。他們有三個男孩，都相差正好兩歲，此時打鬧的咚咚聲正透過牆傳出來。

「嘿，老兄。」傑克．福特打開門時說，「怎麼啦？」

「聽著，很抱歉來問你，我們家嬰兒配方奶粉沒了，店裡也都沒貨了。你這邊還有嗎？」

「抱歉，湯米大約六個月前就不喝奶粉了。」

「好吧。」警笛聲響起，不遠處可能有輛警車或救護車開過。「那一般的牛奶呢？」

「當然有。」傑克停了一下，「你知道嗎？我的地下室有一點煉乳。你需要嗎？」

伊森微笑。「你真是我的救星。」

「不然鄰居是幹什麼用的？進來吧，喝點啤酒。」

傑克的房子充滿蠟筆畫、吵雜的卡通和砂鍋料理的味道。伊森跟著他走下發出吱嘎聲的樓梯，來到半完成的地下室。在放著殘餘地毯的角落，兩張躺椅面朝一臺超立體電視，是加強全像投影範圍的新機型。地下室其他部分放著極深的架子，上頭擺滿罐裝和用容器保存的食品。

伊森吹了聲口哨。「你這下面有間自用雜貨店啊。」

「是啊，你知道，我以前是童子軍。」他的鄰居快速點了下頭，有點不好意思，然後打開一臺迷你冰箱，拿出兩罐百威啤酒。他坐進其中一張躺椅，示意伊森坐到另一張。「所以超市都空了？」

「我剛剛去的那家，大家都開始直接用搶的。」

「都是異種。」傑克說，「他們的狀況一天比一天糟了。」

伊森不置可否地點點頭。他知道很多關於異能的事情。異能讓每一個領域的門檻愈來愈高不可攀，而科學和科技是他們最具有優勢的兩塊領域。當然了，有段時間這事曾經差點把他逼瘋，他知道就算擁有哥倫比亞大學和耶魯大學的學歷，外頭卻有許多人是他永遠也比不上的。這就像和湖人隊玩街頭籃球，不管你有多少花招，在球場上總是有人可以把球灌到你臉上。不過，不管怎樣，你要怎麼做？就這樣不玩嗎？謝了，才不呢。

「每一個世代的人類都覺得這個世界要完了，對吧？」伊森啜一口啤酒，「冷戰時期、越戰、核武擴散，諸如此類。末日將臨是我們習以為常的狀態。」

「是啊，但是雜貨店沒有牛奶？這不是美國會發生的事。」

「會沒事的。電臺廣播說國民警衛隊準備開始發放物資。」

「給五十萬人嗎？」傑克搖搖頭，「讓我問你一些問題。你研究演化，對吧？」

「差不多。我是表觀遺傳學家，研究這個世界和我們的ＤＮＡ交互作用的方式。」

「你的說明聽起來過度簡化了。」傑克笑著說，「不過就當作是這麼一回事吧。我想知道的是，歷史上有過類似的時期嗎？當一個全新的種族就這樣——你知道的，出現？」

「當然有。當有機體遷移到一個新的生態系統中，就變成侵略性物種。鯉魚、斑馬貽貝和荷蘭榆樹病都是。」

「我想也是。那都是非常大的災難，對吧？我的意思是，我不是心胸狹窄的人，我對那些擁有天賦的人沒什麼意見，真正嚇到我的是這個改變。這個世界非常脆弱。我們要怎樣在這種轉變下生活？」

這段時間常常聽到這個問題。晚餐派對充滿了類似的耳語，新聞節目和網路上都有相關的爭論。當這些異能者剛被發現時，世人的好奇大於其他反應。人口的百分之一畢竟不是多大的數字。直到這百分之一的人口長大成人，整個世界才發現這些人代表了動搖世界根基的改變。問題在於，從明瞭這點到憎恨他們之間的距離，只有一小步。「我懂你的意思，老兄。但人類不是魚，我們一定會想出辦法的。」

「當然了，你說的對。」傑克從椅子上起身，「不管怎樣，我確定最後一定會解決的。我們來看看牛奶吧。」

伊森跟著他穿過地下室。架子上疊了四層一箱箱罐頭食品、電池和毛毯。傑克拉下一箱二十四罐裝的煉乳。「就是這個。」

「幾罐就可以了。」

「拿去吧，這沒什麼。」

「至少讓我付你錢吧！」

「別傻了。」

他內心有一部分想要再多抗議一下，但一想到薇奧拉和空空如也的超市，他就只回答：

「謝了，傑克，我會還你的。」

「沒關係。」他的鄰居看著他一會兒，「伊森，雖然這聽起來有點怪，不過你有保護措施嗎？」

「我床頭櫃裡有一盒保險套。」

傑克露出微笑，但只是出於禮貌。

「我不確定你要表達的意思是什麼。」伊森說。

「來這邊。」他走向一個金屬櫃，開始撥弄上頭的密碼鎖。「在國民警衛隊解決這些事之前，你拿著這個會讓我感覺好過一點。」槍櫃收納得非常整齊，步槍和獵槍分別鎖在架子上，還有六把手槍掛在鉤子上。伊森說：

「我不太喜歡用槍。」

傑克忽略他的話，取下一把手槍。「這是點三八左輪，世界上最簡單操作的手槍。你唯一要做的就是扣下扳機。」金屬槍身閃耀著油光的瑩彩。

「沒關係啦，老兄。」伊森強迫自己報以微笑，舉起手上的奶水。「真的，這樣就夠多了。」

「拿著吧，以防萬一。把它收在衣櫥裡，然後忘掉它。」

伊森想回嘴開個玩笑，但他鄰居臉上的表情非常嚴肅。這個人在幫助你。別冒犯到他了。

「謝了。」

「嘿，就像我剛才說的，不然鄰居是幹什麼用的？」

□

經過剛才的兩個小時，走進家門的感覺就像是走向一個擁抱。伊森鎖上門，脫下鞋子。葛雷戈・孟德爾慢慢朝他走來，用頭磨蹭他的腳踝，發出輕柔的呼嚕聲。伊森撫摸著貓的脖子，拿起那箱奶水，往沿著走廊灑落的溫暖黃光走去，尋找他的女孩們。他在廚房找到她們，艾咪正將薇奧拉抱在胸前。

「噢，感謝老天。」他的妻子看到他時，表情亮了起來。「我都開始感到害怕了。你聽到新聞了嗎？說人們開始洗劫商店了。」

「是啊。」他伸出手臂，艾咪將薇奧拉交給他。他的女兒醒著，看起來美得很不真實——看不見脖子，肥嘟嘟的，一頭亂蓬蓬的赭色頭髮。「我人就在那裡。每樣東西都被拿走了。這些奶水是傑克的禮物。」

「幸好他還有。」她打開一罐煉乳，倒進奶瓶。「你要餵她嗎？」

伊森背靠著廚房工作檯邊，將薇奧拉換到左手，用身體下盤支撐她的重量。她看到奶瓶便開始拚命大哭，像是怕他會故意逗弄她，不給她喝奶。他將奶嘴塞進她貪婪的嘴裡。「這是整罐的量嗎？」

「五盎司。」她讀出標籤上的字。「這熱量滿高的。我們應該可以加點水稀釋，就能撐久一點。」

「為什麼？還有二十三罐啊。」

「她一天要喝四次，這樣連一星期都不夠。」

「到時候店裡就會補齊貨了。」

「我的想法還是一樣。」她回答。

他點點頭。「妳是對的，這是個好主意。」

他們站了一會兒，兩個人都累壞了，卻也有種甜蜜感。在這段日子裡，每件事都帶有一種甜蜜感，宛如一道金黃色的光芒，像是他正看著自己的人生印在因日晒而褪色的電影海報上。成為一個父親讓每一件事都充滿了意義。

「嘿，」他說，「想聽件有趣的事嗎？」

「隨時洗耳恭聽。」

「傑克是個生存遊戲狂。他的地下室根本是個防空避難所。他甚至給了我一把槍。」

「什麼？」

「我知道。」他輕笑，「如果我沒收下，他根本不會讓我離開。」

伊森用一隻手平衡著薇奧拉，將奶瓶用下巴夾著，然後從外套口袋拿出手槍。「夠瘋狂吧？」

艾咪睜大眼睛。「他為什麼覺得我們需要一把槍？」

「他說我們需要這個當作保護措施。」

「你跟他說我們有保險套了吧？」

「他覺得那樣不夠。」

「我可以看看嗎？」艾咪說。

「小心點，裡面有子彈。」

她用一隻手掌小心地掂著重量。「比我想像中還重呢。」

「我知道。」伊森將寶寶靠在肩上，開始撫拍她的背，薇奧拉忽然像卡車司機一樣打了個嗝。「妳不覺得這很瘋狂嗎？」

「有一點。」她把槍放在廚房工作檯上。「但這或許不是太糟糕的主意，最好以防萬一。」

「什麼萬一？」

她沒有回答。

「堅不可摧」樂團的傑克·福林「出櫃」了！

萬人迷傑克·福林最出名的是他的腹肌，但最令人震驚的其實是他的真實身分——異能。上個星期，這位曾是歌手的螢光幕巨星宣布了一個從來沒有揭露過的祕密——他其實是第五級異能。

現在，《時人》雜誌將為您帶來傑克·福林的獨家專訪，聽這位健美男星暢談他的生活、感情，以及身為異能的一切。

時人：讓我們先來聊聊你的天賦吧。你的能力是超憶，這代表什麼意思？

福林：我能清楚記得特定事件的每一個微小細節。你給我一個日期，我就可以告訴你那天我穿什麼衣服、當天天氣如何——諸如此類的細節。

時人：一九八九年五月三日。

福林：那天是那種讓你知道春天已然降臨的天氣。藍天、蓬鬆的白雲，四處都是植物生長的味道。我穿的是蜘蛛人睡衣。〔笑聲〕我當時五歲。

時人：你一直以來隱藏自己的異能身分，為什麼？

福林：如果我公開的話，那就會成為大家對我的印象——「異能演員出演某某電影」——異能的身分對我來說不重要，我也不希望別人認為這很重要。

時人：那為什麼現在要公開呢？

福林：大家對異能和普通人的事情愈來愈激動。我總覺得如果不主動表態，我就會成為這個問題的其中一部分。我只是想說，嘿，你們都以為我是這樣，但其實我是那樣，可是這並沒有改變任何事情啊。所以冷靜點吧。

時人：你的天賦一定讓背臺詞變得很簡單吧。

福林：我也希望是這樣，但這跟記憶力無關，我老是弄丟我的車鑰匙。

時人：異能現在可是熱門話題。很多人都說你公開身分會有礙你的事業，你自己的看法？

福林：這說法很荒謬。

時人：為什麼？

福林：首先，我並不認為身為異能是我的首要角色。我是個丈夫、父親、美國人、演員、歌手。我是芝加哥小熊隊球迷，我是愛狗人——還有很多很多。這些說完之後，才是：噢對啊，我也是個異能。

時人：你對普通人和異能之間愈來愈劇烈的衝突有什麼看法？

福林：我恨這樣。對我來說，身為異能跟擁有一雙藍色眼睛沒有什麼不同。我知道有第一級異能的存在，那些打破舊有標準、異常傑出的人。但有更多人是像我這樣的老百姓。我是說，拜託喔——我知道丹佛去年六月九日在下雨，然後我的政府因為這樣就要在我的脖子裡植入晶片？

時人：你的說法的確讓監控機制倡議案看起來有點蠢。

福林：問題就出在媒體把這件事塑造成有兩個派別——普通人和異能，而每個人好像都該選邊站。事實上，這其實是一個光譜。其中一端是沃克總統，他謀殺自己的人民，就因為他害怕異能帶來的一切，他想要得到權力來控制他們；在另一端的是那些異能恐怖分子，他們覺得這跟擁有平等權利無關，異能本該統治整個世界。這些極端分子才是真正的問題。大多數人都只想好好過他們的生活。

時人：說到生活，你和你老婆——內衣品牌「維多利亞的祕密」模特兒愛咪．席勒，最近生了一個女兒——

福林：噢老天，別來跟名字有關的問題——

時人：那是個很不尋常的名字呢。

福林：我不知道有什麼好說的，老兄。我們都希望她能做自己，不要覺得自己應該順應這個世界的規範，而我們都很喜歡吃泰式料理，所以……

時人：努多[1]．福林。

福林：絕對不會跟幼稚園裡其他小孩撞名。

1 努多的原文Noodle，意指麵條。

3

當那輛休旅車終於停下時，他正在成為那隻蜘蛛。

車身是黑的，有兩個人在裡面。那輛車從滑行到完全停止幾乎花了三分鐘。在門打開之前還會再經過三分鐘。從車子那走六步到他坐的位子要五分鐘。他還有很多時間當這隻蜘蛛。一整個海洋的時間，遼闊、深邃、洶湧、冰冷。如同馬里亞納海溝般的時間，三萬六千呎深。沉重扭曲的時間。

那隻蜘蛛。黑褐相間，約一吋長。他相信那是一隻狼蛛，雖然他不是什麼蜘蛛專家。他已經看著牠十一個小時了。一開始是覺得厭惡，那種全身起雞皮疙瘩的本能反應。最後，她腿上和腹部的毛——他後來判斷牠是母的——愈看愈柔軟，幾乎讓人想摸摸看，就像填充娃娃一樣。八隻眼睛，閃亮渾圓。那些獠牙迷住了他。像這樣公然將武器舉在面前，如噩夢般橫行整個世界。那隻蜘蛛打量著他，他打量著那隻蜘蛛。

她很完美。不動如山，直到需要動作時才會出手。她的動作如此迅速精準，獵物幾乎無法察覺。殘酷無情。對她來說，整個世界只有食物和威脅。有蜘蛛吃素嗎？他不這麼認為。

不，她是個殺手。

從他的位置可以同時看到蜘蛛和休旅車。他將注意力轉到車子上。當然，他的雙眼根本沒有移動，它們被如冰川般緩慢移動的肌束和血肉給鎖著。但早在久遠之前，他就學會如何在身體動作遠遠落後的情況下，轉移自己的意識焦點。將注意力集中在休旅車和那兩位乘客是相當簡單的事。駕駛正在說話。他花了二十秒做出九個字的嘴形，他的唇形很容易懂。

休旅車裡，駕駛問道：「這傢伙到底是誰啊？」

「他的名字是索倫．約翰森。他是我見過最危險的人。」約翰．史密斯對著擋風玻璃外露出笑容。「也是我認識最久的朋友。」

你好，約翰。我很想念你。

人類是他最不拿手的。

他獨自一人是有原因的。他像個在高山頂閉關修行的佛教僧侶。也如同僧侶一般，他努力追求的不是知識，也不是智慧，而是空無。不是空無的概念，也不是練習空無、在冥想時讓紊亂的思緒如河水流過。都不是。他的安慰來自真正空無的時刻。他這個人不存在的時刻。只有在這種時刻，無限綿延的時間才不會淹沒壓垮他。

當他無法成為空無的時候——時常如此——他就會成為別的東西。簡單又純粹的東西。例如蜘蛛。

但是，人類既不簡單又不純粹。看著他們生活是件痛苦的事。他們就像在溼水泥中移動一樣。每一個動作都永無止盡，吐出的每一個字都耗費永恆的時間，又是為了什麼？沒有目的、毫不優雅的動作，紊亂而沒有重點的話語。

所以，當理解到想念約翰的時候，他十分驚訝。不過，在這些異能者之中——其他人都不值得考慮——約翰和他最為相像。約翰眼中的未來是多重的。計畫中總有其他計畫；一年後可能發生的事以今天發生的對話開始推動。這跟索倫的觀點不一樣，但提供他一個可供參考的架構，一種互相理解的方法。

就像現在，約翰用慢跑的方式穿過他們之間十五呎的距離，而不是用走的，免去他的痛苦。還有，約翰用他們之間的老方法對他說話。「你好嗎？」

索倫知道這不是什麼寒暄。這是有多種含義的問題。約翰問的是他是否還撐得住。

一段回憶閃過，鮮明得如同超立體畫面。十一歲的約翰．史密斯在霍克斯東學園的遊樂場對他說話。他遞給他一盒面紙，擦他被別的大男孩打到流血的鼻子。他說：「如果我講得快一點會比較好，對不對？」

他說：「你很聰明，但你沒有在思考。」

他說：「讓它成為你的力量。」

他說：「就沒有人會再揍你了。」

他教他如何冥想，如何將令人不知所措、混亂無比的未來放到一邊，只讓自己存在於當下。他告訴他，如果他能控制自己，就可以用這恐怖的詛咒辦到任何事，用這詛咒抵抗試圖傷害他的那些微不足道的小鬼。約翰明白，這個所有人都以為早已心智失常的男孩，只不過是負荷不了每一秒鐘而不知所措而已。

人們以為時間是接連不斷的，因為他們的腦袋如此告訴他們。但時間是水。凝止的水，充滿能量，震動嗡鳴。

約翰教會了他，所以當下一次那些大男孩來找索倫時，他記住了所學的東西。他成為了「當下」，其他什麼都不是。他不去計畫，也沒有任何預期。他只是看著他們以慢動作移動，然後慵懶地用偷來的解剖刀劃開個子最大的男孩的喉嚨。

從此以後，再也沒人敢來找他麻煩。「我從未擁有過如此多的空無。」

史密斯了解他的意思。「非常好。」

「你需要我。」

「沒錯。」

「在外面的世界。」

「我很抱歉。沒錯。」

「重要的事？」

「至關重要。」他停頓一下。「索倫。是時候了。」

他停止當那隻蜘蛛，重新成為一個人。一時間，未來威脅著要吞沒他，恐怖的無窮無限，就像孤身一人在無星之夜的太平洋正中央，所有的水和時間在他四周、在他底下，整個星球最深的洞將他往下吸入黑暗之中。

成為空無。不是蜘蛛，不是人，不是未來，也不是過去。成為當下。成為空無。就像約翰曾經教導過他的。

索倫會跟著他的朋友前往這個世界。他願意做……

「任何事都可以。」

徵友∨約砲∨普通人／異種

把我當下賤的變種對待吧，你沒看錯

十八歲第四級男性，纖瘦，刮了鬍子。我爸把我踢出家門了，要當我的新老爸嗎？

普通人夫妻徵異種女傭

我們：四十歲、專業人士、身體健康、事業成功。妳：第二或第三級讀心者。如果妳是我們要找的人，那妳已經知道我們要什麼了。

已婚異種徵砲友

他們叫我們異能者是有理由的。讓我們一起變態一下吧。

在上面很寂寞

第一級物理學家徵求其他第一級異能，純聊天、建立友誼，如果雙方都有感覺，可更進一步。年齡、種族、性別都不重要。

迷妹徵性感異種肉體

我知道這是錯的，但我不在乎。必須攜帶崔氏－唐氏分級結果、學園畢業證書，可擇一。我可以出錢。

搞大我的肚子吧

漂亮的普通人女性，三十七歲，徵求第一級異能來一晚火熱的交配行為。不戴套、不動真情。只要脫下你的牛仔褲，給我你的基因就好。

4

庫柏很不習慣。一點都不習慣。

自從那趟意外的豪華轎車之旅後，已經過了三個星期。他當上美國總統的特別顧問已經二十一天了，天天都是工作日——他有一種週末很快就會變成一段遙遠回憶的感覺——時間都花在會談、開會、看報告和坐在白宮戰情室裡。

白宮戰情室，老天啊。二十一天還不足以讓他習慣那個地方。庫柏向位在賓夕法尼亞大道的警衛室揮揮他的通行證，等待開門的信號。

「早安，庫柏先生。」

「早安，切特。我說過，叫我庫柏就好。」他脫下外套，放在X光機輸送帶上他的公事包上面，然後將通行證掃過機器，輸入他的識別碼。「昨晚過得好嗎？」

「跟我女婿打高爾夫，輸了二十塊。麻煩抬起手臂。」

庫柏抬起手臂，讓切特拿一根棒子劃過他身體，尋找有無爆裂物或生化武器的跡象。那根棒子是新的科技，因應人們不滿機場安檢造成的延誤而開發出來的。但就庫柏所知，這根棒子並沒有讓安檢速度加快多少。「他娶走你的女兒就已經夠糟了，現在還拿你的錢？」

「可不是嗎？」警衛露出微笑，往X光機另一頭比了比。「祝你有個美好的一天，庫柏先生。」

他就這麼簡單地通過了圍欄，踏上白宮的土地。一條長而彎的車道經過「圓石灘」，一片鋪滿碎石的白宮北邊草坪，日夜都有媒體記者帶著超立體攝影機在那裡等待。庫柏重新穿上外套，看著面前的建築物，感受這個現實。這是人民的白宮，象徵一個國家的最佳代表物、全世界的權力中心——他的辦公室。

多少是啦。事實上，他真正的辦公室在對街的舊行政大樓。但他很少有機會看到它，他幾乎所有的工作時間都待在西廂辦公室。

一位穿著軍禮服的海軍做出精準的右轉動作，幫庫柏拉開門。大廳裡，他檢查手機，看到自己的時間抓得剛剛好，還差幾分鐘才七點。他經過羅斯福室，途中站到一旁，讓路給一位將軍和兩位女士。地毯又厚又軟，每樣物品都閃閃發亮，家具也經過良好保養。他過去從未費心想過白宮的空氣聞起來是什麼味道，但他還是驚訝於這個答案：花香。空氣中充滿花香，來自每天都會更換的花朵裝飾。

他向右轉，經過內閣室——內閣室！——再走幾步，就來到了總統私人祕書辦公室。兩位助理正在用投影在古董辦公桌上的虛擬鍵盤打字，他們的螢幕則是偏光單邊鏡片，厚度薄到如果從側邊看過去，完全看不見鏡片的存在。

這種舊時代與新時代並存的現象非常有趣。

新聞祕書霍頓．亞契正在和瑪拉．基佛斯專心交談，這位幕僚長穿著灰色套裝，看起來既時髦又凶惡。兩位都是極為資深的政客，因此沒讓自己透露出任何情緒，但在庫柏眼裡，兩人在他進來時微微繃緊的身體就充分說明了一切。

放輕鬆，兩位。我沒有要搶你們的飯碗。

庫柏將手插進口袋，將注意力轉向鍍金畫框裡的畫像，畫中是被印象主義風格的濃霧圍繞的自由女神像。他認為畫得還不錯，但如果是在市集裡看到這幅畫，他可能不會多看第二眼。

「庫柏先生。」

他轉過身。「部長先生，早安。」

歐文．萊希雖然身為國防部長，他可是靠聰明才智一路爬上來的，這點也充分展露出來。他的姿勢沒有透露出他覺得早上過得好不好，他的話語既不證實也不否認現在是早晨時段。很少人能在庫柏的眼力之前洩露這麼少的訊息。

「有任何關於達爾文之子的新消息嗎？」庫柏問。

萊希擺了一個不置可否的表情。「他們給你辦公室了嗎？」

「就在對街。」

「啊。」他露出一個微小的笑容。庫柏早已發現這邊的人非常重視辦公室的位置。萊希繼續說：「你還喜歡在這裡工作嗎？在分析應變部工作後，這些會議對你來說一定非常無聊吧？」

「噢，其實沒有差那麼多。」庫柏說，「少了許多槍戰，但死傷可一點都沒少。」

萊希發出你可真幽默的一聲輕笑。庫柏看得出國防部長正準備回他一記隱晦的羞辱，但在他說出口前，南北邊牆上的弧形門便打了開來。萊恩諾．克雷總統探出頭，對他的助理說：「把不重要的事情都推掉。」然後轉身走回房裡，對身後比了比手勢，要他們進來。

總統的橢圓辦公室在陽光下熠熠生輝，每件上過蠟的物體表面都閃爍著光芒。基佛斯、萊希和亞契泰然自若地走進來，好似這不過是另一間再普通不過的房間。庫柏挺起肩膀，試著仿效其他人的姿態，耳中還是充滿每次他踏進這個房間時都會聽到的血液沖刷而過的和緩怒號。

「歐文，我們對達爾文之子的了解狀況如何？」

「我們已經愈來愈清楚情勢了，長官，但速度很慢。」國防部長開始對總統進行簡報，顯然並沒有什麼重大進展。

庫柏自從加入克雷總統的團隊之後，就變成了某種恐怖組織專家。他讀遍所有關於達爾文之子的備忘錄，和應變部、聯邦調查局及國家安全局見面，盯著被活活燒死的貨車司機照片長達好幾個小時。儘管花了這麼多時間，他還是所知不多。這個恐怖組織彷彿一誕生就發育完全了。沒人知道它的規模多大、基地在哪裡、資金從哪來、有沒有最高領導者，或者只是個結構鬆散的恐怖組織網。

「結論是，」萊希繼續說，「我們過去幾天知道了很多——從引爆食物貨倉的炸彈得知他們的技術知識和化學材料，監視畫面顯示他們是用偷來的警車對貨車發動攻擊，我們的分析師從資料探勘的模式中獲得許多資訊——但還不足以讓我們能夠實際作出回應。」

「也許這是因為他們是一群狂熱分子。一群瘋子。」基佛斯說，「他們把人活活燒死。為什麼我們要把達爾文之子當作某種外國政體，而不是邪教來看？」

總統摩挲著下巴，「尼克，你怎麼想？」

只有他的前妻娜塔莉和雪倫會用他的名字叫他，但他對於要求美國總統以姓氏來稱呼他，總覺得不是很自在。他清清喉嚨，花了一點時間斟酌他接下來要說的話。「想想全國百姓在看到單眼鏡餐廳的影像後，會有多憤怒。他們的總統在計畫謀殺他們。」

克雷保持著和善的表情，不過其他三人紛紛交換眼神、撥弄著文件。庫柏可以感覺到他們拉開了一點距離。*讓他們去吧。只要你仍在這裡，最好還是把事實說出來。*「那麼，現在從異能的角度來想想。第一級異能孩子被強迫和父母分開，送去學園。應變部在沒有合法訴訟程序和審判的情況下，殺死他們認為會對社會造成威脅的異能。監控機制倡議案讓每個美國異能者未來都會被強行在脖子裡植入晶片——」

「我們走著瞧。」克雷說，「我可不是倡議案的粉絲。」

「很高興聽到你這麼說，總統先生。但就算你可以廢除這項法令——而且你也該這麼做——還是不會改變異能者被當作二等公民對待的事實。」

「我不是很確定，」萊希說，「這項分析有什麼戰略價值。」

「是這樣的，」庫柏說，「他們可能是狂熱者沒錯，但他們不是瘋子，而且他們有憤怒的原因。我一生都在追捕恐怖分子。我痛恨他們代表的一切。但我們不要假裝他們的動機是毫無理由的。」

「我們也不要忘記，」萊希說，「他們殺了好幾千人，將無辜的男男女女活活燒死，還試圖餓死三座美國城市的居民。你建議我們怎麼做？圍在桌邊聊我們之間的不同嗎？」

「不，」庫柏說，「我們不能和恐怖分子談判。」

「那麼——」

「但是我們可以找人來當我們的談判代表。」

克雷總統看起來若有所思，「你想的是誰，尼克？」

「艾瑞克·艾普斯坦。」全世界最有錢的人，靠他的天賦分析股票市場，獨力賺進三兆美金。當全球金融市場終於對他這樣的人提出抗議，他便把注意力轉向一項新的計畫：為異能打造一個家。他傾家蕩產，在懷俄明州的沙漠中央建造了一個異能以色列國。「身為新迦南特區的領導者，他和異能者團體都有聯結。而且他不容許恐怖行為，所以……」庫柏聲音愈來愈小。其他三位官員正在交換某種神情。「怎麼了？」

「你當然不知道了。」瑪拉·基佛斯說，「你才剛踏入這個世界，怎麼可能會知道呢？聽著，根本沒有艾瑞克·艾普斯坦這個人。」

他困惑地瞪著她，回想在新迦南特區地底下的電腦仙境，和艾普斯坦說話的記憶。一位怪異又聰明的男人，擁有強大無比的天賦，可以將看似無關的資料聯結在一起，從中找出模式。

當然了，這個天賦讓他成為隱士，難以和其他人溝通。這就是為什麼他的哥哥會是大眾所知的「艾瑞克・艾普斯坦」，負責上談話節目、和總統會面。這個祕密只有少數人知道。

「你看，」基佛斯繼續說，「很顯然那位假裝是艾普斯坦的人，和搞垮股票市場的不是同一個。」

「因此不可能和他達成外交關係。」總統說，「我們永遠不可能確定我們面對的究竟是誰。」

「但是——」庫柏阻止自己繼續說下去。他知道這些人不曉得的真相，一個可能成為關鍵的真相。但是，這些人可是全世界最有權力的人。如果艾普斯坦選擇把他們矇在鼓裡，一定是有原因的。

上次你見到艾普斯坦的時候，你答應他要殺死約翰・史密斯，但你卻饒了史密斯一命。你真的想要扯世界上最有錢的人第二次後腿嗎？「我懂了。」

「現在，」萊希說，好像從沒被打斷過一樣，「我們要專注在手邊的狀況。我們預計明天發放食物和重要物資。」

「明天？」總統皺起眉頭，「超市兩天前就空了。為什麼要拖延？」

基佛斯回答：「這其實已經是最好的結果了，長官。國民警衛隊並沒有儲糧。我們正和土爾沙和弗雷斯諾的食品經銷商協調，但克里夫蘭的食品貨倉已經遭摧毀了，我們必須和俄亥俄州東北部的其他地方合作。」

「為何不由聯邦緊急事務管理署出面處理？」

「除非堤蒙斯州長發出警急狀況的聲明，並正式請求協助，不然管理署無法動作。」

「他為什麼不這麼做？」

「他是民主黨員，」她說，「如果他向身為共和黨員的總統求助，下次選舉時會讓他看起來很懦弱。」

「處理好這件事。人民在挨餓。」

「是的，長官。」瑪拉．基佛斯展開她的軟式平板，做好記錄。「同時，國民警衛隊正在設立食物發放中心，但他們遇到一些困難。大多數雜貨店都發生許多事故：擠破櫥窗、打架、搶劫事件。國民警衛隊試圖維持秩序，他們在控制人群和保護商店時，無法一邊建立援助中心。一旦愈晚發放食物，就愈多人湧上街頭。」

克雷總統轉身背對他們，在窗前來回踱步。他往外看向玫瑰園，晨光將他的身影一分為二。「有任何死亡案件嗎？」

「還沒有。有些人進了醫院。」

「我們需要每個人都冷靜下來。」克雷說，「恐慌比問題本身還糟。」

「是的，長官。」基佛斯說，「我們認為你該對全國發表演說。」

「今天下午？」

新聞祕書亞契說：「今晚會是最多人收視的時段。」

「只要一篇簡短的聲明即可。」基佛斯說，「照著準備好的講稿：你親自監督所有嘗試——」

「努力，」亞契說，「你親自監督所有在這段時間政府所做的努力。」

「在這個艱難的時刻，所有美國人都必須團結一致——」

「——展現定義這個國家的堅定意志，諸如此類。」

「你對國民警衛隊抱持最高的信心，對克里夫蘭、土爾沙和弗雷斯諾的市民也是。」

「同時，我們會翻遍每一塊石頭，找出是誰攻擊了我們的國家。」

「不好意思。」庫柏說。

房裡說話的節奏被打斷，每個人都轉身看向他，彷彿他們早就忘了他的存在。他露出友善的微笑。「妳說『聲明』，總統為什麼不開放問答呢？」

「不行。」基佛斯和萊希同時說。亞契說：「絕對不行。」

「三座城市都陷入混亂。」庫柏說，「食物短缺、搶劫和暴動的疑慮。為什麼總統不能回答問題？」

基佛斯的神情緊繃。「庫柏先生，我不認為——」

「事實上，」克雷總統說，「他說的有道理。為什麼不讓他們問問題？」

其他三人面面相覷。片刻後，亞契說：「長官，因為這些問題會是：誰是達爾文之子？他們在哪裡？他們要什麼？我們多快可以阻止他們？」

「為什麼不展現我們的強硬呢？」克雷問，「告訴他們，狀況都在我們的掌控之中，達爾文之子很快就會被我們暗中迅速地終結。」

「因為情報顯示，還會有更多攻擊。」國防部長說，「如果你說我們掌握了狀況，結束一小時後什麼東西爆炸了，看起來就會像是開關按下的時候，我們還在睡大頭覺。」

「那就告訴他們真相。」庫柏說，「告訴人民，你還不知道所有的答案。告訴他們美國政府正竭盡全力。你絕對不容忍任何恐怖行為，一定會抓到達爾文之子，消滅他們。在此同時，你需要你的人民表現得像個男人，保持冷靜。」

房裡一片寂靜。具有某種重量和質地的寂靜。這種寂靜不言自明，而且至少有三個人正在思量他到底有多笨。

好個「真相會讓你自由」啊。

經過了一段時間，總統開口：「好吧。不回答任何問題。」

庫柏往後靠向椅背，克制自己不要聳肩。

「可是尼克提出了一個很好的論點。」克雷繼續說，「保持人民的信心非常重要，要讓他們相信總統可以控制住情況。如果我只發表聲明而不回答問題，這會讓我們看起來像是在隱瞞什麼。不過，霍頓可以拖時間和轉移他們的注意力。讓他來主持簡報。」

「是的，長官。」

「還有，歐文，我要知道達爾文之子的一切。不是下個星期，也不是明天，就是現在。」

「是的，長官。」

「很好。」萊恩諾・克雷繞回他的桌子後面，戴上閱讀用眼鏡，開始翻閱資料夾，他的注意力立刻集中在上面。庫柏的異能有個副作用，就是讓他常以顏色分類別人。性急的人對他來說是紅色的，內向的人則是灰色。萊恩諾・克雷是咖啡館裡沾滿煙漬的金色壁紙，精緻而令人安心。

這樣很棒。但我不知道現在我們是否需要一個步調如拋光過的鋼的人。

他站起身，扣好他的西裝外套，跟著其他人走出橢圓辦公室。瑪拉・基佛斯等到門關上後才對他發難。「表現得像個男人？」

「還有表現得像個女人。」他說。

她的微笑緊繃又冷酷，眼中毫無笑意。「你曉得你正試圖激起他對不能做的事產生興趣嗎？」

「就我的了解，他可以做他想做的任何事。」

「你錯了。結果現在不是總統來告訴大家不要擔心，而是新聞祕書在上面含糊其詞。霍頓很行，然而我們現在需要的是自由世界的領導者告訴他的人民，一切都會沒事。」

「就算事實不是如此。」

「那更是要這樣。」

「妳看，這就是我們意見不同的地方。我認為總統的工作就是保護國家，告訴人民真相是最好的方法。」

「噢，天啊。」她翻了個白眼，「我該說我希望你知道自己在做什麼，但你顯然一點頭緒都沒有。」

「我們走著瞧。」庫柏說。

「沒錯，」瑪拉．基佛斯回答，「我們走著瞧。」

謊言背後的真相：不信者電子論壇

發文前請先註冊

應變部局長謀殺案的陰謀

暱稱：卓柏卡布拉[1]

「當罕見的情況發生時，為什麼要稱之為『普通常識』？」

帳號：493324

你們一定得聽聽這個。

知道三個月前發生的事嗎？應變部的德魯．彼得斯從華盛頓特區一棟高樓跳下來。官方說法是他因為承受不了參與單眼鏡餐廳事件的罪惡感，才上傳了他和沃克密謀的影片，然後跳下去。

首先我要說，這真是瘋了，這傢伙可是衡平局的頭頭耶！這個機構殺了天知道多少人，為什麼會在意一間餐廳裡的區區七十三條人命？

接下來才是最瘋狂的部分：我認識一名特區的警察，他告訴我，在同一天晚上、同一棟大樓裡，一間平面設計工作室發生了槍戰。那裡似乎完全被打成蜂窩，螢幕全毀，到處都是碎玻璃。他說現場有很多血跡，但沒有屍體。

1 Chupacabra，一種被懷疑存在於美洲的吸血動物。

我朋友當時去了現場，但被一身黑的傢伙趕走了。他覺得那應該是應變部幹員。結果當天晚上，他接到局長的電話，跟他說他搞錯了，那裡沒有血跡、也沒有發生槍戰。這背後一定有鬼。我的看法是：彼得斯沒有上傳那部影片，是那個打爛平面設計工作室的傢伙幹的。

這就表示彼得斯是被謀殺的。但沒有人討論這件事。

所以這道命令一定是從高層下來的。某個很有權力的人在背後搞鬼。

各位，把門鎖好、備齊物資吧。黑暗的日子要來臨了。

回覆：應變部局長謀殺案的陰謀

暱稱：至高無上的貝尼托

「你們要住手，要知道我是神。」

帳號：784321

你現在才發現啊？

一定有更多人涉入這件事。沃克是總統，彼得斯是應變部的局長，不可能是他們倆實際在單眼鏡餐廳幹下那些骯髒事。沒人找得出那些槍手，這代表他們也一定被偷偷做掉了。

你很意外有別人涉入其中嗎？

有個影子政府在幕後操控一切。

他們上電視作秀給我們看，告訴我們某某市長傳老二的自拍照給一些女孩，或是某個議員說了某些種族歧視的話，或是哪個官員助理吸古柯鹼，讓我們大家一窩蜂去湊熱鬧。當我們在那邊鼓譟和批判時，其實我們根本不知道他們真正在幹些什麼好事。所有推動這個國家的決定，都是在祕密房間裡做的。沒有留下任何紀錄，也沒有發過任何新聞稿。

單眼鏡餐廳事件相較之下只是冰山一角。有個祕密集團在操縱這些事，他們才不怕多死幾個人。你的警察朋友最好小心一點。

回覆：應變部局長謀殺案的陰謀

暱稱：花花公子八七

「你們這群盲從的烏合之眾。」

帳號：123021

聽起來根本就是狗屁。要掩蓋應變部局長的謀殺案得要有大到爆的影響力才行。

回覆：應變部局長謀殺案的陰謀

暱稱：至高無上的貝尼托

「你們要住手，要知道我是神。」

帳號：784321

你說的對，例如美國總統的影響力。
噢等等，他早就涉入其中了。你這白痴。

回覆：應變部局長謀殺案的陰謀
暱稱：卓柏卡布拉
「當罕見的情況發生時，為什麼要稱之為『普通常識』？」
帳號：493324

這些幕後黑手規模到底有多大？沃克是前任總統，還有誰是跟他一夥的？克雷總統？國防部長萊希？

回覆：應變部局長謀殺案的陰謀
暱稱：至高無上的貝尼托
「你們要住手，要知道我是神。」
帳號：784321

有可能。我唯一可以肯定的是，我的旅行袋已經打包好了，屋子裡也備好了儲糧——裝滿兩個運貨棧板的罐頭食物、兩百加侖的水，還有保護這些東西的武器。等到事情變大條的時候，我就可以安然度過。讓那些膽敢跨過我家圍籬的愚蠢瘋子吃點苦頭。

回覆：應變部局長謀殺案的陰謀

暱稱：香蕉女孩

「憂慮是想像力的誤用。」

帳號：897236

老兄，你不需要準備那麼多水。只要裝個接水盆和淨水系統就好了。點這裡就可以查到作法。

5

「表現得像個女人？他真的這麼說？」

「然後露出一副『我很可愛吧』的那種微笑。」瑪拉．基佛斯小口啜著她的咖啡。「至少很快就結束了。」歐文．萊希搖了搖頭。身為國防部長，很少人能讓他敢於展露自己真正的意圖。但瑪拉是他的朋友，或至少在他們這種階級的政治人物來說，她已經很接近朋友的定義了。他們曾經一起為沃克總統工作，而他很快就發現，她是那種不計代價都要完成工作的人。他喜歡這種人。他也是這種性格。「總統看起來為他神魂顛倒。」

「庫柏立刻就博得他的好感。你知道他是怎麼做的嗎？當克雷提供他這份工作時，他拒絕了。」

「妳是在說笑吧。」

「沒有。你相信嗎？他就坐在總統的豪華轎車裡，先前還經歷了一場二十位特勤人員的示威兼擄人秀，這傢伙居然還可以說不。」

他們倆正在她的辦公室，門緊閉著，萊希翹著腳，讓椅子只用兩支椅腳撐住，前後搖晃。在政權從沃克轉移到克雷手上的期間，他們用這種非正式的會議來確保狀況不會節外生枝，但他們愈來愈常將時間花在閒聊上。「他是在作秀嗎？」

「沒有。這才是奇怪的地方。他真心不想要那份工作。」

這很令人不安。這裡可是華盛頓特區，每個人都渴望這份工作。「所以庫柏是新的寵兒了。」

瑪拉點點頭。他們瞪著彼此，接著忽然一起爆出大笑。這樣的感覺很好，尤其是在這種荒謬的狀況下。

「這是什麼世界啊，嗯？把你的老闆丟下屋頂，下場是來為總統工作。」萊希說，「如果有需要，我想我們可以用這個把柄對付他。」

「庫柏不會讓別人操控他的。再加上，我們真的想要捅這個蜂窩嗎？」瑪拉搖著頭，「如果讓那晚的真相流出去，人們會開始質問還有誰涉入其中。」

「我跟單眼鏡餐廳事件沒有關係。」

「我也沒有。但我們其實都知道其他許多……事情。」她只點到為止，而他十分欣賞她這麼做。非常有手腕。

「我不曉得，瑪拉。是我多心了，還是這個世界真的瘋了？我們可能正在面對美國有史以來最大的危機，總統卻去諮詢一個童子軍。」

「你知道尼克．庫柏殺了多少人嗎？」

「好吧，」萊希說，「一個很危險的童子軍。」

她聳聳肩。她的系統發出叮一聲，顯示有訊息進來，她瞥了一眼，然後輸入簡短的回覆。

萊希將手指交叉在後腦杓，盯著天花板。

「一九八六年，布萊斯發表了異能的研究報告，我當時才剛進入中央情報局，離開待了四年的軍情局，轉調到那裡。我那時是中東事務部門的蠢蛋新兵，負責處理所有垃圾任務的初階分析師。可是當我讀到那份研究時，我從我的隔間裡出來，直接走進副局長的辦公室，請他給我五分鐘的時間。」

「不會吧！」

「我當時很年輕。」

「他有見你嗎？」

「有啊。」萊希露出微笑，回憶起那一天。當時是一月，很冷。他的鞋子上有汗水乾掉留下的鹽漬，當他在米契的辦公室外等待時，他用沾了口水的手指將皮鞋擦乾淨。他口中現在仍然可以嚐到鹽和泥土的味道。「副局長看著我，好像我是個智障一樣。」他聳聳肩。

「此刻為時已晚，不能打退堂鼓了。所以我想，去他的，今天你不是名留青史，就是丟了工作。」

「你當時說了什麼？」

「我把研究報告放在他桌上，告訴他：『長官，你可以不用管那些回教教長、柏林和蘇聯了。這個將會成為定義未來五十年美國軍情的衝突。』」

「不會吧。」瑪拉露出大大的笑容。「不會吧。」

「就是這樣。」

「然後呢？」

「他大笑著把我趕出辦公室，然後我多當了一年的初階分析師。但我是對的。我當時就知道了，現在也知道。」米契現在也知道了。副局長花了五年的時間才了解這個事實。當他曉得以後，他也記得當初是誰告訴他的。從那時起，米契副局長就密切關注他，接下來萊希便平步青雲。「在我們的歷史中，從未出現過像異能這麼大的威脅。」

「小心點。《紐約時報》會付一大筆錢引用你說的這句話。」

「《紐約時報》可以滾一邊去。我有三個孩子和五個孫子，沒有一個人是異能。妳覺得他們的命運會是什麼？他們會在二十年內統治世界嗎？還是賣炸薯條？」

瑪拉沒有回答，只是在系統上輸入另一條訊息。萊希問：「妳覺得他怎麼樣？」

「庫柏？」

「克雷。他已經當了兩個月的總統。蜜月期結束了。妳覺得如何？」

她將手從鍵盤上挪開，拿起她的咖啡，若有所思地啜了一口。最後，她終於開口：「我覺得他會是個很棒的歷史教授。」

他們的眼神交會。

已經無需多言。

6

這是個晴朗的天氣，那種讓男人對於能夠擁有一棟房子而感到驕傲、想要穿上工作服到自家院子做事的好日子。長廊邊緣放著一瓶啤酒，背景音樂是收音機傳出的播報內容，伊森正在實踐最大的白領階級謊言——「在家工作」，可是他並沒有感到非常不悅。他已經花了太多時間在實驗室裡了。況且，新聞所說的「克里夫蘭危機」已經持續了三天，人們的生活用品很快就會耗盡，開始挨餓。飢餓的人會幹蠢事，所以他絕不會獨留妻小在家。

「——即將在今晚向全國發表演說。在記者會之前，白宮不斷重申，國民警衛隊正在每個受災城市設立援助站，準備發放物資和食物——」

擁有一棟房子之後，他發現一件事：該死的樹葉會落個不停。他從將落葉裝袋、浸淫在各種細節及氣味、枝葉的小碎片從滿手落葉中彈出，飄在空中，被金黃的秋日陽光照亮的這些情景裡，發現一種禪意。

「——指出這只不過是一時不便，不會造成長久的影響。他們請求所有人保持冷靜——」

「帕克博士？」

伊森抬起頭看。一男一女站在路緣，兩人都穿著黑色西裝、戴著墨鏡。男人拿出皮夾，上頭別了徽章。「我是巴比．昆恩探員，這位是法樂麗．衛絲探員。我們是分析應變部的人，你現在有空嗎？」

伊森直起身子，他的背隨之發出喀啦聲。「呃，當然有。」

「你是高等基因體學研究中心的伊森．帕克博士？」

「我是。」

昆恩點點頭，走向穿著舊衣、一手髒汙的伊森所在的院子。「你介意我們進屋去嗎？」

「這是怎麼回事？」

「關於亞伯拉罕．考贊博士的事。我們可以到裡面談談嗎？」

亞伯？他聳聳肩，回答：「當然。」但他有種不太真實的感覺——只有在電影裡，才會有政府幹員現身你家門前草坪。他領他們走上階梯，進入屋內。「請坐。需要咖啡或什麼嗎？」

「不了，謝謝。」兩位幹員並肩坐在沙發上。昆恩說道：「這地方真不錯。」

「謝謝你。」

「你有小嬰兒？」他比了比嬰兒搖椅。

「十週大的小女孩。聽著，不好意思，我不想表現得很沒禮貌，但這到底是怎麼回事？」

「你最後一次見到考贊博士，是在什麼時候？」

「幾天以前。」

「可以更明確一點嗎？」

伊森仔細思考。亞伯總是順著自己的興致，來來去去。事實上，他做任何事差不多都是這副德性。「前天，在實驗室。」

「從那天以後，你就沒有聽說他的任何消息了？」

「沒有。發生什麼事嗎？」

昆恩看起來面色愁苦。「我很抱歉要告訴你這件事，昨天一位鄰居通報，考贊博士的屋裡傳出槍聲。警察抵達現場後，發現後門被人闖入。他家裡的辦公室被洗劫，人也不見了。」

「什麼？亞伯還好嗎？」

「這就是我們想知道的。」

「帕克博士，」衛絲說，「你知道有誰威脅過考贊博士嗎？」

「不知道。」

「哪個最近離職的員工，或是對他有怨言的人？」

伊森差點笑出來。「離職？沒有。有怨言的人？當然有啦。亞伯不是那種可以合作得輕鬆愉快的人。」

「這是什麼意思？」

「他……」伊森聳聳肩，「在過去，他們會說他天賦異稟，不過現在這個詞代表了截然不同的意思。他不是異種，但他是個超級天才，而且不是個有耐心的人。」

「你這話指的是？」

「他惱人又難搞，對沒他聰明的人不屑一顧，意思就是他對幾乎所有人都不屑一顧。」

「包括你？」

「有時候。但我沒有闖進他家，如果你是想問這個的話。」

「當然不是。」昆恩說，舉起雙手，「我們只是想搞清楚，為什麼會有人把考贊當作目標。」

「目標？」他來回看著兩位幹員，「不好意思，我不太懂這是什麼狀況。」

「那不是單純的搶劫案。」昆恩說，「他們趁他在家的時候下手。現場有掙扎的痕跡，然後考贊博士消失了。就這點來看，我們認為這是一起綁架案。」

伊森往後靠向椅背，試圖理解他剛剛聽到的話。綁架？誰會綁架亞伯？

「帕克博士——」

「可以叫我伊森。」

「伊森，你能告訴我們考贊博士的工作內容嗎？」

「研究基因多重表現變化的表觀遺傳學。」

兩位探員互瞥一眼。昆恩攤攤手，抬抬眉毛。

噢，對。伊森說：「你們知道荷蘭家庭世代研究嗎？」兩人維持一臉茫然的表情。「二戰進入尾聲時，德國人讓荷蘭陷入饑荒。那段時間稱為『冬日饑荒』，造成約兩萬人死亡。如同預期，當時懷有身孕的女人生下來的嬰兒都體弱多病，這一點很合理。令人驚訝的是，這些孩子長大後，生出的小孩也都有同樣的問題，再下一代的孩子也是。簡單來說，這就是表觀遺傳學。」

「哇，」衛絲探員說，「真的假的？」

「很酷吧？」

「是啊。所以是怎樣？飢餓改變了他們的DNA？」

伊森發現自己還滿喜歡她的。另一位看起來就是那種狡猾的典型政府探員，但這位在某方面來說，就跟他一樣宅。「不，這就是詭譎之處。改變的不是DNA本身，而是基因表現、調校自己的方法。表觀遺傳學就是大自然不用改變DNA本身，就可以對付環境變遷的方式。」

「這是怎麼辦到的？」

「這個嘛，這就是問題所在。」

昆恩說：「過去幾個月以來，你們有顯著的突破。」

你無法想像。「我們有所進展。」

「你可以告訴我們是什麼進展嗎？」

伊森搖搖頭。「我們加入實驗室時都簽了保密協議。我們進行的工作可是值大把銀子。」

「我了解，先生，但我們不是表觀遺傳學家——」

「我很抱歉，但真的不行。我甚至不能對我太太透露工作內容。亞伯非常認真看待他的保密協議。」伊森停頓了一下。「等等，你是說有人因為我們的工作內容而綁架他？」

「不管此人是誰，要的絕對不只是考贊博士本人而已。」衛絲探員說，「他們拿走了他辦公室裡所有值錢的東西，包括他的主機硬碟。」

巴比．昆恩說：「你們的實驗室是私人資金贊助的，對吧？」

「沒錯。」

「贊助者是誰？」

「我不知道。」

昆恩把頭歪向一邊。「你不知道？」

「就像我剛才說的，亞伯的作風很奇特。他以前曾經被縱火過。他不想再冒險讓人偷走我們的研究、拿去騙錢了。」伊森對贊助者是誰有個想法，現在看來不是可以分享的時機。

「等一等。」昆恩抓抓下巴，動作熟練。「你的意思是，你正在為一位你不知道是誰的雇主，進行一項你不能透露的研究？」

「我們不是在提煉放射性元素鈽。沉且，贊助就是贊助。」不過，只要我們的研究成果是正確的，贊助就再也不是問題了。有很多事同樣再也不會是問題。他把這個想法推到一邊，繼續說：「我真的不太確定這跟亞伯被綁架有什麼關係。」

「伊森，」衛絲說，「我知道這很突然，但我的工作就是分析資料，而這次事件的資料非常嚴重。考贊身陷極大的危險之中，只要你能告訴我們任何關於他研究內容的情報，都有可能救他一命。」

這會造成什麼傷害嗎？就算知道研究目標，他們也做不到複製結果。該死的，就連你自己也做不到。亞伯是唯一能拼起這幅拼圖的人選——

「為什麼是應變部？」

「什麼意思？」

「如果他是被綁架的，為什麼應變部會牽涉其中？這不是該由聯邦調查局處理嗎？」

「我們和聯邦調查局合作。他是個傑出的人，我們正在盡一切努力了解到底發生了什麼事。」

「但為什麼他的研究可以幫得上忙？表觀遺傳學無法讓你知道誰闖進了他家。你們不是應該……我不知道，去蒐集指紋、掃瞄ＤＮＡ嗎？」

「我們有。」昆恩說，「我們正在做所有你從電視上看來的事情。要是你想再見你的朋友一面，我們就需要了解你所知道的一切。」

伊森瞪著他們，心中不停咬齧他的懷疑現在變成了確信。「你們根本不是在追查亞伯的下落，對吧？」

兩位探員動也不動，沒有畏怯，也沒有倒抽一口氣。不過房內的溫度似乎驟降了好幾度。

「應變部的探員，嗯？」他露出微笑，「你們的目標是我們的研究。」

「伊森——」

「叫我帕克博士。」他說，「而且你們該離開了。」

兩位探員互使了一個眼神。昆恩說：「你知道我們可以傳訊你，對吧？你就得根據法律，說出你知道的資訊。」

「如果你這麼做，我就從命。和我的律師一起。但我要說的話已經說完了。」他站起身，感覺到脈搏加快。有一部分的他不敢相信自己的反應，另一部分的他則知道自己這麼做是對的。這些探員才不鳥亞伯。*他們知道你在研究什麼。他們一定知道。他們甚至可能知道你已經成功了。*

所以他們嚇壞了。

他走向大門，打開門扉。過了好長一段時間，兩位探員站起身。「好吧，帕克博士。」走到外頭的長廊時，昆恩轉過身來，不再維持友善的態度。「不過，有件事你可能會想好好思考一下，伊森。跟我們談過的每一個人都說你是亞伯的門徒。他或許是個天才沒錯，但沒有你，他絕對做不到這些事。」

「所以呢？」

「所以，亞伯的血濺滿了他的辦公室。」昆恩的手沿著門框滑動，意有所指地看著他。「你可能會想好好思考一下，究竟想不想要讓這些人來找你。」他露出冰冷的微笑，遞出一張名片。「等你想通你同樣深陷危險的境地之後，給我一通電話。」

對抗恐怖行動
最佳的防護措施不是政府

是你。

在火車上發現可疑人士？通知警衛。

鄰居的行為怪異？打個電話吧。

孩子的玩伴知道他們不該知道的事情？

讓我們知道。

只要通力合作，我們就能保護美國*。

如果你
看到什麼，
就說出來。

分析應變部

*應變部為平權組織。請銘記，

尊重所有人的權利和感受。異種也是人類。

7

這天糟透了，充滿挫折和煮過頭的咖啡。當庫柏一登上土星的第十四顆衛星，他就覺得好多了。

「恩賽勒達斯，」他兒子說，「是太陽系中最可能出現生命的地方。它有很多水和碳和氮。」

「聽起來是個可以去找小綠人的地方。」

「對啊，」陶德說，「但我們得先強化太空站的牆才行。外面是攝氏負三百度。」

「天啊。」庫柏抓住毯子的一頭，蓋住椅背，再將流蘇打個結，好固定在原位。「那我們最好別浪費時間了。特工Ｋ？」他將毯子另一頭遞給他女兒，讓她拉向房間另一端。他和陶德把沙發拖過來，當成一道牆，然後將另一條毯子蓋在上面。

他兒子檢視著眼前的堡壘，嘴脣一皺，露出臭臉。「我們需要更好的天花板。」

「了解。」庫柏回答。他從鬆垮的毯子底下爬出來，走到廚房翻箱倒櫃，尋找一卷萬用膠帶。他踮起腳，將膠帶順著吊扇的燈泡底座纏了一圈。接著他捏起毯子中央，往上拉起，用膠帶固定。「這樣如何，隊長？」

「太棒啦！」

他微笑，爬回毯子底下。頭頂上的燈光透過毯子上的小洞照射進來，形成星星般的形狀。這個帳篷的高度只夠讓他在中間盤腿而坐，看著孩子們繼續打造堡壘。陶德的動作比較豪邁，將軟墊堆疊成牆，再把沙發往內拉，讓入口變窄。凱特則是專注在細節，將隙縫補起，小心翼翼地撫平縐摺。建立秩序。這是她的作法。

當然了。她是異能。她的世界由模式組成。

一陣不由自主的寒顫伴隨著這個想法而來。她不只是個異能，還是個第一級的異能。美國每年四百萬個新生兒之中，只有幾千個擁有這種力量。根據法律，他們會被帶離原生家庭，進入政府設立的特殊學校就讀。這些學園是公開的祕密，大家心知肚明，卻不會談論。畢竟，第一級異能的數量不足以讓這些學園影響到大部分的人。就像德國的集中營，或是珍珠港的拘留營，或中央情報局在非洲的監獄，這些學園是大家輕易就可以忽略的國家暴行。

庫柏曾去過一家學園。他見識了這些孩子怎麼被孤立、虐待，學園老師怎麼讓他們彼此對立。教職員怎麼記錄下他們的祕密，打造他們最深沉的恐懼。事實很簡單——這些學園就是洗腦中心。他曾聽羅立治園長冷靜地解釋整個過程：「基本上，我們參考所有孩童體驗過的負面成長經歷，並根據心理狀態的不同，製造出更加嚴重的負面經驗。從青少年時期開始，我們就教導他們不可信任他人，其他異種都很弱小、殘酷和低等。」

他在那一刻感受到的無力，和想把園長的頭往桌上撞、直到其中一邊先裂開的渴望一樣強烈。他勉強壓制住自己的脾氣，可是在那一刻他發誓：他的女兒絕不會進入學園。永遠不會。

他撥弄她的頭髮。她轉頭看向他。「爹地？」

「是，寶貝？」

「火星人是好人嗎？」

「這個嘛，我們不是在火星上，親愛的，所以他們不是火星人。」

「那他們是什麼？」

「陶德星人？」

「恩賽勒達斯人。」

「恩賽勒達斯人是好人嗎？」

「當然啦。他們不可能很刻薄，因為這裡太冷了。」庫柏聽到一個聲響，從毯子的隙縫中看出去。「事實上，我現在就看到一個了。看起來像是個恩賽勒達斯女孩呢。」

娜塔莉的腳出現在帳篷的進出口處，當她蹲下時，他們看見她的膝蓋，最後是她的頭。

「我可以進來嗎？」

「大夥兒，你們怎麼想？來點跨種族合作吧？恩賽勒達斯的感恩節？」孩子們彼此對望，接著凱特嚴肅地點點頭。

庫柏的前妻露出笑容，說道：「呼！我一直很想登上太空船呢。」她擠進來，到他身旁。

「這是太空站，媽。」

「抱歉。這裡有浴缸嗎？現在是太空小女孩的洗澡時間嘍。」

「不要！」

「當然要，來吧。」

「我們可以留著太空站嗎？」

「當然嘍，」娜塔莉說，「不然客廳還可以拿來幹嘛？」

他們一起催促孩子們動身，度過晚上的點心、洗澡、刷牙時間。整個儀式充滿了一種痛苦的甜蜜感，是庫柏所渴望的。

廁所的白色地板瓷磚反射明亮的燈光。愚蠢的歌曲和英雄圖案的睡衣充斥房間。牙膏從凱特的嘴裡流到下巴。一場即興跳舞派對在臥室裡開場，凱特抖來抖去，陶德則有點不自在，直到庫柏追著他跑、呵他癢。唸完了床邊故事，經過一輪討價還價後，又再讀了一次故事。

接著，他關掉女兒那一邊的燈，拿被子緊緊包住她。快十歲的陶德准許看書看晚一點，他早已沉浸在一本科幻小說中。當庫柏吻他的額頭時，他咕噥了一聲晚安。庫柏走出房間，在身後關上門，感覺到那種照顧孩子時產生的飄然和失落感開始慢慢消失。

他走下樓，晃進廚房。娜塔莉不在那裡，也不在遊戲室。他們蓋的堡壘占滿了客廳的空間，沙發移了位，咖啡桌緊靠著牆，萬用膠帶從燈座連接到毯子上。「小娜？」

「在太空站裡。」

他笑出來，爬進裡面。他的前妻盤腿坐在帳篷中間。庫柏不是很懂女人的時尚，但他非常肯定瑜伽褲絕對是過去二十年來最棒的發明。娜塔莉拿了一瓶酒和兩個杯子。「他們睡了？」

「陶德在看書。」

「我們在哪裡？」

「恩賽勒達斯。」他回答，「土星的第十四顆衛星。至少這是我們的老大告訴我的。」

「那孩子真瘋狂。」

「徹底瘋了。」庫柏同意道。他接過她遞來的杯子，喝了一大口。

「那你還好嗎？」

他一直很愛娜塔莉這一點，她的話語和涵義是他見過的大多數人裡最一致的。這很接近直率，但沒有那種趾高氣揚的感覺。她不是想找碴，也沒有想表現什麼。她只說她真正想說的話。對於他這種擁有異能的人來說，這是天大的慰藉。

他真誠地回答她的提問：「當妳不確定是在游泳還是溺水時，要怎麼形容這種狀況？」

「踩水？」

「我猜也是。」

「你在煩惱什麼？」

他猶豫了一下。他們已經離婚三年半了。他們是朋友，共同照顧孩子一事也做得很好，不過向她吐露他的生活並不公平。那是夫妻做的事。「我會自己搞清楚的。」

「尼克。」她說，對帳篷四壁比了比。毯子起了一陣輕柔的波動。「你很安全。我們在恩賽勒達斯。跟我說吧。」

他笑出聲來。接著他便開始說話，發現自己停不下來。他想分享美好的事物，例如從車道走向西廂辦公室的路程、踏進橢圓辦公室時的感受、看到自己的話語和想法轉化成出現在晚間新聞裡的內容。但這些部分卻和讓他愈趨挫折的會議桌戰爭不可分割。

「基佛斯和其他人，甚至包括克雷，都還死守著老舊的觀念。他們只重眼前，卻不顧大局。」他笑著說，實際上卻毫無笑意。「他們真的很擔心到了選舉時，這些事給人什麼觀感。我就在那邊說：『各位，我們不是該擔心到時候可能就沒有選舉了嗎？』」

「有這麼糟？」

庫柏停頓一下，喝了一口酒，點點頭。

「那就搞定它。」

「嗯？」

「搞定它。」她聳聳肩。「美國總統會聽你說話。那就好好利用這點。」

「沒那麼簡單。」

「你在為衡平局追捕同類時，有比較簡單嗎？」

「沒有。」

「你這一生都在為打造一個我們的孩子不用害怕的世界而奮鬥。我知道去年對你來說很難熬。如果事情已經變得這麼糟了，那你就必須準備好，士兵。」

他看著她，經歷了各自的風風雨雨，他愛著眼前這位特別的女人超過十年了。他們的愛曾經火熱，接著，他的天賦和工作開始介入其中，但他們仍然在決定分居時，保持彼此尊敬的愛意。「準備好？」

「沒錯。還有另一件事。」她放下酒杯。那是一個計畫好的動作，經過非常審慎的考慮。他可以從她肌肉的移動方式看出來，以及她雙唇微微分開的方式、傾身往前爬過來——哇喔。吻他。

那個吻既完整又堅定。她的雙唇溫柔地吻著他的唇，她充滿紅酒氣味的舌頭滑入他的嘴裡。這個觸感立刻讓他感覺到既熟悉又奇異——當她靠近、上臂擦過他時產生的電流，以及充滿他鼻腔的她的味道。

她讓這個吻持續到足以表明這不只是個出於善意的舉動，也不是老情人之間的輕吻。她停下後，她看著他的雙眼說：「我以你為榮。」接著她拿起她的酒杯，爬出帳篷。她轉過頭說：「搞定它。」

嗯。

嗯。

嗯。

媒體簡報

媒體祕書霍頓．亞契
二〇二三年十一月二十四日，白宮新聞簡報室

亞契先生：各位晚安。你們都知道，克里夫蘭、弗雷斯諾、土爾沙的狀況仍在持續。不過，克雷總統親自監督所有為了復原而做的努力。總統要求，在這段艱難的時期，我們美國人都要團結一致，展現定義這個國家的堅定意志。他對國民警衛隊保有最堅定的信心，對克里夫蘭、弗雷斯諾、土爾沙的人民也是。

接下來，我將接受一些提問。瓊？

紐約時報：從劫車以來已經過了四天。你們有更多關於達爾文之子的情報嗎？總統有考慮展開軍事行動反擊嗎？

亞契先生：我們的軍情部門是全世界最好的。我可以跟你保證，政府已經獲得相當多資訊，我們會翻遍每一塊石頭，找出是誰如此卑劣地攻擊我們的國家。如同所有的恐怖攻擊，其目的是為了對平凡的美國公民製造混亂和痛苦。針對這一點，他們已經失敗了。雖然他們造成暫時的物資短缺，我們的國家卻比過去任何時刻都來得堅強。

紐約時報：軍事行動呢？

亞契先生：國內警備是由警察、聯邦調查局和應變部負責，我無法對他們的個別計畫做出評論。我會向他們提起你的問題。好的，莎莉？

華盛頓郵報：那關於一些——

紐約時報：不好意思，我還有問題沒問完。國防部的消息來源證實，國防部長歐文．萊希主張採取軍事行動，我在這裡重複——非警察力量的軍事行動。萊希部長真的要求派遣美國軍隊至美國本土嗎？總統會考慮這項提議嗎？

亞契先生：我不對沒有依據的消息做回應。莎莉，妳的問題？

華盛頓郵報：關於達爾文之子正在計畫進行下一步攻擊的說法，又是怎麼回事？

亞契先生：我無法對恐怖組織的意圖做出評論。但我可以告訴妳，我們盡了一切努力保障美國公民的安全。

哥倫比亞廣播公司：達爾文之子和懷俄明州的新迦南特區有關嗎？他們和艾瑞克．艾普斯坦有關係嗎？

亞契先生：我們並沒有發現相關證據。我們也要記得：新迦南特區的居民——包括艾普斯坦先生——都是美國公民。政府尊重每一位守法的公民，不分普通人和異能。

全國廣播公司：克里夫蘭的人說，國民警衛隊沒有食物可以發放。

亞契先生：國民警衛隊在公園、教堂和體育館設立了援助中心。我們請求每一位居民前往該處時保持理性，也請了解大家的鄰居現在同樣需要協助。

全國廣播公司：不好意思，你沒有回答我的問題。克里夫蘭有食物可以發放嗎？

亞契先生：我，嗯，這很難——我會替你向國民警衛隊詢問更多細節。

美聯社：我接到許多國民警衛人員用步槍對著市民的通報，他們甚至鳴槍威嚇。如果情況愈變愈糟，總統會授予國民警衛隊攻擊市民的權力嗎？

亞契先生：我不認為會走到那一步。總統對國民警衛隊和克里夫蘭、弗雷斯諾、土爾沙的市民抱有最高的信心。

美聯社：所以國民警衛隊並不會被授予開槍的權力？

亞契先生：我不這麼認為。

CNN：我要引述白宮一位高階情報來源，此人說：「我們沒有關於達爾文之子的戰略情報，什麼都沒有。他們就像是拿著槍的鬼魂。」

亞契先生：我無法對最高機密的情資做出任何評論。不過我要在此重申，我們會盡一切努力……

8

自從那兩位政府探員來訪，告訴伊森他的老闆被綁架、他的家人深陷危險後，已經過了兩天。從那時起，這些事就占據了伊森的心頭。每個陌生人看起來都是危險人物。每輛停在路邊的車看起來都像是在監視他們的房子。他無時無刻都神經緊繃，從窗簾後面往外偷窺，手指撥弄著特別探員昆恩的名片。

讓整個狀況變得更糟的是，他無法和艾咪一起分擔所有重擔。伊森告訴她亞伯被綁架的事，但他沒有強調綁架案和他們的研究之間的關聯。第一，因為沒有證據；第二，如果他說實話，就免不了必須說出他的研究內容。如果他還想保住工作，就絕對不能這麼做。亞伯對這種事可不會鬧著玩。伊森很確定，他的老闆眼睛眨也不眨便會把他開除。

絕對不能發生這種事。尤其是家裡有個十週大的嬰兒。尤其是你就快要成功了。

不過，他還是把手槍收在床頭櫃裡。以防萬一。

因此，當鄰居傑克打電話給他，邀請他開會時，伊森立刻把握這個可以讓他分心的機會。這主意很蠢——保護家園的鄰里守望隊？一群律師和超市經理的殺傷力就和國中合唱團一樣——但他還是出席了，和街坊裡大多數的男人一起擠在傑克家的客廳，吃著椒鹽脆餅，喝著裝在紅色塑膠杯裡的健怡可樂。

「所以呢？」伊森說，「我們是要用乾草叉和火把嗎？」

「不，當然不是。」傑克看起來很失望。「這只是鄰居之間互相幫忙，就這樣而已。」

伊森想到他的鄰居送他的一箱奶水，感到一陣羞愧。「我沒有要耍嘴皮的意思，只是不太了解狀況。」

「很簡單。我們現在無法仰賴政府來維持一切正常運作。自商店斷貨以來，已經過了五天，還是沒有任何食物。到處都發生搶劫、縱火、槍擊事件，卻沒有足夠的警力和消防人員去處理。整個系統已經崩潰了，所以我們要一起合作，度過難關。」

「你是說在這一區巡邏？」

一位伊森不認識的男人說：「有何不可？我知道這樣講很政治不正確，但如果你是東邊來的毒蟲，你會想要搶誰？什麼都沒有的隔壁毒蟲嗎？還是我們其中之一？」

「我們沒有要成立民兵團。」傑克說，「假如政府失去了作用，我們就要同心協力。」

「我很樂意協助你們任何一個人。」伊森說。他環顧整個房間，在心裡開始幫他們分類：那是你不再跟他聊天的人；那是你大概知道名字、會打招呼的人；那是你確定你根本不知道他們的名字、還是會打招呼的人；完全不認識的人。有三、四個是不錯的朋友，像傑克那樣的人；或是像蘭吉・辛格。伊森和他眼神交會時，蘭吉模仿金剛捶胸的動作。伊森差點笑出來，用一聲咳嗽來掩飾。「我只是不太確定為什麼要弄得那麼正式。」

「因為我們必須組織起來。假如說，老天慈悲，哪天薇奧拉病了，你以為叫了救護車，他們兩分鐘後就會到嗎？」傑克搖搖頭，「但這裡有個貝瑞醫生能幫忙。或是假設盧是對的——」他對政治正確先生點點頭，「有些壞蛋跑來這裡行搶。如果我們組織起來，這個街區的每個人都會挺身幫忙。」

「壞蛋？」伊森抬起一邊眉毛。

「你懂我的意思。」

「我不太確定我懂。我要怎麼知道哪個人是壞蛋？是我不認得的人？看起來很窮的人？還是很餓的人？」

「你有什麼毛病啊，老兄？」盧很矮，但胸膛寬闊，全身肌肉像彈簧一樣緊繃。

「沒關係的，盧。」傑克微笑，伸出手，露出掌心。「他問得很對。我們也應該要能答得出這些問題。我們不是街頭幫派。」

真是圓滑。伊森心想。傑克在沒有羞辱到任何人的情況下，化解了緊張的氣氛。而他用「我們」這個字眼，也讓大家下意識地團結在一起。「阿爾法男性」這個詞彙通常都用在較為野蠻、原始的狀況中，但這個字眼實際上代表的是比生理優勢更加微妙、更加強大的特質。對成立群體的渴望是深植在DNA之中的，因為團體生活比單打獨鬥更好。因此，根據此一先驗，自然形成的群體的中心個體，通常都極有魅力。這是一個隨著演化而增強的生存優勢。

老天，謝了，教授。伊森在心裡打了自己一下，將注意力轉回傑克正在說的話。

「──正在經歷一段艱難的時期。我想我們都了解這點。如果有人想要搶你們其中一個，那我就認為他是壞人，而你得要能夠保護自己。我也會照應你。」傑克轉過身來，看著伊森。「你可以接受這個標準嗎？」

伊森朝房裡瞥一眼，立刻看出這二十多個回望著他的男人已經結為一個部族了。算了吧。就讓他們發發大夢，也無傷大雅。「當然可以。」

「我想到了。」名叫柯特的工程師說，「我們應該在手機裡設一個群組，這樣只要發一則訊息，所有人都會收到。一個我們自己的報案專線。」

「很棒的點子。」

「我有個主意。」盧說，「我們有很多事得組織起來，對吧？讓蘭吉來主導吧。他是異能，他比較厲害。」

一陣尷尬的靜默。伊森瞥向傑克，暗自希望他會出面解圍，但他的鄰居保持沉默。

過了一會兒，蘭吉說：「我是異能，盧，但我的天賦是高單位數量。」

「那是什麼天殺的——」

「意思是，」伊森說，「他可以瞬間估算高單位數量系統。例如樹上的葉片、散在地板上的火柴、運動場裡的人。」

「我是市集遊戲的殺手。」蘭吉說，「猜猜罐子裡有幾顆雷根糖？呀呼——」他露出一抹笑容，一口白牙被黑皮膚襯得閃閃發光。

傑克用鼻子噴笑，打破了房內的緊張感。

他們用接下來的一個小時分配工作。專業人士紛紛站出來——有一手木匠絕活的人、受過急救訓練的人——大家也互相交換了手機號碼。天色漸暗時，男人們開始四散。大多數人對著全體揮手道別，每一個人都和傑克握了手。伊森一直等到蘭吉穿上外套、向主人道再見。

「謝謝你來這一趟。」

「沒什麼。」

傑克握了握他的手，問道：「嘿，薇奧拉還習慣那些奶水嗎？」

這是你提醒我還欠你人情的方式嗎？「非常習慣，謝謝你。」

「如果你還需要，就跟我說吧。」

「我們會沒事的，但還是謝了。」

經歷了人群擠在客廳裡散發出來的溼氣，屋外的空氣顯得清新冷冽。伊森深吸一口，讓肺部充滿新鮮空氣。暮色已降，一道道珊瑚色雲彩抹在靛藍天空上。伊森替蘭吉撐著防風門，然後讓門砰一聲關上。整個城市騷動不安，微弱的車流聲和遠方傳來的警笛，圍繞在他們四周。

「哇。」伊森說。

蘭吉點點頭，手伸進口袋拿菸。他用黃色的打火機點燃一根，向伊森遞出菸盒。伊森搖搖頭。整個街區的房子看起來既溫暖又舒適，客廳的窗戶透出超立體電視的光芒，長廊的燈打在保養良好的院子。

「剛才那個房間裡需要的，」蘭吉說，「是一個女人。」

「那還用說。只要一個太太笑出來，這種約翰．韋恩式的大男人氣概就會瞬間消失。」他搖搖頭，「還有盧的那些鬼話，老——天，他就像是那種打籃球時會要求黑人得加入他那隊的傢伙。」

「哎。」蘭吉揮揮手打發他，香煙一陣舞動。「那不重要。我們家正在考慮要不要離開這裡。我們在佛羅里達有個分時度假小屋，該是輪到我們使用假期居住權了。」

「艾咪和我也在想同一件事。到芝加哥和她媽一起住。不知道為什麼我們還沒行動。」

「就跟我們還沒行動的理由一樣。你上床睡覺時下定了決心，當你醒來之後，看到陽光普照時，你就會想，這種日子不可能會變樣。」

「所以你要保持這樣子多久？」

「我猜直到冷凍庫都空了為止。」蘭吉聳聳肩，「你知道，明天可能一切就會沒事了。到了明年夏天，我們就會忘掉這一切。偉大的二〇一三年鄰里民兵團就此變成一則笑話。」

「絕對會。」伊森說。他正準備要補上「一切都會沒事的」這句時，每間房子裡的每盞燈都暗了下來。

那是同一時間發生的事。

9

空軍一號距離華盛頓特區還有一小時航程時，特勤人員通知庫柏，要他到會議室一趟。

在庫柏的軍隊及探員生涯中，他曾搭乘過高級私人飛機和顛簸的軍機，也曾乘坐滑翔機飛越懷俄明沙漠上空，以及從一架完好的C－17運輸機上背降落傘跳下來。但是空軍一號和他搭乘過的任何飛機都截然不同。

這是一架客製化的波音七四七，擁有三層客艙、兩間廚房、豪華臥房、設備齊全的手術室、全國廣播設備、記者團和特勤局專屬的頭等艙等級座位，還能在不中途加油的情況下，持續飛行約地球三分之一圈的距離。就算需要加油，也可以在空中進行。

庫柏解開安全帶，走向飛機前方。會議室門前的探員對他點頭示意。

這個房間是白宮戰情室的機動版，裡頭擺放寬闊的會議桌和高級的椅子。人在白宮的瑪拉・基佛斯的超立體影像清晰出現在全像投影螢幕上。總統坐在會議桌的主位，右邊是歐文・萊希，左邊是霍頓・亞契。

亞契瞥了庫柏一眼後說：「土爾沙、弗雷斯諾、克里夫蘭的電力中斷了。」

「瑪拉，情況有多糟？」克雷總統說。

「根據衛星影像，我們判斷這三座城市的都會區都一片黑暗。」

「為什麼是根據衛星影像？」克雷問。

「因為負責各區域輸電網路的工程師回報一切正常。變電所也都沒有異狀。」

「網路攻擊。」萊希說，「病毒要系統從輸電網路送出大量電力到每個變壓器，讓它們停擺，同時攻擊安全系統，確保系統不會發出警告信號。」

「沒錯。」基佛斯說，「這就是讓那些工程師手足無措的部分。工作人員說變電所沒有遭受任何損害，變壓器也還在運作，只是沒有輸送電力到城市裡去。」

「這怎麼可能？」

「達爾文之子。」庫柏說。

基佛斯點頭。「看來我們的通訊協定被覆寫了。這需要異能程式設計師來破解。」

「妳這是在告訴我，」總統說，「恐怖組織可以像按下開關一樣，關掉三座城市的燈？」

「恐怕是這樣沒錯，長官。不過也出現一些反常情況。每個城市都有幾個區域還有電力。弗雷斯諾有兩區，土爾沙有三區，克里夫蘭有兩區。」

衛星直播影片取代了基佛斯的影像。眼前的景象令人不安。全像投影呈現的不是城市在夜晚綻放的喧鬧光芒，而是一片深沉的黑暗，只有一條條標示出高速公路的微弱光帶。唯一的亮點是幾個分開的區塊，大致上呈長方形，那些地方看起來一切正常。

「所以病毒並不是百分之百有效。」亞契說。「還好沒被全面攻陷，聊表慰藉。」

庫柏向前傾身，瞪著眼前的地圖。這其中必定有個模式，他——

兩個在弗雷斯諾，三個在土爾沙，兩個在克里夫蘭。

彼此有什麼關聯？有些靠近主要高速公路，有些距離遙遠。有些在鬧區，有些不是。

看起來並不是隨機挑選。那病毒的效果非常成功，不可能在這幾個地方就完全失效。

他們故意讓這些地區保留電力，就代表那裡有某種利用價值。

這七個區域有什麼特性？

——很確定。「醫院。」庫柏說。

亞契看著螢幕，再回頭看他。「什麼？」

「這些區域都有大醫院。」

「為什麼恐怖分子要中斷三座城市的電力，卻讓醫院繼續維持運作？」

「因為他們需要醫院。」萊希說，轉向總統。「長官，我和聯邦調查局及應變部的局長，還有國立衛生研究院的院長談過。他們都相信——我也附議——這可能是生物攻擊的前兆。」

「沒有道理啊。」亞契說，「如果他們要釋放生物武器，為什麼還要讓醫院繼續運作？」

「因為，」萊希反駁，「醫院是最佳的傳播管道。只要生病，人們就會去醫院。他們會在那裡傳染給其他人。醫生、護士、櫃檯工作人員、門房、病患和家屬。只要生物宿主的傳染力夠強，就算是在一般情況下，感染者的數量也會大為增加。因為這三座城市缺乏食物，也沒有電力，所以情況會更糟。他們不會待在家休養，而是會逃走。他們會去找親戚，或是其他住所。在這個過程中，他們會迅速把病毒擴散到全國。長官，我們相信達爾文之子製造出這團混亂，以掩護他們真正的攻擊。」

「這有點跳太遠了。」庫柏說，「異能也無力抵抗感染。這種生物攻擊對達爾文之子來說有什麼好處？」

「我不知道。」萊希回答，臭臉看著庫柏。「達爾文之子是恐怖分子，我們不知道他們袖子裡還藏著什麼把戲。」

「我們當然知道。他們很不高興異能受到這樣的對待，他們想要改變。」

「你是根據什麼做出這樣的推斷，庫柏先生？異能直覺嗎？」萊希露出冷冷的微笑。「我能理解你同情他們的處境，但不能因此讓我們的反應變得偏頗。」

如果我說你是個心胸狹隘、故步自封的白痴，你會覺得我的反應偏頗嗎？可是庫柏回答：「對什麼的反應？你正在浪費時間處理假設狀況，現在這些城市可是發生了真正的災難。人們在挨餓。沒有電力，他們會受凍，變得絕望、暴力。我們為什麼不開始提供他們天殺的食物和毛毯？為什麼還在擔心不存在的攻擊？」

螢幕中，瑪拉．基佛斯咳了一聲。媒體祕書亞契則是煞有其事地看了看手錶。萊希冰冷地瞪著庫柏。「庫柏先生，你的激情很動人，但你已經僭越了。況且，你沒有資格說什麼是假設情況、什麼不是。」

「或許是沒有資格。」庫柏說，「不過我可以說什麼是對的。」他環顧整個房間。你們都不懂，對吧？我根本不想要這份工作，所以不用怕因為說出真相而失去什麼。「民眾需要食物。他們需要藥品。他們需要電力。這些才是我們應該專心處理的事。這就是我們的工作。」

「保護他們免受攻擊也是我們的工作。」萊希反擊，「克里夫蘭的食物和毛毯無法讓洛杉磯的市民不致死亡。」

庫柏來得及回答之前，總統問道：「歐文，你想建議的是什麼？」

「立刻封鎖這三座城市，長官。國民警衛隊已經出動了。發布聯邦命令，讓軍隊支援他們，然後完全關閉這些城市。不准任何人進出。」

有一瞬間，庫柏感覺整架飛機開始劇烈傾斜，接下來才發現那只是他自己的錯覺。「你一定是在開玩笑吧。」

「我不覺得哪裡好笑。」

庫柏轉向克雷，期望看到他有同樣的想法，認為這個提議過於荒謬。但他在克雷臉上看到的卻是緊張。

緊張。

「長官，你不會是在考慮吧？你這樣是在國土上動兵啊！把三座城市變成警察城市，取消人民的基本權利。這會引起前所未有的混亂。這些地方已經瀕臨崩潰，我們卻不去幫助他們，反而把他們關起來！」

「不對，我們暫時限制不到一百萬人的遷徙自由，是為了保護其他三百多萬人！」

「恐慌、仇恨犯罪、暴動。再加上如果士兵要忙著封鎖城市，他們就沒辦法發放食物。這些全都是根據一個莫名其妙的理論所造成。」

「這是根據，」萊希說，「情報和衛生機構裡最優秀的頭腦共同分析出來的判斷。這也是一個擁有許多異能成員的團隊。庫柏先生，我知道你有自己一套做事方法，但這不是你個人的聖戰。我們正在試圖拯救這個國家，不是在玩什麼道德遊戲。」

庫柏忽略這番話。「總統先生，當你邀請我加入時，你說我們正處在斷崖上。」你是個知識分子，是個歷史學家。你知道這些事是怎麼發生的。一個激進分子殺了一位無足輕重的皇太子，引發第一次世界大戰。接著，九百萬人死亡。「如果你這麼做，我們就是正在走向那個斷崖。可能就是直接跳下去。」

「如果你錯了呢？」萊希說，「你說達爾文之子要的是異能的權利，但他們沒有試圖跟我們溝通。如果他們真正的目的是盡可能屠殺美國人呢？有一百種生物武器我們都無法對付——除非採取封鎖的方式。」

總統來回看著他們兩人。他的雙手放在桌上，手指交纏，指節泛白。

拜託，克雷。我知道你很害怕。我們都很害怕。但做個我們需要的領袖吧。

總統清了清喉嚨。

生活大不易

但對我們來說更加困難

- 如果你一出生就知道爹地最黑暗的祕密
- 如果你擁有能重複體驗加諸於你的羞辱的記憶能力
- 如果你是第一級異能，因為你比別人更加優秀而遭受唾棄

不管你的感受如何，你都不是孤單一人。我們都在這裡。沒錯——我們的自殺專線員工皆是異能志工。

每個人都有憂鬱的時候。

如果你想要傷害自己，先打給我們吧。

1-800-2BRIGHT

就算你燃燒得比他人明亮……

也不代表你該燒得比他人短暫。

10

在華盛頓特區，每個人的工作內容都包括爭搶通往上位的骯髒梯子。在這裡，估量權力大小的方式有很多種。最明顯的是預算和員工數量，但歐文．萊希發現，更為顯著的是外表打扮，較次要的則是一些小細節：辦公室大小以及位於哪一棟樓，有沒有窗戶、有沒有私人浴室，辦公地點離上司、參議員或是總統有多近。

以及在晚上十點召集其他人開會的能力。

身為國防部長，很少有人夠格讓他親自拜訪他們的辦公室。也只有一個人，能將他從空軍一號和國家危機中召來。

泰倫斯．米契早已從中央情報局轉調至國家安全局，不過萊希想起他時，他還是那個萊希二十五年前求見的副局長。每次見到這個男人，萊希都會憶起當時在辦公室外面緊張的等候、口中充滿用手指沾口水清掉靴上的鹽和土而留下的味道。米契造就了他，而米契當時也可以選擇摧毀他。他們倆都清楚這一點。

技術上來說，他是國家安全局的第三把交椅，但組織結構圖是不可靠的。如果米契想要最高層的工作，他二十年前就可以拿到了。可是，隨著每一次總統任期的更迭、他上頭的男男女女來來去去，他的權力寶座卻屹立不搖。他的位置讓他可以決定無數人的職位，提拔對他忠心的人、毀掉反抗他的人。在情報機構工作的四十年中，後二十年都是在一個保密至極、連預算和機構規模都列為機密的地方度過。四十年來都在收集黑函、隱瞞資訊、埋藏屍體。

包括曼哈頓那一千一百四十三具。曼哈頓證交所三月十二日發生的爆炸案，是約翰．史密斯主導，儘管是他放的炸彈，但他原本的計畫是要讓整棟大樓淨空。史密斯甚至還先將警告訊息發布給媒體。萊希沒辦法證明他的想法，但他確定是米契阻止媒體發布那個訊息，封了七家傳媒集團的口，再引爆炸彈——如果是史密斯，一定不會這麼做。這是一個殘忍無情、經過縝密計算過的策略，就像在棋局中犧牲一只皇后。那場攻擊讓整個國家激動不安，也讓可以拯救這個國家的法案通過。

「你好，先生。」萊希環顧辦公室中的其他人，看到額外的訪客時並不感到意外。「參議員。」

「我說過了，叫我理察。」參議員露出總是準備好面對鏡頭的微笑。「我們在這裡都是朋友。」

米契按下一排桌上的按鈕。窗外的華盛頓特區夜景閃爍消失，玻璃轉為一片黑暗。門上的機械門閂啪一聲鎖上。一陣微弱的嗡鳴聲傳出，萊希猜想那是某種防竊聽科技。米契雙手合起，指尖輕觸，從桌後看過來，然後開口：「我們正在失去對狀況的控制。」

「先生，我完全照著我們討論的結果建議總統——」

「我想知道的是，」參議員插嘴，「達爾文之子的攻擊一開始是怎麼發生的。」

理察是盟友，也非常有用。不過有時候萊希只想掐死他。「那很複雜。」

「是嗎？在我看來非常單純。」參議員搖搖頭，「證券交易崩壞之後，我照著你們這些小夥子要求的所有事情去做。你們根本不知道我欠了多少人情，才讓監控機制倡議案通過，而且還是壓倒性地通過。沃克簽了名，你們還在等什麼？」

「監控機制倡議案通過後，情況有所變化。」萊希拉出一張椅子。「你可能注意到了。」

「我是注意到了。因為我們讓在美國的每一個異能身上植入晶片這件事合法化，異種恐怖分子就拿三座城市當人質。我必須指出，要是我們執行了這項法令，而不只是通過它，現在就可以知道誰該為這場攻擊負責了，不是嗎？」

「不用你來告訴我監控機制倡議案會多有用。當初我也是提議者之一。我們至今所做的每件事都是為了它。」

「那為什麼你還沒辦法做到？」

「克雷不是沃克總統，需要多花點時間。」

「時間。」米契說。這個男人話不多，說出口的往往都是審慎選擇過的話語，雖然語調輕柔，但每個人總會聽見。

「是的，先生。沃克總統從一開始就是我們的人。他了解要保護美國，就得採取非常規的手段。克雷……他是個教授。他的經驗都是奠基於理論。他對於這種現實情況很不自在。」

「所以呢？」參議員問，「他要把監控機制倡議案打入冷宮？」

「他傾向這麼做。他知道他沒有夠多票數可以駁回此案，但他可以無限期拖延下去。」

「那我們要怎麼開始？」

「時機會到來的。」萊希轉向米契，「先生，我可以問你一個問題嗎？」

局長挑起一邊眉毛。

「達爾文之子。他們有可能是個幌子嗎？」

局長來得及回答之前，參議員便插嘴：「幌子？什麼意思？」

萊希忍耐著不要嘆氣。理察，如果你不了解這座山，你所爬到的高度會讓你跌得很慘。

「設計成看起來像是別人策畫的祕密行動，能讓其他行動合理化。」

「你是說，就像那場爆炸，在證——」

「參議員。」米契輕聲說，這個詞像鞭子一樣揮下，讓理察別過頭。局長轉回萊希的方向。「不是。」

「我們確定嗎？」

「沒錯。達爾文之子就像他們看起來的那樣，是一群異種恐怖分子。」

「很好。」

「很好？」參議員怒道，「很好？恐怖分子攻下了三座城市，人民在挨餓，而你們覺得這樣很好？」

「沒錯。」萊希說，「這些恐怖分子雖然是異能，但我不確定他們有多聰明。他們眼光狹隘。他們不明白每個行動都是在幫助我們達到目的。」

「怎麼說？」

萊希忽略參議員。米契說：「我們知道他們的下一步是什麼嗎？」

「主要推論是生物攻擊。但這不重要。就算沒有其他計畫，他們造成的狀況就已經足夠了。社會大眾每天都在要求我們有所動作。總統不得不採取行動。」

「這不代表事情會照著我們的意思發展。」

「就算像克雷這種知識分子，遲早也得做出決定。」萊希聳聳肩，「當他這麼做的時候，我就能掌控一切了。」

參議員插話，「而你會讓那個決定奠基在監控機制倡議案上。我可以理解你的瘋狂手段，但你的手段過於瘋狂了。這件事得經過正當行政程序。在參議院院會上提出來，把克雷總統放到媒體面前。」

你是指幫你自己拿到新聞頭條吧。「太冒險了。這會讓人民有機會主張監控機制倡議案讓達爾文之子的行為有正當理由。」

「誰會主張這種事？」

老天啊，你是認真的嗎？「達爾文之子。」

理察嗤之以鼻。「你覺得他們會在媒體上發布聲明？」

「如果他們說只要我們撤消法案，他們就會讓一切恢復正常，你覺得克里夫蘭、土爾沙、弗雷斯諾的人會說『不，謝了，我們會為了我們的原則挨餓』嗎？」他轉向米契，「長官，如果我們讓監控機制倡議案可以公開討論，情況就不一樣了。我們正在和恐怖分子周旋，而且處於劣勢。」

米契用兩根手指敲著桌面。過了一會兒，他說：「你確定要這麼做，歐文？」

「是的，長官。一切都在我的掌控之中。」這句話才說出口，他就後悔了。在掌控之中？你這樣是寄望於一群異種恐怖分子，以及一位和麵條一樣堅毅的總統身上。

米契看起來也在想同一件事。「好吧，歐文。」他說，眼神就像一頭打量著落單瞪羚的獅子。「只要你確定就好。」

萊希點點頭，強迫自己露出微笑。米契造就了你，也可以摧毀你。

你最好控制好狀況——不然，你就要被當成晚餐了。

11

曾經有段日子，伊森可以只拎著一袋旅行包就去旅行兩個星期。在二十二歲時，他曾花了三個月橫跨歐洲，身上只背了個背包。

現在，他差點塞爆他的本田車，才離開得了這個城鎮。

他們的行李還不算什麼。寶寶的行李箱就比他們的還大，塞滿的程度讓他得坐在箱子上才拉得起拉鏈——日用尿布、夜用尿布、紙巾、嬰兒連身服、睡衣、煉乳、拍嗝布、襁褓、海馬音樂玩具、圖畫書、嬰兒監視器，諸如此類。還有嬰兒用遊戲床、旅行用搖椅、亮粉紅色澡盆以及遊戲墊。再加上一箱用品，以防他們在艾咪母親那邊待得比預期還久——軟式平板、充電器、艾咪的菜刀和她最愛的平底鍋、健身器材、藥品和衛生用品、冬季外套。伊森用牙齒咬住手電筒，讓雙手空出來，清出放貓籠的空位。葛雷戈．孟德爾在裡面可憐地喵喵叫，雙眼反射出綠光。

「沒事的，小老弟。」

籠子上方放了一盒貓砂和貓食，旁邊是一個保險箱，放了護照、艾咪的祖母傳下來的珠寶，以及一疊美國政府債券。

伊森搖搖頭，拉下後車箱門，再用臀部一撞，關緊它。他很高興他們要離開了。克里夫蘭的狀況變得有點真實過頭。況且，有人綁架了亞伯。*沒辦法確定他們是不是也會來抓你，如果他們要來，最好現在趕快先到別的地方去。*

房子早已變冷。他們的暖爐燒的是天然瓦斯，但需要電力來發動送風機。一枝圓柱蠟燭放在廚房工作檯上，發出一圈柔和的光芒，照在晚餐吃剩的空罐頭上。沒有瓦斯爐和微波爐可用，於是艾咪撕掉罐頭上的標籤紙，用蠟燭加熱。

聰明的女人。喝溫的豆子湯沒什麼好高興的，但至少比冷豆子湯來得強。

艾咪從樓上下來，懷裡抱著薇奧拉。「我要快速檢查一下，你可以幫她換尿布嗎？」

「當然。」

換尿布檯在客廳，四周暗得幾乎看不到，但他已經可以閉眼睛換尿布了。薇奧拉最近開始會露出類似微笑的表情、縮起臉頰和吐出舌頭。他把她打理好後，花了一分鐘在咬她的肚子，直到她傻傻地笑了起來。

「我想都差不多了。」

「妳確定？給我一把扳手，我可以把瓦斯爐拆下來，綁在車頂上。」

「真幽默。」

到了前門，艾咪轉向保全系統的控制面板，用力按下按鈕。她密碼按到一半才笑出來，搖搖頭。「對喔。別管了。」

「沒事的。」他拉起門關上，按下鎖鈕。他們居住的街區看起來很詭異。沒有街燈或門廊燈，沒有超立體電視從客廳透出來的光線，也沒有一絲音樂。黑暗如此深沉，閃動的燭光和手電筒光相比之下微不足道。他聽見警笛聲從遠處傳來。

伊森安頓好女兒，爬進駕駛座，發動引擎。

「看起來好孤單。」

「房子嗎？」

「城市。」她將頭靠在車窗上。「我的媽啊。」

「怎麼了？」

「我看得見星星。」她的聲音聽起來很困惑。「好多星星。你上一次看見星星是什麼時候？」

從家裡到高速公路這段短短的路程，伊森已經走過不下千次，不論白天或黑夜的哪個時刻他都開過，但他從未見過現在這樣的景象。每棟建築都隱身在陰影之中，每扇窗看起來都像空洞的眼窩。隱約可見的樹木經歷十一月氣候的摧殘，枝枒光禿，透露著不祥的氣息。整座城市不只是深陷夜半時分般的黑暗，還是中世紀的那種。沒有門廊燈、街燈，也沒有招牌上的泛光燈，更沒有雲朵反射的光線。唯一還有人跡的是其他車輛，黑暗中車燈看起來蒼白又微弱。開上九十號州際公路讓他鬆了口氣。整條公路看起來很正常，往西的車流移動順暢。

艾咪從座位上轉過身，看向後座的薇奧拉。「她睡著了。」

「很好。」

「你真的沒有意見？」

「在妳媽那裡等這一切過去，又沒有什麼損失。就當放幾天假，燒一點瓦斯，在妳媽聊起園藝的時候假裝有興趣聽。」

「她會很高興的。」

「她會很高興看到這個小傢伙。我不確定她會喜歡我們睡她的沙發床。」

「我們可以去住旅館。在路上找間雜貨店，補充嬰兒奶粉。」

伊森點點頭。他們在沉默中開了一段路，四周只有輪胎輾過柏油路面的聲響。他們經過辦公大樓區、大型連鎖百貨超市、一個大大的麥當勞標誌——金色的拱型現在是黑的。

「伊森。」艾咪用下巴比了比。

他順著她的視線看過去。在地平線彼端是一整片光，像是發光的水池，從下往上照亮雲朵。他無法判斷光源是什麼，但那光芒亮得發白，像是光的綠洲。伊森感覺到體內某個東西開始放鬆，可是他先前從未察覺自己已緊繃起來。光就代表了電力，電力就代表了正常，他們現在急迫地需要一點正常。

「那是通往商場的出口對不對？我很好奇他們為什麼還有電力。」

「光看起來是從……」艾咪的話音漸弱，「有點不對勁。」

車流正在內縮，每輛車都開向右側車道。光芒愈來愈亮。過了一分鐘，他看到是什麼造成這個景象。

沉重的水泥塊擋住了九十號州際公路，共有兩排斜斜地擺在一起。一排鈉光燈照亮夜晚，彷彿日正當中。水泥塊和鈉光燈旁邊是幾輛悍馬——看起來像建設工具的大型卡車，唯一不同的是裝在車後的機槍。伊森可以看到有軍人在操作那些武器，強光照射下，那些人看起來只是黑影。就算隔著玻璃，他還是可以聽見發電機的聲響。

一個閃爍的箭頭標誌指出方向——請駛離公路。伊森瞥向後視鏡，看到後方的車輛開始排成一列。他看向妻子，她什麼都沒說。但從她緊抿的雙脣周圍產生的小皺摺，就可以看出她的想法。

在道路的岔路口，停著一輛坦克。

車流從越過高速公路頂的橋上往南開去。另一頭是克拉克公園購物中心。他想起第一次和艾咪來到這裡的時候，對他們兩個城市人來說，這個體驗有多不真實——一家假裝是村莊的戶外購物中心，同時也是呈現商業主義最野蠻一面的主題公園。

現在看起來更加不真實了。

國民警衛隊占據了購物中心，一排又一排的悍馬停在超過六輛的坦克旁邊。士兵在停車場架設帳篷。發電機隆隆作響，讓泛光燈的光芒照亮天際。

「他們要我們回頭。」艾咪說。她指向對面繞回克里夫蘭方向的彎道。更多的路障和士兵在那裡，還有另一個箭頭指標。一路上伊森跟著朝西走的車，現在正乖乖排隊，等著開回克里夫蘭。

「你想是發生了什麼攻擊嗎？」

「或是他們覺得可能會發生。」

「所以現在呢？我們該回家嗎？」

他透過齒間吸了一口氣，想到他們一片漆黑的房子，在一片漆黑的街區中，正愈變愈冷。冷凍庫已經幾乎沒有肉了，冷藏室也沒有水果或蔬菜。

「不。」他說，將方向盤一轉。

「伊森，你在──」

他從往高速公路的車流中開出來，轉向右邊，繞過路障，朝購物中心開去。他經過四、五輛車，接著是一輛悍馬。車裡和周圍的士兵一閃而過──數位迷彩服、突擊步槍和頭盔。他總以為國民警衛隊只是輕量版的軍隊，然而這些人看起來可不能等閒視之。

「我不想和那些太太一樣，」艾咪說，「告訴你『小心一點』，但拜託留意些。我們的女兒在後座。」

「我不會做傻事。但他們得讓我們過去。」

在購物中心停車場中央，兩名士兵手持機槍，站在一道木頭路障旁。伊森在那裡停下，降下車窗。

「先生，請問你有來這裡的權限嗎？」

「你可以告訴我，這是怎麼一回事嗎？」

「先生，我需要請你將車掉頭。」

「我的小女嬰跟我在一起，」伊森說，「我們幾乎沒有食物了，沒有嬰兒奶粉，現在也沒有暖氣。我們只是想去芝加哥找我岳母。我們可以跟誰談談嗎？」

那名士兵猶豫了一下，然後指向一邊，「我的指揮官。」

「謝謝你。」

伊森朝他指的方向駛去。一些自用車和八輪大貨車停成一堆。他停靠旁邊，關掉引擎。他轉向艾咪，看到她臉上的表情，開口說道：「我不會做任何傻事。我只想看看他們會不會讓我們通過。」

她深吸一口氣，憋住，然後一次呼出來。「沒問題，好好去說。」

他露出微笑，靠向前去，快速吻她一下。

今晚的氣溫比他預期的還低，他呼出的氣凝結成煙霧。車燈和架在竿子上的泛光燈照射在臨時搭建的指揮帳篷上。他聽見爭執的聲音，循聲找到一群穿普通市民衣服的人，正面對一名臉上掛著毫不讓步的表情、站得筆直的士兵。一名副官站在他身旁，手拿一把步槍。他們後方停著更多車輛：一輛悍馬和坦克，還有——哇，兩架載滿槍炮的直升機。伊森加入人群。

「——你不了解，我太太需要胰島素，我們今天早上已經用完最後那些了，如果沒有胰島素，她會——」

「——我有設備要在明天早上送到底特律——」

「——沒有暖氣、沒有食物，拜託，發發慈悲——」

那名軍人擺出冷靜下來的手勢。每個人都安靜下來後，他說：「我理解你們的憂慮。可是我接到的命令非常清楚，沒有人可以通過這個檢查哨。如果急需藥物，這裡有基本醫療用品，克里夫蘭的醫院也還在正常運作。其他人的話，我能說的就是，我們正在盡一切努力供應食物和修復輸電網路。」

「你可以告訴我們到底發生什麼事嗎？」伊森問道。

那名軍官打量了他一眼。「應變部相信，達爾文之子的首領在這裡，已經展開追捕他們的任務。我們的工作是確保不會有人溜走，意思是我們不能讓任何一個人離開克里夫蘭。」

「這根本就是瘋了。」站在伊森前方，留著山羊鬍的年輕人說，「你們封鎖整座城市，就只為了抓幾個恐怖分子？這沒有道理啊。」

「聽著，老兄，」一位頭戴強鹿牌棒球帽的魁梧男子向前站，「我是貨車司機。很不幸的，有人想把我們活活燒死，但要是我不能及時把貨送到底特律，整個單就會卡住。我不會讓這種事發生。所以讓我過去吧，怎麼樣？」

「沒有人可以通過。」

「你給我聽著——」

「先生。」當士兵和警察用某種語調說出「先生」二字時，表示有特定的意思，「別逼我動手痛揍你一頓。」他們會厲聲說，語氣像斷裂的鋼纜。「現在就回你車上去。」

這根本就是在浪費時間。伊森正準備離開時，強鹿帽先生抓住那位軍官的手臂。

噢，別這麼做，這樣非常糟糕——

那名軍官的眼神像泛光燈般燃起火光。他的副官上前，用突擊步槍的槍托揮向司機的臉。

那個聲音就像把雞蛋砸在水泥地上。男人倒了下去。

伊森看到兩名軍人身後的悍馬上一陣騷動。

五〇口徑的機槍轉過來，瞄準他們。他大約在二十呎外，但就連在這個距離，扳機看起來都大到像一個可以讓人爬過去的洞。

伊森瞪著機槍後方的射擊手。他看起來就是那種金髮型男，頭盔下的臉頰紅撲撲的，戴著手套的手放在武器上，手指扣在扳機的位置。他看起來只有十九歲，而且嚇壞了。

到底發生了什麼事？是從什麼時候開始、怎麼變成現在這種奇怪狀況的？一個雜貨店沒有雜貨的世界，缺乏電力，恐怖攻擊也不是發生在別人身上。這個世界裡，分隔此時此刻和恐怖災難的線如此脆弱，脆弱到是由一位十九歲男孩內心的恐懼來決定。

其他市民都僵住了。倒在地上的貨車司機發出一陣濡溼的聲音。

伊森慢慢舉起雙手。他看著機槍後方的士兵，開始慢慢後退。一步，再一步，然後他離開人群，接著轉身走向休旅車，他的妻子和女兒在車上等著。他打開車門，坐進去。

「運氣如何？」艾咪看過來，讀出他的表情，接著他可以看到那個表情也出現在她臉上。

「怎麼了？發生了什麼事？」

「沒事。」他說，發動休旅車的引擎。「我們回家去。」

告訴你關於自由的一件事：自由不是沙發。

自由不是電視，不是車子，不是房子。

自由不是你可以擁有的東西。你不能付訂金預留自由，你不能為自由融資。

自由是你必須爭取而來的事物。不能只是爭取一次，而是必須每天去爭取。自由的本質是液體，就像從桶子裡滲漏出來的水，它的特性就是會慢慢流失。

如果疏於照護，讓自由逃走的孔洞就會擴大。當政治人物為了「保護我們」而限制我們的權利，自由就消亡了。當軍隊拒絕公開基本的事實，自由就消亡了。最為糟糕的是，當恐懼成為我們生活的一部分，我們會自願放棄自由，以換取安全的保障，彷彿自由不是安全的基石似的。

有一首著名的詩，描寫的主題是納粹統治底下的德國人民過於故步自封。現今，我們可以這麼寫：

起初他們追殺革命分子，因為我不是革命分子，我不說話。

接著他們追殺知識分子，因為我不是知識分子，我不說話。

接著他們追殺第一級異能，因為我不是第一級異能，我不說話。

接著他們追殺所有異能，因為我不是異能，我不說話。

最後，他們追殺我，再也沒有人剩下來為我說話了。

——摘自《我是約翰．史密斯》序

12

從外觀看，彷彿相當無害。但在雪倫的經驗裡，真正恐怖的地方通常看起來都相當無害。她第一眼看到的是低矮的花崗石牆，上面鑲著「分析應變部」幾個字。在那後方，一排枝葉濃密的樹木將大樓群阻隔在視線之外。她打了方向燈，等待車流出現空檔，接著將轎車駛向大門的警衛亭。這是一個晴朗的秋日，身穿黑色護甲的男人看起來與無雲藍天格格不入。他們的動作嫻熟，其中一個與隊友分開，沿著車身繞行，另一個則走近駕駛座。兩人身上都背著衝鋒槍。

雪倫降下車窗，手伸進皮包裡。磨損褪色的證件標明她是位資深分析師，照片看起來年紀大了幾歲。「午安。」她說，語調有禮但帶點厭煩。

「午安，女士。」警衛拿走證件，他的視線在她的臉和證件之間來回。他把證件掃過腰帶上的機器，機器發出嗶嗶聲。他將證件交還給她。「天氣真不錯，對吧？」

「就快結束了，」她說，「下星期應該就會變冷了。」她沒有向後看，也沒有看向後視鏡中正在檢視車子後方的武裝警衛。

警衛從車頂瞥向他的夥伴，接著對她點點頭。「祝妳有個美好的一天。」

「你也是。」她把證件放回皮包。金屬大門打開，她從中間駛過。

進來獅籠裡嘍。

不對，根本不是那樣。這比較像是進到獅籠，趾高氣揚地走向那些猛獸，然後把她的頭塞進牠們的嘴裡。

這個想法讓她感覺到腎上腺素竄起，帶來一陣顫慄。她微笑，穩穩地開車。以防禦安全的角度來看，應變部的環境很不錯。車道打造得彎彎曲曲的，看似無謂，實際上能防止攜帶炸彈的車輛加速駛入。每隔大約五十碼，她就能感受車胎輾過設有伸縮倒鉤的減速條。周圍還有綠油油的草坪和修剪整齊的樹木，其間設有高塔。她確信狙擊手正在追蹤她的移動。

大樓本身外觀平凡、雜亂無章地延展開來，看起來更像《財富》雜誌百大企業的辦公室，而非全國最大的間諜機構。在西側，一支建築團隊正在加蓋一棟五層樓建築。焊槍在橫梁上噴出火花。看來應變部發展得很不錯。

雪倫開到車道一半處，發現一格空車位，便停在那裡。她放下遮陽板，看著鏡子。她永遠不會習慣自己的金髮造型。有這麼多女人選擇染成金髮，真怪。在她的經驗裡，棕髮妹從來沒有嚇跑過任何男人。

不過這是頂不錯的假髮。挑染的層次混入了髮根，看起來天衣無縫。她的妝容比她自己喜歡的重了點，但這就是她要的效果。她戴上一副膠框造型眼鏡。在這個手術便利的年代，這是種做作的裝飾，卻也就是這些東西時尚的原因。

「好吧。」她說，然後背起皮包，離開車子。

這的確是個好天氣。空氣清冷，帶有落葉的味道。雪倫喜歡出任務的其中一個理由，是這可以讓她對周遭事物的感知變得敏銳。每一種味道都更加香甜，每一次觸碰都產生電流。走進大樓時，她正好看見屋頂上伸出的高射砲砲口。

大廳的地板是大理石製，天花板挑高，到處都是武裝警衛。人龍分成好幾列，每列都通向一道金屬探測器。監視器從各個角落瞪向下方。她走進隊伍，看著她的指甲，然後想著約翰。

當他提議這場小小冒險時，她的回答是：「你要我去哪裡？」

「我知道。」約翰．史密斯一身灰色西裝，鬍子刮得乾乾淨淨。他看起來比她記憶中高得多。看起來氣色更好了。她猜想，不用逃亡的好處是不再一天二十四小時處在偏執妄想的壓力之下。「聽起來很瘋狂吧。」

「我對瘋狂沒意見，但這聽起來像是自殺。再加上我現在還有任務在身。我正全神貫注於西維吉尼亞州那裡，我有必須贖的罪。」

「為什麼？」

「我了解。」他說，露出他的招牌微笑。那笑容很好看，他是個帥哥，但不是她的菜。太傳統，像個房地產經紀人。「若是不值得，我不會這麼請求。」

他向她解釋，他說得愈多，聽起來就愈不可置信。如果是其他人這樣告訴她，她一定不會相信。如果約翰是對的——他總是對的——這就會改變一切。完全扭轉權力平衡。重新設定這個世界。

當然了，他們得先找到那個東西。這時就得去搶劫應變部了。如果有人已經有了跟針一樣的東西，為什麼還要去海底撈呢？

「問題是，我們沒辦法直接駭進去偷。應變部知道，任何和網際網路連結的資料都不安全。他們將最重要的祕密放在他們大樓裡的封閉網路。裡面的電腦是相連的，可是並沒有連接外面的世界。所以，使用它們的唯一方法——」

「就是進到大樓裡。」

他點頭。

「我要怎麼通過大門？」

「我會處理。這個證件不只可以讓妳進去，還可以證實妳的一生經歷。所有資訊都會回填到他們的系統。薪資資料、員工績效、履歷，所有需要的相關資料。我盡全力了。這應該不會太難。」

「如果真那麼簡單，為什麼你需要我來做？」

「以防最後結果沒有照我們所想的發展。聽著，我並不打算騙妳，雪倫。如果妳被抓到，連審判的機會都沒有。他們可能甚至不會承認抓到了妳。妳會被關進最高安全層級的牢房，他們會用妳一生的時間試圖讓妳崩潰，到那時，我什麼也幫不了妳。」

「你還真懂得該怎麼勾引女孩子。」

「可是那種事不會發生。妳做得到的，我知道妳可以。」他將下巴靠在手上，面前的飲料一口也沒喝。「再加上，還有其他好處。當妳進去裡面之後，妳可以拿到關於西維吉尼亞州的所有資料。完整的防護程式。妳可以在不用犧牲任何人的情況下，洗掉自己的罪行。」

她思量著這番話。「如果我拒絕呢？」

「那妳就說不。永遠都是由妳作主，妳知道的。」

隊伍移動得很順暢，一分鐘之內就輪到她走向金屬探測器。她拿下一條精緻的銀鍊，形狀像是三根冰柱。她將鍊子放在輸送帶上盆子裡的皮包旁邊。

她走向金屬探測器的時候，一陣恐懼攫住了她。武裝警衛在她左右兩邊，後面則是應變部探員。她的心臟像雙踏大鼓般猛撞了一下，一堆化學物質流過她的血管。這不是什麼新鮮事，她已經習慣了。每一次都會有這種反應。但這次的恐懼更尖銳、更強烈。

更好玩。

雪倫走過金屬探測器時，對警衛微笑。他揮手要她通過。她等著輸送帶將自己的盆子送過來，接著戴上項鍊，拿起皮包，走向一個已經追殺她多年的機構總部。約翰沒開玩笑，不管是哪個異能所為，都把這個假證件做得很好。

他最好要做好。

彷彿是在回應她的思緒一般，眼鏡閃爍著啟動。兩邊的鏡片內側有一層單纖維螢幕，只有從這個角度才看得見畫面。左邊顯示的是3D框線地圖，指出她在大樓裡的位置。右邊螢幕出現了一排字：「狩獵愉快。」她在心裡露出微笑。

雪倫緩步走過大廳，靴子的鞋跟在地磚上敲擊出聲。一通過安全檢查，分析應變部看起來就跟一般大公司沒什麼兩樣——辦公室和隔間，電梯和員工廁所。這很合理。這個部門分成兩塊，這棟樓是分析部門。這裡的規模大上許多，雇用了成千上萬的科學家、決策者、顧問、精神科醫生和網路監測員。

另一個部門是應變部，完全截然不同的產物。這個產物專門策畫綁架、逮捕和暗殺。他們受命於政府，進行謀殺。尼克曾待過的部門。

這棟設施曾是他的辦公室，他的權力來源。他曾是這個最機密單位裡的最強戰士。他曾在這些走廊昂首闊步過幾次？他當時在想些什麼？那時的他盲目地相信分析應變部代表的一切信念。她想像著他的模樣，一種幾乎是自我感覺良好的冷靜，像是訂製西裝般穿在他身上。

說到她的菜。

她第一次見到他時，是痛恨他的。尼克殺了她的一個朋友，一位開始搶銀行的異能。那是個悲傷、破碎的男孩，遭學園擊垮，迷失在這個世界。他會如此崩壞並不是他的錯，雖然她也認為他需要被制止——已經有無辜的人遇害——並不代表她就能接受他死去，或是準備好原諒那名動手的無情刺客。

問題是，尼克一點都不無情。他很溫暖、熱情又聰明。他全心全意為自己的孩子付出，願意為他們做任何事。事實上，他們倆非常相像，他們都為了打造一個更好的世界而奮鬥，只是對於達成這個目的的手段有不同看法。

雪倫希望能夠和他說她今天要做什麼。他的第一個反應一定是憤怒，不過只要好好解釋其中緣由，她敢肯定他一定會站在自己這邊。

把這些想法收起來吧。讓他知道就太冒險了，在這個地方想工作以外的事也太危險。

她沿著長長的走廊前進，搭電梯上三樓，抵達中庭。人群來來去去，看著軟式平板，討論著要開的會議。到了三十歲的年紀，雪倫從來沒有參加過任何會議，但她喜歡這樣。一條空中走道的兩側裝了玻璃，讓她可以一覽整棟建築。巨大無比，還有像兔子洞一樣曲折的增建部分。她走到盡頭，往左轉。

二十碼外，一扇門打了開來，一男一女從裡面走出。女的很矮小，大概五呎三吋高，渾身充滿了那種別來惹我的剛烈能量。她認出了那個男人。巴比·昆恩。尼克的老搭檔，喜歡冷嘲熱諷的謀略家。他很幽默，擅於自己的工作，她會喜歡他的。

她一點都不懷疑，假如他認出她來，就會拿下她。

別欺騙自己了，親愛的。根本沒有什麼「假如」。妳覺得金色假髮、高跟靴和一副眼鏡，能瞞得過巴比．昆恩嗎？

他正在跟和他同行的女人講話，雙手一邊比著動作。他在幾秒內就會碰上雪倫，如果他看到她，她就再也見不到另一個秋日下午了。

她根本不需要思考，也不需要環顧四周。尼克所謂的「穿越牆壁」、她稱作「變位」的祕訣，不在於觀察周遭世界、做出決定。化為無形的唯一方法，是永遠都要知道每個人處在什麼位置、視線看向哪裡、要去什麼地方。每個房間，每分每秒。狀況不好的時候，她常常因為資料超載而產生偏頭痛，像是坐得離超立體電視太近一樣。

如同這些資料：

打著難看領帶的分析師翻找文件櫃，裡頭是紙本列印文件，政府還真是跟不上時代。

一名聯邦快遞送貨員邊推推車邊吹口哨，他路線中的目的地在她眼中是張一清二楚的圖。

一名行政助理右手拿著咖啡，雙眼看著她左手的軟式平板，從休息室裡走出來。

一對正在調情的情侶就快要觸碰到彼此，他的手正往她的手臂伸去。

昆恩正從那女人的方向轉開，動作裡充滿信任。他們是隊友。

噴泉的水壓機開始運作。

雪倫開始變位。

滑到快遞送貨員的路徑上，打開她的皮包，假裝正要找什麼。切過大廳，經過拿著咖啡的助理，靴尖剛好輕絆那女人的鞋跟。助理一個踉蹌，沒有跌倒，驚慌之中緊抓住軟式平板，卻放開了咖啡。接著雪倫走進休息室，打開一個櫃子好背向大廳。咖啡杯劃過空中，在昆恩和那女人走到那裡時，撞上聯邦快遞送貨員的推車。

「噢天哪，我很抱歉。」當雪倫瞪視櫃子內部，開始讀秒時，那名助理說。數到三，她關上櫃門，離開休息室，沒有看向正在彼此保證都沒事的助理和送貨員，沒有看向巴比．昆恩和他朋友，他們倆早就經過了，兩人都回頭看，但都看錯了需要看的事物。

永遠都是看錯的事物。

她在三分鐘內又經過了五層樓，來到一條日光燈照亮的地下室走廊。空氣冷冽，一片安靜。在她左眼的螢幕上，一個光點開始在地圖上閃爍。那個點漸漸變大，直到她站在一道金屬門框的門前。頂上的天花板有一架攝影機，牆上有個掃瞄面板，旁邊是個很大的紅色按鈕。

她右眼的螢幕閃現一條訊息。**紀錄顯示，昨晚刷出之後就再沒有人進入過。應該很安全。**

應該？真是令人安心啊。

機器掃描她的證件時，停頓了好長一段時間。這才是真正的考驗。可能只有不到十二個人擁有開門的權限。

喀噠一聲，門鎖打了開來。

門後的房間極為寒冷，可能只有攝氏五度，放滿了整齊排放的金屬架，每個架子上放了一排又一排晶片主機，一公分厚的電腦，每臺都在輸出、處理上兆位元組的資料。一束束線路從主機後方延伸，每一捆都有她一條手臂粗。看不見的風扇呼呼吹動的嗡鳴聲充滿了整個空間。

這是應變部的心臟。每一場祕密行動的數據和檔案，每個祕密機構，每個目標的個人檔案。她就在這裡的其中一處。她人生的每個細節，她的童年、學校生活，她做的每一件事和認識的每一個人。雪倫跟隨地圖的指示走過一排排電腦，手臂上的汗毛在充滿電流的空氣中根根豎立。走過五條走道，數過四臺電腦，她來到一個看起來沒什麼不同的架子前面。

雪倫的手伸向項鍊，扭開中間的冰柱。冰柱的鎖解開，露出微型硬碟的接頭。她撫過輸入／輸出插槽面板，找到可以連接的孔，插入接頭。看起來什麼事都沒發生，但她知道程式正在展開運作，滲進資料之中，找尋他們需要的檔案。進度條出現在她右眼的螢幕上，開始慢慢往前跑，百分之一，百分之二，百分之三。

現在只能等了。

這種時刻是工作中最奇怪的時候。她的能力本質讓她先就定位，然後等待時機。雖然情緒十分緊繃，但也有箇中美妙之處，就像呼一根上好大麻的第一口，就像駕駛滑翔機隨著沙漠的上升氣流上下，就像高潮前的肌肉收縮。她的腦袋出現一段華盛頓特區的回憶，在十字路口，她第一次見到尼克的時候。她發現那已經是一年前的事了。當時應變部逮到一個叫布萊恩·瓦茲奎茲的軍火商，尼克送他去見他要接頭的人，期待可以把他們一網打盡。

約翰預測到他的行動，當然了，然後執行備用計畫，把一個身上裝滿爆裂物的送報員送去那裡。雪倫就是引爆炸彈的那個人。她變位通過尼克的護衛隊，站到衡平局最強的渾蛋身旁，一口氣引爆炸彈，順便炸爛他的行動。

當然了，當時她從沒想過她最後會跟他約會。

約會？我們是在約會嗎？

下載進度條慢得令人惱怒。百分之六十三。

和他扯上關係是個魯莽的舉動。他離開了應變部，但他現在卻為總統工作。對他們兩個可能擁有的快樂結局來說，這應該是最好的調職了吧。她並不是愛作白日夢的青少女。兩個月前，庫柏在追捕約翰·史密斯時，雪倫曾將上了膛的霰彈槍對準他。雖然她不是很喜歡這個主意，但她當時是可以扣下扳機的。

當然了，也曾有過這樣的時刻——你們倆坐在新迦南特區的地下室酒吧，他在引述海明威的時候，你們的大腿互相觸碰。他也曾經信任過妳，願意把他孩子的性命交在妳手中。

完成百分之九十六，但進度條看起來凍結了，只剩下一吋的距離了。她嘆口氣，點著腳尖，忍住咒罵的衝動。不管科技有多進步，有些事永遠不會改變。

快啊、快啊。

百分之九十七，百分之九十八，百分之九十九，百分之一百。

畫面消失。雪倫拔掉硬碟接頭，重新接回她的項鍊。如果一切都按照計畫進行，程式會下載他們需要的每筆資料。大量關於私人贊助的實驗室、地下智庫、致力於最先進研究的祕密機構。沒有股東，也不用理會政府規範的地方。幾乎可以研發任何事物的地方。

例如可以改變世界的魔法藥劑。

她轉身走向門口，靴子在空洞的地板上發出響亮的敲擊聲。三吋高的鞋跟加上一吋高的鞋墊，對任務來說是雙很荒謬的鞋子，不過這是有目的的。在門邊，她吸一口氣，呼出來，將金髮撥到背後，然後踏到外面。她往右轉，朝來時的路線往回走。

「喂！妳！」

聲音從後面傳來。雪倫心裡想著逃跑，身體卻轉過去，做了一個「我嗎？」的表情。

那個男人高而蒼白，穿著牛仔褲，T恤上印了一個標誌，外加破舊的開襟羊毛衫。他手裡拿著證件，正準備伸向門口。可能是技術人員或程式設計師。她開始編造謊言，但每一個都薄弱到透明的程度。

結果，她根本沒有開口說話的機會。身為屬於這個房間的其中一人，他很清楚她不屬於這裡。他的雙眼睜大，隨即猛力按下巨大的紅色緊急按鈕。

雖然看起來什麼事都沒發生，但她知道警報已經傳遍了整棟大樓和每一個警衛哨。應變部的警力將全體出動——多達數百位的重武裝士兵。

沒有警鈴、沒有警示燈，毫無動靜卻更加令人恐懼。

雪倫轉身逃跑。

走廊感覺起來變得又長又窄，監視器的數量似乎也變多了。她的嘴裡嚐到血的銅味，心臟狂跳。她轉過轉角，撲向樓梯。她和安全之間不是以距離來推算，而是逃脫的困難度。她正處於一間軍事機構的中心，正被敵人追殺。而且還不只是這樣——她正跑在一條空蕩的走廊上，成為容易瞄準的標靶。

好吧，就從這裡開始。

她慢下腳步，伸手拉下火災警報器。

警鈴大作，送出尖銳的鳴響，警告危險將至。在她身後，門一一打開。她衝進樓梯間，爬上階梯，停頓一下，然後再踏進走廊。大廳擠滿了人。她甚至可以親到人群中每一個人。如果沒有這些人，她就會曝露在危險之中。但如果是在一堆困惑的人群裡呢？

雪倫開始變位。

滑向後方，竄入人群之間，停住腳步，轉身，閃躲。微笑，蹲下身來，彷彿要重新拉上靴子的拉鍊。從走出辦公室的人群死角溜進去。*妳的移動方式就像流水，小子。*她爸爸的聲音響起，多年以前，他曾這麼評論她在足球場上的表現。*水流總是找得到出路。*

找到出路。

跟在兩個塊頭不小的行政員工後面，她用眨眼的方式控制眼鏡上的螢幕。放大地圖，將畫面轉為３Ｄ視角，一隻眼睛現在看到的大樓走廊像是電玩畫面。她暗自希望可以和另一端的人溝通，可以請求他——還是她？——將她需要的資料傳送過來。但連結是單向的。應變部內若是出現對外發送的信號，就會引發全面警報。

彷彿是在回應她的想法，火災警報戛然而止。完全不令人意外，警衛想必已經察覺到火警的目的是擾亂他們的注意力。那不重要。大廳已經擠滿了人，大家到處亂轉、談話。她已經拿到足夠的時間了。她跟著鏡片的指示，在人群之中變位移動，前後穿梭。監視器一定照得到她，她沒辦法阻止，但監視器和人群的數量眾多，只要她不要引來注意力，就看運氣好不好，有沒有人剛好監控照到她的鏡頭了。

在那裡。女用洗手間，就在地圖顯示的位置。她推開門，踏進裡面。裡頭有一面鏡子，兩座洗手檯，和一股微弱的尿味。她走進中間那一間，在身後鎖上門。

雪倫坐在馬桶蓋上，脫下靴子放在腳前。接著脫下洋裝，從皮包裡拿出輕盈的牛仔褲，扭動著套上，拉過臀部。絲質的襯衫擠成一團而滿是縐摺，但還過得去。最棒的是那雙銀色平底鞋。經歷那雙恐怖的靴子之後，平底鞋穿起來的感覺宛如置身天堂。雪倫的手伸向頭髮，解開塑膠夾，拉掉假髮。那頂金色頭髮、洋裝和眼鏡都塞進了靴子。她會在出去時丟進垃圾桶。

好玩的部分來了。她從項鍊取下一根較小的冰柱。一根皮下注射器的針頭在頂上燈光的照射下閃閃發亮。她取出摺疊鏡，小心翼翼地將注射器移向自己的眉毛。她不喜歡針頭，但她牙一咬，開始動手。針頭刺穿皮膚之前，她感覺到一陣撕裂。她輕輕一擠，然後將針頭拉出，移到另一個部位，重複先前的動作。每一次注射都在她的額頭注入幾毫升生理食鹽水。在頭骨的阻擋之下，液體無處可去，便會朝外推撐她的皮膚。太多液體會讓她看起來很好笑，只有一點點的話，就可以改變她額頭的線條。

處理完右眉，她開始對頰骨動手。很痛。

她才剛用第二根冰柱處理完左臉，就聽到洗手間的門打了開來。

裝成需要尿尿的分析師，雪倫想。裝成兩個正在聊八卦的助理。

「女士？」是女性的聲音，語調粗魯。「我需要妳從裡面出來。」

該死。

好消息是，只有一名警衛在這裡，表示他們並不知道在裡面的是她。這想必是例行檢查，安全警衛正在疏散整棟樓。

壞消息是，這名警衛全副武裝，隨時準備好動手。雪倫可以搞定這種場面，但是和應變部突擊隊員硬碰硬不是她的最佳選項。

找到出路，小子。像水流一樣移動。

「不好意思？」雪倫說，「我正在上廁所耶。」她盡可能安靜移動，在馬桶蓋上轉身。陶瓷的冰冷溫度透過牛仔布傳過來。

「我了解，女士，但我需要妳現在就出來。」

「妳在開玩笑吧？」她將一腳踏到馬桶的一邊，接著是另一腳。「我正在用力耶。」警衛移動到門的另一側。雪倫可以看到她的戰鬥靴靴頭，接著門被敲響，力道很大。

「就是現在，女士。」

「好啦好啦，老天。我總可以擦屁股吧？」她在馬桶旁蹲下，試圖不要去想地板有多常清掃，然後伸手搖晃衛生紙捲筒。

「女士，如果妳不在五秒內出來，我就要把門踢開了。」她從僅僅一呎的距離外開口，雪倫可以想像她的樣子——擺好預備姿勢，一手持槍，但沒有舉起來。從那個角度，警衛看不見發生了什麼事。

「五。」

雪倫躺到地上，身體和隔間成直角。她抬起一條腿，用腳尖壓下馬桶的沖水把手。

「四。」

水流立刻衝出，那種公廁特有的激烈水流。她在水聲的掩護下滑過隔板底，來到隔壁間。她的雙手和臉磨過地板。

「三。」

真的超噁。她靜悄悄地起身。

「二。」

雪倫打開門踏出去。

那女人身材魁梧，身上的護甲包裹住強健的肌肉。她頭綁馬尾，臉上帶著怒意，一把全自動衝鋒槍斜背在肩上，她的右手握住槍柄，左手伸向廁間門。她看起來精明幹練，雪倫知道她猜對了，她和這女的硬碰硬絕對打不贏。

但從側邊出其不意攻擊，就另當別論了。

雪倫毫不猶豫地撲向前，將冰柱鍊墜裡的皮下注射器猛力插進那女人的脖子。針頭只有半吋長，被肌肉擋住，這招的目的不是為了要殺她，而是要驚嚇她，讓她分心。成功了。警衛大叫著轉身，左手伸向脖子而不是武器，露出雪倫正需要的空隙，她使出一記迴旋踢，擊中這名突擊隊員的臉。

警衛跌倒在地。雪倫一起蹲下身，抓住衝鋒槍的背帶，絞住她的脖子。那女人試圖出拳，雪倫挨近她繼續施壓，將背帶愈扭愈緊。

完事之後，她將那女人拖回隔壁廁間，靠在馬桶上。她找到那女人的脈搏，還在穩定地搏動。她醒來後會有強烈的頭痛，不過至少會醒來。

雪倫關起門，上鎖，再從隔板底下滑出去，在鏡子前看了一會兒。大樓警衛會尋找一名五呎八吋高的金髮女人，穿著不同衣服，擁有不同面貌。這並非完美的偽裝，可是已經足夠了。

她洗洗手，回到走廊上。

她逃離這裡的機會看起來不再是零了，但還是有風險——警衛會徹底搜查每一個人。牆上一排掛鐘顯示了倫敦、芝加哥、洛杉磯、新加坡，還有——當然了——華盛頓特區這裡的時間，正好是下午四點四十五分。

雪倫露出微笑。應變部雖然是美國最大的情報機構，本質仍是個政府辦公室。這就代表對於大多數員工來說，再過十五分鐘就可以下班了。還有十五分鐘，他們就會湧向出口。

她走向大樓內的商店。等待的時候來杯咖啡也不錯。

動盪的指標

崔氏－唐氏分級制

無臉人
單眼鏡

三月十二日

招架不住現代生活了嗎？你並不孤單。

我們的祖父輩是正確的。沒有了軟式平板和一天二十四小時的資訊更新，生活會更美好。不用擔心是否政治正確，生活會更美好。老婆在烤箱旁烤著火雞，你的狗蹲伏在你腳邊，生活會更美好。

就算你的老婆不會煮菜、你沒有養狗，也不代表你就不能享受這種樂趣。

停留計畫的宗旨就是放慢腳步。讓時光倒流，回到更為單純的年代，體驗生活的本質。我們的討論會形式是遠離整個世界一個週末——讓你準備好再度面對世界。

忘掉現實。讓我們停留™在這裡。

*停留套裝行程的費用從一千九百九十九美金起跳，三個晚上，含餐飲，無親密關係的夫妻**，犬貓租借服務，課程教材和生活教練。地點不公開，需提供緊急聯絡資訊。謝絕異能者。

**也提供有親密關係的夫妻的套裝行程

13

「我都快高潮啦。這可不是大明星嗎？總統的死黨？」巴比．昆恩站在他的公寓門口，慢慢咧開嘴笑。

「沒錯，放尊重點。」庫柏挺起胸膛，「我個人偏好行跪拜禮，優待我的老搭檔，九十度鞠躬就可以了。」

「這麼做如何？我背對你鞠躬，這樣你就可以親我的——」

「好啦、好啦。」庫柏摟住朋友的肩膀，給他一個熊抱。「很高興見到你。來點啤酒吧。」

「我很想，老兄，但我一出機場就直接過來了，從克里夫蘭那裡。我快累死了。」

「我剛有說是我要出錢請客嗎？」

「話說回來，酒精也是均衡飲食的一環嘛。」

酒吧門外的標誌寫著「傑克．奇多」，裡頭的裝潢有凹陷的雅座、全年插電的聖誕節燈飾。庫柏的啤酒知識僅限於對啤酒的喜愛，所以他讓昆恩負責點酒，一壺叫司陶特烈性啤酒的黑色液體。喝起來香醇美味，帶有巧克力和咖啡的味道。他們加進幾小杯愛爾蘭威士忌後，味道變得更棒了。

「你從克里夫蘭過來，嗯？」庫柏放下他的一口酒杯。「達爾文之子？」

「不是，不管你相不相信。我在那裡負責一個目標，一位科學家。那傢伙逃走了，我只好去找他的大弟子，挑釁一下。」

「他知道什麼嗎？」

「還不確定。」

他們互相更新彼此的近況，庫柏讓對話保持在一些不重要的小事上，不想太快進入正題。巴比．昆恩告訴他局裡的近況。

「現在是第一級的混亂。每個人都互相閃躲、踐踏彼此，為了要撇得一乾二淨。『什麼？我們在追捕、殺死壞人？噢天哪，真粗魯。』」昆恩笑出聲，「同時仍有潛在目標在外面逍遙，所以上頭那些在CNN新聞頻道表示痛心疾首的同一批蠢蛋又改變態度，見人說人話、見鬼說鬼話，要我們繼續行動，告訴我們事情很快就會解決。」

「真的會嗎？」

「衡平局已經完蛋了。不過呢，會的。給它一年時間，等風波過去，我們就會用一個新的名號重出江湖。每個人都知道這些工作還是得做完。同時呢，應變部最優秀的探員身處煉獄之中。你知道他們要我幹嘛嗎？我是一個內部調查任務小組的頭頭，負責援助國會調查。如果你想體驗一個美好的星期六夜晚，就去寫份關於解決一位知名恐怖分子的報告，但不能用『殺死』這個字眼。」

「終結？」

「無效化。聽起來就像我們指出他們哪些行為失當，然後提供他們就業訓練。」昆恩搖搖頭，「你怎麼樣？你是我認識唯一一個殺了老闆之後，還能替總統工作的人。根本就是摔到上面去。」

「我不是這樣計畫的。」

「你有過計畫？」

庫柏笑出來，比了個手勢，再叫一輪酒。

「不過，說真的，庫柏。你是個士兵，不是上班族。你幫克雷做的到底是什麼工作？」

「跟以前一樣。試著阻止戰爭。」

「做得如何？」

「跟以前一樣。」

昆恩從外套口袋拿出一包菸，拉出一根，用兩根手指旋轉著。酒保過來倒酒，然後說：「你不能在這裡抽菸。」

「真的嗎？這是新的公共條例，還是私人規定？」

「哪個都好。」那男人將酒瓶放回架上，漫步走開。

「是喔，哪個都好。」他的老搭檔敲了敲菸，用手指撥弄。「真有趣的世界。約翰・史密斯因為四處去大學巡迴演講而變胖，一個想抽菸的男子卻會被殺死吃掉。」

「你根本就不喜歡抽菸。你只是喜歡想像自己在抽。」

「這倒沒錯。延遲滿足感，就像密宗性愛一樣。」

庫柏笑了出來。能夠在這裡和生活在同一個世界裡的人聊天，感覺很好。這個想法提醒了他來這裡的理由——一個不斷折磨他的恐懼。「好啦，我說實話。這次找你出來，不是單純想聊天而已。」

「你想談什麼？」

「你們對達爾文之子的了解有多少？」

昆恩聳聳肩。「六個星期以前，什麼相關記錄都沒有。他們忽然咻一下出現，開始對每個人手上的三明治打噴嚏。」

「知道他們的運作方式嗎？」

「我們猜測成員都獨立行動，指揮架構隨時在變。這是恐怖分子的標準作法。隨著衡平局停擺，沒人有辦法查出他們到底是誰。」

「這怎麼可能？我們怎麼可能什麼都不知道？」

昆恩向後靠。「這是白宮想問的嗎？」

「不是。」庫柏說，「我並不是在調查。我只是想搞清楚，而我需要你的幫助。你是我的軍師。」

「你的奉承很有效。」昆恩啜著啤酒。「好吧，只有你知我知喔？他們是從石頭裡蹦出來的說法根本說不通。沒人可以這麼快就成立一個組織，就連異能也不行。」

「你是指他們其實已經潛伏一段時間了。」

「這個嘛，他們非常清楚要怎麼打擊我們。在這之前，大多數恐怖分子在郵局裡放炸彈、攻擊比較不重要的政府機構、破壞鐵路。很壞沒錯，但基本上只是騷擾。可是這些傢伙懂得全面攻擊。他們沒有攻擊建築物，而是劫了幾輛卡車、殺掉司機，很清楚保險公司會撤掉他們的保險。砰，他們讓整座城市挨餓。」

「電力的情況也一樣。」庫柏說，「我認為他們癱瘓輸電網路，就是要我們封鎖城市。」

「對，這是下得很糟的一步棋。」昆恩搖搖頭，「造成的結果就是一片混亂。我們根本就是拱手讓出了這些城市。老兄，你怎麼會讓這種事發生？」

「不是我能決定的。」

「還有那個官方說法，說我們封鎖城市是為了要追捕恐怖分子？想騙誰啊？腦袋破洞的十歲小孩嗎？」

「我知道啦。老實說，我覺得萊希相信你們會找出目標的座標位置，然後射飛彈過去。」

昆恩搖搖頭。「不可能。我想達爾文之子在每個城市的成員不超過十到十五個。都是獨立行動，沒有中央指揮。輸電網路可能是被紐約州波基普西市某個地下室裡的變種青少年駭的。」

「為什麼這麼少人？」

「你只需要這麼多人劫車和燒掉貨倉。只要把人數控制在少量，就幾乎不可能找得到他們。尤其是現在這種狀況。」

「如果這是真的，那這些都是預先計畫好的。」庫柏小心地選擇用詞。他覺得他是對的，但他想知道昆恩是不是也得到同樣的結論。「不只是幾個星期以前，而是幾年前就開始了。有人組織起這一切，找到人選，讓他們就定位，資助他們，然後讓他們暫時按兵不動，直到應變部陷入混亂。」

昆恩好奇地看著他。「你是指約翰·史密斯。」

「這種計畫會需要一顆極度擅長謀略的頭腦。」

「你曾經告訴過我，約翰·史密斯的戰略頭腦就跟愛因斯坦的腦袋不相上下。」昆恩啜一口啤酒，「但是……等等。」

「一個準備了數年的計畫。一支小型、專一的團隊，利用我們的體系來對付我們。不只這樣，他們還準確地選在最糟的時機動手——強硬但腐敗的總統遭彈劾、接受審判，本該保護整個國家的機構也搖搖欲墜。」

「如果這是真的，那就表示——你是指——」昆恩瞪著他，「你知道這代表什麼意思嗎？」

「這就是讓我晚上睡不著覺的原因，巴比。我一直反覆思考，但總是得到同一個結論。」

那是庫柏以前從未想過會得到的結論。當他臥底追捕約翰．史密斯時，從未質疑過他的罪咎。可是那趟追獵的旅程讓他睜開雙眼，看見許多無法忽視的事實。像是雪倫的異種朋友莎曼莎，她看穿人心的天賦可以讓她成為醫者或是老師，但她卻成了妓女。像是應變部的戰略應變小組逮捕一個曾經幫助過他的家庭，父母遭到監禁，八歲大的女孩被送進學園。像是懷俄明州美麗而又脆弱的新迦南特區，在那裡，一整個世代的樂觀夢想家打造了一個更美好的新世界。

當他終於找到史密斯時，庫柏的信念已經搖搖欲墜。當他知道單眼鏡餐廳大屠殺的真相時，他的信念應聲斷裂。

某方面來說，他自己也跟著應聲斷裂。

庫柏回想起坐在懷俄明州的某座山坡頂端——一根五十碼高的石柱上，看著日出。他和史密斯一起爬上去的。當血紅的太陽從沙漠中升起，他們開始談話。不只是談話，而是交換真相。那是個極不真實的經驗——和他的頭號死敵談話。就在那天早晨，史密斯告訴他那部錄下德魯．彼得斯和沃克總統密謀單眼鏡餐廳事件影片的存在。史密斯宣稱是那些人想要開戰，只有已經掌握權力的人才能從中得利。

雖然他不全然採信史密斯說的每一句話，卻也足以讓他展開行動。找到影片，殺死德魯．彼得斯，把總統拉下來。

他現在懷疑，這是否從頭到尾都是史密斯的目的。

「巴比，」庫柏說，「我需要你告訴我真話。是我瘋了嗎？還是這是有可能的？」

他的朋友放下啤酒杯。他拿起菸，放到嘴裡，用手指敲著吧檯，視線低垂。庫柏讓他思考。一方面希望昆恩會說這是偏執妄想，一方面又不這麼希望。庫柏具備的辨識模式天賦讓他擁有極大的優勢，但主要是在戰術方面，而不是謀略——能夠看見下一步，而不是接下來的十步。昆恩才是軍師。

「有可能。」那些幽默滑稽都從他朋友的聲音裡消失。「是有可能。」

庫柏靠向椅背。他的胃裡一陣酸楚，喉嚨因膽汁而刺痛。如果約翰．史密斯是那個未知因素，「有可能」幾乎就是肯定句了。「他玩弄了我們。」

「你知道這代表什麼嗎？我們所做的一切，都是他計畫中的一部分。當史密斯告訴你那部影片的存在，派我們去追殺彼得斯，這一切都跟他的清白或真相無關。他這麼做是因為——」

「因為他知道如果我找到那部影片，我會公布它。這樣就可以把總統拉下來，癱瘓應變部。他知道我會做正確的事，然後他利用這點，讓狀況變得更糟。」庫柏猶豫了一下，試著嚥下他將要說出口的話，但發現那些字句像利刃一樣切割他的喉嚨。「這就表示這都是我的錯，巴比。」

「狗屁。你不能承擔這個責任。」

「我必須這麼做。當然，我盡全力了，而我也就這樣被他利用了。我們都是。我以為他想利用我來還他清白，停止逃亡生活。但那都只是額外的好處。讓我們無法對達爾文之子做出反應，才是真正的目的。」

「為什麼？我是說，如果他把你拉進去、設計你只是第一步，而他已經想到接下來的十步，那最後會是什麼？」

「戰爭，」庫柏說，「最後就是開戰。我想，約翰．史密斯已經對爭取異能的平等權利不感興趣了。我想他要掀起一場內戰。」

「為了什麼？殺死全部的普通人嗎？」

庫柏什麼都沒說。

「老天。」昆恩揉了揉眼睛。「等等。這樣要怎麼讓他得到他想要的？現在的狀況對異能來說比以前還糟。監控晶片、仇恨犯罪，媽的，每三個國會議員就有一個想開記者會，說必須把你們給關起來。」

「沒錯。但要記得，異能並沒有因此團結在一起。史密斯不可能只是寄封電子郵件給我們。不論普通人還是異能，大多數人根本和他扯不上關係。他們只想好好過活。如果史密斯想要奪權，他就需要一支軍隊。因為他不可能就這樣開始招募——」

昆恩理解到整件事的規模時，雙眼睜大。「他讓政府幫他招募軍隊。他刺激他們，讓他們開始使用壓迫的手段。人們從擔心異能，到開始懼怕他們。如此一來，只差一小步就會引發對異能的攻擊。私刑、暴動，他的軍隊就會自己成形。畢竟，如果每個人都試圖殺死你的同胞，你最好團結起來抗敵。」

「然後你就會需要一個領袖。擁有明確的理想，能夠承諾你一個不只是讓你安全的世界——還是個由你作主的世界。根本沒有平等的權利。強者才能得到優勢。」

酒吧的門打開，一群二十出頭的年輕人晃進來，一邊嘻笑。一股冷風跟著他們吹進門內，庫柏打了個寒顫。昆恩推開他的杯子。「我突然不渴了。」

「是喔。」

「應變部正在盡最大努力監視史密斯。我們還沒發現他有和達爾文之子接觸的任何證據。」

「他不需要跟他們接觸。他可能兩年前就定好這個計畫，給予了相當明確的指示。先這麼做，再那麼做。就像你說的，一支清楚知道該怎麼傷害我們的小團隊。」

「同時，他在全國四處演講、簽書、上節目，談論他身為受害者的情況。假裝自己是理性之聲，同時爭取支持。」

搞定它。娜塔莉說的。這個念頭讓他差點笑出來。搞定它？是他親手搞砸的。他的意圖是清白的沒錯，這也是他父親會認同的決定，卻還是讓約翰．史密斯達到了目的。正確的事被扭曲，反而變成壞事。

「你知道嗎，」昆恩說，「有時候我痛恨每一個人。」他搖搖頭，「狀況愈來愈糟了，對吧？我是說，我們一直以來都在最前線，總覺得情況要變得一發不可收拾了。那只是場競賽。但這不一樣。」他抬起頭，看著庫柏的眼睛。「我們真的處在邊緣。這是一切的終結。」

一切的終結。多麼戲劇化的句子，概念過於龐大，又有點愚蠢。一切的終結？當然不是。世界末日從未真正發生過。只是潛伏在那裡。龍捲風從未真正摧毀掉城市。瘟疫從未真正消滅所有人口。人類從未真正屠殺某一個種族。

但是……他們真的這麼幹過。

「你跟總統談過了嗎？」

庫柏搖搖頭。「沒人想聽。他們都太過確信一切都會沒事。」

「你也可能搞錯史密斯的事了。」

「沒有什麼事會比這個更讓我高興。不過我不覺得我搞錯了。你呢？」

「我也不覺得。」

「所以我們該怎麼做？」

昆恩透過牙縫吸氣。「依照現在的狀況，應變部不可能做出任何危害史密斯的行為。他是政府壓迫下的受害者。除非他一手對陌生人開槍，一手對著美國國旗打手槍，否則我們不可能逮捕他。」

「描述得真生動。」

「謝謝你。克雷總統呢？」

「不，一點機會都沒有。」庫柏說，「根本就碰不了約翰・史密斯。」

「完全在範圍之外。」

「百分之百。」庫柏拿起他的餐巾紙，整齊地撕下一條，又一條，再一條。他抬起頭看向他的朋友。「不管怎樣都想抓到他？」

昆恩露出微笑，「他媽的沒錯。」

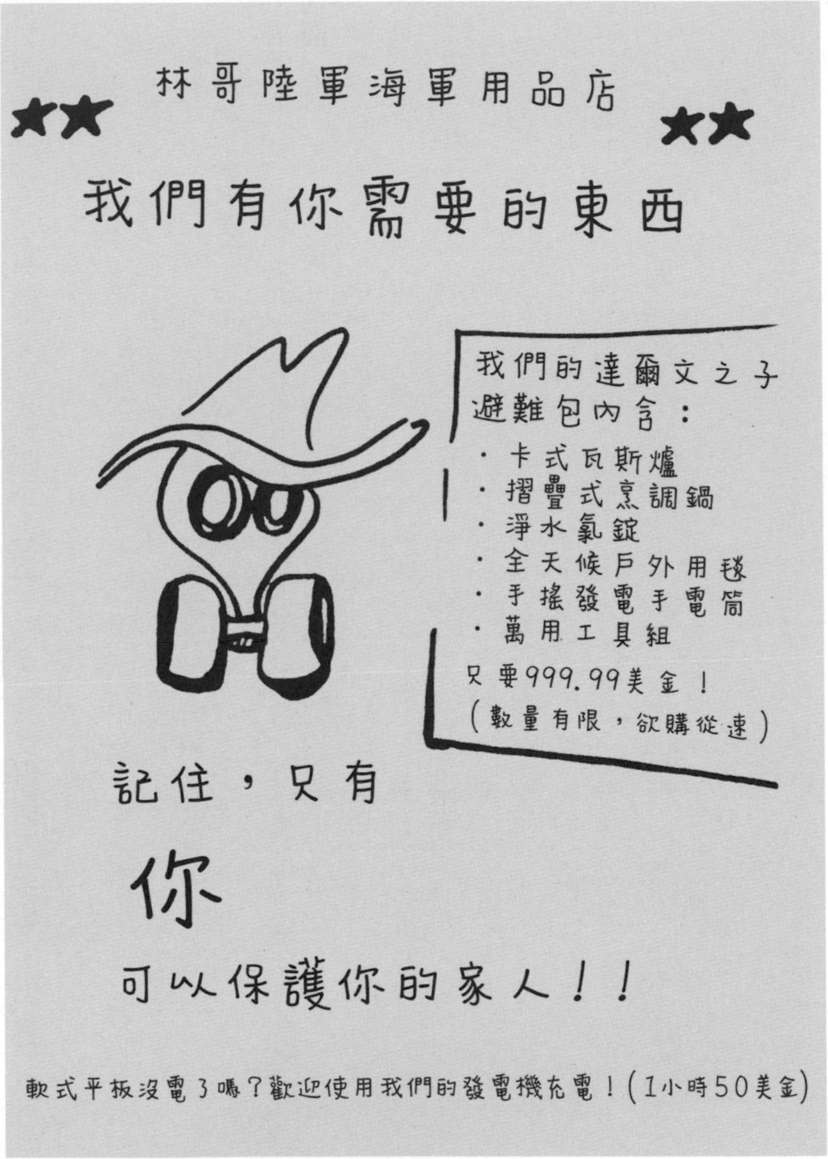
林哥陸軍海軍用品店
我們有你需要的東西
我們的達爾文之子避難包內含：
・卡式瓦斯爐
・摺疊式烹調鍋
・淨水氯錠
・全天候戶外用毯
・手搖發電手電筒
・萬用工具組
只要999.99美金！
（數量有限，欲購從速）
記住，只有
你
可以保護你的家人！！
軟式平板沒電了嗎？歡迎使用我們的發電機充電！（1小時50美金）

14

伊森整理著罐頭，呼氣凝結成白霧。

他們的廚房裡有間食品儲藏室，這個事實仍讓他感到震驚。一間專門存放食物的房間？多麼稀奇！多麼奢華！在曼哈頓，食品儲藏室會被當成小型套房租出去。他很確定他會住在其中一間。

電力已經中斷二十小時了，屋裡非常寒冷。他穿上兩件毛衣和無指手套。少少的幾罐罐頭到底含有多少營養價值，是件有趣的事——番茄糊、鳳梨片、荸薺和雞湯。每樣東西都是下廚時需要的材料，但每樣都沒辦法單獨成為一餐。他重新整理，把最有用的放到一層架子上。黑豆、大白豆、皇帝豆。湯，尤其是比較健康的種類。還有幾罐椰奶。都不是什麼珍饈佳餚，可是每一罐都有將近一千卡路里熱量，高含量的脂肪可以讓他們維持體溫。下面一層放了梨子、水果沙拉和綠豆，含有的維他命比新鮮食材來得少，總比沒有好。義大利麵和米。最後是烘焙材料——麵粉、糖、玉米粉。沒有電力，他們無法烘焙，要是情況愈來愈糟，他們可以把這些東西加水攪和成麵糊。

「她睡了。」艾咪在他身後說，「我要開始儲水了。」

伊森站起來，跺了跺腳，試著增強血液循環，「好。把我們有的東西都裝滿。杯子、花瓶、桶子、空罐頭——」

「還有浴缸。我知道。」

「謝了。」

伊森看到一包生日蠟燭，於是把它們加進廚房工作檯上的那一堆裡。一箱細蠟燭、三根半從臥室拿來的圓柱蠟燭，還有十一，不，十二根生日蠟燭。三支手電筒和一打電池。最好不要浪費。他們必須在還有日光的時候做事。睡前不能看書了。

他們在壁爐升起小火，他蹲下來溫暖雙手，舒緩僵硬的手指。他掙扎著要不要再丟兩塊木頭進去，最後決定作罷。他們沒剩多少柴火了。

總還是有家具。

接下來是冰箱。他們倆都是美食家，總是讓冰箱隨時有充足的食物。自從商店斷貨已經過了六天，他們早已吃完大部分新鮮食物。保鮮格裡還有幾顆蘋果、一串葡萄以及半袋芝麻菜，底部的葉子已經爛掉了。平常他會直接拿去丟掉，現在只是把最爛的部分挑掉，其他都留下來。冰箱裡還有一些吃剩的泰式粿條、只剩兩吋高的橘子汁，還有一堆調味料。

冰櫃早就不太冰了。冰塊在盒子裡游動，包起來的漢堡肉和雞肉的邊緣已經變軟。另有幾片已經退冰的披薩。伊森嘆口氣，開始拿出來。

艾咪在水槽那裡將杯子裝滿，一邊說：「我們可以把食物放在外面。」

「妳覺得外面有多冷？」

「大概攝氏七度？」

嗯，大約是冰箱有電時的溫度。把肉放在外面至少可以多撐個兩天。「如果可以煮熟，就能保存得更久。」

「我就說我們該買卡式瓦斯爐吧。」她露出微笑，然後說，「嘿，等等。烤肉架。」

伊森笑了出來，猛地將她抱個滿懷。「好主意。」

說到烤肉，他可是個純粹主義者，除了木炭其他免談。當日常生活還很正常的時候，輕易就可以做到這點，現在他只希望之前有買丙烷燃料。他在車庫裡翻找，發現了半袋木炭。他把木炭全部倒進烤肉爐，用報紙包住底部，然後點火。一道寒風從西邊吹來，將煙吹到他臉上，不過木炭開始燃燒了。

回到廚房，他將那幾包肉剪開。兩磅腹脅牛排、四塊雞胸肉、一磅漢堡肉。他將牛絞肉壓成一塊塊肉餅，然後將牛排切成四分之一吋的肉條。

「要炒嗎？」

「做成肉乾。」他說，「我先煮水，把義大利麵煮熟，接著是雞肉和漢堡肉，最後是披薩。這樣差不多就把木炭用完了。我們可以把這些肉條放在架子上，幾個小時內就會風乾。肉乾可以撐上好幾個星期。」

「太好了。」艾咪直起身，雙手放到下背部，然後做個伸展，脊椎喀喀作響。「老天，我願意用任何東西交換一場熱水澡。」

「別提了。」他說。窗外，下午時光正在流逝。雲朵低垂壓迫，樹木在風中擺動。

清點完食物，看起來還夠他們吃。但他知道如果依照平常的食量來算，沒多久就都吃光了。他想起之前每次去商店採買時，推車都堆到快滿出來，一裝就是十幾袋購物袋。就算這樣，他們還是每週都得採買一次。

我們得開始執行定量配給。延長天數，喝大量的水。各位女士、先生，得暫時停止美式作風了。

他可以接受這點。住在全世界最富有的國家之一的好處是，正常和飢餓之間的差距非常大。可是問題依舊一樣，等到食物吃完了，會發生什麼事？現在的事態會持續這麼久嗎？

那些沒有那麼多食物的人又該怎麼辦？不知怎地，他不覺得他們會靜靜地挨餓。

「我不相信他們。」艾咪說。

「嗯？誰？」

「那些士兵。你說他們告訴你，封鎖城市是為了讓恐怖分子逃不出去。那不合理啊。」

「沒錯。」

「他們有事瞞著我們。」

他來得及回答之前，有人敲響了他們的門。敲門聲讓他們驚跳了一下。在所有機械失去功能之前，他從未想過美國的寂靜有多大聲。

「留在這裡。」他說，朝前門走去。伊森將手放在門把上，然後及時阻止自己。這是個新的世界。他從門孔看出去。

傑克．福特站在門廊，旁邊是上次鄰里守望隊集會中見過的兩個男人。柯特——那位工程師；還有盧，那個問他有什麼毛病的傢伙。

他打開門。「嘿。」

「嗨，伊森。」傑克露出微笑，伸出手，兩人握手。「你好嗎？」

「噢，我們正在盤點存貨。」

他語帶雙關[1]，可是傑克照字面上的意思解讀。「真聰明。清楚你的糧食能撐多久是很重要的。嘿，我昨天看你打包行李到車上，對嗎？」

「是啊。」一個影像在他腦海浮現：傑克手拿一把獵槍，挨家挨戶查看每一扇窗，從窗簾的縫隙往內窺視，注意有沒有壞蛋出現。「我們本來要去芝加哥找艾咪的媽媽。國民警衛隊叫我們回頭。」

「我聽說了。我有一臺發電機，定期用它來充電和看新聞。他們說政府追捕達爾文之子的期間，整座城市都封鎖起來了。」

伊森點點頭，等待著。那三個男人互看對方。

傑克準備開口說話，但盧搶先一步。「你跟蘭吉很熟嗎？」

「當然，我們一起吃過幾次晚餐。他人很好。」

「我們在想，我們應該要找他談談。」

「談什麼？」

「政府說他們在搜尋異種恐怖分子。我們應該一起幫忙。」

「拜託，蘭吉是個平面設計師。」

「不是這樣，嘿，你誤會了。」傑克說，「我們知道他不是恐怖分子。但他是異種。」

「所以他有可能認識恐怖分子囉？」

「他可能認識最近行為怪異的人。」

「異種都會一起混。」柯特說，「我是工程師，相信我，我認識很多異種。」

傑克忽略他，說道：「政府提供了報案專線，如果有人發現可疑的事情，就可以打過去。我們覺得，反正現在也沒其他事好做，這樣也不會造成什麼傷害。」

當然了，在一座挨餓的城市裡，一群嚇壞的人打算去追捕恐怖分子，會造成什麼傷害？

「我不這麼認為。」

「算了。」盧說，「我早就告訴你他不會有興趣。」那男人清清喉嚨，轉身，啐了一口口

---

1 原文take stock除了盤點之外，也有仔細考量狀況的意思。

水到草叢裡。

傑克一動也不動，只是站在那裡，雙手垂在身體兩側。伊森感覺得到，這個男人想講道理，想讓他知道某件事。傑克現在是這個街區實質上的領袖了，每個人都依賴他。他是要求伊森加入嗎？稍稍威脅他？或者只是在暗示，如果伊森這樣的人不加入，像盧那樣的人就會愈來愈強勢？

「你何不跟他們去呢，親愛的？」艾咪不在門廊上男人的視線範圍內，她用他們聽得見的音量大聲說話，輕快的語調掩飾臉上憂慮的表情。「去吧，我可以處理烤肉架。不過先來給我一個擁抱。」她舉起雙手。

伊森瞥向傑克，再看向她，然後走向她的擁抱。她在他耳邊低語：「蘭吉有兩個小女孩。」

當然了。他輕聲回道：「我愛妳。」

「我也是。小心點。」

他點點頭，往後退。「我們走吧。」

辛格的房子是開朗的黃色，前面是花圃，因寒冷的十一月而光禿一片。走到他家只花了一分鐘，但感覺起來更長。一股動力迸發在這群人之間。盧走在最前面，步伐間透露他的決心，讓他幾乎是用跺步的方式前進。傑克和伊森走在後頭，某個時刻，他的鄰居看向他，投來無法解讀的一瞥，彷彿他想要說些什麼，最後還是什麼都沒說。柯特跟在後面，像隻熱切的小狗。

他們停在房子前方的人行道。盧不斷將重心從一隻腳換到另一隻。伊森想像從蘭吉的角度看到的畫面會是什麼——四個男人不祥地圍在外頭，互相使眼色。想像他的感受會是什麼——像是中學生下意識都認為每個人群都在看他們，每陣笑聲都是針對他們的弱點而來。這不是個好主意。

他強迫自己說話語調輕快，「我們還在等什麼，大夥？」他走向前，摁下門鈴——什麼事都沒發生，對喔——然後敲敲門。過了一會兒，腳步聲響起，接著門鎖打開。

蘭吉先看到他，露出微笑。看到其他人後，他的表情變得僵硬。「嘿，」他說，「鄰里守望隊。抓到壞人了嗎？」

盧怒不可遏，但伊森說：「沒有，都很安全。你還好嗎？」

「真希望我們已經去了佛羅里達。」

「我知道，我們試過去芝加哥，結果被迫回頭。」

「真是怪哉。」蘭吉的視線移到其他人身上，再看回來。「所以怎麼了？」

「我們進去吧？」盧問。

蘭吉猶豫了一下，他的手還放在門把上。「好啊，沒問題。」他站到一旁，比手勢請他們進去。

入口進去不遠處就是客廳，布置得很有風格，牆壁是飽滿的白色。兩張現代主義風格的沙發放在黃色毛絨地毯上，一張精緻的玻璃桌上放著一本攤開來的書。地上散落玩具，像是剛剛下了一場玩具雨：填充動物玩偶、疊疊杯和木琴。眼前的景象讓伊森看見他們的未來一閃而過——薇奧拉在房子裡踉踉蹌蹌地走來走去，玩具隨著腳步在身後落下。這個念頭讓他一陣激動。「女孩們在哪裡？」

「樓上。伊娃正試著說服她們現在是午覺時間。」

蘭吉沒有請他們坐下，只是把雙手放進口袋裡等著。他們四個不怎麼確定地站在他面前。房裡和屋外一樣冷，他們的呼氣化成霧氣。

伊森察覺傑克正在看他，他聳聳肩。這是你的主意，老兄。

「你的家真不錯，」傑克說，有點尷尬，「很時髦。」

「謝謝。怎麼了？」

「我不知道你有沒有看最近的新聞，電力——」

「我們有收音機和電池。」

「所以，你知道政府要我們同心協力。可以撥打專線回報任何事情。」

「像是什麼事？」

「你知道的，」傑克聳聳肩，「達爾文之子。」

蘭吉發出聲響，那並非笑聲。「你在開我玩笑吧？」

傑克張開雙手，擺出安撫的手勢。「我們不是指那種事。我們只是想知道，你有沒有可能——」

「和恐怖分子混在一起？」

「不，只是……有沒有哪些朋友的行為怪怪的。」

「有啊，」蘭吉說，看著伊森。「你們四個。」

「聽著，我知道這聽起來有點怪。」傑克說，試著露出安撫的微笑。「我很抱歉問你這個問題，可是我們都很擔心。情況愈來愈糟了。」

「真的嗎，天才？是誰偷偷跟你講的？」

「我沒有要冒犯的意思——」

「你沒有要冒犯的意思？你帶領一支民兵團來我家，問我認不認識恐怖分子，還說你沒有要冒犯的意思？」

「蘭吉——」伊森開口，但他的朋友打斷他。

「不，沒關係。你逮到我了。我是犯罪首腦。設計企業商標是我的偽裝，實際上我晚上都在劫持貨車。這對我來說更加容易，你知道，因為我皮膚是黑的。我在晚上幾乎是隱形的。」

「大家冷靜點。」伊森說。蘭吉似乎沒發現其他人有多緊繃、多疲累、多害怕。在超市的貨架上什麼都沒有的時候，擺出硬漢的樣子是一回事；過了一星期之後還是沒有食物，再加上電力中斷、軍隊封鎖城市、天氣變得愈來愈冷、感恩節晚餐只有罐頭豆子可吃的時候，狀況可就不一樣了。社交行為變得岌岌可危，雖然蘭吉的憤怒是正當的，卻不是現在最好的回應方式。「沒有人要指控任何事情。我們都——」

「你為什麼有這個？」

盧走到咖啡桌，拿起伊森先前注意到的那本書。他拿起來，好讓他們可以看到封面。《我是約翰．史密斯》。

啊，該死。

「有問題嗎？」

「你為什麼有這個？」

「你想要借嗎？」

「這是我最後一次問你，你為什麼有這個？」

蘭吉給了他緊繃的微笑。「我告訴過你了，我是恐怖分子。」

「盧，這是個自由國家，」傑克說，「那只是一本書。」

「是啊，殺人犯寫的書。」

「他被設計了。」蘭吉說，「如果你有看新聞的習慣，你就會知道。政府已經撤回所有對他的指控。」

盧開始朗讀蘭吉最後讀到的段落。「這是一個簡單卻醜陋的真相。我們的政治人物只把我們當成維持他們權力的工具。我們是腐敗和自私的引擎的汽油。領導這個國家的人對我們的關心，就像你們關心加進車子裡的汽油一樣——毫不在意地使用，只要能到他想去的地方就好。」他闔上書。「這聽起來像是美國人會說的話嗎？」

「沒錯，」蘭吉說，「聽起來就是。」

盧搖搖頭，一臉厭惡。「我曾是海軍陸戰隊。我父親曾是海軍陸戰隊。他在越南戰鬥，就是為了讓這種垃圾離我們國家遠遠的。」

蘭吉笑出來，「你覺得這是我們在越南的原因嗎？」

「你說什麼？」盧向前一步。

「大夥，」伊森看向傑克。他的鄰居一動也不動。「這太荒謬了——」

「你是說我很笨嗎？我父親很笨嗎？」這男人挺起身子，他的眼神冷峻，胸膛挺出。他的身高比那名異種還矮了四吋，可是有寬厚的胸膛和舉重選手般粗壯的雙臂。「你是這個意思嗎？」

蘭吉瞥了他一眼，還是站得穩穩的。「夠了。你們該離開了。」

「你們這些人，」盧從牙縫間吸入空氣，「你們都覺得自己他媽的很聰明。比我們還厲害。」

伊森向前踏了一步，「拜託，老兄。」他一手放到盧的肩上。盧聳肩把他的手抖開。

拍了一次。

「哪些人？」蘭吉說，語氣出現怒火。「異能嗎？印度裔美國人嗎？平面設計師嗎？」

「自作聰明的傢伙。」盧一手拿著書，在異種的胸膛上拍了幾下。「真是個硬漢。」他又

「我是認真的。滾出我的房子。」

「不然怎樣？」又揮了一次那本書。

傑克開口：「盧——」

蘭吉打掉盧手上的書。「我說，滾出我的房子。」他往前將手放到盧的胸口一推。

盧一驚，踉蹌地往後退。他的腳踩到一輛玩具卡車，接著腿往前一飛，身體一斜，手臂瘋狂揮舞著，接著他往下墜。伊森看著他，身體動彈不得，腦中則在盧和地板之間畫了一條線。那條線直直穿過玻璃咖啡桌，他試想他應該要阻止盧的墜落，但他最多只能做到用想的而已。

那男人的背部正中桌子，他的體重讓他砸穿過去，玻璃碎片往外爆出，他的身體從桌面撞向底下的架子，咚一聲倒在毛絨地毯上。

蘭吉向前一步，說：「噢媽的，我很抱歉——」

盧倒抽一口氣。他咳嗽，滾向另一邊。當他伸手摸向背後的腰帶時，碎玻璃在他的底下嘰嘎作響——

然後他抽出一把槍。

那把槍很大，鉛黃色的，握住它的手濺滿了從十幾道小傷口流出來的血。槍口在顫抖，正對著蘭吉的胸膛。整個世界變成了一幅詭異又恐怖的舞臺畫面，伊森可以清楚看到——柯特的嘴巴大張，傑克的雙手擺在頭兩側，蘭吉一手伸在前面，無法動彈，盧則是倒在地上，姿勢像在做仰臥起坐，右手握著槍。

「你這狗娘養的。」盧說。

如同過去常發生的一樣，伊森發現他正在用學術的眼光看著眼前的景象，注意到當威脅擴大成暴力時，這便是場爭奪部落支配權的典型戰鬥。演化的其中一個美麗之處，就是混亂和秩序是並存的——混亂，因為演化仰賴突變的隨機性。一百萬個錯誤的起頭和死胡同，並不是由建築師的手所引導。秩序，因為演化有其不可違逆、簡單到如此殘酷的規則。基因和物種不斷彼此試驗——不是在上帝的黑板上，而是在生命這個血淋淋的戰場，就像現在這個情況——

忽然間，他發現盧的手指正往扳機逐漸收緊。他打算因為意見不合和一時衝動，射殺這個男人，在他自己的客廳，樓上還有他的小女兒。

伊森不給自己思考的時間，站到蘭吉前方。

他在空間距離上只移動了三呎，視角的改變卻是無比劇烈。伊森發現自己正盯著槍口。他只有在電影海報和推理小說的封面上看過，現實中竟是如此不同。

盧瞪著他，瞇起眼睛，鼻孔擴張。「別擋路。」

他很想，是真的很想，然而他只是搖搖頭。他怕任何突發或試圖說服的動作，都會讓整個情況暴走，都有可能讓這個莽夫做出非常傻的傻事。

「爹地！」

走廊傳來一聲大叫。一個穿波卡圓點褲和水豚圖案毛衣的可愛小女孩瞪著他們，她大睜而驚恐的雙眼有什麼東西碎掉了。

「寶貝，去樓上。」蘭吉說，「一切都沒事。我們只是在說話，結果盧先生絆倒了。」

「他還好嗎？」

「是的，小甜心。一切都很好。」

伊森瞪著槍口完美的黑色圓形，然後越過它，看向那男人的臉，同時呈現了憤怒、驚恐、痛苦和蒙羞的情緒。

盧放低手槍。傑克和柯特趕過來，彎下腰扶他起來。他小心翼翼地移動，輕聲呻吟。玻璃碎片在地毯上發出叮噹聲響。

伊森張口想道歉，想要說這一切真是一團亂，這只是一樁意外，但他的朋友先開口了。

「滾出我的房子。」蘭吉一個個看著他們，最後落到伊森身上。就算他很感激，也沒有透露在他的眼神裡。「你們全部。而且不准再來，永遠。」

自由主義者、學者、媒體都以為他們贏了，他們齊心協力將一名總統趕下臺，只需要播放一支影片就達成目的了。嗯，好厲害呀！

我否認自己授權了單眼鏡餐廳裡的攻擊事件嗎？我不否認。要保衛一個有三億人口的國家，總是需要做些艱難的決定。

謀殺了那些人在道德上看來的確值得譴責……要是能再選一次，我還是會下相同的命令。我以美國人的身分、以愛國者和總統的身分站在這裡，告訴你們那天晚上的行動其實救了很多人的性命。

我造了很多孽，做過很多糟糕的事，也以我的名義命令別人犯下很多罪孽和糟糕的事。我的雙手染了很多鮮血，包括無辜之人的血。

當我站在萬能的上帝面前，我知道祂會檢視我的行為，並將其審判為正義之舉，因為每殺一個非殺不可的人，等於拯救了數千條性命。

保衛美國可不是膽小鬼做得來的工作。

我犯過錯，可是為了保護你們和你們的孩子，我願意繼續犯錯。

天佑眾人，天佑美國。

——前總統亨利．沃克

致全國步槍協會餐宴的朋友們

15

「你看起來很不錯，」庫柏說，「要是你沒辦法繼續當政府探員的話，我想你可以考慮去當業餘警察。」

「去你的。」昆恩調整著他們半小時前從大學校園警衛那偷來的背心。「聚酯纖維領帶？開玩笑嗎？」

「褲子側邊的反光條還滿有畫龍點睛的效果。」

「那麼我再說一次，去你的。」

電梯抖了一下然後停下來，電梯門鏗鏗鏘鏘地打開，他們踏進一間有水泥牆的接待室，牆上貼著一張印有約翰·史密斯大頭照的傳單，他昂起下巴，雙眼瞪視著未來，照片的色調調成肖像畫的風格，讓他看起來既像政治家，也像搖滾歌手，下方的文字寫著：「華盛頓大學歡迎活躍分子與作家、《紐約時報》暢銷書《我是約翰·史密斯》作者約翰·史密斯。」

庫柏和昆恩交換了一個微笑，然後他們兩人走進一座地下停車場，車位全都停滿了經濟型轎車，車身都生鏽了，保險桿上還貼著他從沒聽過的樂團的貼紙，幾輛賓士和別克有教職員識別證。他和昆恩開始走上斜坡，昆恩從口袋掏出一只黑色盒子，拿出兩個耳機，庫柏將小小的塑膠體塞進耳朵，裝置連上線，發出兩聲嗶嗶響：「小姐們？」

「收到了，老大。」法樂麗·衛絲在他耳裡說。

「聲音跟長在臉上的屌一樣清楚。」露意莎·亞伯拉罕說。

昆恩從鼻孔噴出一聲大笑。「和往常一樣，妳可真是一朵嬌羞小花啊！」有兩個他的聲音，一個來自耳機，一個來自庫柏旁邊的昆恩本人。

「嘿！你想要嬌羞小花嗎？我相信這裡有些女大學生可以幫忙。」

「這我就免了。有什麼異常舉動嗎？」

「我正在監視他們隊伍的一舉一動。」法樂麗說，「他們進行的都是標準流程。」

「很好。」庫柏說。他們拐過一個轉角，他和昆恩分開行動，他的搭檔沿著中間走道前進，庫柏則是走到那排停放的車子前方。能重新執行任務、仰賴這些他可以放心交託性命的人，感覺真好。他們四個曾經是衡平局最頂尖的團隊。露意莎負責田野工作，雖然身高不到五呎，卻曾經力抗體型是她兩倍大的壯漢，她還擁有他所遇過最粗魯的一張嘴。法樂麗則是個資訊高手，能夠操縱掌管現代生活的一連串程式碼。衡平局關門大吉後，她們就被分別指派到應變部底下的兩個職位，不過她們都太資深而且太能幹了，無法把她們管得死死的，偷偷開個小差也不會被發覺。

「再次感謝你們幫我。」庫柏說。

「隨時為你效勞，老大，我們沒人懷疑過你，不管證券交易所那件事他們是怎麼說的。」

一股暖意在他的胸中綻放。「謝了，那對我來說意義非凡。」

「嘿，我們一夥人又團圓了真好。」露意莎說，「我要閉嘴了，如果你需要什麼就吱個聲。」

「收到。」

庫柏踩在一塊狹窄的邊石上伏低身子，擠過兩輛車中間。他們前方五十碼處，一輛黑色休旅車朝向出口並排停車，引擎沒有熄火，廢氣讓冷空氣變得霧霧的。窗戶染了色，看不到裡面，但他們親眼看見史密斯抵達，看見他的第二名保鑣跟他一起下車，車子裡應該只剩下司機，他一定有配武器，而且說不定身手很好。

庫柏幾乎要為那傢伙感到難過了。

昆恩以校園警衛無聊的悠閒姿態往斜坡上晃去，庫柏跟著他一起前進，但保持在六輛車遠的後方。壓低身子、躡手躡腳並不是他的強項，但那保鑣的注意力會放在昆恩身上。你沒辦法請雪倫幫忙真是太遺憾了，要她潛進諾克斯堡都沒問題。

這念頭讓他感覺到一陣痛苦，他想起她的身體，赤裸纖瘦，她扭開一罐啤酒大喝一口時，冰箱的燈光映照出她的身形輪廓。一如往常，她毫無預警地出現，和他做愛之後——隨著他們每一次觸碰，他似乎更加渴望她，他以為脫離青少年時代之後就不會有這種著魔的情況——他們會聊聊天。她用字遣詞很小心，但庫柏看得出她剛執行完任務，知道她無意吐露自己做過什麼事，讓庫柏有點難過。

當然，你也在做同樣的事，這個行動一定會搞砸你們的關係。

他差點就要告訴她了，昨晚他們倆朦朦朧朧快要入睡的時候，庫柏輕撫她的髮絲，差點就要跟她說他認為約翰．史密斯企圖挑起戰爭。無論如何，他以自己的生命，也以他孩子的性命信賴她，但他能相信她會站在他這邊，而不是選擇她的老友和領袖嗎？他不確定。

這就是跟恐怖分子約會的麻煩之處，老庫。太多棘手的早餐談話了。

他將關於她的念頭逐出腦中，沒時間分心了，不管他們之間的關係是什麼，不管他希望他們的關係是什麼，他有份工作得完成。

搞定它。娜塔莉這麼說。

昆恩走到休旅車的駕駛座，在窗戶上敲了幾下，窗戶降下，庫柏的搭檔說：「不好意思，你是史密斯先生的司機，對嗎？」

庫柏雙手雙膝著地，快速往前移動了三輛車的距離，然後沿著休旅車的車身爬行。後照鏡看得到他，但占據司機的注意力是昆恩的工作。

庫柏從口袋裡拿出遙控器，按下按鈕，這是昆恩帶來的新玩意兒，一個可以辨別上百萬組密碼的射頻識別記錄器。真好玩，從前汽車還要用鑰匙開門的時候，反而比較安全，現在任何事都只要按個按鈕這麼方便，你只需要有個萬能按鈕就好。

「我了解，但是這位先生，你不能把車停在這裡。」昆恩說，一副公事公辦的模樣簡直堪稱典範。

休旅車的門喀的一聲就解鎖了，庫柏一拉門把，動作流暢地滑進副駕駛座。

保鑣身手很矯健，槍已放在膝上，他迴身舉槍，庫柏輕易就辨識出他的動作，看見對方胸膛和肩膀的肌肉如何作用。他沒有浪費時間奪下那把手槍，而是用三根手指戳進男人的脖子，叉向頸動脈開始分支的部位，那保鑣轉眼間就軟趴趴的，武器掉到車地板上。昆恩拿著皮下注射器從車窗探身進來，將針頭插入男人的手臂、壓下注射活塞。用受壓點制服人的效果很短暫，使用鎮定劑就能很持久了。

他們一起將保鑣拖出駕駛座，昆恩打開休旅車的後車箱，他們將保鑣拉起來塞進座椅後方。庫柏捲起那男人右手的袖子，找到一個緊緊箍著他前臂的手環。

「法樂麗，」他說，「他戴著生命跡象監測警報器。」

「是的，」她的聲音在耳機裡聽起來很輕柔，「跟我們想的一樣，我已經駭進去了，它現在發送出佩戴者健康正常的訊號。」

「妳太神了。」

昆恩走到卡車前面，跳進駕駛座。他撿起保鑣的手槍，熟練地拆解掉，然後將零件丟進置物箱裡。「輪到你了，庫柏。」

「移動中。」他朝階梯走去。「露意莎，裡面的狀況如何？」

「快結束了，目標正在謙遜地接受眾人起立鼓掌。」

「他的貼身保鑣呢？」

「在舞臺右邊，看起來很冷靜。」

「收到。」他快步跑上地下停車場的階梯，從會議廳後方出來，就算人在外面，他還是可以聽到會議廳內傳來悶雷般的掌聲。後巷是布滿菸蒂的龜裂水泥地，會議廳後門則是生鏽的金屬門，上面貼著另一張傳單。庫柏微笑，在門旁邊的視線死角就定位，耳機裡傳來露意莎的聲音：「好了，裡面結束了。大明星要離開舞臺了。」

昆恩說：「你確定他會從後門出去嗎？他是個渴望注意力的婊子，為什麼不從前面離開，好吸取更多馬屁？」

「簡單，」庫柏說，「他安排了一小時跟支持者寒暄打招呼，花了兩小時簽書，然後用一小時上臺演講。」

「所以呢？」

「所以，看得出他是個菸槍，現在他一定犯菸癮了，比起群眾注意力，他更想要的是尼古丁。跟你賭十塊，他待會一定邊推開門邊點菸。」

「看起來還——」

「等等。」金屬門開始打開，庫柏跟著一起動，把它當作——

保鑣會先出來，檢查後巷，然後通知已全面淨空。

先幹掉他。

轉到門另一邊，抓住史密斯，拉他出來，把他制服在地。

——掩護。

手刀劈向氣管，威力還不足以致命，那身材魁梧的保鑣踉踉蹌蹌，雙手飛向自己的喉嚨，庫柏忽略他的吸氣聲，閃過他，進入會議廳的裝貨區，面對面遇上一名臉上掛著輕鬆表情、嘴裡叼著一根菸的男人，他手拿打火機點火，離香菸一吋遠。

「嗨，約翰。」庫柏說，然後拋出一記右勾拳，將史密斯的頭打到歪向一邊，香菸噴射出去。他抓住男人昂貴外套的衣領，轉身將他推向保鑣，兩人跌跌撞撞地倒在地上。

他彎腰撿起菸，然後走出門外讓門在身後關上。

「目標已取得。來接我們。」

房間呈現了腐朽城市的特色。塗鴉覆蓋著斑駁的牆壁，凝重的空氣中有尿騷味和東西爛掉的氣味。庫柏從牆邊拿了張金屬摺疊椅放在房間中央，他們解開手銬，將史密斯弄到椅子上，強迫他坐下，昆恩一把扯下他的頭套。

約翰·史密斯眨著眼，他環視著房間，看著他們兩人。「這裡不是政府機關。」

庫柏和他對上眼，淺淺笑了一下，然後搖頭。

史密斯臉上的恐懼來得快去得也快。「你們沒有逮捕我。」

「沒有。」

庫柏看得出史密斯正在處理新獲得的資訊，重新分析，想知道到底發生了什麼事，庫柏發現史密斯正在經歷一個他極少遇見的狀況，也就是出現了他預料之外的事情。

「你應該知道，」史密斯說，「我的保鑣小隊在幾秒鐘之內就會抵達，我一直配戴著生命跡象監測警報器。」

「像這玩意嗎？」庫柏舉起他從第二個保鑣身上拿下的手環，那名保鑣也被注射了鎮定劑，在休旅車後車箱裡跟他兄弟疊在一起。「這是個不錯的系統，如果你跟二十個保鑣一起行動，看起來會像個來自第三世界的獨裁者，只帶幾個人則讓你看起來比較親民。」

「問題是，」昆恩說，「你的警報器必須發送出正確的資訊才行。」

史密斯點頭。「你們已經整合信號了，不錯的一步，但是不好意思，被我預料到了，我的保鑣每隔一段時間就會互相交換安全密語──」

「每二十分鐘，我們知道啊。」

史密斯繃緊了臉。「每次密語都不一樣。」

「對啊，一組五碼的數字，隨著演算法陣列變化。這挺有道理的──你總不能要求你的保鑣每次值班都得正確無誤地記住整整一天份的密語吧！所以你每天會給他們一組密語，以及一個套用的公式。我們已經傳送安全密語了，」庫柏瞥了一眼手錶。「大概就是現在。你的手環通知保鑣你還逗留在會議廳，在廁所裡。」

「那如果我沒從廁所出來呢？你該不會認為那不會觸發──」

「你幾分鐘之後就會出廁所了，然後手環會顯示你在會議廳裡晃來晃去，對你的保鑣來說，看起來就好像你決定留下來跟幾個美眉親熱。」他靠近史密斯，直直瞪著他的臉。「沒有人會來救你的。」

又一次，他臉上出現一絲恐懼，然後又一次很快地克制住。他也許是個恐怖分子，但絕對不是個膽小鬼，史密斯點頭。「很高興見到你，庫柏，好久不見。」

「三個月了，你的行程一直很忙碌，對吧？我讀了你的書。」

「你覺得如何？」

「用華而不實的詞藻包裝似是而非且自吹自擂的廢話，告訴我，我們坐在懷俄明州那座山上看日出時，你就已經寫好書了嗎？」

「當然。」

「除了最後幾個章節之外吧，你談論單眼鏡餐廳影片和總統涉案的部分。」

「錯了，」約翰說，「那幾章我也寫好了。」

庫柏大笑。「我很感激你省略了假裝疑惑、然後聲稱你沒派我去執行你私人陰謀的這個步驟。」

「我對你百分之百誠實，你知道我這麼做是有原因的。」

「對啊，你想將一枚卒子變成皇后。」

「而我也成功了。」史密斯揉揉手腕，然後輕輕碰了碰腫得很厲害的臉頰，已經開始出現紫色瘀青了。「所以呢，這是你召開的會議，你想幹嘛？」

昆恩哼了一聲，移動到史密斯背後。這是標準的盤問技巧，讓接受審問的傢伙疲於面對他看不見的人。「我想讓你知道我有辦法逮到你，任何時間、不管你躲到哪裡，我都找得到你。沒有任何安全措施可以藏得住你，沒有任何說詞可以保護你。你是我的了，你屬於我。」

「嗄。」史密斯慢慢地將手伸進西裝口袋，拿出幾根香菸，將一根放進嘴裡，用顫抖的手點燃。「真有趣。」

庫柏伸出手將菸拔出他脣間，丟到地上，腳趾踩過菸頭餘燼。「什麼有趣？」

「我原本期待你會做出一些蓋世太保以外的行為，結果你只是個穿西裝的混混而已嗎？」

「我可不是恐怖分子。」

史密斯聳聳肩，望向背後，然後收回視線。「我不知道你在說什麼。我是個作家，是個老師。」

「省省吧！」庫柏靠上前，直到他聞得到史密斯的汗水味。「我心知肚明。先撇開你的舊罪行不說，像是炸彈攻擊和刺殺別人，我知道你在背後操縱達爾文之子。」他冷靜地說，專注在細節上，讓雙眼吸收所有的微小線索，讀取史密斯每條肌肉的顫動和脈搏。「我知道你下令攔截那些卡車，還命令你的士兵抓了無辜的男男女女，用手銬將他們拴在路邊，在他們身上潑汽油之後點火。」

這時，昆恩湊上前來，將他的軟式平板舉到史密斯眼前。從庫柏的角度看不到，但他知道是哪張照片，他曾經盯著它看了好幾個小時。名叫凱文·坦普的三十九歲卡車司機被焚燒後的屍體，焦黑的頭顱凍結在尖叫的那一瞬間，燒毀的雙手還被縛在身後。

庫柏的視線一直沒離開過史密斯的臉，他看見對方瞳孔放大，並繃緊眼輪匝肌，臉上因為大腦釋放出的腎上腺素而乍現血色。他想像史密斯目前的感覺：膀胱感受到壓力、腋下被汗水浸溼、指尖覺得麻麻癢癢的。

他觀察到所有跡象，在那瞬間，他知道自己是對的，史密斯計畫了那些攻擊，下令活活焚燒那些人，還癱瘓了三座城市，讓幾百萬人挨餓受凍。他的確想開戰。

約翰·史密斯說：「有證據嗎？」

庫柏微笑。

然後他往史密斯其中一邊眼睛揮了一拳，力道重到讓他從椅子上摔下來。在那名恐怖分子撞到地板前，庫柏往前傾，從巴比．昆恩身側的槍套中拔出手槍，武器拿在手裡感覺很棒，他用大拇指一撥，保險就打開了。

史密斯呻吟著，然後滾動身體變成側躺，他的眼睛緊緊閉上。「你現在必須拿出證據。」

庫柏伸直手臂，瞄準他的前額中央。

「你不再是祕密警察了，尼克，你不再是為應變部工作了，現在你不能想殺誰就殺誰，」他眨眨眼，又呻吟了一下，「要是你射殺我，你剩下的人生就會在監獄裡度過，只能每個月透過塑膠玻璃見你的小孩一次。」史密斯看起來明顯很痛苦，但他仍然露出微笑。「如果你扣下扳機，就證明我所說的一切還有爭取的一切都是對的。」

他說的沒錯，但還有什麼選擇呢？總得有人阻止他。

你可能沒有法律權限，但有個東西叫做道德權限。

昆恩說：「老大——」

庫柏扣下扳機。

槍在他手裡震了一下，踏實的一擊感覺超棒，槍聲在小房間裡震耳欲聾，有著褪色塗鴉的破爛牆壁反射著回音，約翰．史密斯躺在碎裂的混凝土地板上，子彈讓他臉上的微笑消失了。

庫柏蹲下來，沉默了很久，然後說：「很難忘記，對不對？只差一吋就打到你的頭的一顆子彈，你永遠不會忘記的，就連在夢中，你都可以感覺到子彈飛過的風聲。」

他站起來，將手槍交還給昆恩。「你說的沒錯，我再也不是政府的中階員工了，我現在是他媽的美國總統的特別顧問。我知道你想幹什麼，我不會允許你這麼做。」他轉身，開始往門走去，回頭說了一句：「我會逮到你的，約翰。」

昆恩竊笑，說：「好好享受走路回家吧，渾蛋。」

破爛小屋外頭，燦爛的陽光照耀著寒冷蔚藍的午後天空，破掉的玻璃在他們的皮鞋下叮咚作響。他們走向一輛事先停好的轎車時，昆恩將休旅車的鑰匙穿過柵欄蓋拋進下水道。昆恩發動車子，他們駛離華盛頓特區西南方破敗的阿納卡斯地亞區域的廢墟。

「嗯，」昆恩說，「還真是振奮人心啊。」

「對啊，」庫柏盯著窗戶外面，看見荒蕪的房子以及廢棄的商店飛逝而過，「你知道嗎，我差點就決定不公開了。」

「不公開什麼？」

「單眼鏡餐廳的影片。我們幹掉彼得斯之後，我坐在林肯紀念堂附近的長椅上。我手裡有彼得斯和沃克總統計畫攻擊單眼鏡餐廳的影片，自由世界的領袖竟然同意謀殺七十三名美國公民，影片我已經下載到軟式平板上，準備要寄出了，但我只是……坐在那裡猶豫到底要不要送出。」

昆恩望了他一眼，但什麼也沒說。

「我能分辨什麼是對的。」庫柏繼續說，「不過是故事書裡的那種是非對錯，我爸教我的那種：真相不應該被隱瞞，還有誠實為上策。但我一直在想，如果我錯了呢？如果我公開影片之後反倒讓情況更糟呢？」他搖搖頭，「我不知道，巴比，愈來愈難決定該走哪條路才是正確的。理論上我是做了正確的事情沒錯，但也因為我做了，恐怖分子控制了三座城市；因為我做了，二十個男男女女尖叫著死去，被活活燒死。」

「你不能硬要扛起這些重擔，老兄。」

「也許吧，還是我應該記取教訓。」

他們碰到紅燈停了下來，昆恩利用時間拿出一根菸，他拍了拍、拿在指尖旋轉，然後叼在唇間，沒有點燃。「說真的，我很高興你剛剛沒有開槍射他。我不是很喜歡吃牢飯。」綠燈了，他加速往前。「但沒道理我們找不到可以殺了史密斯卻不被抓去關的方法。」

「不行，」庫柏說，「他剛剛抓住我們的小辮子。就算我們成功殺了他、沒被抓去關，他還是會變成英雄烈士，這會讓事情變得更糟。不行，我們必須揭穿他、打敗他但不是殺了他。」

「真聰明。要怎麼做？」

庫柏聳聳肩。「還在想辦法。」

但我會找到方法的，約翰。

我知道你想做什麼，我很確定。

我絕不允許你這麼做。

克里夫蘭街上實況轉播!!

感恩節，下午一點十三分

我是蘇珊．史奇巴，你們最愛的冒險犯難專欄作家，哪裡有事就往哪裡去，為你們帶來第一手消息。

我人正在這水深火熱的城市正中央，跋涉過危險的街道，為你們掌握最新消息，一般的新聞記者都不敢冒險闖進來。

親愛的讀者，我得告訴你們，事情愈來愈難看了。

今天也許是感恩節，但這裡可沒有遊行呀！距離達爾文之屎關閉超市已經一個星期了，從群眾的模樣看來，沒人料想到要事先採購火雞，而且已經連續停電兩天了，數千名在街上遊蕩的人看起來又冷又餓，而且非常火大。

我要去市政府跟市長談談，祝我好運啦，孩子們！

一點四十八分

你們知道國民警衛隊和納粹的差別在哪嗎？

我也不知道呀，親愛的讀者，我也不知道。

花了我二十分鐘才奮力穿越三個街區，而你們都知道，蘇珊大嬸我可是很會擠擠擠的。我一到市政府，看見整棟建築都被武裝士兵給包圍了，真嚇了我一跳。這些可不是那種「是的，女士。不是的，女士」的士兵，蘇珊最喜歡跑到這種士兵後面了，或下面，如果天時地利人和的話啦。這些可是拿著自動衝鋒槍、沒有一絲幽默感的突擊隊員吶！

我非常有禮地要求訪問賣起司市長，但他們叫我一邊涼快去。一邊涼快去！好像一名拿機槍的豆花臉青少年就可以干涉媒體自由！

這裡的景象很悲慘，一片飢餓的人潮包圍市政府，吶喊著口號，而且要求供應食物，我們來訪問一下街上的人吧！

兩點十一分

蘇珊：史奇巴，冒險犯難的文字記者：不好意思，先生，告訴我，你已經在這裡多久了？

邋遢帥哥：從早上到現在。

蘇珊：你有聽到市政府傳來什麼消息嗎？

邋遢帥哥：士兵們一直想要驅散我們，但我才不走咧。他們如果想要我們離開，最好是回答我們一些問題。

蘇珊：你說「驅散」是什麼意思？

邋遢帥哥：推擠、揮舞槍枝，聽說還有催淚彈，目前我還沒看到。

蘇珊：你還想對政府說什麼嗎？

邋遢帥哥：有啊，我的家人沒東西吃了，我的鄰居也沒東西吃了。這裡很冷，我們需要援助，立刻就要。

兩點四十三分

空氣嚴寒刺骨，群眾們的體溫似乎改變了天氣。這裡有上千個人，看不出帶頭的是誰，每個人都躁動不安、推擠彼此以及那堵士兵人牆，市政府依然沒有——

等等！

市政府的大門打開了，有人出來，看起來似乎……好像出現了更多士兵，穿著打扮不太一樣，他們拿著厚重的鎮暴盾牌，還戴著……噢靠，是防毒面具。他們很多人都拿著裝備對準群眾，是某種武器嗎？

他們發射了……

兩點四十九分

是催淚瓦斯，結果滿痛苦的，幸運的是，聰明的蘇珊大嬸躲在群眾後方，只有嚐到一點點苦頭而已。

我爬進一棟公家機關建築物外面的花臺，從我這沒尊嚴的小避難所望出去，可以看見催淚彈在街上旋轉，人們朝四面八方奔跑，跌倒的人被後面的人踩過去。

一群看起來很強悍的傢伙臉上罩著圍巾，手拿棒球棍和鐵撬，他們正重新攻回市政府，士兵們的盾牌緊密相連，準備好要抵抗他們。

噢——噢天哪。

兩點五十三分

原本一場和平抗爭演變成了流血事件，人們跛著腳在街上行走，流著血，到處有人在打架、有人在偷夾克，一個女人倒在排水溝裡一動也不動。

她旁邊的小女孩尖叫著：「媽咪！」

兩點五十七分

群眾擋下了一輛警車，警官正透過擴音器大喊，叫大家退後。

現在一群人開始推警車，讓它開始上上下下彈跳著，每推一下就彈得愈高。

警車歪向一邊，其中一名警官推開車門想爬出來——

噢靠，群眾把警車推個四輪朝天，原本想爬出來的警官——天啊，看起來他的腳被壓在車底下，他在尖叫。

很多人開始圍住他，他們會把他拉出來，或者是——

天啊!!

三點零二分

混亂。黑煙冒出，不知從哪裡冒出來的，人們在哭嚎，他們成了暴民，這裡瘋了，沒人表現得像人類，比較像野獸，丟擲著石頭和空瓶。他們沒有目標也沒有目的，只是群崩潰的百姓，生氣變成了狂怒。

一個爸爸拉著小男孩奔跑，小男孩哭叫，很害怕。

一個女人的上衣被扯爛，臉上有血。

市政府的窗戶被石頭砸破。

那是什麼聲音？

不是催淚瓦斯，那聽起來像是——

16

——槍響。不確定來自哪裡，但響了不只一次。

我很害怕。

我試著離開這裡，好多人，好多怨恨。

這裡怎麼會發生這種事？

如果我沒能逃出去，告訴我媽媽我愛她。

告訴大家這裡發生了什麼事，不要讓他們壓下消息，不要讓他們——

伊森的軟式平板轉為一片空白。

他震了一下，眨眨眼。他太專注盯著螢幕看了，眼睛變得好痠。

他按了一下電源鍵重新喚醒平板——沒反應，沒電了。真好笑，他忘了上一次將軟式平板用到徹底沒電是什麼時候。好令人無力的感覺，他與世界的聯繫就這樣退化為一塊沒用的纖維化合物。

一聲轟然巨響，像是遠方的雷聲。

那文字記者提到市政府周遭發生的所有事，距離這裡才一哩半遠而已。伊森摺疊好軟式平板，放進口袋。房子裡很冷，他的手腳很僵硬。他走到前門，步上前廊。灰灰的天空很淒涼。屬於感恩節的天氣，如果有爐火燃燒著，配上一屋子的家人和料理食物的香味，就太完美了。

空著肚子穿三層毛衣不太完美。東邊冒出的一縷縷黑煙不太完美。軍用直升機像蜂鳥般在市中心盤旋也不太完美。

很奇怪。他剛剛還在更新消息，閱讀關於離他們不遠的地方正在發生的事情，這可是現代生活才辦得到的事。

「那是什麼聲音？」艾咪加入他，一起站在前廊，懷裡抱著薇奧拉。

「我覺得是車子爆炸，市中心有暴動。」

「為了食物嗎？」

「為了所有事。」

艾咪點頭。他愛他太太的一點就是她從不驚慌。不會蠢蠢地被負面新聞影響，她會直接解決問題。他看得出來她現在就是在解決問題，她腦袋中的齒輪轉動著，「已經一個星期了，如果他們要運糧食進來，早就該運到了。」

他點點頭。他們站著眺望黑煙升起，另一聲巨響，薇奧拉騷動著，輕聲哀鳴，然後又重新睡著。

艾咪說：「記得我們開車到加州那次嗎？經過那些無聊的州，景色一成不變，我們都快瘋了，於是玩了一個遊戲。」

「當然記得，殭屍末日遊戲。」艾咪那時看著他說，*死人爬起來時我們該怎麼辦呢？*他們花了好幾個小時討論要打包什麼東西、逃去哪裡，以及想要打劫一家露營用品專賣店，打包補給品：淨水錠、急救箱、火柴、好用的刀、一頂帳篷，可能的話還要拿一把槍和彈藥。他們還討論到該去一棟偏遠的牧場小屋，或是該偷一艘船比較好，同時講到關鍵就是快速行動，並且即時察覺事情有變。這是很普遍的幻想，大家都會玩這個遊戲來消磨好幾個小時的時光。

「嗯，雖然不是殭屍，但該以末日的角度來思考事情了。」

他望向他老婆，她懷裡抱著他們的女兒，站在他們可愛的家的前廊。這是他們一起擁有的第一間屋子，早在她懷薇奧拉之前，他們就買下了這個地方，想像著女兒會在後院裡玩耍，從這裡走路去上學，這是他們小小的美國夢。

「克里夫蘭不是曼哈頓，」他緩緩地說，「你沒辦法靠封閉幾條橋和隧道，就想把所有人困在裡面。」

「對，我們之前試著走高速公路，那可能是他們最先封閉的地方，不過他們沒辦法無時無刻監視每一處。」

「他們可以監控街道。」

「那麼我們就不要走街道，他們總不能把整個地下鐵道都圍起來吧。」

「我看到直升機，」他說，「現在數量可能又更多了。他們會用直升機監控想離開的人。」

「範圍太大了，而且直升機很吵，我們只帶輕便行李，敢開多遠就開多遠，然後改用走的。」

「妳知道我們在討論什麼，對吧？我們在考慮拋下一切，變成難民。」

「總比等著暴動波及到我們來得好。『平常』的生活已經不存在了，寶貝，我們得自立自強。」

他想到那天的事，好瘋狂，一席談話竟能演變成因為幾個字與一本書而起的暴力事件。他想到的多半是盧，躺在一圈碎玻璃中，手裡拿著槍。

「我們開始打包吧。」

如果他還有興致，他就會大笑了。

□

幾天前他們想離開的時候，將他們的本田轎車塞得滿滿的，兩個裝滿衣物和奢侈品的行李箱、薇奧拉的輕便搖籃、一個裝有文件的上鎖箱子，沒完沒了，每件東西似乎都是必需品。真有趣，「必需品」的定義可以非常彈性。

他們很快挑好了明顯必帶的物品。如果他們真的逃出去，必須改為步行，這就表示不能帶那些塑膠玩意兒，那些占據了他們家裡空間的嬰兒用品，嬰兒圍床、浴缸、圖畫書、寶寶監控器、音樂海馬，這些都不行。

只能帶食物。水。太久沒用而沾滿灰塵的帳篷。冬季外套、好走的健行鞋以及幾件換洗衣物，火柴、一支手電筒、電池，一個急救箱，尿布、溼紙巾和擦疹子用的乳膏，還有睡袋。

伊森在地下室找到他的舊背包，二十年前背去歐洲旅行的，三分鐘後就發現背包太小了。好吧，不能帶多的衣服，帶襪子就好，接下來是一大包尿布，尿布很輕但很占空間，他留了二十片，大概能用三天。電池的問題則剛好相反，體積很小但非常重，他把大手電筒換成一支裝二號電池、比較小的手電筒。

罐頭食品可以放很久但超級重，他淘汰到只剩下給薇奧拉的淡奶、肉乾、幾個湯罐以及一瓶花生醬，還有開罐器。

只帶一個睡袋，他們得一起擠著用，然後把外套當作毯子。

伊森扛起背包、拉緊繫帶時，艾咪來到他身邊。大概有四十磅重吧，沉甸甸的，還算過得去。他們兩個都盡量背滿東西會比較好，但他們其中一人必須背薇奧拉。

「葛雷戈怎麼辦？」

「可惡。」伊森看著癱在躺椅上的貓，牠一臉不在乎。葛雷戈是他多年的兄弟、暖腳毯和幾乎一直在一起的夥伴。「我們沒辦法帶牠走。」

「我們可以試試看。」她說，可是聲音一點信服力都沒有。

他考慮了一下。帶那小傢伙一起上路，走路時把牠抱在懷裡，還得幫牠打包幾罐貓食。在末日時活下來的關鍵是，即時察覺到有事情改變了。

伊森在貓身旁跪下，搓搓牠的頭，「很抱歉，老弟，恐怕你得自己照顧自己一下下了。」葛里戈每次看到小鳥和松鼠時都會樂得發瘋，現在牠終於有機會去追趕牠們了。伊森搶在自己被情緒淹沒之前站起來，打開後門和紗窗，讓它們保持敞開。

「都帶了嗎？」

「還差一樣。」艾咪舉起槍。

他看著她，又看看槍，然後點頭，「我們上路吧。」

他們將包包都丟進本田車的後車箱，把薇奧拉放進嬰兒安全座椅，之後兩人也上了車。伊森坐在駕駛座上看著他們的屋子，平常的生活真的已經不存在了。

「伊森。」艾咪手指了指。

傑克．福特正朝他們走來，盧跟在他後方兩步遠的距離。

某種冰冷的物體出現在他的胃中，有那麼一會兒，他只是盯著看，然後他俯身從置物箱拿出手槍，將它放在膝上，一邊降下車窗。

他的鄰居盯著他，一臉愁苦。「你們要離開了嗎？」

「不，只是去兜兜風而已。」伊森撒謊撒得很不自然。「看看能不能找到食物。」

傑克的視線飄到後車箱，他一定看見他們放背包進去了。盧跟上來，表情專注且肌肉緊繃，伊森覆蓋在手槍上的手掌被汗濡溼。

「聽著，」傑克說，「關於昨天的事。」

「我們得走了。」他開始倒車。

「等等。」傑克將一隻手放在門框上，另一隻手放在身後。伊森緊張起來，腦中有聲音在無聲尖叫著。

「拿去，」傑克說，伸出另一隻手，遞給伊森一個小紙盒，「以防萬一。」

伊森看著他，然後望向盧，他面無表情。伊森曾經隔著槍管望著這張臉。

然後他伸出手接過那盒彈藥，「謝了。」

「謝謝你，」盧說，「昨天我差點就……」

薇奧拉忽然從車後座發出被嚇到的哭聲，他們四個人都被嚇了一跳。伊森說：「我們得走了。」

「祝你好運，」傑克說，「我們會幫你們留意屋子。」

「幫忙照顧一下我的貓，好嗎？」

「當然。」

伊森升起車窗，開車離開，後照鏡裡看得見兩個男人佇立的身影，而他們身後是一縷縷上升的黑煙，直升機在煙霧間穿梭。

我剛剛準備要射殺我的鄰居嗎？

對，沒錯，他的確有這個準備。

再也沒有平常生活了。

17

監視器上，克里夫蘭燃燒著。

庫柏看著總統注視監視器，萊恩諾．克雷拉長臉，襯衫下的肩膀緊繃，站在那裡不知所措，好像忽然被擺在聚光燈焦點下。

「情況愈來愈糟了。」歐文．萊希按下一個按鈕，景象切換，變成一棟政府建築物的鳥瞰畫面。冰冷的石塊和梁柱，看起來像被群眾包圍的一座灰色小島，好幾千人形成雜亂洶湧且無跡可循的潮流。國防部長繼續說：「市政府被包圍了，現場的國民警衛隊保全了建築，但他們沒辦法獲得支援。克里夫蘭警方派出的鎮暴小組已經在路上，暴民拖慢了他們的前進速度。」

「起火點在哪裡？」總統說，視線一刻也沒離開螢幕。

「東邊，史格巷五十五號，一棟出租公寓。火延燒得很快，已有十二個街區起火燃燒，接下來一個小時有可能繼續延燒二十個街區。」

「消防隊呢？」

「都分散開來了，而且他們很疲累，過去兩個星期以來每天都有好幾起火警。這是第一起失控的，消防隊已經將心力集中在圍堵火勢，每個消防站都派了人力，但暴民——」

「拖慢了速度。」

「是的，長官。」

「撥電話給市長。」

「我們一直試著打給他。」萊希語帶保留。

「達爾文之子是幕後主使者嗎？」

「他們一定參了一腳，不過現場有好幾千個滋事分子，狀況已經失控了。」萊希按下另一個按鈕，鏡頭角度變了，拉近距離。

庫柏注意到，是攝影偵察機，無人駕駛、在現場上空一哩處盤旋。影片顯示了一場激戰最前線的情景，男男女女互相叫囂、揮拳、旋轉著。一個穿皮夾克的男人揮舞棒球棍；一個少女滿臉是血，癱倒在兩個扶著她擠過人群的人中間；一名白人俯視著一名黑人，野蠻地踹著他。一群人搖動著一輛車，又壓又推，直到車子整個翻過來為止。

「整個城市都像這樣嗎？」

「很多人跑出來捍衛他們的財產，其他人則只是在觀望，公共廣場方圓半哩之內的事物都亂成一團，情報單位預估在市中心有將近一萬名滋事分子，而且電力還沒恢復，天黑後情況會更加惡化。」

「為什麼市長不立刻召集更多警力？」

「我們不知道，長官，但現下就算鎮暴小組成功抵達市政府大樓，他們除了保護市政府官員之外，也沒辦法多做什麼。暴民的人數太多了。」

「民主黨這下一定在大開同樂會，」瑪拉．基佛斯說。白宮幕僚長總是有辦法讓「民主黨」這詞聽起來像是什麼不堪入耳的髒話。「你事情大條了——」

「現在我不在乎政治，瑪拉，我的一座城市在燃燒，這會是場大規模攻擊的一部分嗎？」

「我們不知道，長官。」

「為什麼不知道？」

「那裡一團混亂，總統先生。」國防部長停頓了一下，然後說，「長官，是時候採取侵略行動了。我們應該假設這是對方攻擊的第一步，而且很有可能是國家規模的攻擊。」

總統什麼話也沒說。

「長官，我們必須採取行動。」

克雷盯著螢幕看。

「總統先生？」

當尼克．庫柏站在美國總統辦公室裡一棵閃爍的聖誕樹旁，看著世界分崩離析時，他發現自己想起他的老上司被他推下一棟二十樓高的建築前所說的話。

「長官？你想要我們怎麼做？」

他從前的人生導師說，你要是這麼做，世界會大亂。「總統先生？」

監視器切換回大角度的鳥瞰圖，火勢已經蔓延開來，濃濃的黑煙淹沒了半座城市。

「長官？」

克雷總統只是盯著監視器看，庫柏可以感覺到他的緊繃和恐懼。那男人盯著螢幕看的模樣彷彿一切都只是夢，好像如果他看得夠專心，就可以讓自己醒過來。

「好吧，」歐文．萊希轉向瑪拉．基佛斯，「國民警衛隊擋不住，我要下令讓所有軍方單位都進入戒備狀態，把海外幾個師的兵力都調回來加強本土防禦。我們必須做好出動強勢軍力的準備。」

基佛斯點頭。

「我們必須立刻逮捕約翰．史密斯、艾瑞克．艾普斯坦，以及其他已知的領袖，還要拘留所有應變部監控的第一級異種——」

「我完全贊成逮捕史密斯，」庫柏說，「但你的計畫牽涉到好幾千人。」

「可以依照現行法規設立地方俘虜拘留營。」萊希再度面向基佛斯說，「再來，我們要啟動監控機制倡議案，立刻生效，沒辦法等到明年夏天了。如果法案通過時我們馬上執行，說不定現在就不會有三座城市遭圍了。我們從第一級異種開始下手，慢慢擴大。聖誕節前，我要每個異種脖子裡都裝好晶片追蹤器。」

庫柏不敢相信他所聽到的，不只是萊希講了什麼，而是他竟然自行下了這些決定。「你不能這麼做。」

「這已經是法律了，庫柏先生，我們只是加快施行速度而已。」

「不，我的意思是你沒權力這麼做。」庫柏跨步向前，刻意靠他很近，「除非你要發動政變。」

國防部長火冒三丈。「注意你的口氣。」

「你也是。」他逼視著萊希，知道他這是在抗命而且很無禮，然而他一點也不在乎，有些時候總得有人挺身而出。「我沒聽見總統下達任何你說的命令。」

「這個國家現在需要鐵血的領導人，再拖下去情況會更加惡化。」

「我同意，但你不是總統。」他轉向克雷。「長官，如果你覺得現在情況很糟，那麼先等一下，捉捕市民和啟動監控機制倡議案意味著對我們自己人宣戰。」

「戰爭早就已經開始了。」萊希指著螢幕說。

「那是叛變，不是戰爭，況且你把所有美國公民都關起來是沒辦法拯救美國的。」他想大喊、想拍桌，想抓住他們的肩膀大力搖晃直到他們清醒為止。「這會正當化恐怖分子的主張，還會讓人們開始內鬥，這會引發戰爭。」

萊希說：「我受夠了。我們很感謝你的服務，庫柏先生，但我們已經不需要你了，你可以走了。」

「我不是為你工作。」好像接收到什麼指示一樣，克雷忽然咳嗽著復活過來。他將視線自螢幕上移開，在庫柏和萊希兩個人之間游移。「尼克——」

庫柏打斷他的話。「長官，這是個壞主意，我相信你也知道。而且我認為那就是為什麼你一開始會招募我進來的原因，你知道有人會站在這裡鼓吹你開啟一場內戰，而你不太確定自己是否有拒絕的力量。」

「嘿！」基佛斯厲聲說，像一聲鞭響。「夠了。」

「沒關係。」克雷的聲音很虛弱，「繼續說吧，尼克，你在想什麼都說出來。」

「長官，我們都同意必須採取一些行動，但不會是這個。我並非太過理想主義，我的想法其實很實際。我們會輸的，我們會輸掉一切。」

「所以你有何建議？」

「我們轉移焦點，不跟恐怖分子硬碰硬，而是跟異能談。」自從他和昆恩將約翰・史密斯丟在廢棄小屋之後，庫柏就一直在反覆思量這個問題。如果他不能乾脆地殺了史密斯——他已經開始後悔自己沒殺了他——他們就得想出方法，出其不意地攻擊他，改變局面，讓史密斯對抗的不是壓迫異能的政府，而是全體美國公民。意思是得多加入一名玩家，一個有手腕、有影響力，而且有錢的人。「我們去找艾瑞克・艾普斯坦。」

瑪拉・基佛斯嘲諷地笑，萊希說：「你是認真的嗎？那傢伙根本不存在。他是個演員，約翰・史密斯和達爾文之子可能在背後操控他，才沒有艾瑞克・艾普斯坦這個人。」

「有，」庫柏說，「有這個人，我見過他。」

忽然間，房裡的人都安靜下來，克雷、萊希和基佛斯都瞪著他。

庫柏說：「三個月前在懷俄明州新迦南特區，艾瑞克．艾普斯坦是個活生生的人，而且掌管了很多事，他只是注重隱私而已。你稱為演員的那個人其實是他的兄弟雅各，十年前他們兩個偽造了雅各的死訊，讓他扮演艾瑞克在公眾場合發言。」

克雷總統在桌邊坐下，揉揉下巴。「嗯，尼克，你真是出人意料啊。」

「他相信我。」那是個超級大謊。他背叛了艾普斯坦，庫柏原本同意殺了約翰．史密斯，最後反倒放了他一條生路。他不知不覺幫了史密斯的計畫一個忙，庫柏的決定讓新迦南特區陷入前所未有的危險，而艾普斯坦在這世界上最在乎的事物莫過於沙漠中他們的那個小天地。

儘管如此，知道全世界最富有的男人對他們很火大可沒什麼好處。「我們主動找他談，請他加入我們，一起安撫這個國家。」

萊希說：「那麼做怎麼可能會有什麼好處——」

「可以重新架構目前的對話局勢。一九六〇年代，政府讓金恩牧師加入對話，好讓他發起的運動合法化。這麼一來，像麥爾坎．X和豪爾．牛頓這些極端分子就被排除在外，忽然間，局勢變成並非黑人對上白人，而是和平主義對上暴力。你當過歷史教授，長官，你應該了解我們必須這麼做。」

克雷盯著維多利亞風格的聖誕樹瞧，上面一堆緞帶和裝飾小物。

瑪拉．基佛斯說：「還會有另一個好處，」她轉向總統，「給了我們一個箭靶。」

庫柏說：「什麼？」

「我們沒有別的方法可以與達爾文之子溝通，如果我們跟艾普斯坦和新迦南合作，以他們協助終止恐怖行動為前提來提供他們援助……」她聳聳肩，「這樣做會是雙贏，要嘛他們就會收斂些，要嘛我們就有正當理由攻擊異種的權力核心了。」

「等等，那不是我的意——」

克雷站起身。「好了，尼克，收拾行李吧，你要以大使的身分去新迦南了。去說服艾普斯坦加入我們，幫忙阻止這些攻擊行動，然後把我們的城市還給我們。」

「長官，我不是外交官，我根本不懂——」

「你認識艾瑞克・艾普斯坦，他相信你。」

「我——是的，長官。」庫柏感到頭暈目眩。

克雷移動到辦公桌另一邊。「在此同時，歐文，開始部署兵力，將非必要的海外駐軍調回本土，加強防衛國內的軍事基地，並且擬定針對新迦南特區的協調作戰計畫，以防萬一。」

「長官，那監控機制倡議案呢？我們應該移送那——」

「我們要先試試看庫柏的方法。」

萊希原本想要開口爭辯，但阻止了自己，很明顯地努力將話吞回去。他用純然惡意的眼神朝庫柏的方向望了一眼。「是的，長官。」

克雷轉向庫柏。「都交給你了，尼克，你最好成功辦好事情。」

總統為人太溫和了，沒將下一句話說出來，但在庫柏腦中，德魯・彼得斯的聲音幫克雷把話說了出來。

因為如果你失敗了，世界會大亂。

18

「現在你得要拯救全世界了嗎？」

娜塔莉可以不帶嘲諷地說出大膽事實，讓敘述本身聽起來很可笑，通常庫柏還滿愛聽她這樣說話的，可是在總統辦公室裡看著一座城市在燃燒，而總統坐在一旁乾瞪眼後，這話聽起來很惱人。

「不是那樣的。不是要由我來對抗所有人，我只是……」

「戴上帽子飛過去嗎？」她將髒碗盤疊起，銀器放在最上面，火雞和餡料以及蔓越莓醬讓他空蕩蕩的肚子緊縮起來。

「試著做妳說過的事，我正在試著搞定它。」

她轉身走進廚房，他跟了上去。「噢，尼克，」她回頭說，「我可真是一點壓力也沒有，是吧？」

「聽著，我什麼都沒要求妳，我會自己處理。」

「你這就像是在給我壓力，親愛的。」

「娜塔莉……」

「你什麼時候要走？」

「明天，我一早會過來跟孩子們說再見，我想我會——」

娜塔莉砰的一聲放下碗盤。「明天。」

「對，我想我會做鬆餅——妳要去哪裡？」

她沒回答，只是離開廚房、經過餐廳，打開走廊上的櫥櫃，探身進去拉出一個行李箱。

「娜塔莉？」

她沒理他，只是拎著行李箱爬上樓，尼克困惑地跟著她。

臥室曾經是他們倆的，他們在那一起讀書、做愛、聊著孩子們，但離婚之後他只有因為幫她搬動梳妝檯進來過一次。她把這裡的東西全都重新移動、整理過了，將床移到窗戶下，還重新粉刷牆壁。他的前妻將打開的行李箱放在床上，開始在一旁堆放衣物。

「妳在幹嘛？」

「打包。」

「聽著，妳這麼做很貼心，但我要一個人去。」

「一個人去個屁。」她溫和地說。她不常說髒話，真的說出口時則效果驚人。

「娜塔莉——」

「尼克，閉嘴。」她轉身望著他。他看得出她很想交叉雙手，也看出她決定還是不要這麼做。「今天晚上吃感恩節大餐。」

「嘿，聽我說，很抱歉我錯過了，但又不是跑去酒吧喝酒什麼的，我的工作——」

「我知道，」她說，「我沒瘋。事實上，我以你為榮。我只是想說，今晚是感恩節，但你沒辦法陪我們，結果陶德和凱特可以與你共度的感恩節又少了一個。」

他沒這樣想過，庫柏倚靠著牆壁。

「上一次你離開時，整整去了六個月，」娜塔莉繼續說，「我知道你有很好的理由，可是孩子們已經習慣有你陪他們過生活了。他們有權利擁有一個不會再度消失的老爸，而你也有權利當一名父親。」

「妳知道我的確想要那麼做。」

「我知道，」她說，「這就是為什麼我們要跟你一起去，這是我們能做的。我們不是要臥底去刺殺誰，你是美國總統派出的大使，也就表示會有人保護你，這會比去任何別的地方還要安全。再說，這對孩子也有好處，凱特能夠身處一個她不會覺得格格不入的地方，陶德也可以體會不同的事物，親眼見識世界比校園還大得多。我們要跟你一起去。」

庫柏了解他的前妻，她善良、聰明又溫柔，而且她所說的話與她的意圖一致，比他認識的任何人都還真切。

她容易動搖的程度大概和直布羅陀巨岩差不多，無法說服、無法動之以情，甚至連巨浪都撼動不了她，除非直接敲昏，否則是無法讓她留下的。

「大家都對你要求太多了。你爸爸、軍隊、德魯．彼得斯，現在加上總統，甚至連我也是。你不必一直當孤獨一匹狼，讓孩子們看看爸爸試圖拯救世界也不錯，對我們一家人也有好處。」

「家」這個字比其他字稍稍加重了些，多數人都會忽略掉這細微的音調改變，充滿無限可能的一個字。他記得娜塔莉在客廳那個他們一起蓋的堡壘中吻他，那可不是代表友誼的輕吻，而是……嗯，也許不是宣告意向，但鐵定敘述著許多可能。

他們婚姻美滿的時候，是真的很幸福，而當他們的關係破滅時，他很自豪他們倆都同時意識到了，都認同儘管他們還愛著彼此，不過兩人在一起的感覺已經走味了，而且能好聚好散。他愛她，一直都會愛她，但愛與戀愛是不同的兩件事。

對她來說，有事情改變了嗎？

想到自己去年所做的事有可能讓她更親近他，庫柏覺得有些奇怪。他們大部分的時間都分隔兩地，而且還有德魯・彼得斯綁架了她和兩個孩子那恐怖的一晚，理論上來說應該讓她更疏離才是。

事實上，他所做的一切都是為了保護他的孩子，再說，他已經選擇了所有她會想要他做的選擇，包括不顧代價揭露真相。

庫柏對人的性格有些定見，多數人將性格視為單一身分，可以被塑造沒錯，但本質上來說是單一個體。可是他習慣將人視為一種合奏，每個人生階段都為合奏加入了不同的聲音，他自己不同的人生歷程——孤單的軍人私生子、臭屁的青少年、忠誠的軍人、年輕的丈夫、奉獻的父親、不肯善罷甘休的獵人——這些角色共存於他的心中。當他看到一個十歲的女孩時，他心裡會有個十歲的男孩覺得她很漂亮，這只是好幾個聲音中的其中一個。健康的人與不健全的人的差異就在這裡，對不健全的人來說，那些不恰當的聲音占據了過多空間。

曾經與娜塔莉相愛的那個男人為他的性格添加了很多聲音，在像現在這樣的時刻，合奏裡的那個部分響度特別大。

他發現自己正凝視著她的雙眼，而她也回望著。他想到在太空站的那晚，她的嘴脣如何緊貼著他的，還有她舌頭上的紅酒甜香——

砰！砰！砰！

他們頓時嚇得站直身體。「妳在等誰——」

「沒有。」

他站起來，沿著走廊快步行走，前門又傳來**砰！砰！砰！**三聲。他的配槍留在車裡一個上鎖的盒子中，太遺憾了。他輕輕步下階梯，聽到娜塔莉跟在他後面。發生了什麼事？白宮派來的人嗎？還是更糟糕的事？

「庫柏！我知道你在裡面！」聲音悶悶的，不過完全聽得出是誰。

是的，更糟糕的事。

他打開門鎖，拉開門，雪倫衝了進來，用手指戳著他的胸膛。她穿著一件皮夾克，渾身散發怒氣，脖子上的肌肉糾結在一起。「你是個巨無霸渾蛋，你知道嗎？」

「怎麼了嗎？」

「怎麼了嗎？我跟約翰談過了，那就是怎麼了，你這個法西斯——」她停下來，目光越過他的肩膀，落在餐桌上。剩下的感恩節晚餐散布在桌上，她的姿態緊繃起來。「該死。」

「雪倫，」娜塔莉說，她的聲音很沉穩。「妳還好嗎？」

「沒事，我——我很抱歉，忘了今天是感恩節，我不是故意要打擾的。」

「這裡隨時都歡迎妳，進來吧。」

「我沒有要——」

「沒關係，真的，」娜塔莉轉向他，「你們兩個在客廳裡聊好了？我給你們一點空間。如果我們明天要啟程的話，我還有很多事要做。」她的笑容既完美又冰冷，彷彿大理石雕刻出來的。她轉身上樓。

「該死。」雪倫又說了一次。

「來吧，」他放開門，走進餐廳，「妳要吃點火雞嗎？」

「不要。我剛剛竟然那樣敲門，不知道我自己在想什麼。」她搖頭，「我完全忘了今天是感恩節。」

「沒關係，」他說，「我也忘了。」真是有趣，他們過的生活會讓他們忘記那些定義了所有其他人生活的事情。這是他和雪倫契合的原因之一，他們倆的生活都離其他人好遙遠。

她跟著他走進客廳。「他們要去哪裡？」

「什麼？」

「娜塔莉說如果他們明天要啟程的話，她還有很多事要做。」

事實上，她是指「我們」，她說出這個詞的時候帶著小小的刺。女人戰爭的方式總是讓他感到訝異。「我明天要去新迦南特區和艾瑞克．艾普斯坦聊聊，娜塔莉和孩子們要跟我一道去。」

雪倫說：「噢。」

「所以，」他坐進一張扶手椅，「妳剛剛叫我法西斯？」

她的眼睛閃爍。她剛剛感受到的尷尬全都褪去。「你綁架他？拿槍指著他的頭？痛揍他一頓？」

他對上她的眼神。「是啊。」

「就這樣嗎？『是啊』？」她用她所能裝出最蠢呆的聲音說，「這就是你要說的嗎，寶貝？」

「不，親愛的，妳想聽點好笑的事嗎？昨天我開了個關於維安大漏洞的會議，一個恐怖分子潛入應變部偷了一大堆資料，大多數是關於基因體研究和生物實驗室，由私人資金贊助、遊走於法律邊緣的那些發展生化武器和客製化病毒的研究。」他往前靠，「我在那會議上，心想，『嗄——監視器上那個恐怖分子，跟我女朋友長得好像喔。』」

「噢天啊，尼克，我才不想要生化武器。」

「妳想要什麼？」

「一種魔藥。」

他搖搖頭，「真可愛呀。」

「我在工作，你知道我的工作是怎樣。」

「為恐怖分子工作。」

「為了我的理想。」

「去死吧，妳不能這樣讓我左右為難！」

她冷冷地打量他。「我們上過幾次床可不代表我欠你什麼。」

「也不代表我不能把妳上銬帶回應變部。」

「太棒了。當你需要我的幫助時，都是愛啊信任啊；當你不再需要我的幫助時，就可以逮捕我了嗎？」她交叉手臂，「我救了你孩子的命，庫柏，你最好永遠不要忘記。」

他打算反駁，但忍住了，深吸一口氣。「妳說對了，關於最後一點，我很抱歉。」

「我知道我們兩個約會是個壞主意，可是我告訴自己，就算我們立場相反，我也能相信你會做正確的事。」她搖頭，「但你心裡還是個突擊兵，對不對？」

「不對，」他覺得坐在椅子裡好蠢，想要站起來，又覺得站起來會更蠢。「不，我只是個想阻止戰爭的傢伙。」

「尼克．庫柏，一人軍隊，球員兼裁判。」

「從竊取政府機密的女人口中說出。告訴我，雪倫，妳今天炸掉了什麼東西？有幾個人會死在妳的下一場冒險中呢？」

她瞪著他，體內有狂風暴雨正在成形，他看得出它的火力和憤怒，閃電和呼嘯的風。「我要去西維吉尼亞州，我要去幹一件此生最對的好事。你知道有趣的是什麼嗎？如果你今天早上問我這件事，我一定會全都告訴你。」

「西維吉尼亞有什麼？」

「看新聞吧。」她迅速轉身離開。「還有他媽的離我遠一點。」

在他來得及回應之前，便已聽到前門打開又轟然關上的聲音。

該死。他不是有意要讓事情變得這麼誇張，雖然他氣她所做的事，她也有充分理由對他生氣。他們都守著自己的祕密。他已經預料到兩人會吵架，不過不是現在也不是在這裡。他揉揉眼睛。該死，該死，該死。

過了一會兒，他聽見娜塔莉走進來，她靠著牆，手上拿著擦碗巾，脣上掛著一抹若有似無的微笑。「噢，尼克。」

「什麼？」

她搖搖頭。「你對女人還是這麼有辦法，是不是？」

教育有天賦的孩子：給學園教師的教學手冊

九．三章：憐憫

在教育第一級異能的學園擔任教師是項殊榮，因為沒幾個人夠資格。這份工作需要最進階的教育訓練，還需要奠基於無法撼動之個人紀律上的使命感。

人類生來就愛孩子，看見孩子受苦令人不忍，無論是肉體上、情緒上，還是心理上的苦，這是自然且正確的反應。

但是，孩子如果一朝被火燒，便會永遠不敢碰火；一點小傷可以預防更嚴重的傷勢。

換句話說，痛苦是種教學工具。

憐憫阻礙了教育，短視近利且破壞力十足。憐憫會因一時的利益而造成永久的傷害。當我們看見孩子伸向火焰，憐憫告訴我們要阻止他、保護他。

相反地，我們應該讓火燒得更旺，鼓勵孩子燙到自己。如果有需要，我們得想辦法勸誘他們碰火。

如果不這麼做，他怎麼知道火的危險呢？

為了學園利益著想，為了全世界與孩子們利益著想，你們有責任屏除自己的憐憫之心。

禁止販售或展示本書內容。最低處十五年有期徒刑，併科罰金二十五萬美金。

19

夕陽西下，但一點差別也沒有。

伊森將本田車熄火時，厚重的雲層包覆了世界。有那麼一會兒，他們沉默地坐著，只聽到引擎冷卻的滴答聲和薇奧拉在後座細微的呼吸聲。停車場半滿，他原先沒想到會有這麼多人在感恩節時上教堂，但或許俄亥俄州獨立鎮的善男信女比較不一樣，也或許這和節日無關，只是因為現在這世界發生的事情。

他看向艾咪。「殭屍世界末日？」

她點點頭。

「好吧。」他說，然後打開車門。

獨立鎮的長老教會是棟滑稽的棕色屋頂A字型建築，一側聳立著老式尖塔，坐落在安靜鎮郊的一個街區上——獨立鎮雖稱作是鎮，不過嚴格說來，拜託——這似乎是留置汽車的好地方。誰會亂動停在教堂停車場的車輛呢？

伊森最合理的猜測是，如果政府想要隔離克里夫蘭，他們會用高速公路當成粗略的界線。八十號州際公路在南方十哩遠的地方，因為他不知道哨兵線的起點會設在哪裡，只好從這裡背起背包開始步行。要走二十二哩，大多數路程穿越國家公園土地，朝著庫亞霍加瀑布這個應許之地前進。

搞不好再也沒有人會說出應許之地這個詞了。

伊森背起背包，拉緊腰帶以分攤重量，肌肉記憶讓他想起穿越阿姆斯特丹時，看見自行車與石板路，運河反射著耀眼的陽光，離此情此景大概有四千哩和數百萬年之遙。他將手槍塞進皮帶。

薇奧拉醒了，汽車安全座椅的繫帶緊緊橫越她小小圓圓的軀幹。「妳好啊，我的愛，想來場大冒險嗎？」就算她對大冒險有什麼感覺，她也沒說出口。伊森抱她出來。有那麼一會兒，他抱著她靠在胸口，感受她甜蜜的負荷，以及平穩的呼吸和奶香。他接著將薇奧拉放進艾咪身上的嬰兒背帶，少了她讓他感覺更寒冷。

他和妻子彼此對望，她的微笑很緊張，好像正試著說服自己。伊森前進一步，用手臂圈住艾咪，抱著他的兩個女孩，薇奧拉成了三明治的夾心，有好一段時間，他們就只是站在那裡，呼吸著。

很快就會天黑了。

「我們走吧。」

他們手牽著手，邁開腳步。

二十分鐘後，他們離開了大馬路。

一排兩層樓高的房子後方有座濃密的松樹林，房子修剪得整整齊齊的草坪逐漸鋪滿泥巴和柔軟的松針。他帶著家人走向那條分界線，沿著後院的外圍行走，殘存的青紫色天光讓一幢幢房屋變成了剪影。他看見有幾棟裡面有火光，可以想像裡頭的家庭一起擠在火爐邊的樣子。氣溫開始下降，他因為出力馱著背包而得以保持溫暖。

「二十二哩。」他說。

「小事一樁。」她回答。

「散散步。」

「根本稱不上是馬拉松。」

其中一棟房屋後方高聳的圍牆讓他們被迫深入森林，伊森走在最前方，在逐漸消褪的光線中，樹木成了黑色的幾何圖形，松針黏在他的羽絨外套上，松脂的氣味愈來愈濃。他們沉默地走著，只有他們的腳步聲以及樹枝在風中搖曳發出的窸窸窣窣。

當四周暗到看不見時，他拿出手電筒，刺眼的光線下，樹木被漂成白色。他用手遮住光束，手指亮亮的，變成萬聖節的紅色。

空氣波動，帶來一聲遙遠的警鈴尖嘯。入夜後暴動一定更嚴重，他可以想見湖邊大道上有汽車在燃燒，燒焦橡皮的味道、打破窗戶的碎裂聲，還有受傷的人在尖叫。

森林愈來愈濃密，伊森揮劈著前方的松樹枝，撥開它們讓艾咪和薇奧拉經過，再讓樹枝彈回去。他靠指南針確保他們往南方前進，如果沿著房屋外圍走會比較好辨認方向，但他擔心以現在的緊張局勢，有人可能會開槍射殺在後院鬼鬼祟祟走路的陌生人。

薇奧拉哭了一聲醒過來，不是很大聲，仍嚇了他們一跳。艾咪透過背帶撫摸著她的背，輕聲說：「噓，沒事的，繼續睡吧。」可是他們的女兒吸進一口氣，然後開始嚎啕大哭。

「她需要換尿布了。」艾咪說。

伊森放下背包，將他的夾克攤開，當成換尿布的地方。「來吧，小寶貝。」

他換尿布時，艾咪拿著手電筒。薇奧拉的便便顏色和質地都像芥末醬，因為喝濃縮牛奶的關係，聞起來比平常臭。他忙碌時薇奧拉咯咯笑著。

換好尿布後，他直起身來，讓他的女兒躺在那兒踢腳。真有趣。他知道那些關於演化和生命周期的知識，不過現實還是讓他措手不及。學術上了解大腦和身體需要多年時間發展是一回事，但親眼見證女兒雙眼聚焦、肌肉開始受控的緩慢進程，讓他覺得自己像是個去代教生物課的體育老師，他和學生讀著同一本課本，進度只比他們快一個星期而已。

艾咪一隻手撐在後腰上伸展著，她移動時手電筒的光束搖搖晃晃的，被四周逼人的黑暗包圍的一小圈光亮。「你覺得我們走多遠了？」

「一哩半吧？可能快兩哩了。妳累了嗎？」

「沒有，只是覺得我們好像走得很慢。」

「安全最重要。」

「我想也是，」她聳聳肩，朝他微笑，「嘿，我之前一直想說一句話。」

「什麼話？」

「感恩節快樂。」

一個小時後，伊森轉頭查看他的女孩們，結果有東西絆住他的腳，踉蹌了一下，用力一拉，想要即時讓另一條腿跟上腳步，但背包的重量讓他失去平衡。他跌倒了，膝蓋猛力撞上一塊岩石，手電筒迅速滾進森林中。

「伊森！」

「我沒事。」他咬牙說道，罵了聲髒話，深吸一口氣，然後又罵了髒話。他的手指觸碰膝蓋，每碰一下就引起一陣刺痛，雖然一開始的劇痛已經消褪成鈍鈍的疼痛感。感覺起來他的牛仔褲應該沒被扯破，但在黑暗中他無法確定——噢，該死。

「手電筒呢？跑到哪裡去了？」

「噢，該死。」艾咪在黑暗中只是一團黑暗的身影，她到處探看，用腳踢著松針。過了一會兒，他聽見她鞋子踢到金屬物體的聲音。她彎下腰，然後嘆了口氣。

「壞掉了嗎？」

「看起來應該是，你怎麼樣？」

「只是撞到而已。」他用手撐著慢慢站起來。

「你還能走嗎？」

他點點頭，然後意識到她看不見他。「可以。」伊森四處張望，除了深淺不一的黑暗之外，什麼也沒有。天空稍微亮了一點點，厚重的雲層遮蔽了月亮和星星。「可是我覺得不能一直這樣走下去。」

「我們可以在這裡露營，等到早上再繼續。」

「在黑暗中比較容易混過哨兵線。」

「好吧。」

「好吧。」

小鎮的辦公區寬敞而樣貌平凡，經過了與世隔絕的安靜森林後，這裡令人感覺陌生而且很不真實，他覺得整個殭屍世界末日的比喻愈來愈像真的了。

好在他們可以沿一條寬闊的馬路行走，雖然他的膝蓋卡卡的，可以用正常速度前進的感覺真好。他聳了聳肩膀，變換背包的重心，然後帶路向前。

他們發現自己身處在東西向的街道上，馬路有三線道，可是沒有任何車輛。他點燃打火機，盡可能地靠近老派的紙地圖。

「我認為我們在這裡，」他說，「歡樂谷路。」這裡沒有山谷，也沒給他什麼歡樂的感覺。他發現自己想要放大觀看那張地圖以及切換到衛星模式。他小時候記得住所有朋友的電話號碼，可以靠記憶撥電話給他們，現在多虧了軟式平板和手機，他連自家的電話號碼都記不太起來，而且整整有十年沒用過互動式衛星定位系統之外的東西來導航了。科技讓生活變得簡單好多。

是啊，去跟克里夫蘭說吧。

艾咪說：「西邊好像比較多人居住。」

「對，那我們就往東吧，然後我們可以走……這條，河景路。」那條道路在地圖上以一條很細的線表示，蜿蜒地穿過國家公園。路名換了幾次，大致上可以直接通往庫亞霍加瀑布。

他們走在空無一人的街道中間往前走。

他們第一次遇上其他人時，已經快九點了。

汗水浸溼了他的背，他的臀部出現火燒的感覺。二十二哩路對士兵來說是一天行軍的量，對有經驗的背包客也算是合理的步行距離，不過當科學家可沒什麼鍛鍊體能的機會。若有時間，他和艾咪都會上健身房，自從薇奧拉出生之後，偶爾能偷閒個半小時去運動就不錯了。

至少他們表現得比想像中好了。結果河景路是條狹窄的二線道柏油路，一邊是田野，另一邊是森林，西邊有連結電線的高壓電塔，路旁偶爾出現幾條農業道路，只有信箱和泥巴小徑。

伊森看著他的雙腳——不太算是在數著步伐，而是感覺它們像打鼓一樣的節奏——這時，艾咪將一隻手放在他肩上。

前方有什麼東西晃動了一下。當他意識到那是手電筒發出的亮光時，光束已經掃到他們身上，距離他們大約四十碼，他只看得見光線針尖般的亮點。他感覺到一股沉重的壓力。

「伊森——」

「不要忽然移動。」他說，慢慢伸出雙臂，手掌朝上。他記起悍馬車上槍桿後方那個緊張的年輕人。被逮到很糟，但讓他們驚慌的話會更糟。

燈光移開，和出現時一樣突然，光線在空中劃過一道弧線，在樹木間灑落詭異的暗影，然後指向一個男人的胸膛，一邊肩膀掛著一把步槍，身穿獵人的法蘭絨裝束，身邊跟著另外兩個人：一個女人和一個八歲左右的男孩。

光線停留了一陣子，然後扭向前方，又重新開始晃動。伊森呼出一口他沒發現自己正憋著的氣。

「他們跟我們一樣，」艾咪說，「試著離開這裡。」

伊森點點頭，他們又開始繼續前進，跟著前方鬼火般的手電筒亮光。「不知道還有多少人有同樣想法？」

□

一個小時後，出現了十幾個人。每一組人都分別行走著，像項鍊的串珠一樣散布在馬路上，多數人都拿著手電筒，但沒費心遮蓋燈光。有些人在說話，更前面的地方還有人唱著〈友誼萬歲〉。

「我愛那首歌。」艾咪說。

「我知道。」

「還滿應景的，對吧？」她開始輕聲哼唱，「我們倆曾在山坡上跑著，摘著美麗的百合，如今卻步履蹣跚，往日不復返。」

「我的步履的確蹣跚。」他指出。

他們正通過一塊建設中的郊區，那種像是被裝在盒子裡丟進荒郊野外的奇怪方形社區。十幾棟房子還沒完工，高聳的骨架是映襯著背後天空的幢幢黑影，他看得見入口處的牌子上寫著：**同時享受大自然的美好與現代生活的便利。夢想房屋只要三百美金起跳！**告示牌旁是棟好的樣品屋，伊森看見一個男人站在前廊上，看著難民們緩慢地行進。他朝那個男人點點頭，但沒有獲得任何回應。森林中傳來鳥類尖銳的啼叫，伊森想著，不知道剛剛有什麼東西死掉了，可能是老鼠吧，被貓頭鷹的利爪抓住。

「『往日不復返』的意思是『美好時光已經不復存在』。」艾咪的聲音柔軟。「不知道是不是我們生活的寫照。」

伊森往旁邊瞥了一眼，被他妻子眼裡的悲傷嚇了一跳。她不是那種樂觀正向到令人有壓迫感的人，但總的來說，不管是半滿或半空的水杯，在艾咪眼裡都是值得讚嘆的事物。除了他們城市和社區發生的事、除了恐怖主義和暴動、除了他們變成難民之外，他妻子話中的弦外之音讓他更無法忽略現況有多沉重。不只是他們怎麼了，還有這個世界怎麼了。

他忽然回想起超市被搬空的那天晚上，從收音機裡聽到的消息，那男人談論商店進貨的方式，即時訂貨流程是怎麼進行的。伊森可以想像讓這一切運轉的系統，掃描器、電腦、庫存管理、物流和配貨，只是數百萬個讓世界運行的計畫中的其中一項，和供給人類血液的血管系統一樣精密且有效率的設計。

但不管再怎麼有效率，只要切斷一條動脈，人就死了。

這就是達爾文之子做的事嗎？圍困在克里夫蘭的一切瘋狂有沒有可能會擴散開來？停電範圍繼續擴大？食物再也不會從農場運送到店家，警察不再保護人民，醫院也不再醫治傷患？人命真的這麼脆弱嗎？

你知道是真的。這世界得以運行是因為人們相信它可以，他能交給店員一小張紙，然後帶著衣物走出商店，是因為大家一致同意賦予那張紙片價值。他能與幾千哩外的人互動並稱之為聊天，他口袋裡的軟式平板可以存取人類知識的集合，從如何接上斷骨到如何製作原子彈的各種知識。

但這一切都不是真的，而是一個眾人共同互惠的幻象。

當我們不再相信的時候該怎麼辦？

「一切都會沒事的。」

「你不用一直跟我這樣說，」她尖銳地說，「我不需要被哄。」

他本來要開口抗議，最終阻止了自己。「妳說的對，抱歉。」

她態度軟化下來，說道：「我也很抱歉。我只是累了。」

「對啊，妳媽那張沙發床從來沒像現在聽起來那麼——」他忽然停頓，然後靜止不動。

「怎麼了？」

「妳有聽到什麼……」

引擎。原本細微的聲音很快地愈來愈大聲。黑夜很安靜，他們應該在幾哩遠之外就能聽到有車子開近，可是，現在就好像……

好像他們已經將車停好等在那裡。

「快跑！」伊森抓住艾咪的手，將她拉離道路。其他人也聽到聲音了，他們四下逃竄時，手電筒的光晃來晃去，一點點的亮光和一團團模糊的色彩，沉重的背包在他肩膀跳上跳下，他們衝進辦公大樓群的入口時，他的膝蓋感覺像被灼熱的爪子抓住。

一輛輛悍馬拐過彎出現，裝在車頂的聚光燈將黑夜照得如同白晝，一個聲音透過擴音器轟隆作響，但說出的話被四起的尖叫聲和引擎咆哮聲給淹沒了。伊森沒有浪費時間聽他們到底說了什麼，而是趕快跑向樣品屋尋找掩護。艾咪緊跟在他身後，他們沿著碎石車道跑進牆壁的陰影中，他的心臟劇烈撞擊著他的肋骨。

薇奧拉醒來了，開始哭泣。艾咪臉色蒼白，喃喃地說：「噓，不要，不要是現在，拜託，噓。」

現在該怎麼辦？

從建築物的邊邊偷看出去，可以看見悍馬散開來，一輛停在道路底端，另外兩輛開出去將難民驅趕在一起，晃來晃去的聚光燈亮得讓人什麼都看不見，被照到的只能僵立在原地。

「不要跑，否則我們會開槍。跪在地上，手放在頭上。」

他們真的會開槍嗎？他不知道，如果政府真的覺得他們是恐怖分子，或者被什麼東西感染了……就有可能會。

路上的人開始遵從命令，將背包和毯子都放下，跪在柏油路面上。聚光燈來回照著，讓三三兩兩聚在一起的人群投出扭曲的身影。

「伊森．帕克博士，一架無人偵察機在這條路上辨認出你的身分。」

他的嘴巴大張，冰冷的慌張感淹過他的身體，他的手麻麻癢癢的。

無人偵察機?!

到底為什麼會有偵察機在追蹤他？為何會有人想追蹤他？

「將手放在頭上慢慢走向車子，帕克博士。」

「什麼？」艾咪反射著燈光的雙眼看起來一片白。「他們為什麼要抓我們？」

他想起之前找過他的應變部探員，巴比．昆恩和法樂麗．衛絲。他們兩人問起他的研究。怎麼可能，太蠢了。「我真的不知道。」

「我們該自首嗎？」

他從房屋邊邊偷看，士兵下車，將原本雀躍的隊伍變成一群群害怕的獵物。

約莫是人群中央的位置，還有個男人站著，是他們之前看到的那一個，身穿法蘭絨裝束、扛著一把步槍。他的兒子和老婆分別跪在他左右兩側，她的手拉著他的褲管，他伸出手扶她站起來。

「將手放在頭上，帕克博士。」

「我不是他。」那男人吼回去，「我們不是他。」

「跪下去。」

「我是美國公民，我拒絕回克里夫蘭。」他開始走向前，不理會拉著他的老婆。

「先生！跪下去，現在！」

「我們不是你要找的人。」

「放下武器，他媽的跪下去！」

「我有權利，」那男人大喊，「我不是恐怖分子，你不能這樣。」

「不要動，你這白痴，」伊森輕聲說，「跪下。」

那男人前進了一步，然後又一步。

短暫的一陣槍響。刺眼的亮光和巨響像煙火一樣在伊森的腹部彈跳，只是怎麼會是煙火呢？煙火應該出現在天空中而不是馬路上，然後那獵人的背部炸了開來。

有一秒鐘的時間，唯一的聲音是樹林間迴盪的槍響回音。然後眾人開始尖叫。

「噢天啊噢天啊噢天啊，」艾咪說，「噢天啊。」

大家已經紛紛站起，開始逃跑，擴音器又轟隆作響，叫他們停下來，可是歇斯底里已經取代了恐懼。伊森心裡浮現槍枝開火、朝群眾射擊的恐怖景象，結果是聚光燈，士兵從悍馬車上跳下來大喊著。

伊森抓住艾咪的手臂，用力握住，森林——

一陣忽然的敲擊聲嚇得伊森跳起來，他第一個念頭是他被槍射中了，不過沒有疼痛的感覺，而且那聲音也太小聲了。

是從他們躲藏的那棟樣品屋的窗戶傳來，一個女人一手拿著手電筒，一手打開窗戶。「快點。」她說，比出「過來」的手勢。他看著她，一名穿無袖背心的陌生人，她的臉孔因為急切而扭曲。伊森抓住薇奧拉，將她推進那女人的懷中，然後半抬半推地幫艾咪穿過窗戶。他自己則抓住窗框邊緣，將自己抬起來擠過去，背包讓他的動作很笨拙。

馬路上傳來更多槍響。

□

那女人名叫瑪格麗特，她是伊森在屋子前廊上看見的那個男人的太太。男人現正朝他伸出手。「傑瑞米。」

他們五個人躲在樣品屋的地下室，一個被設計成起居室的空間，雖然現在這裡只有幾張摺疊椅和一張會議桌。外頭，幾支擴音器隆隆地發號施令，他可以想像那個場景，大家被集合起來，束帶綑綁住雙手，然後帶上卡車。士兵們在核對每個人的身分，想要找到他。

可是為什麼？

他不知道。可能是應變部，也可能是綁架了亞伯的那些人，也可能是弄錯了。不管怎麼樣，名字被用擴音器廣播出來都不是件好事。伊森一邊希望艾咪能了解他在幹嘛，一邊說：「我叫威爾。」他的中間名。「我太太艾咪，這是薇奧拉。」

艾咪一拍都沒漏掉就接著說：「謝謝你們讓我們進來。」

「沒問題，親愛的，」瑪格麗特搖搖頭，「我不知道那些小伙子想做什麼，就那樣開槍射殺人。我沒辦法讓你們留在外面，還帶了個小寶寶。」她發出咕咕聲逗弄薇奧拉，她現在回到了艾咪懷中。「天啊，她太珍貴了。」

「你覺得士兵會搜索房子嗎？」

傑瑞米搖頭，「我想不會，門窗都鎖著，他們沒道理覺得有人會進來。」

「我們有點像看管人，」瑪格麗特說，「幫忙照看這裡，確保不會有小孩跑來開趴之類的。」

伊森說：「我們不會待太久的，他們離開後我們就走。」

「別說傻話，我們房間夠多。夜已經深了，不適合在外面遊蕩，尤其是有那麼多士兵在外面。」

「你知道他們在找的那個人嗎？」傑瑞米問。

「不知道，那些人我們都不認識。我們只是想離開鎮上，去芝加哥找艾咪的媽媽住。」

傑瑞米將一根牙籤從一邊嘴角換到另一邊。他們好像已經沒事情好說了。在沉默之中，悍馬的引擎轟隆隆作響，他們全都歪頭聆聽著，直到聲響愈來愈微弱。

「我們有一點食物，」伊森說，「雖然不多。你們餓了嗎？」

這是他們經歷過最奇怪的感恩節，雖然也有很棒的地方。瑪格麗特和艾咪一起在露營用火爐邊忙著加熱罐頭，他和傑瑞米擺設餐桌、紙盤和塑膠餐具，一盞汽油燈放在桌子正中央。傑瑞米不怎麼說話，伊森得知他們還有兩個小孩在樓上──「兩個男孩睡到昏天黑地」──還有傑瑞米是電路工人，負責房屋配線。

晚餐是奇怪的組合：罐頭湯、黑豆、肉乾、花生醬三明治。傑瑞米說祈禱詞時，他們手牽著手，然後大家開始埋頭猛吃。瑪格麗特維持著穩定的交談，內容空泛但令人愉快。食物嚐起來比它們應該要有的味道還好吃許多，有幾次伊森甚至忘了他們擠在一個被恐怖分子癱瘓的城市外圍郊區的地下室，還被無人偵察機追捕。

之後，艾咪去照顧薇奧拉，瑪格麗特收拾餐桌，傑瑞米對著伊森歪歪頭，示意伊森跟他走。他們一起走到前廊，街道都空了，看不出幾個小時前才發生的混亂，幾乎完全看不出，除了伊森覺得他看見地上有深色的汙漬。

艾咪是對的，美好時光已經不復存在。

「聽著，我想再次謝謝你，」伊森說，「你那時救了我們。」

傑瑞米點點頭。「我老婆心腸很好。」

「你也是，謝謝。」

傑瑞米走下前廊階梯，探入一根排水管後方，拿出一小瓶威士忌，打開蓋子喝了一口，然後嘆道：「瑪格麗特不喜歡，但有時候男人需要喝一杯。」

「阿門。」伊森接過對方遞出的瓶子。

「她是你的第一個嗎？」

「薇奧拉嗎？是的。」

「改變了你，對吧？」

「改變了一切。」

有一段時間，他們就坐在那裡聽著夜晚的聲音，樹木的摩挲聲以及晚風的嘆息。伊森又喝了一口，然後將瓶子還給傑瑞米。

「當爸爸，」傑瑞米說，「是件好事。我之前是蓋屋頂的，必須在炎熱的夏天鋪焦油。沒有任何遮蔽，才六月而已，我的脖子就已經裂開又脫皮，很燙。我那時十八歲，覺得工作很辛苦，然後我有了孩子。」

「很瘋狂，對不對？你以為你知道即將面對什麼，其實你一點概念都沒有，完全沒有。大家都說會感覺到不可承受的愛，那是真的，但不只是這樣而已。其實一切都不可承受。一想到接下來的十八個年頭，你每分每秒都得負責。」

傑瑞米又仰頭喝了一口，遞過酒瓶，但伊森搖搖頭。傑瑞米蓋上蓋子，將酒瓶藏回它的棲身之處。他走回門廊上，將手插進口袋，望著天空。「最近日子真是詭異，威爾，搞不好是末日了。」他轉頭，「你好好照顧那個小女孩吧，聽到了嗎？」

「我會的，我會盡我所能照顧她。」

「很好。」回到屋子裡，傑瑞米將汽油燈留給他們，然後所有人互道晚安。

傑瑞米和瑪格麗特一離開他們的視線範圍，艾咪就猛然轉向他。「好，他媽的到底發生了什麼事？」

「艾咪，我發誓，我真的不知道。」

「他們知道你的名字，知道你是博士，他們說有架偵察機在找你。」

「是啊，」他彎腰鋪開睡袋，艾咪已經幫薇奧拉做了個小窩，他們的女兒平躺著，手腳往外伸展，頭歪向一邊。「我能想到的就是跟亞伯失蹤有關。」

「所以是應變部嗎？」她皺起眉頭，「如果他們想找你談談，為什麼不直接來敲我們家的門？」

「我猜他們監視了我們家，希望綁架亞伯的那些人也會來找我們。」他坐下，解開靴子。

「但我們離開了，出乎他們意料。」

艾咪思索著。「不過，偵察機是怎麼回事？他們一定真的非常想跟你談談。」

「大概吧。」他說。

「你覺得他們想搶走你的研究。」

「是啊。」

她爬進睡袋。「我知道研究對你來說有多重要，寶貝，我也知道亞伯有多重視保密條款。但那是政府耶，應變部，也許你應該——」

「現在，」他說，「我只在乎我們能不能快點到達一個安全的地方，之後再處理應變部的事。」

她慢慢點頭，可是看起來並沒有完全被說服。他不怪她，他連自己也沒完全說服。

伊森關了汽油燈，將雙臂枕在頭下，朝天花板瞪視著，想著燃燒的汽車和一長排的難民，想著煙火和濺出的血，想著他和亞伯的研究有多接近了，以及他們的政府是不是想偷走他們的成果。

他腰帶上的手槍很沉重，但奇怪地安撫人心。

美好時光已經不復存在。

20

警衛很年輕，傲慢的舉止似乎暗示著「去你的」以及其他一堆髒話。這還滿讓人印象深刻的，因為他正跪在地上，一把槍指著他的頭。

「你們都死定了。」他有西維吉尼亞州的濃厚口音，母音拖得又緩又長。「這裡是應變部的地方，我們會查出你們是誰、住在哪裡，你們最好現在就放棄行動。」

「親愛的，」雪倫說，「相信我，應變部已經知道我們是誰了。」

她對凱西．巴斯科夫點點頭，這名傭兵將衝鋒槍管往警衛的脖子壓得更深，他那傲慢的態度頓時消失無蹤，畢竟他看過凱西是怎麼眼也不眨就殺掉他的同伴。

你不知道她有多想對你做同樣的事。

雪倫從她的工具小包拿出一卷銀色封箱膠帶，撕開末端，在警衛的兩邊手腕上繞了十幾圈，又在他胸膛上繞了十幾圈，將他綑綁在椅子上。

「該走了。」她說，跨過另一名警衛的屍體，踏入黎明前的寒冷中。

引擎的聲音，四輛車的頭燈往山坡上移動，燈光灑在厚重告示上，花崗石刻著**戴維斯學園**幾個字，杵在那裡的感覺好像上面寫的是**耶魯大學**。

「這裡是我上學的地方。」凱西說，「從十一歲到十八歲。」

「我知道，」雪倫說，「所以我才選妳。」

黑暗中，突擊兵嘴脣緊抿的微笑看起來很凶猛。

一輛吉普車和三輛重裝卡車往前開，引擎聲隆隆，雪倫等著車輛一一排好。「所有人聽好。」她渴望地大喊，就像威廉．華勒士激勵蘇格蘭人投身戰鬥一樣，但她知道耳機能將聲音傳得很清楚，她無需大吼。「你們都知道為什麼我們會在這裡。不管他們怎麼稱呼這地方，不管他們為了睡得安穩而怎麼假裝，每座學園都是監獄。你們有些人像凱西一樣，在學園裡生活過一段時間，有些人沒有，但現在這些都不重要。重要的是：第一座學園將在今晚淪陷，我們受夠當好人了。」

她聽見興奮的呼聲透過卡車廂壁傳來。

「這裡的每個大人都是共謀者，不論警衛還是工友，都在小孩被洗腦與受折磨時袖手旁觀。如果他們投降，很好；如果他們拒絕——」她聳聳肩，「那就更好了。」

呼聲被大笑所取代。

「不過記住一件事，我們的首要目標是把每個小孩都救出這裡，所以開槍時注意，確認瞄準的是誰之後再扣扳機。」她走向吉普車的副駕駛座，一躍而上。「開始行動。」

「去哪？」

「園長室。我有話想跟那裡的一個人說。」

雪倫已經計畫攻擊戴維斯學園兩個月了，這是種自我懲罰，用來贖她犯下的罪。她投身研究衛星空拍照、記憶前戴維斯「學生」寫的報告、分析出席名單，甚至在學園周邊的森林裡露營了一星期，監視來來去去的車輛，她可不是喜歡露營的女孩。經過一番研究，無可避免的結論是：任何計畫都會讓她的隊員以及他們要營救的學生身陷極大險境。

她甚至為了要不要帶庫柏來掙扎了好一陣子，他對應變部組織的了解會很有用，再說，他也要承擔部分罪過。

當時，事情似乎還微不足道。三個月前她送尼克到約翰・史密斯那裡時，他們正在跑路。他們在芝加哥被應變部追殺，而當他們需要找個地方睡覺時，雪倫建議去一名朋友家。她只是沒想清楚，如此而已，不了解他們對抗的力量有多強大，也不了解政府為了抓到他們竟會如此不擇手段，以及這樣一來擋在中間的人會有多慘。

今晚他們將洗清罪孽。

諷刺的是，多虧了約翰與他瘋狂的任務，這一切才有可能成真。她答應幫他搶劫應變部，而他的工程師會確保過程中雪倫能成功取得她需要的東西。

例如解除警報系統的密碼。

例如值勤人員與警衛的站哨地點。

例如園長室那棟建築的詳細地圖，包含學生宿舍。

資訊通常比子彈還危險。

如何躡手躡腳接近外圍大門是計畫中最危險的部分，關鍵是保持低調，於是雪倫和凱西穿上黑色軍事服、頭戴夜視鏡，兩人單獨潛入。她們慢條斯理，伏低身體，樹枝擦過衣物，森林裡動物的聲音在寧靜中被放大了。

抵達警衛亭時，雪倫貼著門邊，敲敲門。接下來的一切就快多了。凱西撞開門，雪倫閃身進入，擋住緊急求救按鈕。

一名警衛想伸手拿武器，凱西的消音衝鋒槍只發出了一聲**砰**，便讓他倒地。他的前額出現一個洞，流出的血少得出奇。

另一名警衛決定放狠話。她希望他在監視器螢幕上好好享受了這場演出。

現在，他們坐在敞篷吉普車裡駛過黑夜，空氣冷冽，雪倫感覺到思緒如水晶澄澈透明。工作時她大多乘著洶湧的腎上腺素享受執行各種誇張特技的快感，這次不一樣，部分原因是她今晚並非獨自行動，她不再是間諜或偵察兵，今晚她是名士兵，而且明白有些同袍可能即將在今晚送命。

她害怕自己即將面對什麼，一種也許這一切都還不足以替她贖罪、清償她所犯下可怕錯誤的恐懼感。

妳不可能預料到。沒有任何方法可以預見在朋友家過一夜，會害他們的女兒被送去學園。而且，計畫會成功的，十五分鐘後，妳將帶領三百五十四個小孩走出監獄。

包括她。

遠處傳來微弱的砰砰聲，是被消音的槍響。真實世界中的消音器並不如電影中那麼好用，子彈因為爆炸才能擊發，而爆炸不太可能安靜到哪裡去。

現在，學園的保安人員應該已經發現他們被攻擊了。他們會遵從標準程序，撤退到幾個檢查站，啟動會引來美國軍方的緊急求救信號。一般情況下，搭乘戰鬥直升機的特攻小組會在收到第一波信號的七分鐘之內抵達。

但今晚不會如此。今晚，你們這些傢伙是毫無防衛的一方。

某個東西吵醒他。

他年紀愈大就愈了解，安穩睡一覺是孩童才享有的特權。他很少有一天晚上沒爬起來上三次廁所。

吵醒查爾斯・羅立治園長的並不是他的膀胱，而是一個聲音，劃破他夢境的巨大爆裂聲。煙火嗎？可能是幾個年紀較大的孩子又偷溜出去，假裝自己是居家恐怖分子。若是如此，早上九點一到就會有幾個男孩要被塞進籠子裡，這是個簡陋卻有效的設備，羞恥感遠比生理上的不適有用許多。在他們這個年齡，羞辱是最有效的教學工具。

「你好，查克。」

他的床頭燈喀噠一聲打開，出現了一個身材纖細的黑髮女子，後方有另一個較長的女人瞪著他，眼裡有無法錯認的厭惡，手裡拿著好大一把槍。

「妳們是誰？」他的聲音比希望中的微弱許多。他咳嗽，換上不可一世的音調。「我可不覺得好玩。」

「真的嗎？」苗條的女人微笑，「我覺得還滿好笑的。」

遠方傳來更多爆裂聲，他發現是槍響，不是煙火。「這麼做的意義是什麼？」

「意義？」她將頭髮拂到耳後，「這是個棘手的問題。是指政治方面？意識形態方面？還是道德方面？」

她好大的膽子。「這裡是學校，我是教育工作者。」

「這裡是監獄，而你是獄卒。」

「我從沒傷害過誰，」他說，「我很愛我的學生。」

「我懷疑他們會說他們也愛你嗎？」

他開始想滑下床，但在她說「噢噢」的時候僵住。她在床鋪邊緣坐下。「我要送你一份禮物，查克。」

「我們認識嗎？」

「我叫雪倫，你可能認識我的很多朋友，」她比比門邊那個持槍的女人，「比方說凱西。」

羅立治看向她。那女人散發出一種躁動不安的能量，就算只是靜靜站著，看起來也似乎在騷動。「我從沒見過妳，妳是誰？」

「我叫凱西．巴斯科夫。」

「我不認識任何名叫凱西．巴斯科夫的人。」

「你當然認識。只是你叫我琳達，」那女人的微笑沒有一絲溫暖，「琳達．瓊斯。」

儘管他很害怕，直到這時這一切都感覺好遙遠，像噩夢的餘波盪漾，不必太認真看待。現在他的膀胱發作了，猛然一陣冰涼的緊縮感。「我沒傷害過妳。」

「你甚至不記得我。這學校裡有幾個琳達．瓊斯？一百個？一千個？」

雪倫說：「凱西，妳在這裡經歷過最糟糕的事情是什麼？」

看起來很危險的那個女人停頓了一下。「最糟的不只是你將我們帶離家人身邊，還重新取名字、挑撥離間，並且毒害我們的心智。」她舉起槍，「最糟的是生活在恐懼之中，每分每秒都在害怕，知道自己被困在這裡，知道自己束手無策。」

忽然間，叫雪倫的那個抓住他的前臂，查爾斯想掙脫，可是她出奇地有力。她將什麼東西啪的一聲扣在他手腕上，冰冰涼涼的金屬，然後一把拉起他的手臂，將另一頭固定在床柱上。羅立治拉扯，手銬嚙咬著他的皮膚。

雪倫說：「注意聽。」

他等她再度開口說話，但她什麼也沒說，他才明白原來她的意思是叫他聽四周的聲音。

「我什麼也沒聽見。」

「這就對了。沒有槍聲。」她停頓，「你的警衛都死光光了，沒有人會來救你。」什麼溼溼的東西覆蓋著他的胯下，羅立治發現他的膀胱失控了，席捲他全身的羞恥感比尿液還滾燙。

「現在，我們的人正在設定爆炸裝置，教室、宿舍、辦公大樓。」她微笑，「五分鐘後，這個地方就會變成地上一個冒煙的大洞。」

「天啊！妳不能這麼做！」

「已經完成了，不過我有個好消息：你有機會可以活下去。」

他大口吸氣，拉扯手銬繃緊身體，感覺虛弱又年老。「妳不能這麼做。」他重複說。

「查克，」她說，「你沒專心聽。你有一個可以活下去的機會，就那麼一個。你只需要回答我一個問題。」

他企圖急中生智，但智慧像嚇壞的兔子一樣四竄逃逸。「什麼？」

「這裡有個學生叫愛麗絲．陳。」她傾身向前，距離他的臉龐只有幾吋，「她幾歲？」

羅立治瞪著她，雙腿溼答答，睡眼惺忪，一隻手銬在金屬床柱上，那張床他已經睡了二十年。「我……」他努力思考，試圖想起學生資料。這女人錯了，他認識他的學生，每一個人他都認識。他只要盯著某個孩子，就能想起這人的詢答機號碼，重述個人檔案中的每個細節、每個祕密，他只是……

不知道他們的名字。

那女人似乎讀出他的心思，聳聳肩。「真遺憾。」她站起來，兩人朝門口走去。「等等！」他的聲音像膽小又愛發牢騷的小孩。

「妳們不能這樣！」

凱西．巴斯科夫在門邊止步。「五分鐘內你就會死，而且你一點辦法也沒有。」她微笑，「接受吧！」

寢室門喀的一聲關上。

21

索倫微笑。

他只愛書。電影、超立體電視、舞臺劇、跳舞、喜劇、運動、音樂全是折騰人的東西。不管劇本有多高明、笑話有多優雅，在他的時間軸上看來全都無窮無盡。每首巴哈協奏曲都拖拖拉拉的，直到所有意義和情感都消磨殆盡。

可是書不一樣，他很早就學會如何睜大雙眼看盡一整面書頁，用心眼而非瞳孔專注在字詞上。一本好書如同個人的真空，是可以迷失自我之處，他常常一整天可以讀完五到六本書。

約翰．史密斯花了很多心思裝潢位於新迦南的公寓，這裡很安靜，採光照明很有品味，四面牆壁從地板到天花板都是書架。索倫覺得這真是個感人之舉，提醒他這名朋友對他的了解比任何人都還獨到。

約翰說：「我很快就會需要你。」

「需要我做什麼？」

「殺人。你願意為我殺人嗎？」

「願意。」

「我的計畫已定，但事情難免會有變數。」

事情難免會有變數。對，這倒是真的。「然後？」

「你是城堡，負責在後排監控全局。」

這是關於他們童年在霍克斯東的自助餐廳下西洋棋的隱喻。索倫總是輸，但不重要，每場棋都是有朋友相伴的時光，純粹的美好與投入。也許是他人生中第一次覺得時間過得太快了。

現在，他很清楚自己扮演什麼角色，史密斯花了很多年的時間為這刻做準備，只不過策略在實際執行時總有所變卦，總是如此。索倫將會是他朋友的敵人意料之外的祕密武器，一種不為人知的問題解決方案。

「我懂。」

「我有個驚喜。」

索倫跟著他的朋友走過公寓，來到一扇緊閉的門前，約翰指指門，微笑，然後離開。

索倫打開門，看見她在等著他。

世界上唯一的女人，纖瘦、金髮、完美至極。她知道他需要什麼，不只是知道而已，她甚至成為了他所需要的東西，那是她的天性，也是她的天賦與詛咒。她能將自己化身為他人所需的事物，能體察、甚至現形為他人羞於啟齒的欲望。

莎曼莎全身赤裸，像粉紅鬱金香與新鮮奶油，她雙臂張開。「我的愛，」她說，「我一直在想你。」

愉悅。不是稍縱即逝的那種，不是常人體驗愛的方式，而是完整且持久的愉悅，像在溫暖的水中慵懶泅泳著。

和她在一起的時候，他的詛咒也許可以是一種恩賜。

他們在霍克斯東找到彼此，完美的莎曼莎。十四歲時，她來找他，撫摸他雙頰，沒說一個字就開始，每個碰觸都持續數分鐘之久，她舌頭的愛撫、髮絲沿著他的身體往下滑落、他們緊扣的手指，每個細節都快讓他的滿足感充盈至滿溢，當時候終於到了，高潮是從天堂漫長而緩慢的墜落。

然後她從學園消失無蹤，被她的指導老師帶走，他再也沒看過她。

索倫試過和別的女人在一起，卻都痛苦地失敗了。女人想要的是調情、分享、被魅惑，想要了解並且被了解，索倫懂，可是這些求偶儀式對他來說簡直無法承受，所有笑話都索然無味，而小聊一場得持續好幾天。

有一次他召了一名妓女，一個收費昂貴的電話應召女郎，他已經事先付款，還透過電子郵件下達清楚指示：不准說話、不准遲到。他只想要她那噴了香水的溫暖軀體在他上方扭動。

她遵照指示，但有那麼一瞬間，她在他身上動著，臉上的表情忽然一閃，面具滑落。對她來說只是一瞬間的事，然而索倫還在她體內並且被迫目睹她的無聊、憎恨、厭惡長達好幾秒鐘，他無法轉頭、無法閉眼，當他回想起那一刻，還是能感覺到炙熱的羞恥感。

他和愛人一起滑動、分開，又重新結合，她就是他的需要，而且他知道對她來說，他是她所知最安全、最純粹的東西。莎曼莎對自己上癮，索倫欣然讓她如此並心懷感激。

當他們終於完事，她蜷進他的臂彎中，頭枕在他的胸膛上，他沐浴在兩人肉慾的餘溫中，覺得非常平靜。

謝謝你，約翰，好一個驚喜。

又欠你一個人情。

我願意為你殺人嗎？

要我殺了上帝也可以。

22

「醒醒。」

伊森的眼睛猛然睜開。

一把霰彈槍正指著他的頭。

他的大腦還沒從睡夢中清醒，想到的第一件事是：老天，別再用槍指著我了。

他沒多想便起身坐好。

傑瑞米搖了搖霰彈槍。

那聲音很恐怖，他在日常生活中從沒聽過這種聲音，讓他的手指發麻、肚子發冷，他旁邊的艾咪倒抽一口氣。

「安靜。」傑瑞米對她晃晃槍，他面孔緊繃，緊抿的嘴唇發白。

「這是怎樣？你在幹嘛？」

「起來。」

「傑瑞米，」艾咪說，「發生了什麼事？」

「我叫你們起來。我不想開槍射你們，但必要的話我會。」

伊森將一隻手緩緩滑到腰際，摸到手槍的槍柄，因為貼著他的皮膚，所以摸起來溫溫的。

他想著：慢慢拿出來，隔著睡袋朝上瞄準，然後……

然後呢？像黑道分子一樣砰砰砰？他畢生從沒開過槍，現在初次登場就要拿活生生的人當靶，況且那個人正悠哉地拿著霰彈槍指向艾咪？

如果你射偏了呢？

他放開手槍，點點頭。「好好好，放輕鬆。」伊森慢慢站起來，確保襯衫下襬可以遮蓋住手槍，他彎腰扶艾咪站好。

薇奧拉在睡夢中發出了呼嚕聲，他們全嚇了一跳。

如果他膽敢朝她那瞥上一眼，就掏槍射他。

「現在呢？」

「帶著你們的小女孩離開。」

在那一瞬間，他感到全然的放鬆。「好，給我們一分鐘收拾裝備，然後你再也不會看到我們。」

「不行。」

「什麼？」

「東西全都留下來，你們直接離開。」

「你這是在……搶劫我們嗎？」

「我說過了，這是末日，世界在我們周圍土崩瓦解。錢財、睡袋、帳篷，或者你們擁有的其他東西，都有可能救我們一家人的命。」

「你不是認真的吧，」艾咪說，「瑪格麗特呢？」

「到了早上我會告訴她，我發現你們在偷櫥櫃裡的東西，所以我把你們轟了出去。」

「如果你對我們開槍的話，要怎麼向她交代？」

傑瑞米的表情變得冷峻，他轉頭，吐出牙籤。「用同樣的說詞。」

「你是坨屎，傑瑞米。」艾咪怒目瞪視，「膽小鬼，你就是這世界的錯誤。」

「我只是個在照顧一家大小的男人，如此而已。」

「不，」艾咪說，「我老公才是男人，而你是——」

「寶貝，」伊森柔聲說，「我們走吧。」

她看著他，全身怒火四射，伊森垂下視線眨眼示意薇奧拉睡覺的地方，艾咪觀察到他的舉動，吞下她原本就要說出口的那些話。

「我們可以先穿上鞋子嗎？」

「本來可以，你們撂狠話之後就不行了。現在你們只能帶著小孩趕快滾。」

艾咪搖搖頭，彎腰抱起他們的女兒，她蠕動著開始哭，伊森的右手麻麻的，好像手槍正在牽引它。

你不是個罪犯，這人要的只是東西而已。如果你可以和平走出這裡，就走吧。

傑瑞米跟著他們上樓，平舉霰彈槍。

在前門，艾咪轉身看他。「你昨晚唸了祈禱文。」

「所以呢？」

「所以上帝會詛咒你。」她轉身步出門，伊森不確定自己是否有哪一刻比現在更愛她。他想扯出手槍開火，不斷射擊，直到彈藥耗盡為止，然後站在傑瑞米屍體上方不斷扣扳機。

但他沒有這麼做，他只是跟著艾咪走進戶外的夜晚。心想，*跟你是誰無關，跟感覺像個男人無關。而是跟當個男人有關。*

那意味著不擇手段地保護她們，不擇手段。

23

雖然不是空軍一號，但庫柏得承認，搭乘外交專機還頗享受的。

那是個被單純甜蜜所點亮的有趣早晨，煎鍋中有蘋果鬆餅，收音機播放石頭樂團的歌，孩子們大肆吵鬧，因為糖分與興奮而情緒高昂。他們前一晚入睡前本以為隔天又會是一如往常的一天，幾個小時後，他們竟在天空中玩鬼抓人。這架噴射機有著皮革座椅、超立體電視、護航機、還有一名空服員願意為他們端來所有父母准許他們喝的可樂。

「嘿，陶德，」庫柏說，「過來這裡。」

他兒子衝過走道，流著汗，微笑著。庫柏點了點窗戶。「你看。」

陶德聽他的話，將臉貼在玻璃上。他們開始降落，從目前的高度望下去，懷俄明州看起來很像烤箱裡悶了太久的蛋糕，在接近地平線、視線幾乎不能及的遠方，有東西閃著銀白的光。

「那是什麼？」

「特斯拉。新迦南的首都。還有其他城市，特斯拉是最大的一座，艾瑞克·艾普斯坦就住在這裡。」

「他真的這麼有錢嗎？」

「對。」

「所有東西好像都是用鏡子做的。」

「那是太陽能玻璃。可以吸收太陽能，並且保持室內陰涼。」

「噢。」陶德咧嘴笑著抬頭看他。「好可惜，如果是鏡子做的城市一定很酷。」這是那種奇怪的時刻，具有某種遠大意義。庫柏發現自己盯著兒子，不禁浮現一個想法：鏡之城，陶德說的離正確答案其實不遠。

如果有個地方可以顛覆一切，那就是這裡了。

這次特斯拉接待他們的方式和三個月前那一次截然不同，那時他和雪倫拿著假文件混進去，每分每秒都在擔心會不會被抓。

這次有一排車隊等著他們，保安人員在一旁戒備著。世界各地都偏好重型加長式禮車，但車隊卻是由淚滴狀的電動車與造型簡潔的全地形車組成。石油是新迦南特區需要進口的多項物品之一，因此非常昂貴。

至於保安隊員，成員的年紀就算以軍方標準來說，還是顯得非常年輕，從十六歲到大概二十二歲不等，他們輕便的沙漠軍事服是由自動偽裝材料製成，布料會隨著他們的舉手投足而變形轉換。庫柏看得出來，他們儘管年輕卻訓練有素，能夠成為單一個體行動，用不著與彼此對話就能照顧到每個角度。他認不得他們拿的突擊步槍，可能是新迦南特區的新發明，有著圓滑弧度與塑膠槍托。你什麼時候開始製造武器了，艾瑞克？

「庫柏大使。」上前迎接他們的女人有著走秀模特兒般輕盈搖曳的美，卻沒有流露出一絲性感。「我叫派翠西亞・艾瑞兒，艾普斯坦先生的通訊指揮官。我代表艾普斯坦企業歡迎你們來到新迦南特區。」

大使，可能要多聽幾次才能習慣。「謝謝妳。」他說，「這是娜塔莉和我們的兒子、女兒，陶德和凱特。」

「歡迎你們。請跟我走，我會帶你們到城裡的住處。」

庫柏說：「艾普斯坦沒辦法來？」

「他覺得你們會想先安頓好。要走了嗎？」

嗯。庫柏沒預期艾瑞克．艾普斯坦本人會來接他們——他可能永遠不會走出他的巢穴——但他的兄弟雅各應該要來的。這算怠慢，也是個壞兆頭。

他們搭的車子並不如克雷總統的座車一樣沉穩，不過坐起來也算舒適，車內有皮革座椅及寬闊的車窗，乘客與司機中間隔著一塊保護隱私的夾板。他們上車後汽車便立刻發動，引擎輕聲嗡鳴。

「大使先生，這應該不是你們第一次來特區，對吧？」

庫柏搖頭。「不過我的家人是第一次來。」

「嗯，你知道的，企業擁有這裡的土地，從土地到建築都是企業規畫的……」艾瑞兒繼續說。庫柏在他家人享受這趟旅程時，辨識她的模式。她的口音流暢熟練，偶爾會溜出幾個圓滑的子音，他猜測她來自波士頓一帶，有可能是第二級異能。從她的語言模式判斷，他懷疑她有超強模仿力，但不會是學園訓練的結果。他想像她的父母慈愛且仍維持著婚姻關係，他們以女兒為傲，但不是新迦南特區的居民。他們會在每星期日所通的電話和電子郵件中，提起曾在電視新聞上看過她，禮貌地詢問女兒的社交生活，而她總是禮貌地轉移話題。

他弄懂她之後，將注意力轉移到窗外景色。機場很小，只有兩條給噴射機用的跑道，外加幾條下滑道。一架飛機起飛時，陶德發出讚嘆聲。在一哩遠的地方，一輛液壓絞盤車將碳纖維飛機彈入天空。庫柏想起那次和雪倫一起搭飛機，感覺到胃一沉，他不怕高，不過搭乘沒引擎的飛機是另一回事。

他們出了機場，通過巨大的太陽能發電陣列，成千上萬個黑色板子往遠處延伸，每一個都排列得整整齊齊，沐浴在陽光中。交通順暢，雖然車隊沒有鳴警笛，但他們很少需要減速。從無到有興建一座城市的好處之一，就是可事先預知交通狀況，馬路寬度足以避免塞車。他想知道艾瑞兒是否曾想起波士頓，那裡的一切都與這裡相反：一座美國老城，令人困惑且擁擠不堪，街道的前身是馬匹行走的道路，到處都是蜿蜒的迷宮，而不是格線般的整齊道路。

「那是什麼？」陶德指著山脊上一簇圓頂建築，銀色表面曝露在風中。

「冷凝器。」艾瑞兒說，「我們從風中蒐集水氣，這裡終究是沙漠地區，用水一直是隱憂，你也許會覺得沖澡有點怪……」

他轉回身，思緒回到白宮辦公室，昨晚非常驚險：著火的克里夫蘭，總統昏憊，而國防部長可說是主導了一場奪權戲碼。如果當時克雷沒有及時清醒，那麼今早全國上下的異能都會被送進俘虜營，軍隊也會進駐特區。

庫柏最後一秒的及時救援贏得了一點時間，但也只有一點點而已，現在他似乎得說服艾瑞克·艾普斯坦放棄他刻意保持的中立姿態，並且盡全力支持美國政府，可是這個政府正計畫著另一波攻擊行動。

也許那正是你可以切入的角度，軟硬兼施。

他用拇指輕拍著牙齒，看著特斯拉的景觀在四周開展。由石頭和太陽能玻璃組成的建築前有寬廣的人行道和供電動交通工具使用的充電站，餐廳與酒吧的招牌、全像商店與咖啡館廣告著不同品牌的大麻，街上行人偏好耐穿、實用的衣著，例如牛仔褲、靴子、牛仔帽。這裡瀰漫著一股雀躍的氛圍，人們行經彼此時會互相微笑，還會停下來三兩成群地聊天。

他想像美國天使軍團的偵察機在上空盤旋，灑落導彈，車輛爆炸、牆壁碎裂倒塌，更糟的是燃燒彈，在這麼乾燥的氣候裡，溫度有可能高到讓岩石瓦解以及熔化太陽能玻璃。

「每個人都好年輕。」娜塔莉說。

「年輕就是力量。」艾瑞兒毫不猶豫地說。她一定具有超強模仿力沒錯，專業通訊的目的向來都是製造文化基因，讓訊息能像病毒一樣快速散播，而異能將這件事提升到全新的層次。當庫柏還是應變部探員時，曾讀到一份簡報，主張模仿力是最危險的天賦。政治家一直以來都心知肚明，比起複雜的答案，人們偏愛簡短、可以琅琅上口的答案，即使精簡到可以說是荒謬的境界。「老派思想」之類的詞語能像炸彈一樣破壞力十足，影響範圍甚至比炸彈更廣。

不管怎樣，想想你看過多少次「我是約翰・史密斯」被寫在牆上。現在，史密斯成為英雄，而那句話變成他的暢銷書書名。

「年輕就是年輕，」庫柏說，「力量則是另一回事。」

艾瑞兒禮貌地微笑，繼續導覽。「特區人民的平均年齡是二十六點四一歲，雖然這數據會誤導人，異能者移居此地的父母與祖父母拉高了數值，中間數比較接近十六歲。」

「這整個城市都是小孩。」娜塔莉說。

「這裡不只是城市，而是一個嶄新的社區，為了同一個目標而凝聚在一起。當人們真的投入眼前的事，生理年齡就不像精力和專注力那麼重要了。看看第二次世界大戰後以色列的發展，一整個世代熱情有勁的猶太年輕人將一片荒漠轉變成了國際強權。」車隊在一條住宅區街上一幢優雅磚造建築前停下。「我們到了。」

庫柏原本預期會看到傳統的外交領事總部——豪華的旅館，包下一整層樓，四處都有執勤人員站哨，但艾瑞兒卻領他們走向一棟可愛的三層樓公寓，裝潢成有品味的西部風格，瓷磚地板和細亞麻布幔，房子後方是個公共廣場，四周環繞有著肥厚葉片的高大樹木，一定是需要澆灌礦泉水的基因改造品種。儘管寒冷，人們還是在長椅上聊天，在陽光下閱讀軟式平板，一群男孩正在踢足球，陶德緊貼著窗戶看，鼻息讓玻璃變得霧霧的。

「你們的保鑣會守在一樓，如果你們有任何需要，撥通電話就可以了。」

陶德說：「我可以去玩嗎？」

庫柏猶豫著，他想要讓孩子體驗這個世界——這是他答應帶他們前來的原因之一——不過這比他想像中還要開放。彷彿讀出他的心思，艾瑞兒說：「如果你願意，保安人員可以陪著他，但其實沒有這個必要。」

「為什麼？」

艾瑞兒微笑。「你人在新迦南，這裡有將近百分之十五的警察都會讀心術，他們在城市裡巡邏、尋找潛在危險的個人。戀童癖和有暴力傾向的人都會被篩選出來。」

「你們有第一級讀心異能在街上晃蕩？」

「當然沒有。特區裡的確有第一級讀心異能，他們大多數都住在專門設施裡，那裡有機器人照顧日常生活所需，所以他們不必和其他人類接觸。要是他們真的在街上走來走去，一定會瘋掉。會讀心術的警察大多是第三級異能，他們察覺得出情緒失衡、人格違常和反社會人格，但還是能在社會中正常生活——特區已經很多年沒有孩童受虐的案例了。」

「恐怖分子呢？」

「不構成威脅。這裡是外交部門，安全協定也會保護政治異議分子。你的孩子們在這裡比在你們華盛頓家的前院還安全。」

真該愛上新世界思想啊。他發現娜塔莉看著他，聳聳肩。她說：「去吧，記得晚餐前要回家。」

陶德歡呼，衝向門外。

「如果你爸媽同意的話，」艾瑞兒對凱特說，「可以去沙坑和鞦韆區，那裡有和妳同年紀的孩子陪妳玩。」

凱特雙手抱胸。「我不太喜歡和其他小孩玩。」

「那是因為妳天賦異稟，」艾瑞兒微笑，「我了解妳的感覺，以前我也這樣，普通小孩可以非常尖酸刻薄。相信我，這裡不會那麼糟的。」

凱特望向庫柏，眼裡帶著疑問。然後他發現那其實是希望，並且想起自己的童年。他是軍人子弟，因此總是被排擠，而他的天賦更讓一切雪上加霜，每天他都必須為了自己的一席之地奮戰。

想像他漂亮的寶貝女兒也有那種感受，讓他的心都碎了。

他在她身前蹲下。「媽媽會跟妳一起去，寶貝，妳如果不想的話，可以不用跟他們玩。」他將一隻手放在她肩上。「妳可以自己決定。」

凱特咬著嘴唇，然後點頭。「好。」娜塔莉伸出一隻手，凱特牽住。

「好了，庫柏大使，今晚我們安排了晚餐，沒問題的話，七點整車子會回來接你。」

「有問題，」他站起來，轉向通訊指揮官。「我想跟艾普斯坦談談。」

「艾普斯坦先生現在有事——」

「現在就談。」

□

離開公寓的車程中，艾瑞兒的態度顯得冷淡許多。她發現庫柏不是開玩笑的，因此壓低聲音講了一通電話，夾雜著許多「是的，先生」和斜眼偷瞄。她和任何官方人員一樣，不喜歡受到挑戰。

庫柏不在乎，如果艾普斯坦期望他扮演禮貌的外交官，那實在愧對了他本人的聰明才智。雖然艾普斯坦企業的官方總部位於曼哈頓，真正的權力中心其實是在此地，在一群倒映著天空的亮閃閃銀色方塊中，最高的是一棟六層樓的建築，上方有一排繁忙的儀器，他認得出碟形衛星接收器、氣象追蹤器和其他科學設備，也看見雷射防衛盾、防空砲臺以及地對空飛彈，這些都是私人企業永遠不該擁有的裝備。但是，三千億美金能打破許多規則，新迦南特區七拼八湊的土地和為了選舉重劃的邊界就是個例子，篩網般密密麻麻的法律漏洞讓特區變成了私人國家。

庫柏和艾瑞兒被四名保鑣簇擁著走向建築，庫柏想像一枚復仇者飛彈朝這裡迅速接近，極低空飛行軌道、遠端遙控、隱形、內建電子反制功能、超音速飛行。要攔截復仇者飛彈，屋頂上的反飛彈系統大概只跟小孩的彈弓一樣有效。庫柏想像著建築物爆炸蒸發、震波將玻璃和矽石像顆奪命的圓球般往外噴射。

中庭很寬闊，陽光普照，背景是克里夫蘭的天際線，市中心好幾處冒著煙，五呎高的跑馬燈捲動著新聞，還有高解析度的巨大超立體電視，克雷總統顯然對都市下了戒嚴令，軍隊坦克正沿著安大略街行進。

艾瑞兒領他到電梯前，他們一接近，電梯門就咻咻地打開，她正要踏進去，但庫柏說：

「不。」

「不好意思？」

「我要一個人去。」

「大使，不好意思，艾普斯坦先生說過要我出席這場會議。」

「我會解釋妳不在的原因。」

她猶豫，然後開口：「但，保鑣——」

「可以留在這裡等。」他戴上一抹空洞的微笑。「這裡還是美國土地，艾瑞兒小姐，總統親自派我來這裡，相信我，現在不是開啟地盤爭奪戰的好時機。」

「戰」這個字似乎飄散在空中，過了一會兒，艾瑞兒說：「如你所願。」

庫柏微笑，進入電梯，裡面沒有任何按鈕，然而電梯立刻啟動時，庫柏並不感到驚訝。他也不應該對在電梯外等著的人感到驚訝才是，但他還是吃了一驚。一名有著電光紫頭髮、肩膀緊繃的十歲女孩站在外頭，雙眼迴避與他對望。「嗨，」她說，然後驚問，「喔天啊，真的嗎？他們真的要攻擊？」

庫柏嘆氣。「嗨，米莉森，妳換新髮色了啊？」

「尼克．庫柏，歡迎回到新迦南。」那男人穿著一套價值五千美金的西裝，渾身散發從容的優雅，顯示他是一名會與總統進餐、和石油大亨打高爾夫、在CNN上發表幽默言論以及在議會上發言的人物。全世界都以為他是艾瑞克．艾普斯坦。

但全世界都錯了。

「你好，雅各。終於握到你的手真是太好了。」庫柏上一次來的時候，雅各．艾普斯坦只是個立體全像投影，是個代表新迦南科技有多先進的指標。這些年來特區真正的防衛一直是先進的科技，而不是打官司或砸重金。這裡異能的人數比其他地方還要多，他們團結合作的結果非常驚人。保護你的國家最好的方式，庫柏想，是創造出眾人都想要的東西，讓他們想要這東西的欲望大過他們對於你創造力的恐懼。

「你沒履行我們的交易。數據上看來是不太可能，成功機率只有百分之十二點二。」真正的艾瑞克．艾普斯坦癱在沙發上，像從巢穴中被抓住的動物一樣眨著眼。這麼說有幾分道理。庫柏上次來訪時，他看過艾瑞克最隱密的聖地，在這棟建築物底層的數位歡樂宮。他那時覺得這裡真是一個充滿驚奇的洞穴，一個莊嚴陰暗的空間，只有投影出的數據資料發出亮光。艾瑞克在資料中發揮天賦，在看似不相干的事物之間找出關聯性，並用來擴張他的王國。在那裡，艾瑞克預言約翰．史密斯會對新迦南特區造成莫大威脅。艾普斯坦相信他的行動會讓美國政府加重對異能的高壓統治，尤其針對新迦南特區。

他是對的。

「我們說好了，」艾瑞克繼續說，「你會殺了約翰．史密斯，但你沒有。」

「你沒告訴我關於他的真相。」庫柏說。米莉在一旁就沒必要撒謊，她是他所遇過最強大的讀心異能者，這項天賦事實上是詛咒，讀心異能無法不聽到旁人的心思，無法拋開他們與生俱來的能力，第一級讀心異能洞察人心，看見一個人靈魂裡每一絲黑暗、每一株殘酷邪惡的小火苗。他們最先看透的人，是他們的爸爸、媽媽。

可憐的米莉心中從沒有過安寧的一天，完全不知道信任與信仰所謂何物，也從未相信過愛，因為她清楚看見人們不願讓他們所愛之人看見的那一面。她還沒滿二十歲就幾乎快要因為受不了而自殺。

「沒關係的，」她說，「不必感到抱歉。」

「我沒辦法控制。」

「那麼就感到害怕吧。」

她的話像冰一樣滑落他背脊，他看著她，然後望向艾瑞克和雅各。「我很害怕。」

「現在是恐懼的年代，」雅各說，坐在桌子邊緣。「而你背叛了我們。」

「以前美國軍隊攻擊新迦南的機率：百分之五十三點二。」艾瑞克閉著眼睛說，一隻手插在長直髮中。「考慮到沃克總統遭彈劾、衡平局停擺、達爾文之子出現，這兩個星期之內美國軍隊攻擊新迦南的機率是：百分之九十三點二。」

「順帶一提，這三件事都是你的錯，庫柏，」雅各淡淡微笑，「多多少少是。」

「你沒告訴我真相，」庫柏又說了一次，「你和史密斯一樣在操縱我。」

「真相是相對的，數據資料是絕對的。」

「好，嗯，你沒給我全部資料，對吧？」庫柏不知道該對這次會議抱持什麼期待，但不會是這樣。「你沒告訴我單眼鏡餐廳的屠殺不是史密斯搞的鬼，也沒告訴我是沃克總統和德魯·彼得斯策畫的，更沒告訴我有證據顯示如此。」

艾瑞克揮揮手。「無關緊要，你來新迦南刺殺約翰·史密斯，那是你的任務。他如果死了則有利於穩定局勢，能幫助保護我們的心血。我們有過協議，但你沒有遵守。」

「你還讓情況變得更糟，」雅各說，「因為你公開了那段影片。」

庫柏掙扎著想說些什麼，目前發生的事其實都在預料之中，這是為什麼他一開始會加入克雷、為什麼他會綁架約翰·史密斯，也是為什麼他現在會站在這裡的原因。因為在你心中，你知道你做的事雖然以道德標準來說是正確的，實際上是個錯誤。如果你拿單眼鏡餐廳的影片去威嚇沃克總統，這世界狀況會比較好；如果應變部還有勢力而沃克依然大權在握，達爾文之子也不會這麼成功。你原本可以影響政策，讓世人生活得更好。

沒錯，那麼他就得跟著墮落。可是，他的個人價值觀比那些岌岌可危的人命重要嗎？

不知為何，做對的事反倒成了錯誤。爸爸從沒預料到這個結果，是吧，庫柏？

米莉說：「他了解。」

「我確定他了解。」雅各說，「光是了解於事無補，對吧？」

「對，那就是我來這裡的原因。你想知道如果我沒來，會發生什麼事嗎？」庫柏本想繼續，但他轉向米莉，在腦海中重播過去幾天發生的事，記起昨晚在美國總統辦公室中看著克里夫蘭在燃燒。「告訴他們。」

她瑟縮，頭低垂到膝間，藏在一簾紫色頭髮後方。艾瑞克和雅各兩個人都看著她，專注地盯著。庫柏心中又閃過對女孩的一絲同情，她才十歲，兩個成年男子卻仰賴她搜尋能決定國家命運的資訊。

終於，她開口說：「他們想攻擊，目標不只是特區而已，還有異能。」

「所謂『他們』，」庫柏說，「她指的是地球上最有權力的人。昨晚國防部長萊希下令逮捕所有已知的第一級異能，啟動微晶片程式，調動軍力到你們的邊界準備進攻，但這些後來都沒發生，因為被我阻止了。所以你們兩個能不能不要再裝凶惡，我們一起解決問題如何？」

一陣冗長的沉默降臨，雅各望向落地窗，特斯拉城一覽無遺，景觀整齊且井然有序。沙漠裡的新世界，庫柏得承認他滿喜歡這裡的，不只喜歡，他還很欣賞這裡。自從三十幾年前異能開始出現，這世界便開始封閉自己，開始毀滅破壞，他任職的政府專注於防堵和控制以及粉碎任何他們覺得危險的東西。

很好笑，有一段時間美國忙著建設，從巨大的水壩到摩天大樓，從機械化工廠到登月的火箭，這國家創造事物，並將其視為國家認同的一部分。成為工程師或建築師曾經是那麼偉大的夢想。

現在大家都想當音樂家或者籃球員，而美國連小屋都不建了。

但這裡，這個最不適宜人居住的地方，艾普斯坦兄弟建造了一個庇護所，新迦南特區是美夢成真，他不想看到這個美麗的地方毀滅，因為這裡太美好，也因為他不想看見特區毀了之後，這個國家會變成什麼樣子。

「你想要得到我們的支持。」艾瑞克翹著腿，地球上最有錢的男人穿著一雙破爛的帆布鞋。

「想要新迦南和政府聯手對抗達爾文之子。」

「對抗每個恐怖分子，對抗約翰．史密斯，他是達爾文之子的幕後黑手對不對？」

「資料還不足以斷定——」

「你在說謊。」米莉說，「我討厭你說謊。」

艾瑞克．艾普斯坦刺痛似地眨眼，庫柏發現並不是因為她挑戰了他們，而是因為米莉說的話。很顯然他在乎也了解米莉。

「是的，」雅各說，「史密斯的確在幕後操縱達爾文之子，多年前他以招募潛伏探員[1]的方式成立組織，給了他們非常明確的指示，待史密斯的罪名洗清了，他們便會開始運作。」

庫柏瞪視著，雙腿發軟，他扶著一把椅子穩住自己。和巴比．昆恩一起與約翰．史密斯當面對質後，庫柏就大概猜到了，如今證實了這件事，也得知自己的舉動是一切的導火線，感覺

1 潛伏探員會祕密潛伏在欲滲透的組織或國家中多年，期間不會與其他探員或者政府聯絡，以免讓人起疑，而是默默找到工作或新身分，融入新組織或新國家中，建立人脈，再神不知鬼不覺地蒐集情報。

很不一樣。死了那麼多人、發生了那麼多事。

都是你的錯。

他深吸一口氣，然後呼出。「好，你說接下來兩個星期內，軍方攻擊新迦南的機率是百分之九十三。」

「九十三點二。時間不夠。時間不夠。」

「不夠做什麼？就算有魔藥也幫不了忙。」

忽然間，米莉放聲大笑，令人毛骨悚然的聲音，好像那大笑是她聽著別人的描述學來的。

庫柏瞪著她，有點害怕，過了一會兒，她的笑聲又忽然停了。

他不安地說：「如果你想知道我會不會做同樣的決定，我真的不知道。老實說，如果你的水晶球真那麼厲害，那麼你就該訂定別的計畫，別把雞蛋放在同一個籃子裡。」

猶豫了半秒之後，雅各——

你忽略了什麼，這些人聰明絕頂且資源豐富，他們把生存希望賭在你身上的機率有多高？你只不過是個出軌探員轉職成的刺客，沒有搞懂也無法完全搞懂當前的狀況。

他們的確有其他計畫，一定有什麼別的事，而且為何米莉剛剛忽然大笑起來？

——回覆：「你說的對。艾瑞克？」

「情況很難掌握，有太多變數，模式並不清楚。」

「所以我們才需要採取行動。」庫柏說，「我知道這對你來說有多怪異，可是如果你現在不出面支持政府，如果你不譴責達爾文之子，也不投入特區所有資源來剷除恐怖主義，那麼就跟自殺沒兩樣。我這麼說不是在裝模作樣。」他瞥了米莉一眼，她什麼也沒說，只是繼續在軟式平板上玩遊戲。「我相信這裡，相信到我願意親自來此，還帶著我的家人。如果我們合作，現在就開始合作的話，我們有機會可以拯救一切。」

雅各清清喉嚨。「我們清楚合作對克雷總統和你的國家有什麼利益。」

「我的國家？」

「不過正如艾瑞克所說，情況很難掌握。」

「那是什麼意思？」

「你要我直說嗎？」雅各聳聳肩，「我們不確定美利堅合眾國是否能生存下來。」

「是否能——你在說什麼？你是說——」

「我們不想選到失敗的那一方。」

庫柏發出類似大笑的聲音，沒什麼好笑的事，但是他忍不住。「你考慮支持恐怖分子？」

「只是個名稱罷了，」艾瑞克對著他的膝蓋說，「給病媒的名字，資料本身沒有道德對錯。」

「我兄弟的意思是，約翰・史密斯會稱自己為自由鬥士，而且他有計畫，不像你的政府，和史密斯結盟也許對新迦南比較有利。」

庫柏不敢相信，他媽的無法相信自己聽到的話。為什麼到處都在發生這種事？所有人：算著選票數的克雷總統和他的幕僚、企圖發動戰爭的約翰・史密斯、只為自己利益著想的艾普斯坦兄弟。會不會所有掌權之人，不管站哪邊，都看不見更遠大的利益？

南北戰爭是美國史上最血腥的衝突，超過三百萬人死亡、許多城市焚毀、基礎建設破壞殆盡、疾病肆虐——這些都還是無人戰鬥機和復仇者飛彈發明前的事。立場真的這麼無法妥協，這麼難以改變、這麼個人嗎？人們願意為了堅守立場而拿全世界冒險？

「對。」米莉說。

艾瑞克看著她。「對什麼？」

她搖搖頭。

好吧，如果他們不講道理，如果以後果威逼沒有用，那麼另一個方法可能有。「你說資料不清楚。」

「難以掌握。」

「一定有東西能讓你好好掌握。」庫柏停頓了一下。「我們能提供給你的東西。」

艾瑞克和雅各對視了一眼。在一個平常人眼裡，他們看起來似乎正在考慮他的話，但對庫柏而言，涵義再清楚不過，他們已經決定好需要什麼東西，要他們幫忙是有代價的。

他花了整整三秒鐘才想出是什麼。

24

索倫讀道。

庫柏：主權。他們想要爭取新迦南特區的主權。

克雷：去死吧。

庫柏：為了換取主權，他們願意公開譴責達爾文之子及其他恐怖組織，還會投入特區所有的資源剷除他們。

克雷：我不要背負讓大半個懷俄明州獨立的歷史臭名。

庫柏：長官，我們得考慮他們的提議。艾瑞克和雅各證實，約翰·史密斯就是達爾文之子的幕後首腦，我們不能沒有證據就先行動，但有了艾普斯坦兄弟的幫忙，我們可以一舉活捉達爾文之子以及世界上最危險的男人。

克雷：要付出的代價是成立一個國中國，還得給他們外交權和特權。不只這樣，這還是個由異能組成的國家，世界上第一個。你這是在和魔鬼交易，尼克。

庫柏：當只有魔鬼願意和你交易時，長官，你就得看看他的交易條件。

克雷：我知道你不贊成萊希部長的手段，但監控機制倡議案與鎖定目標進行逮捕併行的話，也許有機會——

庫柏：不好意思，長官，事情沒那麼簡單。如果我們不讓新迦南獨立，我認為他們會與恐怖分子結盟。

克雷：他們不敢，艾普斯坦知道我們可以把特區轟成一堆碎石。

〈二點九秒的沉默〉

庫柏：那真的是你想要的嗎？

〈四點二秒的沉默〉

克雷：跟他們談吧，我們要的是他們百分之百明確的支持，不只是達爾文之子一事，未來也要繼續支持政府。開始一段特殊的嶄新關係。

檔案傳送到索倫的軟式平板時，他正讀小說讀到一半，一本充滿建築術語的巴洛克歷史小說。不是很好看，但他發現不可能在這裡成為空無，許多話語聲透過牆壁傳來，被人類包圍的強烈感覺，有個東西讓他轉移注意力也好。

有人敲敲公寓門，門把同時轉動，是約翰，他知道表達禮貌的方式是尊重索倫的時間而非隱私。

約翰．史密斯說：「你讀完檔案了？」

「對。」

「你了解了。」

並不複雜，如果特區和美國政府在約翰的陷阱收網前成功聯手，那麼革命還來不及開始就會先結束，「對。」

「他很強大。」

索倫看過新任大使的相關檔案，也看過他抵達的影片。「對。」

「你可以做到嗎？」

「可以。」

「你願意做嗎？」

當約翰將他從隱居地帶出，領他進入壓力排山倒海而來的世界時，就解釋過原因。每件事情都處在恐怖平衡，戰爭風雨欲來，有可能會死好幾百萬人，但一切會從此改變，異能會在美國取得優勢，然後以此地為依據，開始征服全世界。

索倫不在乎，橫亙在他與世界中間的隔閡不可能瓦解，社會變遷與他無關，他也不介意歧視，革命對他來說更是一點意義也沒有。

但革命對約翰來說意義非凡，對莎曼莎也是，而這世界上索倫在乎的只有他們兩個。

「願意。」他將小說擺到一邊，直視他朋友的雙眼。「我會為你殺了尼克．庫柏。」

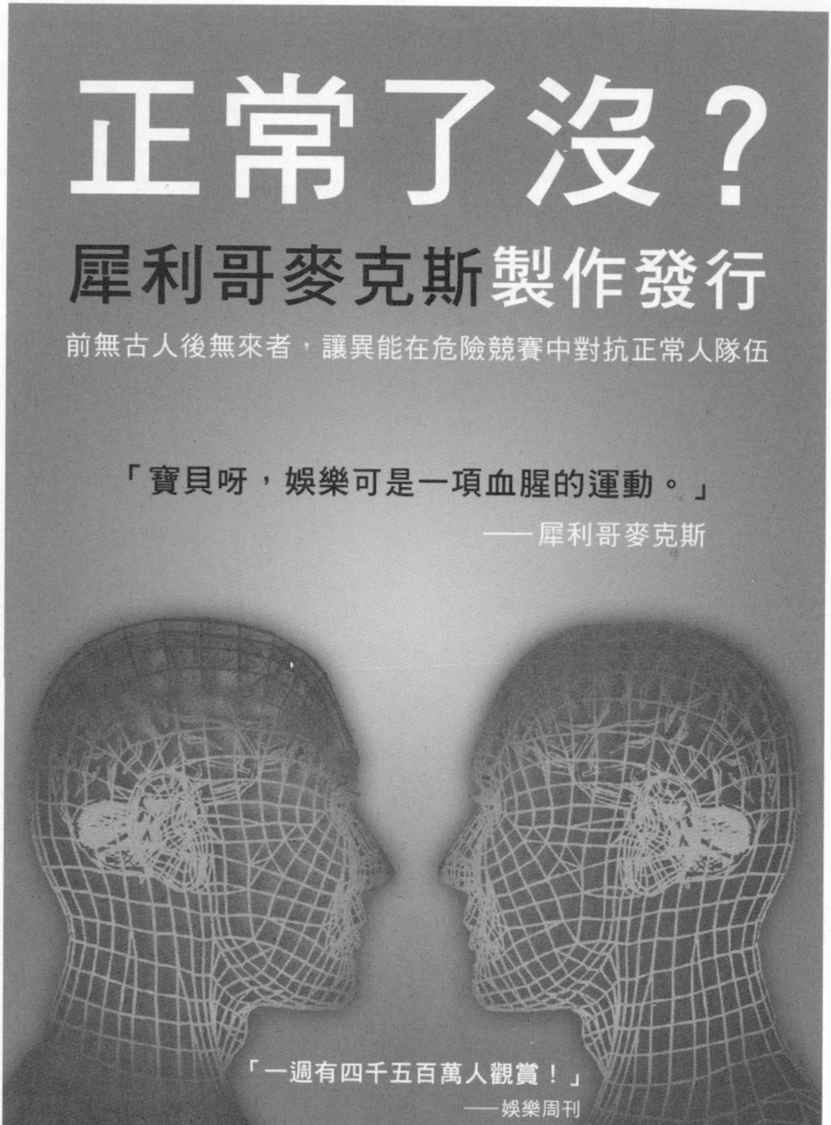
正常了沒？
犀利哥麥克斯製作發行
前無古人後無來者，讓異能在危險競賽中對抗正常人隊伍
「寶貝呀，娛樂可是一項血腥的運動。」
──犀利哥麥克斯
「一週有四千五百萬人觀賞！」
──娛樂周刊

25

「跟著錢走[1]，」昆恩對影片連結木然以對，「只要……跟著錢走就好。」

庫柏翻著白眼，「真的嗎？」

「喂，那部電影得過奧斯卡獎耶。」

「我想它勇奪了各個獎項。你到底拿到檔案了沒？」

昆恩說：「正在傳送。」他俯身，距離鏡頭太近，投影因而變成半透明的。

庫柏坐在艾普斯坦提供的辦公室裡，地點和他家人的住所只隔了一個廣場，這裡的裝潢很有格調、呈現代風格，而且從地板到天花板的每寸空間毫無疑問都被監聽。也許有些事情能保密不讓艾瑞克·艾普斯坦知道，但在新迦南特區不太可能做得到。

沒差，就讓他看吧。

庫柏瞥了他的軟式平板一眼。「收到了。」

「希望能派得上用場。」

「艾普斯坦還藏了一手，但我們不知道是什麼。」

「朋友，他藏了很多手。我們有一整個團隊的律師及法務律師專職破解艾普斯坦的財務，

1 一九七六年美國驚悚片《驚天大陰謀》（All the Present's Men）裡的經典臺詞，該片描述《華盛頓郵報》記者如何在深喉嚨的幫助下揭發水門案，並導致尼克森總統下臺的經過。

三千三百億元左右的財富分散在全球各地上百個空頭公司之下，如果你印出我剛剛給你的資料，就會知道那會有多大一疊。」

「我沒有要印，有多大一疊？」

「很大一疊。」

庫柏大笑。「和從前一樣，只要知道你也參了一腳，我就安心多了，巴比。」

「我可沒參一腳，總統的特別顧問有求於我，而應變部很樂意幫忙。」

「很好。因為我還有另一件事要求你幫忙，請你幫我撥給妲莉雅。」

「不行，她是應變部的資源。」

「我是為白宮工作。」

「庫柏——」

「巴比，拜託。算我求你，外加總統授權。」

他朋友吐出一口氣。「好啦！」

「謝了。」庫柏點擊按鈕，昆恩的影像消失。他的軟式平板顯示檔案傳送進度還不到四分之一，考慮到特區的網路頻寬，檔案想必非常大。也許昆恩是對的，面對這麼龐雜的資料量，他能做多少事？

庫柏嘆了口氣，往後靠，掛在牆上的三部超立體電視都開著，切到新聞頻道，不過全都開靜音。目前最有趣的新聞是新迦南外的地下電臺駭進系統蓋臺，以特別偏激的角度傳送世界新聞，現在螢幕上顯示了前總統亨利．沃克的影像，主播講話的時候，有人在影片上塗鴉，在沃克臉上畫了希特勒的小鬍子和惡魔尖角，不算是什麼高明的諷刺手法，但還滿有趣的。

好，你現在在幹嘛？

一方面，答案很簡單，他正在用模式辨識的天賦分析艾普斯坦企業的財務，試著尋找任何能透露艾瑞克意圖的異常狀況。

另一方面，這也很荒謬。三千億是一筆令人難以想像的龐大金錢。假如可口可樂與麥當勞這兩家企業合併，資本額總計還是比艾普斯坦的私人財產少兩百億，就算庫柏盯著報表研究一年，也不可能重複看見同樣的資訊，更別提現在他根本沒有一年的時間。

那就照你的方法做吧。放棄土法煉鋼，相信你的天賦，尋找凌厲的邊邊或糾結的角落，你可以下手的小細節。

幾個月前，他與艾瑞克．艾普斯坦會面時，這名異能曾要求庫柏殺了約翰．史密斯。這無關個人仇恨，艾瑞克．艾普斯坦想要史密斯死，是因為他相信身為恐怖分子領袖的史密斯對新迦南是個威脅，而最近發生的事情更證實了他的觀點。

好吧，沒關係。但庫柏不可能是艾普斯坦保護新迦南的唯一計畫。事實上，與艾瑞克和雅各早先的談話清楚顯示，雖然當時他們希望庫柏成功，但並沒有全心全意如此希望。他們何必如此呢？他們可是聰明絕頂的男人，掌管著錯綜複雜的帝國。庫柏可能只是他們成功機率渺茫的一個嘗試而已。

就是這個了，第一個線索。如果他是成功機率渺茫的嘗試，代表他們還有其他正在執行的計畫，這些計畫可能早在他抵達前就已經開始運作，在他離開後也持續進行著。

現在你只要想辦法搞清楚那些計畫是什麼就好了。

他的軟式平板輕輕叮了一聲，顯示連線已經建立，庫柏切換到語音控制，說：「妲莉雅？」

「你好，尼克。分析應變部探究評量系統，為您服務。」語音是女聲，但其背後的力量不是人類。妲莉雅是一種研究工具，一個用來過濾資料的個性矩陣。

「整理艾普斯坦企業和各個子公司的最大筆開銷，時間是二〇一〇到二〇一三年之間。」

「完成。」

「企業運作的日常開銷不算。」

「尼克，我需要更確切的指示。」

「刪去維護費或法務費用，留下像是，呃，產品開發的費用。」

「完成。」

「顯示。」

一份清單往下捲動，捲動、捲動，巴比說過什麼？三千三百億，散落在上百個公司名下。

「過濾異常結果。」

「尼克，什麼樣的異常？」

「就是跟，嗯……」一個小騷動攫住他的視線，超立體電視上發生了一些事，所有新聞頻道都在播同一條新聞。「其他跨國企業比較。」

「尼克，這會花費一點時間。」

「什麼？好吧！」

他按了桌上的按鈕，取消電視螢幕靜音，三臺電視同時發出聲音，影片播放著……

雪倫？

只有她的幾抹身影，動作很快，穿著全黑軍事服裝，拿著衝鋒槍，正快速奔過一個不知道是哪裡的大廳，身後跟著十幾個穿著相似的人。大廳的油漆是種悲哀的綠色，每扇窗戶都很狹窄，這地方看起來很眼熟。

三臺電視的主播同時播報，掩蓋彼此的話聲，庫柏將其中兩臺靜音，留下CNN。

「──戴維斯學園遭受恐怖攻擊，該高等研究學園位於西維吉尼亞州，是為最強大的異能者設立的菁英機構。」

戴維斯，難怪看起來這麼眼熟，那是他去年造訪過的學園，在那裡看見園方如何操控孩子彼此拳腳相向，還會監看、監聽孩子，好利用他們最深沉的祕密加以威脅。除此之外，學園剝奪孩子的名字、摧毀他們的真實身分，孩子的個性被磨得溫馴、脆弱、聽話。

他的女兒凱特也有可能在戴維斯學園落得如此下場。

哇靠，雪倫，我應該相信妳的。

「恐怖分子襲擊各個出入口與制服保全，遭殺害的警衛與老師人數未知，包括園長查爾斯・羅立治。戴維斯學園超過三百位的學生目前下落不明。」

庫柏的手掩住嘴巴，但擋不住爆出來的一陣大笑。他想起聽羅立治說話那天，憤怒之情是如何流遍他的血管，想起自己幻想要將園長扔出窗外。就在那天，他開始看清事實，了解應變部並不如他原先所希冀的。

他將聲頻從CNN切換到特斯拉地下電臺。

「──讓超過三百名遭綁架的孩子重獲自由，然後設置炸藥，將這個象徵恐怖鎮壓的戴維斯學園炸得稀巴爛！真是太難過了。為自由鬥士的勇敢喝采吧！你們不用再請喝飲料了！媽咪！爸比！你們的小寶貝自由啦！」

身為政府代表，庫柏知道他應該感到害怕才對，他也知道這是對現狀的攻擊，是即將顛覆這國家脆弱平衡的恐怖主義活動。

不過他就是不在乎，特斯拉地下電臺說的沒錯：勇敢。而且是雪倫的功勞，昨晚他們吵架時她說了什麼？「我要去西維吉尼亞，我要去幹一件此生最對的好事。」

天啊，真是個奇女子。

對，庫柏。可是想想她接下來說了什麼？「看新聞吧。還有他媽的離我遠一點。」

他看到新聞的第一個反應是湧到喉嚨的苦澀膽汁，以及有種「噢靠」的感覺，覺得自己搞砸事情了，不過二個反應——

等一下。你指控過她試圖偷取生化武器——你分明知道雪倫不會做這種事——她會出現在那裡是為了別件事。

一種魔藥。

那個詞一定卡在你的腦中，因為那就是你今天下午所說的。

也是為什麼米莉會大笑的原因。

——更加重要，他再度將新聞切成靜音。

「妲莉雅，重新執行。你可以取得這星期稍早應變部被竊的資訊嗎？」

「尼克，我有主題清單，但沒有細節。相關資訊被保——」

「對，我知道，是關於研究設施的第一手資訊對不對？」

「尼克，沒錯。」

「製作艾普斯坦企業開銷的比較關係圖，我想知道艾普斯坦是否資助了雪——那名恐怖分子竊取相關資訊的實驗室。」

「尼克，有一筆相符結果，高等基因體學研究中心。」

他往後靠，腦袋中被呵癢的感覺告訴他，他的天賦就快找到模式了。「再給我多一點資訊。」

26

上次他造訪新迦南時是盛夏，儘管如此，晚上還是很冷。現在是十一月下旬某天晚上的午夜，氣溫只有攝氏零下六度，就算站在人群中，機場的冷風仍切穿了他帶來的皮夾克。他跺著腳，朝雙手呵氣取暖。

你甩掉保鑣真是太可惜了。他們本來應該可以借你一件像樣點的外套。

這不是最理想的外交之舉，溜出他那棟兩層樓的臨時辦公室，然後招了一輛電力計程車。他不是以大使的身分來這裡的。

波音七三七客機發出最後的吼聲，在跑道上停了下來，引擎慢慢停止運轉時，地勤人員開著樓梯車接近飛機。在他四周，群眾騷動不安，急切得幾乎難以遏抑。

「你敢相信嗎？」

說話的男人大約五十五歲，臉像皮革一樣乾瘦，懷俄明州的居民從來不會水腫，那男人看起來長期都在痛苦中入睡和起床。庫柏說：「是兒子還是女兒？」

「兒子，」那男人說，「彼得，他現在應該十五歲了。」

庫柏愈看他愈覺得自己錯估那男人的年齡了。生理上，他可能只有四十歲，他看起來如此狼狽的原因不難猜測，小孩八歲時便接受用來鑑別異能的崔氏—唐氏分級制。那男人已經七年沒見過兒子了。

「我們從不放棄，每年生日我們都切蛋糕、試著唱生日快樂歌。去年，我的葛蘿莉雅過世了。」男人的聲音很輕。「在那之後，很難再相信什麼事。」

很難再相信什麼事。沒有比這更中肯的話了。七年前，庫柏才剛升職為衡平局探員，他那時還相信著，也還願意追捕德魯·彼得斯交派給他的目標。雖然他從沒與學園有正式關係，而且直到去年才親眼見過一座學園，他得用最糟糕的自我欺騙，才能說自己的工作與送孩子進學園一點關係也沒有。

庫柏深知自己被利用，這個男人的兒子被從身邊奪走，他也該負部分責任。

罪惡感像大鐵釘一樣鑽著他，有一瞬間，庫柏的防衛全部卸下，他感覺到自己的賭注有多大多沉重，就算是他每天拚命想做對的事情、想為他的孩子創造一個更美好的世界，還是犯下了不可原諒的錯誤，造成無法想像的傷痛。同時，不管他有多拚命，世界還是一天比一天複雜，解決辦法愈來愈遙不可及，真的，很難再相信什麼事了。

波音七三七的機門鏗鏘一聲打開，眾人的喧譁聲停歇，只聽得見即將熄火的噴射機哀鳴聲以及狂風呼嘯聲。

一個人步出飛機走到階梯上，雪倫穿那件他在新聞中看到的黑色軍事服，手裡抱著一個小女孩，就算相隔這麼遠，雪倫看起來好像不太一樣。庫柏看到那小女孩的臉龐時，他就懂了。

也許很難再相信什麼事，但雪倫找到了相信的方法。

接下來的場景是一片歡樂的混亂，儘管他極度想跟雪倫說話，還是先按捺住了。孩子們魚貫步出飛機，年紀最小的先出來，他們的反應都一樣：在艙門口僵住、瞪視著、希望著、繃緊神經。有些孩子在人群中看到父母，便衝下走道跑進他們懷裡，父母當眾啜泣，用力抱緊之前從他們身邊偷走的小孩，發誓再也不放手。

其他孩子迷茫地晃著，眼裡的希望漸漸滴乾，當然，不是每個父母都會出現在這裡，也許之後會。庫柏有種預感，覺得將會有上百個家庭脫離原本的生活移居新迦南，他才不想管什麼後果了！

他為年紀稍長的孩子們感到難過，這些青少年人生大半的時間都在學園裡度過，那裡成為他們的現實世界，他們閃爍的眼神和緊張的姿態就像剛被放出監獄的囚犯。

至少囚犯還能保留自己的名字。

庫柏瞥見剛剛與他講話的男人，他懷裡那名骨瘦如柴的小孩幾乎淹沒在他的懷抱中，男人用力到像是想把兒子擠進自己的胸膛裡。

人群中，武裝的突擊兵就像一個個迷你暴風眼，人群聚集在他們周圍，拍拍他們的背、與他們握手，女人親吻他們，眾人獻出金錢、愛與信仰，但雪倫站在臺階最上方，等著最後一名小孩走出。

然後，雪倫刻意避開熱鬧，慢步走下階梯，繞過群眾邊緣離去，臂彎中抱著小女孩，似乎沒人發現她們。

庫柏掏出手機，撥號。

小女孩在她懷中騷動。「妳可以放我下來了，雪倫阿姨。」

「我知道，甜心。」她說，可是沒照做。即使她很疲倦，還是覺得這負擔好甜蜜。但天啊，她真的好累。

親愛的，妳以前也累過。不，現在不一樣。

累到骨子裡了，不，不只是骨頭，累到靈魂裡了。不只是單純的體力耗盡，雖然她的體力的確所剩無幾，雪倫已經連續四十個小時沒睡了，過去幾天那些腎上腺素激增的時光、世界一團模糊，她肌肉痠痛，頭也好痛，眼睛感覺像砂紙一樣。

以上都在她預料之中，但她也預期自己會感到……

什麼？罪已還清了嗎？罪孽都洗盡了？

嗯，對。

得用殺人來達成，真是太奇怪了。

隨便，他們都是壞人，查爾斯·羅立治並不是她殺的第一個人。如果有來生，而所有她殺的人都在那等候著，她得浴血奮戰一番才能穿過大門投胎去。

不，困擾她的不是這種感覺，是比較抽象的，一種……

無謂的感覺？

沒錯。她花了這麼多時間計畫這場行動，也想像過他們凱旋而歸的那一刻。在想像中，她會是慶典的主角，潑灑著香檳酒，大家都笑呵呵。但是，當凱旋的一刻真的降臨，她卻只是站在樓梯頂端靜靜看著。

不重要了。離開機場、招計程車、找間旅館、睡上一整個星期，然後開始設法尋找──

「嘿。」

那個聲音讓她僵在原地。她放下小女孩，慢慢轉身。

尼克就站在十呎之外，他看起來有些疲憊，不過還是很帥，有家的感覺，會對一個她認識不深的男人有這種感覺很奇怪。有一瞬間，雪倫一動也不動，有好多她想說的事，可是她不敢讓自己開口。他為政府工作，而她剛領導攻擊了一棟政府建築。她知道突擊是對的，但她非常疲累。如果尼克找她吵架，她也許會直接在水泥地上躺下開始哭泣。

「我很抱歉，」他說，「我再也不會懷疑妳了。」

這是最出乎她預料的反應，她感覺到喉嚨緊縮，於是只點點頭。

「嗨，愛麗絲。」尼克說，「我不知道妳記不記得我，我是庫柏，幾個月前我在你爸媽家見過面。」

噢，不要提起那個，一整隊士兵因為我們在那裡就搜索了整棟建築，過去幾個月愛麗絲都被叫做「瑪莉」，每晚都哭著睡著，只因為我們去了他們家……

「我知道妳度過了漫長的一天，」他說，「可是有個人想跟妳聊聊。」他遞出手機，愛麗絲・陳[1]盯著它看，面無表情。

「接吧！沒關係的。」他將手機放進她手中。她慢慢將手機舉到耳朵邊，說：「喂？」

然後是：「媽咪？」

接著還有：「爹地！」

小女孩心中有個東西融解了，她開始哭泣，胡言亂語，夾雜著中文和英文，就算雪倫聽不懂，她也知道小女孩說了些什麼。在那一秒鐘，僅僅一秒，她感覺到了那個一開始她想像中的感覺，純然的喜悅像定音鼓在她胸膛裡敲打著，這是她一直無法獲得的感受，多虧庫柏，讓這一切有了意義。

---

1 在前一集《異能時代》中，這家人的父親名譯為「李晨」，應改譯「陳理」，小女孩的姓氏也順改為「陳」。

「我看到新聞時，」他說，「就把巴比叫醒，以總統辦公室的名義下令要他找到並釋放愛麗絲的父母，理和麗莎正在辦手續了，他們會搭明早第一班飛機抵達這裡。」

「你可以這麼做嗎？」

「我已經做了。」

「不會惹上麻煩嗎？」

「我最近有點不受拘束，」他聳聳肩，「妳還好嗎？」

「還好，只是有點累。」

庫柏站近了一點。他需要刮鬍子了，眼睛紅紅的，裡頭有某種瘋狂。他快速瞥了愛麗絲一眼——坐在冰冷的地上，兩隻手抓著手機，邊哭邊講電話——然後說：「我得澄清一件事。」

「嗯？」

「我昨晚太緊繃了，很多話我沒那個意思。妳跟我，我們兩個對事情的看法也許不同，但我知道妳不想要生化武器，我當時太蠢了。」他伸手握住她的手，她讓他抓著，寒冷中的溫暖。「我知道妳的底線。」

她不敢讓自己講話，只點點頭。

「聽著，」尼克說，「我最想做的事是趕快找間昂貴的旅館入住，花一整個星期聊天，」他微笑，「或者不聊天。」

「但是？」

「但是現在還不行，我必須問妳一件事。」

她嘆氣，抽出手。「拜託，你知道我不會——」

「等一下，」他說，「先聽我說，我會告訴妳我知道的事，說完以後要不要回答，都由妳決定，好嗎？」

她用一邊手掌揉揉眼睛。「好。」

「為了要拿生化和基因實驗室的資料，妳闖進應變部，可是妳並沒有針對其中一間實驗室或者一個計畫，妳拿了全國所有的資料。那表示約翰．史密斯相信，有間實驗室正在研發他想要的東西，但他不知道是哪間，我賭他現在知道了：一處名叫高等基因體學研究中心的地方，由科學家亞伯拉罕．考贊博士率領。

「考贊是毋庸置疑的天才，他的研究以全新觀點看待基因體，甚至可以說是以全新觀點看待人類。」他歪頭。「昨晚我問妳想找什麼？妳說是一種魔藥，我原本以為妳只是在裝懂，但妳不是，對不對？」

她讓自己繼續看著他，保持呼吸平穩。

他給了她一個微笑，看起來活像是肥皂劇裡的男主角，他自己知道這微笑很迷人。「妳不想幫我嗎？」

「規則是你訂的。」

「對，好，我只是猜測。我一直試著找出模式，但只有一件事情符合，一件重要到能讓妳闖進應變部的事情，由考贊博士研發出來，讓約翰．史密斯和艾瑞克．艾普斯坦都非常想要的東西。」庫柏停頓，大笑，「天啊，這聽起來好瘋狂。」

「那就瘋吧。」

「我在想，考贊博士找出了人類會變成異能的原因。」

很掙扎，但雪倫仍舊保持著一張撲克臉。要是這傢伙是笨蛋，妳就不會對他有感覺了。

「他發現了賦予人天賦的基因基礎。」庫柏繼續說，「不只這樣，他還發現如何讓……

讓……」

說啊，尼克，說出沒人敢希望的那件事。

「雪倫，他找到如何讓人有天賦的方法了嗎？可以將普通人變成異能的方法？」

輪到她專注地盯著他看了。她不會讀心，也沒有任何天賦能判斷是否有人在說謊，或者拼湊出他們沒說出口的想法，但不難看出庫柏臉上的不敢置信。她記得約翰．史密斯解釋為什麼要她闖進應變部時，自己也有相同的感覺。

可是，這對你來說代表了什麼，尼克？這是件令人興奮還是恐懼的事？

因為你的答案對我來說意義非凡。

她小心翼翼地挑選用字，然後開口說道：「如果那是真的，你會怎麼做？」

「讓任何人都能擁有天賦的機會？那就像人類眨眼間進化了十幾萬年，現狀將會崩解，我們所有的系統、所有信仰都會崩潰。」他搖搖頭。「政府一定會壓下、控管這個消息。」

「對啊，」她說，「但我問的是你會怎麼做。」

「妳真正想問的，」他說，「是我會不會重蹈覆轍。因為上次我公開了單眼鏡餐廳事件，以及沃克總統和德魯．彼得斯共謀的真相，後果造成的影響太大了。我試著想做對的事，過程中我卻將世界推向毀滅邊緣。妳想知道我還會不會重蹈覆轍？」

她等著。

「我還是會，」他說，「毫不猶豫，這不應該是檯面下的決定，不應該讓有計謀的人來決定。這是要讓大家一起做決定的事。」

她胸中燃起光亮，並擴散到她全身，那是懷俄明州夜晚的寒冷也動搖不了的溫暖。她向前一步，一隻手放在他臉頰上，看進他的雙眼，說：「答得好。」

他覺得全身鬆散，並不是覺得背負了重擔，而是感覺到體內某種冰冷堅硬的東西消失了，好像長久以來他終於能好好呼吸了。「所以是真的？它真的存在？」

「對。」

「天啊。」

「對。」

「這改變了一切。」

「對啊，」她說，然後對他微笑。「但是，別以為我已經不生你的氣了。」

尼克大笑。「我從來不敢奢望。」

我們無時無刻都在連線，工作時、開車時，就連看書或看立體電視時都是。我們的生活有一部分是虛擬的，我們住在數位空間裡。

這是偉大的平衡裝置：不管黑人或白人、男性或女性、正常人或異能，大多數人早上做的第一件事——甚至連牙都還沒刷——就是伸手拿平板。

你想改變世界嗎？忘了政治吧，去學怎麼寫程式。

——珍妮佛．羅倫斯，布里奇科技總裁，致麻省理工學院應屆畢業生

27

投影螢幕裡的女人很苗條，身穿軍事行動用的黑衣讓她的身型更顯纖瘦，但她的姿態充滿芭蕾舞者的優雅。她閃過一名警衛時的每個動作都充滿自信，警衛的眼睛看向別處，正要舉起武器，接著出現一聲消音的槍響，警衛頭顱正中央出現一個洞。她逼迫另一名警衛跪下，用衝鋒槍槍管抵住他的頸項。

萊希說：「暫停。」

兩名女人動作停住，她們的表情忽然被凍結，形成一張奇怪的圖片。

「那是雪倫．亞茲，」萊希繼續說，「她的朋友叫凱西．巴斯科夫。她們都是異種，和約翰．史密斯有勾結的兩個有名的恐怖分子。」

參議員理察．賴索波走進投影光束中，他的身體擋住投影機，投下暗影。「這一個看起來不像軍人。」

「雪倫平常不是，她是間諜和刺客，上週闖進應變部的就是她。」

參議員吹了聲口哨。「然後現在闖進戴維斯學園？真是忙碌的女孩。」他轉頭，「我可以理解她怎麼除掉警衛，但她們是怎麼解除網路安全協定的？」

「她從應變部偷走的那些東西中，包含了資訊技術封包，所以學園的警鈴迴路失效了，而且還停電。」

米契說：「另一個失敗。」

「沒錯，長官，」萊希說，「更糟糕的是，平常我們可以壓下消息，可是這次恐怖分子已經將影片交給媒體了。我們猜測他們真正的目的其實是影響公眾輿論，讓幾個小孩重獲自由沒什麼戰略意義可言。」

「此舉反倒對我們有利，是不是？」參議員指著暫停的影片說，「攻擊公家機關，殺死老師和行政人員，炸毀建築。明顯暗示了異能不值得信任，也成為總統加速推動監控機制倡議案的完美理由。」

萊希搖搖頭。「克里夫蘭暴動時，我就曾經這樣催促克雷，但他拒絕了。」

「他不只是拒絕而已，」米契說，「對吧？」

「對，長官，」萊希吸了一口氣，「克雷想要直接和異能談，他想和艾瑞克．艾普斯坦達成協議，讓新迦南和美國全面合作來終止恐怖主義，就從消滅達爾文之子開始。」

「沒錯，而且他派出尼克．庫柏當信使，就是那個殺了德魯．彼得斯和釋出對沃克總統不利證據的應變部探員，那些證據能夠證明我們也參了一腳。」米契停頓了一會兒，「你覺得情況還在掌控之中嗎，歐文？」

萊希強迫自己不要眨眼。*你知道他會利用這句話反過來酸你。*「克雷比我想像中的還要弱。」

「一個危險的錯判。現在，我們有了一個效忠對象不明的異種在和艾瑞克．艾普斯坦談判。」

「對，長官。」他咬著牙說，「我承認，情況已經超出我的掌控。」

參議員說：「克雷和艾普斯坦談事情，真的是壞事嗎？克里夫蘭、土爾沙還有弗雷斯諾都被攻占，也許艾普斯坦可以終止這一切。」

老天爺啊，這位先生，你到底有沒有搞清楚我們在做什麼？毫無疑問，這名參議員是個有用的盟軍。雖然監控機制倡議案是萊希的主意，向參議院提議以及擔任公開發言人的則是理察，不過他終究是名政治人物，不是情報員。萊希說：「我很擔心克雷為了討人歡心，會願意做到什麼程度？」

「你是該擔心，」米契說，「昨天，我們的總統授權尼克．庫柏，向新迦南特區提議他們能從我們這美麗的國家獨立出來。」

萊希的嘴巴大張。「脫離聯邦政府？」

「對，正式脫離。」

「我的天，你怎麼知道的？」

米契沒有回答，萊希暗罵自己不經大腦就承認自己很訝異，祕密就是力量。值得注意的是，連**總統**都無法瞞過米契任何事。他說：「克雷快失去理智了。那不會有效的。」

「我擔心的是，如果有效的話，會發生什麼事？」

參議員看起來很迷惑。「為什麼？如果能終止恐怖主義，甚至解救三座被圍攻的美國城市，在懷俄明州割點地很值得呀！」

萊希正要回答，但令他驚訝的是，米契開砲了，原本聲音中所有的謹慎都消失無蹤。「在懷俄明州割地？參議員，我們在談論的可是美國領土！我們的工作是保護，而不是拱手讓出我們的國家。」

「對，但是——」

「夢想更好的世界是詩人的工作，我們這種職位的人負擔不起這種夢想。你不會想讓你的選民甚至黨團會議得知，你願意把美國的一部分當成伴手禮送出去吧？」

參議員臉色發白。「不，長官，當然不想。」

萊希幾乎要微笑起來。理察能當箭靶真是太好了，為你分擔了一些攻擊，但別太自滿了。

「我覺得我們得承認監控機制倡議案已死，情況已非倡議案可以解決的了。」

米契說：「繼續播放，完全靜音。」

兩名女恐怖分子繼續動作，雪倫．亞茲拿出一卷封箱膠帶開始綑綁警衛。萊希不是第一次看這支影片了，所以將注意力轉移到米契身上。二十五年來，他在不同的職位上替米契工作，有時當他的直屬下屬，有時則是靠米契才得到那個職位。他知道米契的心智是怎麼運作的，也很欣賞。

情報工作就是要蒐集山一般高的資訊，要成功必須有三個要件，第一是要判別哪個小細節才是最重要的。第二是決定因應對策。第三是必須鐵了心貫徹執行那些對策。

米契的確非常成功。

影片中，雪倫．亞茲拍拍警衛的臉頰，將他的椅子推向一排排監視器，然後離開，視角跳到警衛站外面，重裝卡車開進視線中。

「想擾亂現狀的人從未體驗過現狀的相反是怎麼回事，」米契說，「維持秩序，即便體制有瑕疵，也得讓它繼續運轉，這是神聖的職責，不只是白紙黑字而已。這關乎我們的孩子。美國也許不完美，但比起任何其他地方，都更接近完美。為了我的孩子，守護美國是我最崇高的志業。」

萊希從沒聽過米契這麼口若懸河，參議員正在阿諛奉承，一派正經地點著頭，不過萊希心裡清楚：泰倫斯．米契不需要被愛也不需要合理化自己的行為，那番言論是一則訊息。

他回想起那瞬間，已經是二十幾年前的事了，他坐在米契的辦公室外，拿著那份宣告異能降臨的研究。他手心冒汗、思緒凌亂，那是個勇敢甚至可以稱為魯莽的舉動，而那舉動讓他成功了。如果當時他沒攫住米契的視線，也許現在還只是個任職於軍事承包商的中級主管，不會到國防部工作。

也許是做出另一個勇敢之舉的時候了。

「我一直很擔心一件事，」萊希慢慢地說，「就是新迦南特區還滿和平的。如果說這只是個快樂的異種小保留區，不會有什麼人反駁。然而普通人和異種共存於當地，這是個問題。」

理察看著他。「小子，你的世界觀很奇怪。」

「我不是什麼小子，參議員，我是美利堅合眾國的國防部長。」

「我的意思不是——」

「新迦南特區會有問題，因為它是虛假的。新迦南自給自足的能力，大概只跟兩個星期大的幼犬一樣。他們能成為萬眾注目的城市都是因為我們，我們提供他們庇護和支持。同時異種在那裡合作無間，享有無限的資金以及最少的規範，他們的優勢互相加乘，科學和科技進步飛快，然後看心情決定是否分享這些技術給別人。」

螢幕上，雪倫．亞茲把槍舉到半空中，萊希說：「暫停。」

他時間抓得完美無缺，將她定格在激勵軍隊的那一瞬間，高舉武器，表情狂野，正是每個第三世界叛軍領袖的典型形象。「這個，參議員，正是異能所代表的。我們正在保護一個邊滋養恐怖分子邊吸乾我們資源的社區，而且他們還進步到我們無法企及的程度。」他轉向米契，「長官，如果再不採取行動，我相信我們這是在扶植將來駕馭我們子孫的主人。」

米契揉揉下巴，眼神難以解讀。

萊希想起昨晚在總統辦公室，感恩節當天，總統呆若木雞地看著克里夫蘭燃燒。他們曾經有機會採取能扭轉情勢的強力措施來拯救這個國家。

尼克．庫柏錯誤的姑息政策摧毀了這個機會，但瑪拉．基佛斯提出的建議一直在萊希腦中翻來轉去。

「長官，我在想我們的眼光是否一直都太局限了。」他本來想多說一點，但決定還是不要好了，讓他們自己想通吧。

過了一會兒，米契說：「行得通嗎？」

「依照克雷的折衷政策和協商，鐵定會發生更多攻擊事件，美國會有更多城市毀滅，出現更多的」──他比了比螢幕──「她。與其試行倡議案，我們何不想得更遠一點呢？」

「天啊，老兄，」理察說，「你真的是在說──」

「參議員，」萊希說，「閉嘴。」他瞪著對方，讓眼神帶著威嚇。

米契走過來站在雪倫．亞茲前面，有好一段時間，他沉思地盯著她投影的雙眼，最後他說：「要全跟了嗎？」

「我們該出牌了，先生。」

「也許是時候了。」米契轉身。「當然，克雷不太可能發動攻擊。」

「對，先生，他不太可能。」萊希將手滑進口袋中。「那就是為什麼他只管相信他的顧問們就好。」

28

庫柏很難專心吃早餐。

一個小時後，他就得和艾瑞克・艾普斯坦促膝長談新迦南特區脫離聯邦政府的條件，這個政治舉動即將造成的後果深遠到讓他無法想像。

但這不重要，他們實際上要談的東西，會是人類繼……學會用火之後，最長遠的進步。

三十幾年前，有天賦的人們出現後，科學家和哲學家都想知道他們到底意味著什麼，為何有些人有神奇的力量，有些人沒有。歷經了幾十年的研究和成千上百個推論，還是沒有答案，因為異能與非異能對立而造成的歧見日益增長，以往的那些「為什麼」與「如何」的猜測已經不重要，人們關心的是這世界將會如何因應這個狀況。

而現在，忽然之間，以上那些前提被抹去，再也沒有「我們」和「他們」——再也不會有異能和非異能的區別，雖然會有疑問、恐懼以及成千上萬個需要定奪的決定，至少會有其他選項，會減緩讓這個國家——這個世界——內鬥不已的那股日益高漲的緊張氣氛，辯論會取代恐怖主義，選擇會取代種族屠殺。

而人類將再也不一樣。從前的人類即將真的不復存在，取而代之的會是更好的物種。

這一切一切，都讓他好難專心吃早餐。

現在，為了你的家人，好好待在這吧，你已經失去夠多與他們相處的時間了。

餐廳寬敞且燈光明亮，裝潢設計很有品味，因為聊天的聲音而活力十足。這家餐廳是一名保鑣推薦的，顯然大廚在新迦南很有名，經營了好多間餐廳。庫柏大多都會避開異能大廚，也許是他的味蕾不夠精細吧，但他真的不想要吃「被解構」的早餐：

切成方塊的蒸蛋、挖掉蛋黃後填上了菠菜和羊奶酪，凸出的海藻蛋白被染得像肋眼牛排一樣，上面有一坨燉甜菜根泥，配菜是炸蕪菁球配上結晶的番茄醬。

「他們是怎麼讓番茄醬結晶的？」陶德狐疑地戳動盤子裡的食物。

「我得說，陶小弟，比較重要的問題應該是為什麼要讓番茄醬結晶吧！」庫柏望著四周，讓房間的一切盡收眼底，老習慣。餐廳很忙碌，一大群人正在等著用餐，不過他們一到就有空桌可坐，這是當大使的好處之一。幸好，保鑣保持低調，大多數都等在外頭，留在餐廳裡的兩名穿著便衣。

很快我們就不需要保鑣了，也不需要害怕恐怖分子。

「我喜歡。」凱特說，她的可麗餅被摺得像摺紙動物，還灑上一層冰凍野莓。他從她盤裡偷了一顆草莓，嚐起來很甜，口感卻像起司泡芙。「我喜歡這裡。」

娜塔莉從桌子對面快速望了他一眼，眼裡有笑意。「真的嗎？」

凱特點點頭。「很棒，每件事情都很新鮮。」

「很蠢。」陶德說。

「少來了，」娜塔莉說，「怎麼會這樣說呢？你才來這裡一天。」

「足球都被他們搞砸了。」

將普通人變得有天賦，是怎麼運作的呢？也許是放大了隱藏的天分，如果你一直都善於猜測他人想法，現在你就會成為一名讀心者；如果你在運動場上表現得不錯，現在就能在別人動作之前預測到。

天啊，那這樣會帶來多少改變？達爾文之子覺得他們製造了混亂？他們小小的叛亂和艾瑞克的計畫即將帶來的衝擊比起來，簡直是小巫見大巫。的確是魔藥。

專心，現在。

他轉向兒子。「足球被他們搞砸了是什麼意思？」

「我昨天和一些小孩踢球，因為他們是異能，所以訂了一堆蠢規則。」

「例如？」

「一個小孩會做你也會的那種事，沒人碰得到他，所以為了得分，他必須先射門，然後把球拿回來，然後再射門。還有另一個女生，站在球場邊，根本動也不動，他們**先**選她上場的耶，一個**女生**！而且，還有個小孩可以用手碰球，因為他看到數學。」

「他看到數學？」

「他自己說的，角度之類的東西，所以他要將球拿起來再丟。他丟球的時候超扯的，球會從物體和人彈開，沒人搶得到，球就這樣從你旁邊滾過去。」

庫柏忍住想大笑的衝動，記得你說鏡子之城會很酷嗎，小子？歡迎來到鏡子世界。「所以他們才改了規則，沒人說規則一定要永遠一樣。」

「一定要永遠一樣啊，所以才叫規則。」

「你只是因為輸了才生氣。」凱特說。

「我才沒輸，是他們作弊。」

「我喜歡，」凱特說，「這裡沒人覺得我會整理東西很奇怪。」

「那並不奇怪，寶貝，妳也不奇怪。」

「我在老家很奇怪。我們可以留在這裡嗎？」

庫柏大笑，他本來正要答話，但一把刀劃過他的一名保鏢喉部，瞬間鮮血像湧泉一樣潑灑在三張桌子上。

索倫乘車前進。

他坐在計程車後座的乘客位置，司機後頸有顆痣，痣上長了一根毛，窗戶外轉瞬即逝的剪影在他眼裡成了靜物畫，男人和女人手牽手散步，看仔細點就能發現她的手抓得比他緊，男人的眼光停留在商店櫥窗，而女人的脖子呈現出的年齡比化了妝的臉還老十幾歲，他的皮帶有扣上，但褲子鈕釦沒扣。優雅、永恆、純淨——這些都是假象，人類只是液體與軀殼，肉與毛髮與骨頭。

武器正如他所要求的：費賽二氏戰鬥刀，加上刺刀，且非常鋒利，薄到能直接刺進骨頭之間的縫隙，在二戰期間非常有名，當時的材質是鋼，現在用的是碳纖維。雖然刀鋒不堅固，但重量輕到他不費任何力氣就可以揮動，刀就像他手部的延伸。一把適合殺人的刀，除此之外沒什麼別的用途。他的手指停留在刀柄上。

車子速度減緩，在完全停下來前還需要將近一分鐘。索倫利用這段時間觀察餐廳外的維安。如同約翰預料的，這是保護外交官的隊伍，全部都是異能、全副武裝、戴著通訊用耳機。這些保鏢是用來保護高價值的資產，無時無刻都準備好要攻擊，他們對周遭狀況隨時保持警覺，衡量每一件事物的危險性。

所以他變身為來自密蘇里州的觀光客，睜大眼瞧著，一點威脅性都沒有，他有很多時間融入這個角色。他帶著些微興奮感付錢給司機，這是覺得搭乘計程車很新奇的人會有的一項舉動，他們比較常在超立體電視上看到計程車。他要司機不用找錢了，比一般會給的小費數字還多了一點，司機會感激他，可是不會特別記得。他走上人行道，四處張望，試著假裝自己是當地人——以免被搶匪盯上——同時將周圍景觀盡收眼底。過了一分半鐘，或者正常世界的八秒鐘後，他轉身走進餐廳，自覺地將腳步變得愉悅一點，期待吃到一頓在美好的老密蘇里州吃不到的餐點。

維安隊員注意到他，看著他，然後忽略他，就連門邊的讀心者也沒注意到他。他覺得讀心者很有趣，他們如此專注於世界上的其他人，但他的天賦讓他披上一層光學錯覺，對他們來說，他就像往後轉的輪胎鋼圈，實際上他正快速前進——基於錯誤感知的錯誤推論。

餐廳內部一片混亂和噪音，好多人，活生生的，他們都活著而且好吵，那麼大聲、那麼專注。但他準備好了，他卸下偽裝，走上前割破了兩名保鑣之一的喉嚨，刀鋒很鋒利，一碰到皮膚就立即分開，乾淨整齊地將頸動脈切成兩段。

動脈中的血液噴灑成一條弧線，其實看起來很美麗，流體力學的美，他花了幾分鐘欣賞，然後走向另一名正在拔槍的保鑣。他的動作流暢而熟練，索倫利用這空檔觀察對方手臂的角度，注意到他的左手如何擋著右手。索倫挑好角度，讓保鑣的手肘內側被自己的動作帶往刀刃，力道足以讓刀子劃破衣服、血肉、肌腱，然後切斷肱動脈。

四周響起尖叫聲，但索倫充耳不聞。

因為某些理由，索倫發現自己回憶起那隻蜘蛛，約翰來找他之前他所扮演的蜘蛛。啊，奪取人命之前的那股冷靜沉著。對了。

他轉頭，那兩名保鑣以差不多相同的速度倒下，猶如排練好的舞步。

索倫將這幅靜物畫盡收眼底，尼克・庫柏站了起來，眼裡有讚賞，卻沒有猶豫也沒被嚇傻，真有趣。

當然，這樣還不夠，但的確有趣。

庫柏想都沒想就站起來，反射動作接管了一切，但當他站起來時，第二名保鑣已經倒地，那是標準完美的一刀，將二頭肌割開見骨，他墜入永恆的黑暗前應該還有幾秒鐘的意識。

持刀的男人轉身，表情冷靜，他身後兩個保鑣癱倒在地，過程並不像超立體電視上演的那樣乾淨快速，而是弄得一團亂，他們的心臟每跳一次，大動脈就會像水管一樣噴出一波血液。一名渾身被血覆蓋的女子發出沙啞、不像人類的尖叫聲。

庫柏轉眼間就看清眼前的場景，開始為了即將到來的戰鬥尋找模式。殺手清瘦矯健，手上那把刀的原型是老式英國突擊匕首，他看著庫柏，然後——

他的關節沒有泛白，呼吸很穩定，脖子上的脈搏一分鐘可能只有七十下，他剛剛花了三秒鐘殺了兩名經過專業訓練的保鑣，卻臉不紅氣不喘。

他不是什麼來報仇的異能，不是你以前某個目標的兄弟，他是名刺客。

意味著他是被派來殺你的，可能是約翰・史密斯派來的。

而你的小孩也在這裡。

——開始走向他們這桌。

庫柏一個動作轉身，抓住椅背，回過身將椅子扔向刺客，不用花什麼力氣就丟到十呎高。椅子不重，應該足以纏住那傢伙，庫柏順勢跳上桌，殺手和他小孩之間最短的距離是一直線，他從另一邊跳下桌，跟在拋出的椅子後面，心想，伏低、掃他的腳，踹他的手腕、鼠蹊部、手腕、脖子——

但是他抵達時，椅子已毫無阻礙地掠過半空中，那男人不知為何冷靜地站在一邊，椅子只差一吋就砸到他了，他卻眼也不眨一下。

好吧，庫柏就戰鬥姿勢，腳步輕盈，雙膝微彎，舉起手臂準備格擋，對付持刀敵人的要訣是：知道自己就是會被砍傷，就這樣。而且就算如此，還是得出手攻擊，要是表現得像獵物一樣，那麼你就會真的成為獵物。

刺客的臉沒什麼情緒，看起來似乎剛醒。庫柏移動重心，盯著那男人，猜測他下一個舉動……

但什麼也沒猜到，完全沒有，好像他面前這男人沒有計畫、沒有意圖，只是一團真空。沒關係，庫柏佯裝要刺他，然後集中力量朝男人左邊腎臟揮去，接著是對準他下顎的勾拳，讓他頭朝後仰，然後男人的脖子會曝露出來，他的肘擊會壓碎他的氣管。

只是那男人沒有被他的假動作唬到，因此庫柏要攻擊他的腎臟時並沒有打到，反倒擊中了匕首的邊緣，刀子與他的關節平行，刀鋒從他的食指與中指之間一路劃開，直到手腕。

噢。

靠。

他往後退了半步，舉起手臂防衛，只是他的右手血肉模糊，半隻手鬆垮垮的，還沒感覺到疼痛。刀鋒太利了，有不到一秒的時間，他感到驚駭，唯一能做的就是盯著手看，想著，哇，真是太詭異了

男人的臉上還是沒有表情，只有眼角閃爍著餘光——

他對你的天賦免疫。完全無感。

怎麼可能。每個人都有意圖，我們的身體會背叛我們的心智，但不知道為什麼，索倫的身體不會。

那就表示你的天賦無法幫你，這場戰鬥和你從前打過的任何一場都不一樣。

他在看什麼？

喔，不。

──陶德，不知道為什麼站起身，朝男人奔去。

不！

接下來發生的事以慢動作播放，不是因為他的天賦，而是洶湧襲來的腎上腺素與驚恐的副作用。庫柏的腦袋動得比他的肢體還快，比他所能承受的更努力思索，用純粹的意志力想著到底要怎麼做才能阻止整個宇宙不讓眼前的事情發生。他兒子大喊著衝向傷害爸爸的男人，以十歲的年紀來說他算高了，但還是個小男孩。只是個小男孩呀，瘦瘦的腳、瘦瘦的手臂和善良的意圖，但跟他現在做的事情一點關係也沒有，噢老天爺啊老天爺啊不要，拜託不要讓這事發生。庫柏試著想用一隻手臂擋住陶德，他用盡全力，不如將那孩子往後打飛、喘不過氣、動彈不得，也好過讓陶德衝向那個眼神空洞的殺人機器，就連現在他還用恐怖的力量運作著，抬起手臂、伸出手肘，不不不不不要是我的兒子，你這個禽獸，我，衝著我來吧，不要動我兒子──

刺客水平的一擊，手臂固定不動，手肘將所有力量直接灌進陶德的太陽穴。他兒子的頭顱往旁一側，歪得好遠，雙眼變得模糊。

庫柏尖叫，一邊撞向殺人凶手，準備好要剝他的皮、抽他的筋，但那人仍舊像擁有全世界的時間一樣移動，繼續轉身，將匕首埋進庫柏的胸膛。

滑溜冰涼的塑膠分開了皮膚和肌肉，滑進他的肋骨之間，刺穿了他的心臟。

他知道自己會死。

卻仍然繼續戰鬥，即使他的手臂動也動不了，但不重要了，因為那男人已經轉身離去，他達成任務，刺殺了目標。

庫柏倒地。

娜塔莉忽然出現在他身邊，她的臉龐填滿他的視線，很多黑點跳動著，好像她頭上有洞，她正大喊著什麼，他聽不見，鮮血快速流出，而他倒在陶德旁邊的地板上，他漂亮的小男孩，他和娜塔莉生下的孩子。他兒子怎麼可能倒在地上，怎麼可能沒呼吸，這怎麼可能是他生命中最後一件事，不可能啊。回憶，一團綠色眩光，你兩邊手臂各攀著一個孩子，在和娜塔莉同居的家中前院的草坪上旋轉，所有人都在微笑、大笑，世界是一個同心圓、一個漩渦，一個美麗的世界。

29

伊森不是覺得累了，雖然這麼說也沒錯，他其實筋疲力盡，像行屍走肉，喪屍又來了，眼神空洞而疲倦，抱著薇奧拉讓他的手臂像鉛一樣重。十二磅本來感覺沒有多重，直到一連走了十二哩之後，已經變得沉甸甸的。

他倒也不是覺得痛苦，雖然渾身的痛感一點也不少，臀部和背部都像被滾燙的鐵條穿刺一樣，兩邊的膝蓋都腫了起來，更慘的是光溜溜的腳丫。睡前，艾咪將鞋襪一起脫下，所以他們一離開傑瑞米家，他就脫下襪子，堅持要艾咪穿上。他們在休耕的玉米田中走了好幾個小時，國家公園的土地將他的腳跟割得破破爛爛，每一步都在地上留下鮮血，如果走在大馬路上會好一點，但他們已經受夠了大馬路。

雖然如此，但也不是因為這個，真正要他命的感覺是無助，他從沒感到這麼他媽的沒用。薇奧拉一個小時前醒了，然後就一直哭個不停，飢餓所引起的可憐迷惑的哭嚎，他卻沒有任何東西可以給她吃。

一個男人拿槍指著他所愛的人，他卻束手無策。就算是皮帶裡插著一把槍，他還是無法做什麼。一想起來他的肚子就滾燙燙的，他知道當時採取的舉動很明智，知道自己只是還沒消氣而已，已經於事無補了。

他應該要保護家人的，可是他們現在竟然在荒郊野外遊蕩，身上什麼也沒有，沒食物、沒有遮風避雨的地方、沒有錢，甚至連個計畫也沒有。

他們走上一條岔路時，天亮了，他們正在逃離一座燃燒的城市，是難民，就這麼簡單，夜裡他們一定不知不覺就越過了封鎖線。不久前他們看到一架直升機，遠遠的，沒發生什麼事就飛走了。

即便如此，和家人擠在一起躲在灌木叢下看著直升機盤旋，也不是什麼令人開心的感覺。

昨晚你發誓你會不擇手段保護家人，你是認真的。

所以再跨出一步。然後再一步。再一步。

他將薇奧拉換手抱，跨出一步又一步，然後又跨出更多步伐。

「嘿。」艾咪說。

伊森正聚精會神地盯著地上看，所以當他抬起頭時，很驚訝地發現原來周遭的世界都還存在。「什麼？」

艾咪指著。

一、兩百碼之外，玉米田邊緣，有一座加油站。庫亞霍加瀑布。

「我們到了。」

他們利用加油站的廁所盡可能地盥洗，將雙手和臉上的髒汙洗乾淨，清掉腳上的血漬，幫薇奧拉換尿布，雖然沒有新尿布可以換。尿布這個詞感覺很不切實際，結果他們扯了十幾呎長的廁所衛生紙當作臨時尿布。

艾咪上廁所時，伊森抱著女兒，在加油站內來來回回走著哄她。這是一間小超市，裡面只賣糖果、非酒精飲料和簡單的必需品。

必需品包括好幾袋尿布和好幾罐奶粉，他站在它們前面盯著看。

一會兒之後，他聽到一聲咳嗽，店員靠在櫃檯上，眼神警戒。一名指甲上有油漬的大漢。

「我不是小偷。」伊森說。

「很好。」

「聽著。」他張開嘴，逼自己說出那些話，比腦中自動浮現出的那些臺詞更好的話。他是他專精的領域中最頂尖的科學家，各所大學和實驗室都爭相搶他，他總是以能找到解決方式為傲，總是相信就算運氣不好他還是能應付、還是能供家人溫飽。他總是相信自己會找到方法。

但現在他所剩下的方法只有乞討。

你答應過整個宇宙你會不擇手段。

「聽著，」他又說了一次，「我們昨晚被搶劫了，我太太和我還好，但我們的女兒很餓。」他拿起一罐奶粉。「有沒有辦法可以——」

「很遺憾你經歷那些麻煩事。但不行。」

「我不是什麼混吃騙喝的人，只是個運氣不好的傢伙。」

「而我只是個在值大夜班的傢伙。」

「我會還你錢的，再多加二十塊感謝你的好意。」

店員打哈欠，低頭繼續看櫃檯上的雜誌。

伊森說：「她才三個月大而已，拜託，有點人性。」

他頭也不抬，說：「你走吧，老兄。」

可以採取另一個方法，那把槍還塞在你腰帶上。

這想法感覺好棒，所以他允許自己暫時沉浸在那幻想中，想像當他拔出槍時店員臉上的表情會怎麼變化。

感覺很好，但很瘋狂。他們幾分鐘後就能拿到錢了，會買到尿布和食物——不過是到別處買，他絕對不會給這加油站半毛錢——之後租一輛車，最糟的情況就是搭灰狗巴士。事情變得詭異又糟糕，他們原本幾乎快完蛋，不過他們三個人逃出了克里夫蘭，逃過了國民警衛隊，還被獵槍指著臉，最後走過封鎖線，他們熬過來了。

趕快拿到現金然後上路吧。

庫亞霍加瀑布的銀行跟他在克里夫蘭開戶的那間看起來一模一樣，藍色和灰色的地毯、假木頭桌、防彈玻璃，門上有監視器監看著銀行櫃員，播放八〇年代的背景音樂。他不知道人們怎能在銀行工作，在銀行工作本身沒什麼問題，只是他們怎麼能不發瘋？

「可以為您效勞嗎？」招呼他的櫃員很有禮貌但也很審慎，她的雙眼從他破爛的衣服往下移到他的赤腳。他很慶幸艾咪抱著薇奧拉在外面等，不然他們三個看起來活像從多蘿西．藍格[1]的照片走出來一樣。

「嗯，」伊森說，「我們被劫車了，兩名拿槍的歹徒。」

「噢天啊！」她瞪大眼睛。「這裡嗎？」

「在幾哩遠的路上。」

---

1 Dorothy Lange（1895-1965），美國傳記攝影師和攝影作家，因為拍攝一系列記錄大蕭條時期人們堅毅不拔的照片而出名。

「警察說什麼？」

「警察局是我下一個目的地，經理在嗎？」

他在，一名穿著非訂製西裝、風趣幽默的男子，自我介紹說叫史蒂夫．舒瓦茲，然後帶他們進他辦公室。「很遺憾聽到你們發生的事，大家都還好嗎？」

「還好，」伊森說，「只是嚇壞了，而且身無分文。他們拿走了所有東西，我們的手機、皮夾以及一切。」

「我們會幫你們的，你是在這裡開戶的嗎？」

「是在克里夫蘭。」

舒瓦茲歪頭。「你從那裡來的嗎？」

「不是，」伊森說，「我們在度假。」

「你知道你的帳戶號碼嗎？」

伊森在舒瓦茲桌子對面的椅子坐下。「我從來沒記起來過。」

「啊，我也是，那你的社會安全碼呢？」

他輕易報出他和艾咪兩人的號碼、他們在克里夫蘭的分行、最近的開銷、每月大概繳了多少房貸。經理很快就滿意了，他說：「我們現在就幫你辦一張新的金融卡，不過信用卡恐怕得用寄的。」

「沒問題，可以給我一點現金嗎？」

「多少呢？」

「來個五千塊吧。」

「沒問題，帕克博士。」他在電腦裡輸入更多字。「你很幸運，你知道嗎？」

「為什麼很幸運？」

「他們沒搶走你的結婚戒指。」

伊森原本很放鬆地坐在椅子裡，他抬頭看見舒瓦茲盯著他瞧，眼裡有問號，就讓他猜吧。

「我猜你說對了，我們的確很幸運。」

舒瓦茲看起來好像想說什麼，但桌上電話響了。「不好意思，」他說，拿起話筒，「史蒂夫．舒瓦茲，分行經理。」

伊森聽不到來電者的聲音，但不管他們說了什麼，都出乎舒瓦茲的意料。他的姿勢僵硬起來，抓緊話筒，眼神瞥向伊森，然後很快又移開視線。「我了解了。」

然後他遞出電話。「找你的。」

搞什麼——？他張望了一下，辦公室的牆是玻璃，他看得到銀行其他部分，大家看起來都和剛才一樣，但剛剛因為熟悉而讓他感到安心的事物，現在卻似乎隱隱蘊含著惡意。伊森接過電話。

「你好，帕克博士。」一個男人的聲音，聽起來自信而流暢。「我是分析應變部的特別探員巴比．昆恩。」

「昆恩？」沒道理啊，那是之前來過他家的探員名字，他告訴伊森說亞伯被綁架了。「搞什——為什麼你知道我在這裡？」

「那不是重點。聽我說，博士，我知道我們之前處得不算好，我向你道歉，不過我們現在必須談談。」

「我不懂。」

「我知道你不懂，先生，而且我很抱歉。我會解釋一切。」

「我惹上麻煩了嗎？」

「不，不是那樣的，我們需要你幫忙，伊森。」

「幫什麼忙？」

「我沒辦法透過電話解釋，這關係到國家安全。」

國家安全？他在說什麼？

然後，這重要嗎？他是政府官員，你是美國公民。「什麼時候？」

「你留在原地就好，我在華府，會安排一架噴射機去接你們，兩個小時後到。如果你們需要的話，我可以帶一些新衣服過去，還有鞋子。」

伊森開始道謝，然後想到，鞋子？他大腿後側一陣發麻，他慢慢轉過身。

門上的監視器轉到正對著經理辦公室的角度。

櫃檯後方有另外兩支監視器直勾勾地看著他們。

窗戶外，電話亭上方的監視器看著他的老婆、小孩。

「我的天。」

「帕克博士，我們控制了方圓兩百哩內的每臺閉路監視器。你現在對我們來說就是這麼重要。」

「無人偵察機，」他說，「國民警衛隊。」

這男人花費了無比心力才找到你，上一次見面時你不相信這個人，他也沒說出當時找上你的真正原因。

「沒錯，你開始懂了。」

「不，」伊森說。「我不懂，你為什麼不叫警察來接我們？」

「我告訴過你了，我會親自過去接你們。」

「但你說時間是變數，而且你在華盛頓首府，為什麼不讓警方跟我們碰頭？」他將電話換邊聽，盯著監視器鏡頭。「是不是因為你不想讓警方干涉？」

思緒來得又快又猛，點與點之間都連接起來了。沒錯，藥劑還要隔幾年才能真的供應給大眾，但它是有用的。他們可以給予凡人天賦。

在各種層面上來說，這都深具革命性，不只會讓他們變得前所未有的富裕，還會徹底改變整個世界。

也許應變部不想讓世界改變，不想變這麼多。

「如果當地警方接了我們，」伊森慢慢說道，「會留下逮捕紀錄，還得立案。這樣就會留下痕跡，更別提還會有好幾個條子知道我們出了什麼事。」

「你覺得那會有什麼差別嗎？」

「如果沒有任何目擊證人的話，比較容易讓我們徹底消失。」

「消失？」探員大笑。「帕克博士，你的被害妄想症發作了。」

「過去幾天，我的上司被綁架，我居住的城市被隔離起來、嚴密監控，有軍事偵察機在搜索我的下落，我被四把槍指過頭，其中兩把是士兵拿的，我還被搶得連鞋子都不剩。昨晚我目睹國民警衛隊殺了一個無辜的人，而你現在承認那些人是你派來抓我的。我開始覺得我的被害妄想症好像還不夠嚴重。」

「伊森，聽我說——」

然後他又想通了一件事，亞伯。亞伯拉罕．考贊博士，他是天才，同時也是一根巨無霸眼中釘，找到三十年來全世界都在問的那個問題的答案。那個問題形塑了一切也改變了一切，應變部因此而生，達爾文之子也是。而現在他不在了，研究成果不見了，研究室裡還留下血跡。

伊森說：「昆恩探員，亞伯在哪裡？」

一陣很長的靜默，當那名政府官員再度開口時，只說：「帕克博士，無論你正打算做什麼事，千萬別做。」

但伊森已經丟下電話，開始狂奔。

30

他從來都不想要這份工作，事實上，他也從來都不想當副總統。萊恩諾．克雷的政治野心極限就是當上參議員而已，訂立這個國家的法律和章程。在參議院裡，有力的論點與說服力仍然可以改變世界，像西瑟羅改變羅馬一樣。

共和黨全國委員會第一次來試探他對於擔任沃克副手、搭檔競選的意向時，克雷婉拒了。亨利．沃克跟他不對盤，他也不想得到那麼多鎂光燈注意。但他們一直來問，帶了很多圖表和數據，說社會利益有多重要，還有他們多需要學術觀點，最後的事實是，有了他沃克就能贏下南邊的選票，情勢便是如此。

就算他同意了，還是知道接下這份職務是個錯誤，即便到了現在，走進戰情室時，克雷比任何時候都還要篤定這是個錯誤。他進門時每個人都起立，他揮揮手要他們坐下。「發生了什麼事？」

萊希咳嗽。「長官，大概二十分鐘前，當地時間九點四十三分，尼克．庫柏在新迦南的特斯拉被刺殺了。」

克雷原本準備坐下，但那句話讓他僵在原地。他深呼吸，慢慢坐好。「他死了？」

「對，長官。一個叫索倫．約翰森的異種進入了庫柏先生和他家人正在用餐的餐廳，殺了兩名便衣保鑣，然後用刀刺了庫柏的胸膛，刀鋒穿透了左心室，他被緊急送醫，但到院時就已經宣告死亡。」

「他的家人呢？」

「他兒子陶德在攻擊中受傷，有生命危險。」

「這個刺客呢？索倫．約翰森？」

「我們還在釐清狀況，但看起來他是逃跑了。」

「我的天。」克雷往後靠。「這是怎麼發生的？」

參謀首長聯席會主席育弗．拉茲將軍與應變部指揮官珍．佛布斯交換了眼神。克雷內心嘆了一口氣。政治不過是眾人集體為對方擦屁股。過了一會兒，拉茲將軍說：「我們只掌握了初步消息。」

「說吧。」

「我們沒有攔截到關於任何陰謀的證據，不過，約翰森混過一隊艾普斯坦企業的外交保全人員，還在餐廳裡殺了兩個，但……」

「艾普斯坦在攻擊裡參了一腳？」

「至少他的手下沒能保護好庫柏。」

「有可能是因為刺客的能力。」佛布斯補充，「索倫．約翰森的天賦與時間有關，時間感指數達到十一點二，很驚人的數字。這表示我們所體驗的一秒鐘，對他來說其實比十一秒鐘還多一些，擁有這麼多的時間，表示他能將一切做到完美無瑕。」

「我們怎麼知道這些？」克雷問。

「他出身學園，霍克斯東。」

「霍克斯東學園？」克雷雙手手指交叉，「跟約翰．史密斯一樣。」

「是的，先生，雖然史密斯比他大兩歲。不過，索倫畢業後就消失了。就算他有政治傾向也很低調，沒有證據證實他們兩人有交集，但我的直覺告訴我史密斯參了一腳。」

「總統先生，」萊希說，「我們想拘留訊問約翰．史密斯。」

原本默不作聲的瑪拉．基佛斯說：「這會演變成一場政治噩夢。單眼鏡餐廳事件揭祕後，他就一直上脫口秀和廣播節目，他的書連續好幾週都是《紐約時報》排行榜暢銷書，逮捕他會造成超大反效果。」

「我們別無選擇了。」萊希說。

克雷仔細觀察這人。萊希曾經從軍，花了三十年在情報單位打滾，脫穎而出擔任中情局局長，然後被指派當國防部長。說他過往經歷讓他用軍事角度看待世界，已是非常保守的說法。

但不表示他錯了。再怎麼說，歐文一開始就反對派庫柏去新迦南。

「拘留約翰．史密斯。」他說。

萊希對拉茲將軍點頭，他拿起一支電話，開始低聲說話。

「還有，先生，我們必須對新迦南特區採取軍事行動。」

「為什麼？如果我們相信是約翰．史密斯——」

「庫柏是代表美國的大使，刺殺他就是宣戰的舉動。」

「艾普斯坦怎麼說？」

萊希掃視與會者。「長官，我們聯絡不上他。」

「什麼？」

「有可能是事情發生得太突然了，但說到底，有兩種可能，要嘛艾普斯坦和新迦南自己就是恐怖分子，要嘛就是他們的政府」——萊希語帶嫌惡地說道——「與恐怖分子同流合汙。不管怎麼樣，一個美國總統顧問在這前所未有的動盪時刻出外交任務時被謀殺了。三座城市戒嚴，沒有電力也沒有食物，我們沒本錢再慢慢衡量決定了。」萊希停頓，「長官，我們建議你下令準備對新迦南特區的全面軍事攻擊。」

克雷瞥向瑪拉，她聳聳肩說：「人們很害怕，召集士兵會讓他們看見美國政府仍然大權在握。」

「拉茲將軍，這攻擊會是什麼情形？」

「我們會以艾爾斯沃空軍基地的F－27戰鬥機奪下制空權，當地除了執行人道救援的飛機外全面禁飛，第四步兵師、第一裝甲師、一〇一空降師會接著進駐吉列、肖肖尼、羅林斯這些通往新迦南的要塞，進而孤立特區。」

「會動用多少軍力？」

「大概七萬五千名士兵。」

「七萬五千？那幾乎跟整個特區的人口不相上下了。」

「對，長官，壓倒性的軍力是致勝關鍵，我們不打算打一場勢均力敵的戰鬥，」將軍說，「必須表現出我們是可以剷除他們的，讓他們的反抗顯得很可笑，這終將拯救我們兩邊無數人的生命。」

十幾張臉看著他，男男女女穿著別滿徽章的制服，各個軍事與情報分支單位的指揮官。萊恩諾・克雷很自豪自己過著值得他人尊敬的生活，他當過老師也當過領袖，但從未當過軍人。

而且我的天啊，我從來就不想成為做這個決定的人。

「你是在提議攻擊美國公民嗎？」

「我是提議必須有此準備。」萊希部長說，「讓軍隊就定位，可以提醒我們的敵人他們面對的是世界上最精幹的隊伍匯集而成的力量。」

「結局會是什麼？」

「長官？」

「如果我下令攻擊，我們拿下特區後會發生什麼事？」

萊希再次四下環顧。「由你決定，長官，但我們的建議是先將特區的領袖和第一、二級異種全都囚禁在拘留所。特區本身必須被淨空然後摧毀。」

庫柏是怎麼說的？

你知道有人會站在這裡要你開啟一場內戰，然後你還不確定自己是否堅強到可以拒絕。

美國史上第二次內戰，只是這一次並非一個州對上另一個州，而是多數對抗少數，而且潛藏了即將接踵而至的恐怖事件——甚至，很可能出現種族屠殺。

「長官，你還不用下令攻擊，只是先讓軍隊就定位，讓我們能有這個選項，同時也是向敵人傳遞訊息以及安撫大眾。」

一個念頭擊中他，他可以站起來走出房間，然後走出這棟大樓。他可以走到街角招計程車到機場，訂一張機票回哥倫比亞，他可以辭職不幹回家去。

這是個荒謬的幻想，但非常誘人。

萊恩諾・克雷盯著桌子看，打磨發亮的木頭從他的指尖延伸開來。「獨裁者騎著老虎耀武揚威，不敢下來，但老虎愈來愈餓。」

「溫斯頓・邱吉爾的名言，」萊希說，「但我們不是獨裁者。」

「我想知道歷史是否也會這樣認為。」

「長官？」

「下令讓軍隊進入懷俄明州。」

31

他衝到通往中庭的門邊，腎上腺素蓋過了光腳的疼痛，他衝入閃亮藍天底下的停車場，看見老婆盯著他。

「伊森？」

「快跑！」

儘管她眼裡有一千個問號，還是先將疑問扔到一邊拔腿就跑，她把女兒緊抱在胸前，他們跑出停車場，跑上人行道，朝北邊奔去，隨意挑選的方向。庫亞霍加瀑布其實是個大型露天購物中心，一座連鎖企業贊助的城鎮，前方有家藥局，左邊是一家餐廳，兩家店的商標都很眼熟。國家街有四線道，兩邊交通都來往順暢。不見警察的蹤影，但他們快要出現了。

他們一邊跑，伊森一邊數著監視器。到處都是監視器，交通號誌桿上有、停車場裡有、每棟建築的轉角也有，他從沒想過有這麼多監視器。

而所有監視器都指向他的家人。

每一支都隨著他們奔跑的方向轉向。

他的皮膚緊繃、發顫。

「伊森。」艾咪說，每說一個字就喘口氣。「為、什、麼、我、們——」

「相信我。」

她點頭，然後他們繼續往北跑，應變部要聯絡上當地警方支援至少要花幾分鐘，他們必須抬出官階，告訴他們有個逃犯——噢天啊我們是逃犯——正沿著國家街逃跑，巡邏車大概再過個一、兩分鐘就會抵達。

不過，他們能跑多遠？況且，如果監視器能追蹤他們，逃跑又有什麼意義？

「從這裡。」他拐進小巷子，呼氣又急又熱，踏出的每一步都撞擊著他的骨架，他們跑過一座大停車場，閃過兩個站在滑板上盯著他們看的小孩。又過了一個街區，他們來到一塊狹長土地，一堆小房子擠在一起，都是些平房與木屋，草坪已轉為黃褐色，還插有褪色的美國國旗，一隻狗在籬笆後齜牙咧嘴地吠叫。伊森隨意右轉，又奔過了一個街區，然後左轉，現在他們很深入這個社區，雖然也稱不上安全，但至少避開監視器了。

艾咪說：「我得停下來。」她很蒼白，用兩隻手臂抱著薇奧拉，他們的女兒在哭泣，不是大聲的嚎啕，而是穩定而不愉快的聲音，穿透他的身體直抵核心。他點頭，放慢速度變成快步行走。

「發生了什麼事？」

「艾咪，我知道聽起來很瘋狂，但我覺得應變部想逮捕我們，因為我的研究。」

「你說對了，非常瘋狂。」

「是嗎？記得那架無人機嗎？還有國民警衛隊？」

「記得，但是……喔拜託。」

「我在銀行的時候，電話響了，是昆恩打來的，就是那個來過我們家的探員，他透過監視器看著我。」他轉身看她。「為什麼他要那麼做？」

他們經過一排褪色的磚房，離鎮上愈遠，屋子前院的草坪就愈雜草叢生，過不了多久，他們就會回到高爾夫球場和森林中。玉米田。想到這個他瑟縮了一下，他的腳又開始流血了。

艾咪沉默了很久後開口說：「你知道嗎，我已經尊重你的保密協定超過一年了，以前我覺得保密協定很蠢、很誇張，但對你來說很重要，所以我還是接受了。現在是時候告訴我，你和亞伯都在研究些什麼。」

他望向她，無法和她分享這個計畫、無法和妻子分享成功，讓他很痛苦，但亞伯講得很清楚：不能告訴任何人，絕對不能讓任何人知道。誰違反這個政策，誰就完蛋，被炒魷魚、剝奪專利權、列入黑名單、死定了。

伊森原本覺得這老人只是被害妄想症發作，為了與他和平相處就照做了，如果這樣才能待在私人研究室裡享受源源不絕的資金，並與這領域最天才的人共事，好吧，他認為這是應付的代價，不過現在他開始質疑了。

是不是研究室裡有人將祕密洩漏給老婆知道，所以應變部才會發現？

但你現在還在意這些鳥屁嗎？

「我們知道如何將正常人變成異能。」

她猛然停下，好像撞上一堵牆，瞪著他。「你在唬我嗎？」

「沒有。應變部不想讓那件事發生，我認為他們綁架了亞伯，現在來追我們了。」

「所以——我們該怎麼辦？」

關鍵問題。

然後，他看到了答案遠遠出現在前方。

「在這裡等著。」

□

他走進來時，一個電子鈴響了。糖果、非酒精飲料、簡單必需品，和之前一樣。伊森走到中間走道，拿起三包尿布和兩罐奶粉，將東西放在櫃檯上。店員看著他，手耙過頭髮，又直又長的髮絲垂落在脖子四周。「又是你啊？」

伊森轉身，又回到走道，繼續往臂彎中放東西：一支手電筒、一包乾電池、架上所有肉乾、OK繃、消炎藥。全加進那堆東西中。

店員說：「你行行好吧。」

又拿了一盒士力架巧克力。

一盒蛋和兩大加侖的牛奶。

八瓶礦泉水。

從櫃檯旁展示架拿走四支打火機。

「老兄，我得把這些全都放回去耶。」

「你不用，全部裝起來。」

「好吧，你就是想這樣搞對不對？」店員伸手拿電話。「我要報警了。」

「別擔心，」伊森說，「我要走了，但你得先回答我一個問題。」

店員盯著他，臉上掛著在街上被乞討時會露出的警戒表情。「啥？」

伊森手伸向腰帶，拉出左輪手槍，舉起來直直地對準店員，看著店員的表情出現一如他所預料的轉變，這感覺和他想像中的一樣好。

「你開哪種車？」

精準航太企業，多管環境導彈的世界領導者，驕傲推出：

復仇者飛彈（BGM-117）

經學術訓練的異能所構思設計
復仇者飛彈：

快速

第一種超音速的多管環境導彈，達五點三馬赫，
或每小時超過四千哩。

隱形

我們新一代的隱形科技保證飛彈不被空襲預警系統偵測。

勢不可擋

整合電子反制措施，反飛彈防禦系統的成功率
達百分之九十七點八。

靈活彈性

傳統彈頭或核子彈頭酬載皆可，復仇者要多猛就有多猛。

復 仇 者 飛 彈

復仇的滋味是屬於你的。

32

空氣冰涼，隱隱有股阿摩尼亞味。

有聲音，他發現這些聲音已經響好一陣子了，雖然他之前沒意識到。只是隨著音波起伏，某種嗡嗚和嗶嗶聲。

他睜開眼睛，亮光，令人痛苦且最純淨的白色，沒有形狀也沒有輪廓，像是珍珠大門一樣的純白，隧道盡頭會出現的那扇大門。

這是天堂嗎？

一個影像閃過他的記憶，陶德的臉，離他只有幾吋遠，他的雙眼空洞地瞪視著。

地獄。

庫柏抽了一口氣，坐起身，世界搖搖晃晃的，他伸出一隻手穩住自己，右手撞上了什麼東西。他的手很笨拙，痛感竄升，撞上高劑量止痛藥像泡泡紙一樣的藥效，然後刺穿過去，灼熱的疼痛讓世界變得渙散，奪去除了疼痛之外的一切。

呼吸，呼吸就好，呼吸著撐過去。

慢慢地，他的視線開展，一個房間、一盞明亮的燈、堅硬的表面與一張醜陋的椅子，他躺在一張床上，很高，旁邊還有鐵杆。他的右手包著一大坨繃帶，還有點滴流進他的手臂，另外一條纜線蜿蜒進入他的胸膛。

所以是真的了，真的發生過，那個不知從哪冒出來的男人，披著人皮的惡魔，他殺了保鑣後還刺穿了庫柏的胸膛——足以致死、沒辦法逃過的一擊，所以他是怎麼活下來了？——還有最糟糕的是，比任何事都還糟糕，那男人還打了——

陶德的頭顱往旁一側，歪得好遠，雙眼變模糊。

庫柏再次倒抽了一口氣，從身體深處發出的一聲嗚咽撕裂了他。他開始伸出右手，想起手上還包紮著繃帶，於是用左手抓住點滴線，開始把它們拔出來。接下來他又拔出鑽入他胸腔的電線，電線伴隨著一種滑溜噁心的古怪感覺滑了出來，電線末端比一條絲線還細的機器小手臂像一張蜘蛛網，閃閃發亮地扭動著。他力抗嘔吐的衝動，冷靜下來。嗶嗶聲變成了尖叫聲。庫柏仍舊被毯子和藥效纏住，暈眩不已。他總算成功地將一隻腳跨出床，然後又跨出另一隻。他站起來，身體搖搖晃晃。

門打開，一名穿著綠色手術服的女人快步走近。「你在做什——」

庫柏踉踉蹌蹌前進，用左手抓住女人的臂膀。「我兒子。」

「你必須躺回床上——」

「我兒子！我兒子在哪？」

門是開的，通往走廊，庫柏推開護士，幾乎站不穩。這裡是醫院，沒錯，但和他以前看到的醫院都不一樣，走廊看起來太友善也太短了，只有幾扇門而已，沒有護士站，還有個擺著花的邊桌及一張椅子。穿手術服的女人從後方跟上，想抓住他的肩膀，庫柏聳肩將她的手甩開，打開下一扇門。

下一個房間看起來和他剛剛才離開的那間一樣，堅硬的表面、明亮的光線、嗶嗶叫的機器，一個女人站在床旁邊，隨著聲音搖擺，是娜塔莉，她的雙眼泛紅、臉頰潮溼，而躺在床上的是……

躺在床上的，是他的兒子。

娜塔莉說：「尼克？」那字眼裡夾雜了好多情緒。首先是驚訝，他可以理解為何她會感到驚訝：門砰的一聲打開，一個瘋子踉踉蹌蹌走進來。然後因為看到是庫柏而開心，因為他還活著所以開心，但開心很快被害怕擊碎，害怕眾神正在看著，等著讓他們樂極生悲。最後，是疑問，任何站在孩子病床邊的家長都會問的問題：

我們怎麼走到這步田地？

這怎麼可能發生呢，有可能嗎？

拜託，可以讓我代替他受苦嗎？

他往前走，將她一把抱入懷中，雙臂圈住她嬌小的身軀，緊緊抱著。他們兩人抱著彼此，似乎正一起抵抗地心引力，她的身體顫抖，貼著他脖子的臉感覺溼溼的。

「他是不是已經──他會──」

「我不知道、我不知道，他們不知道。」

這些話語比那把匕首的殺傷力還要強大。他朝她靠得更緊，而她也靠向他，他們後方的護士本來開口要說什麼，但還是作罷。

過了很久之後，他放開她。「告訴我。」

娜塔莉擦擦眼睛，將眼淚擦得到處都是。她說話時，他聽得出她的聲音在顫抖。「他還在昏迷中，有內出血。」

「他們知道他什麼時候會醒來嗎？」

她搖搖頭。「他們不確定，或者會不會……會不會……」

他閉上眼，緊緊閉著，護士說：「庫柏先生，拜託。」他不理她，往前一步，陶德在大大的醫院病床上看起來好小，床單下的四肢很細瘦。管線蜿蜒進他的手臂中，頭上包著繃帶，他們將一邊的頭髮剃掉，陶德一定會很討厭這怪異的髮型，他一定會擔心其他小孩的眼光。

庫柏伸出雙手握住兒子的手，從他右手往上竄升的疼痛和他體內的咆哮相比，根本不足為道，然後一個念頭擊中他：「等等，凱特呢？她——」

「她沒受傷，她睡了，終於。」

「終於？」當然。插在他胸腔的電線、手上講究的繃帶包紮、藥效昏沉的感覺，他看了床頭櫃上的時鐘一眼，發現現在是清晨五點，距離他們被攻擊已經過了二十個小時。「他們抓到他了嗎？」

娜塔莉搖搖頭。

護士說：「庫柏先生，你還活著是件很神奇的事，你的左心室撕裂了，救活你的手術是前所未有的，你必須躺回床上。」

「不要。」

「先生——」

「我不要離開我兒子。」

一陣很長的靜默，然後一個拖拉的聲音，護士從牆邊拉來一張椅子。「至少坐著吧，好嗎？」

他坐下，視線沒離開過陶德，娜塔莉站在他身邊，一隻手搭在他肩上，另一隻手放在陶德肩上。

機器繼續發出嗶嗶聲和嗡嗡聲。

□

他聽到他們之前，就先感知到了。大腦後方被呵癢的感覺，他的天賦仍一刻也不停地尋找著模式，就算他只是盯著兒子升起與緩慢下降的胸膛，腦中各種念頭就像又乾又脆的秋天落葉兜著無謂的圈圈互相追逐，但在所有念頭之下——他恨自己這樣——恨自己的大腦仍然不停尋找著模式。

不用多久，他又聽到菁英保安人員幾乎微不可聞的聲響，有著橡膠鞋跟的靴子和高效率，一個飽經訓練的聲音，聽起來有點熟悉，是新迦南特區的通訊指揮官派翠西亞·艾瑞兒。某個他看不見的隊員狗腿地低語。最後，兩雙鞋：義大利製牛津鞋的敲擊以及帆布鞋的嘰嘰聲。庫柏聽著他們一群人沿著走廊行走，踏入房間，然後停下腳步。

庫柏沒轉身就說：「給我一個不扭斷你們兩個脖子的好理由。」

「你兒子。」

他迅速起身面向艾瑞克和雅各·艾普斯坦。「你是在威脅——」

「不是，」雅各說，舉起雙手。「我們不是在威脅你，但這裡使用的是地球上最先進的藥物，你會希望我們醫治你兒子的。」

娜塔莉說：「尼克，你冷靜點。」

「冷靜？是我帶你們來這裡的，我將全家人的安全交付到這兩個人手裡，然後有個渾蛋就這樣溜進來，然後……」他看見那男人的手肘尖端如何擊中陶德柔軟的太陽穴，覺得無法呼吸。「我想我一時半刻間無法冷靜下來。」

「很好。」艾瑞克說，「你生氣的時候效率提高了。」他從口袋裡拉出一張軟式平板，手腕一動將它拉直，一張照片填滿螢幕，一個平凡無奇的男子，有著凹陷的雙頰和死氣沉沉的眼睛。「索倫．約翰森，第一級時間異能。」

「所以他才溜得進來。」雅各補充說，「有趣的是，約翰．史密斯曾提過索倫是他遇過唯一一個真正懂他的人。軟式平板中顯示了我們掌握到所有關於他的資訊，也包括應變部有的資料，我們正在追查他，你的政府當然也是，我們覺得你應該會想要知道這些資訊。」

庫柏闔起平板塞進口袋，沒說謝謝，而且將來也不會說。

「至於你兒子，我相信你已經跟醫師談過了，我不會再複述一次。我要說的是，這世界上確實沒有其他地方的醫療技術比得上我們這裡，而且你兒子送來醫院時的情況可比你好多了，至少他還活著。」

庫柏原本準備要回應，但發現正要說出口的話萎縮了。「嗄？」

「索倫打到陶德與刺殺你相隔的實際時間是零點六三秒。」艾瑞克說，「對一個時間感指數十一點二的人來說，表示他有七點零五六秒的時間可以擺好攻擊姿勢，傷口非常完美，撕裂了你的左心室，幾乎立即致死。」

「你是說……」他來回張望。「說我已經死了，但被你們救活？」

「尼克，」娜塔莉說，「是真的。」

他轉向她。「是嗎？」

她點頭。「我看著你死掉。」這敘述和大部分娜塔莉說的話一樣大膽且直接，她不玩遊戲、不說語焉不詳的話，也不會操弄計謀，但並不表示簡單的敘述就不會隱含各種意義。除了事實之外，他還聽到痛苦、失落、遺憾，還有因為他奇蹟似地逃過死神魔爪的欣喜和希望，她繼續說：「這裡不是醫院，是私人地底診所。」

「住在一個有比任何地方都還多異能的所在，」雅各說，「是有很多好處的。特別是你掌管這個地方，而且完全不鳥食品藥物管理局和倫理審議委員會的時候。」

「人死後最大的危險是缺氧造成的細胞損傷，」艾瑞克說，「解決辦法顯而易見：將新陳代謝率降到近乎為零，中止病患的生命機能，接下來修復細胞就是組織工程的領域了，我們使用從脂肪採集而來的基質幹細胞進行修復。」

「你的意思是我有……」他低頭看向胸膛，這時才意識到自己穿著醫院病人服，靠，這種穿著很難讓人看起來有尊嚴。他慢慢將衣領拉下，一個小小的分流管從他胸膛中央皺皺的傷疤中突出。他拉掉電線的時候，有液體從這裡流出。他想起那些小小的機器手臂，慌張感上升，在沒有氧氣的水中潛得太深的感覺，他停頓，吸了一口氣，然後又一口。「啥，一個機器心臟嗎？」

「當然不是，」雅各說，「你以為現在是西元幾年啊？一九八五嗎？你的心臟還是原本那個，我們根本用不著把你切開，醫生用傷口當成進入點，用你自己的幹細胞修復了左心室的裂痕，跟補一條破輪胎一樣。」

「但是……約翰霍普金斯大學試過，梅約醫學中心也試過，他們從來沒辦法讓細胞——」

「這裡又不是約翰霍普金斯，」艾瑞克嗤之以鼻，「這裡是新世界，你的規則不適用於這裡。」

庫柏僵住，他原本已經習慣將艾瑞克視為一個討喜的怪胎，而雅各是真正的掌權人，但事實卻恰恰相反。雅各很會說話，也很聰明，但他們周遭一切事物——包含這個讓他死而復生的黑色診所——的生死都掌握在艾瑞克手裡。

而現在你兒子的性命也在他手中了。

他慢慢地說：「我得跟總統談談。」

「他聽說你被刺殺後不久，」雅各說，「就下令軍隊進駐懷俄明州，他們占領了吉列、肖尼、羅林斯這些城鎮，成功包圍了新迦南。空軍在每個城鎮上方盤旋巡邏，動員軍隊裡每個分支總計超過七萬五千名的士兵。」

「七萬五千？」庫柏揉揉眼睛。「不過只要總統知道我沒死——」

「還是必須做相同的事。」雅各搖頭，「克雷沒有其他選擇。」

「風雨欲來，」艾瑞克說，「驚弓之鳥，勢不可擋。害怕的人會想要採取行動，不論對錯。資料是這樣顯示的，克雷別無選擇。」

庫柏說：「為什麼你還在騙我？」

他讓艾瑞克吃了一驚，庫柏乘勝追擊。「我知道你們已經找到成為異能的原因，我知道你們研發了一種可以賦予正常人天賦的藥物。」

娜塔莉說：「什麼？」她原本盯著陶德，但庫柏宣布的事引起了她的注意。「你說真的嗎？」

庫柏看著艾普斯坦兄弟，過了一會兒，雅各點頭。「還有很多難題得克服，但是的確有用。」

「這才是新迦南特區真正的防禦措施，」庫柏說，「而不是我去殺了約翰·史密斯，更不是主權獨立或者雄厚財力。所以我再問一次，你們為什麼要騙我？」

「什麼意思？」

「你說過人們很害怕，說克雷別無選擇，但你沒提過你有一個可以改變全世界的魔藥。多數正常人都不想要開戰，他們只是害怕自己過時了，魔藥可以改變這個情況，或至少讓他們有個選擇，所以你們要做的只是……」他沒繼續說，因為忽然想到——

雅各的雙臂交叉；艾瑞克咬著臉頰內側。負面反應。為什麼？他們撐著不說為的不是更多的錢吧，分享關於藥物的真相是唯一可以阻止特區毀滅的方法，更別提可以阻擋一場美國內戰了。

但是他們出現負面反應。

——他漏了什麼東西。

「等等，昨天我們談的時候，你說時間不夠，是在指這件事對不對？就連你爭取主權的手段都是為了替藥物爭取更多時間。」他來來回回盯著艾普斯坦兄弟，兩個人都很聰明，兩人都在某方面立意良善，不知為何他們三人都有責任拯救世界，而為何走到這個地步，再也不重要了，因為他的天賦快了一步，替他回答了問題。「意思是」——他揉揉前額——「藥物不在你們手中，對不對？」

「研發藥物的科學家很難搞，」雅各說，「考贊博士堅持要給他自主權才願意接受我們的資助，他分享進度報告、實驗結果，但從不讓我們知道配方本身的內容。」

「所以？」

「考贊博士一週前被綁架了。」雅各說。

「是應變部幹的。」艾瑞克補充，「你的政府想開戰。」

革命？你白痴嗎？你根本不懂這個詞是什麼意思。忘了你的寶貝毛澤東和格瓦拉和卡斯楚吧！他們出現在T恤上，但啥屁都改變不了。你想要革命嗎？效法亞歷山大．弗萊明吧！盤尼西林用列寧和華盛頓夢想中的方式改變了全世界。現在，你們這些獨裁的兄弟會男孩給我坐好閉嘴，讓哥來啦！

——亞伯拉罕．考贊博士，回答學生提問，下一步是什麼：未來主義的未來研討會，哈佛大學，二〇一三年五月。

33

池塘很淺，貓尾草沿著岸邊生長，莖稈斷裂，水面倒映著霧濛濛的十一月天空，颯爽的空氣中有著松香和冬雪即將到來的預兆。

遠處傳來一個悶悶的轟隆聲響，獵人的槍聲，伊森試著不將其解讀成什麼壞兆頭。

「你覺得怎麼樣呢，寶貝？很漂亮對吧？」他女兒往上看，揮動著雙臂，他身體裡的科學家想像著她身體裡的那個科學家。有時候他會將薇奧拉看成一個駕駛艙內的小小生物，駕駛著一架她不懂的機器，艙內有一排又一排的轉盤、開關、把手，但沒有任何操作說明，只能隨機戳戳轉轉，看看會發生什麼事，按這個按鈕，機器的那個部位就會拍動耶，真有趣。

艾咪說：「她會冷。」

伊森嚇得跳起來，這是二十四小時以來她跟他說的第一句話，雖然他很確定包在他女兒身上的毯子足以讓她保暖，但還是點點頭，再包緊一點，然後走回小屋。

他太太還是很火大，不過他不怪她。

昨天，拿了那店員的車鑰匙，用封箱膠帶綁住他的手腳後，伊森拎著提袋走出加油站，艾咪看著他，表情很疑惑。他帶著她繞向加油站後方停著的一輛破爛小貨卡，將袋子都堆在車後方一個破爛工具箱旁邊。

「這是什麼？」

「我們的新卡車，來吧。」

「伊森，你做了什——」

「該做的事，拜託，艾咪，相信我。」

她開始走向卡車，然後說：「沒有安全座椅。」

「我們沒有要開太遠。」

她盯著他看，他又經歷了那種意識到一個小嬰兒會帶來哪些改變的時刻。變成難民逃出城市？沒問題。在他說要逃離聯邦探員時相信他？也可以。坐在沒有嬰兒安全座椅的車裡開好幾哩？報告休斯頓，我們有麻煩了。

「寶貝，拜託，我們得走了，我保證我會小心開。」

她心不甘情不願地爬上車。

他每個直覺都在尖叫著告訴他快點開上路，趕快離庫亞霍加瀑布遠一點，但他得聰明些，他們被一個極其強大的政府部門追蹤，用不了多久，政府就會發現那個被五花大綁的店員，查出伊森偷來那輛卡車的型號。就算他知道自己應該可以換掉車牌，不知為何，他相信這無法愚弄可以隨心所欲操縱監視器的那些人。

不，雖然他很想跑，但躲起來才是比較聰明的方式，應變部應該會從幾百哩遠的地方開始搜索起，也許會就此跟丟他們，至少暫時跟丟。

「我們要去哪裡？」艾咪坐在副駕駛座，用盡全力抱緊薇奧拉。

「我看到的時候就會知道了。」

「親愛的，我愛你，可是我快要踹你屁股了。」

「等安頓下來時，我會解釋一切的。」他試著對她微笑，但她沒有報以任何反應。「聽著，現在我們得專心，必須逃過所有監視器才會有用，妳可以幫我嗎？」

她苦笑，不過還是傾身盯著擋風玻璃外面。他們開在便道和住宅區道路上，刻意緩慢地繞路前往他們才剛跋涉過的那個國家公園。

頭幾間房屋都不太適合，太靠近馬路了，或者有車停在屋前。又過了一會兒，他看見一條泥濘的車道旁立著一個手寫的牌子：韓德森度假勝地。「這應該可以。」

「可以幹嘛？」

他開上那條車道，在褪色的松樹間行駛了幾碼。韓德森對度假勝地的構想很完美：森林中的小木屋，大小合宜並且遠離鄰居視線，加上屋後那個小池塘，便成了夏天週末的最佳去處。

「對，這一定可以。」

「伊森……」

「等我兩分鐘。」

他跳下卡車，走到門前，用力敲門但沒有任何回應。屋前有一扇凸窗，他用手擋在眼睛上方往內窺探，裡頭的家具都覆蓋著一層布。太完美了。

工具箱裡沒有撬棍，所以他找了一根撬輪胎棒，一端特別用來撬開輪圈蓋。伊森將棒子插進門框中，嘿，你已經是個逃犯和偷車賊了，現在又要罪加一等嘍。

快速用力的一撬，門板裂了一條，然後敞開。

伊森轉身，看見老婆抱著女兒，盯著他看好像他發瘋了一樣。他微笑說：「歡迎回家，想生火來暖暖身體嗎？」

「從頭開始。」

「從哪裡？」

「就從，呃，從頭。」

「好吧。」伊森用戳火棒戳戳火爐裡的木柴，火花隨著木頭裂開往上跳。「第一個被承認的異能是在一九八六年，對不對？那表示過去二十七年來，地球上幾乎每個基因學家都試著想研究出他們是怎麼形成的。第一步，可能也是最重要的一步，就是解讀人類的基因圖譜。如果沒有異能出現，這計畫分到的資金和注意力也許十分之一不到，天啊，我猜我們到，嗯，二〇〇三年，才會完成人類基因解碼吧。」

「但一九九五年就完成了。」

「沒錯，有了標桿分析法，大家都以為之後事情會簡單多了，只要比較分析夠多的異種和正常人，我們就能找出控制異能產生的是哪個基因，當然那需要很多電腦演算能力和時間，但要好多年後，大家才接受這沒想像中簡單。」

「異能不是由基因控制的。」

「猜對了，所以大家從各種角度切入探討，有些人開始尋找原因、往回找——是不是因為汙染、成長激素、臭氧層、核子試驗等等。有些人斷定跟基因無關，而是病毒或普恩蛋白造成，病毒體感染了一部分人類。亞伯和我還有幾個人仍然相信關鍵在於ＤＮＡ——只是並非由一個基因決定。就像智力那樣。」

「智力和基因有關。」

「當然，沒錯，但不是由一個單獨的基因決定。我們仍然不確定其中的運作機制，但史丹佛和東京的研究指出，實際上有好幾十個基因，也許上百個，共同控制了構成智力的基礎。異能也是同樣道理，只是又更加微妙。」

薇奧拉發出短短的叫聲，他們都停止說話，回頭看她，場景很溫馨：媽媽和爸爸都坐在閃爍的火爐邊，寶寶在襁褓中睡得安穩，這整幅場景只差蛋酒就能印成聖誕卡片了。

如果忽略聯邦探員可能隨時破門而入的事實的話。

「所以是什麼呢？」

「表觀遺傳相關端粒延長。」

她露出一個表情，於是他說：「喔對，端粒是染色體末端的核苷酸序列，保護染色體不會散開，就像防止鞋帶散開的塑膠套。」

他盡可能解釋給她聽，告訴她端粒的長度都不同，而他們發現某些染色體末端較長的端粒與細胞壽命有關，伊森確信不是基因不同，而是基因與基因之間的交互作用不同。表觀遺傳學解釋了為何答案如此難解。根本原因不是在異能者本身，而是他們兩、三代前的祖先。不只這樣，異能的DNA序列沒有改變，改變的是他們的基因被規範的方式。

「可以想成像做菜一樣，DNA序列提供了原始材料，但這些材料之間的互動、加入鍋中的順序、溫度，這些都會改變最終結果。

「只是以異能來說，材料不只有幾樣而已，人類DNA上的基因數量超過兩萬一千個，而他們之間的交互作用更微妙、更複雜，不過我們一旦開始研究基因變異如何影響基因表現，尤其是與端粒之間的關係後，我們就找到了模式。」

「就這麼簡單。」

他微笑，揚起一邊眉毛。「很迷人，對吧？」

「所以根本原因是什麼？」

「嗯？」

「你說異能的祖先發生了一些事，所以製造出了異能。」

「噢，那個啊，」他聳聳肩。「不知道，科學研究傾向先找出是什麼，再花上數十年的時間理解到底為什麼，我的猜測是沒有單一個原因。一百五十年來人類都在玩弄這個星球，我們將毒物排進海洋、破壞了食物鏈、測試高熱核子武器，還發明出基因改造作物，基本上人類就是亂搞了一些我們還未完全了解的東西，而其中一個後果就是異能。」

她盯著爐火，火光描繪出她細緻的五官，讓她的眼睛閃閃發光。「你們發現了異能的成因，為什麼不公開？」

「我們破解了模式之後，亞伯就想到可以複製模式，有可能非常簡單。」

「簡單？人們已經研究三十幾年了。」

「沒錯，找出原因很困難，但複製可不難，這叫做三個馬鈴薯理論。」他看到她的表情，不禁大笑。「是亞伯自創的詞，比方說賦予天賦的原因是連吃三個馬鈴薯，考量到人類所有生活經驗之廣，找出這個原因非常困難，但只要找出來了——」

「你所需要做的事就只是連吃三個馬鈴薯。」

「而在這個案例裡，只要用非編碼ＲＮＡ設計一個標靶療程來規範基因表現。」

「所以有效嗎？你們能讓平常人變成異能？」

「我們的概念性驗證非常成功，亞伯消失的時候，我們正在思考要怎麼才能進入第一階段人體臨床實驗。」

艾咪站起來離開，動作很突然，他第一個念頭是她可能聽到了什麼，於是也跟著快速起身。「什麼東西？」

她看向窗外，雙手握拳又放開。

「寶貝？」

他妻子猛然轉身。「你這個白痴，白痴小男孩。」

她說的話像一記重拳，能跟她聊、分享他的成功、在這偷來的片刻安逸中向妻子炫耀，原本讓他鬆了口氣。「我不——」

「你想過有可能發生什麼事嗎？」她咬牙切齒吐出這些字，比大喊還糟糕，「你想過嗎？」

「妳在說什麼？」

「你真的這麼盲目嗎？」艾咪往前一步，前一刻讓她看起來好漂亮的火光，現在只強調了她的憤怒。「你和亞伯，兩個蠢天才。」

「聽著，我知道這很瘋狂，但妳了解我們正在進行歷史上最偉大的發現，自從，嗯，讓原子核分裂以來。」

「沒錯，就是這樣沒錯。然後他們拿核分裂來做什麼？」

他打開嘴巴，又閉上。

「你有家庭，伊森，你有女兒，然後你和你的兄弟搞出了這個科學小計畫——」

「嘿——」

「——即將改變全世界。我是說，改變一切，然後你完全沒想到可能會有人想來搶？」

「我，」他呼出一口氣。「我是個科學家，我只是想知道而已。」

「那真是恭喜啊，你創造了歷史。」她聲音中的指責令人驚恐。他們兩人都是善良的自由知識分子，他們交談、傾聽，他們當然也會吵架，但從不嗜血，他們結婚的這幾年，他從沒聽過她這樣講話。

不，不是這樣，她只是從來沒這樣對你講話，昨晚她要傑瑞米的上帝詛咒他時，你不是就聽過了嗎？

「艾咪……」

「安靜，伊森，不要說話。」

所以他保持安靜，接下來一整天都沒說話。他原先希望睡一晚之後就可以重新開始，雖然他們一起躺在主臥室的床上，她卻縮在床遙遠的另一邊，連睡著了身體姿勢看起來都很憤怒。今早他做了早餐，煮蛋，煮咖啡。

她一個字都沒說，其實截至目前為止什麼都沒對他說過。直到她說薇奧拉可能會冷。

他們開始走回小屋，另一聲槍響爆出，這次比較近。他想跟她說話，求她跟他說些什麼，可是他強迫自己保持安靜。

「艾咪……」

走到小屋後門時，她轉身伸出手臂要抱小薇，伊森靜靜讓她接過。艾咪緊抱女兒，本想直接走開，但改變了心意。「伊森，我愛你，你知道的，但我不知道自己有沒有辦法原諒你。」

「如果只有我們兩個，那情況會不一樣，有人綁架了亞伯，說不定還殺了他，同樣一群人正在追捕你，可能是聯邦探員，也可能不是，但這已經不重要了，因為應變部也在追你。你昨天還搶了一間加油站——」

「我別無選擇！」

「而這一切的後果，所有後果，會降臨在我們身上的。」她抱緊女兒。「還有在她身上。你想清楚吧。」

然後她走進屋內，摔上門。

34

他是個死人，被另一個死人的話語糾纏。

「你要是這麼做，世界會大亂。」

距離德魯．彼得斯對他說這句話，真的只過了三個月而已嗎？距離他坐在林肯紀念堂外一座公園長椅上，手裡握著一枚炸彈，猶豫著要不要啟動，決定不管結果如何世界都必須知道真相，真的只過了三個月而已嗎？

你這個可悲的笨蛋，太天真了，什麼樣盲目的樂觀主義，竟敢這樣挑釁宇宙。

他所做的決定，直接造成衡平局關門大吉、應變部的權力削減、約翰．史密斯在公眾輿論中洗清罪名，還可以自由行動，沃克總統下臺且面臨審判，留下一個善良卻沒有意思也沒有智慧當總統的人，這人即將帶領他們墮入那場庫柏花了大半生命極力阻止的內戰。美國政府握緊的裝甲鐵拳正在這座城市的城牆外準備攻擊，而他的兒子還在昏迷，只為了想救自己的父親就迷失在夢魘世界中。

但是，他的孩子正在因為他的行動受苦，這不是種譬喻，而是貨真價實的現實。他膝上的軟式平板一次又一次重播影片，整場夢魘只持續十秒鐘：索倫進入餐廳，割斷了一名保鑣的喉嚨以及另一名保鑣的肱動脈，之後轉身，庫柏丟椅子、跳到桌上、攻擊，他看著自己的手幾乎被切成一半的震驚表情，陶德往前衝，刺客抬起手肘轉身，他孩子的眼睛變模糊、身體癱軟，庫柏自己撞向匕首，刀子刺穿他的心臟，庫柏倒在兒子身邊時，索倫離開。

暫停。倒帶。索倫走進餐廳……

他看了一次又一次，影片仍舊會影響他，影像也依然恐怖。

庫柏用完好的那隻手揉揉眼。在醫院病床上，他兒子動也不動地躺著，除了呼吸之外沒有其他動靜，管子進入他手臂中，一大團繃帶圍住他剃過的頭。

艾普斯坦兄弟離開後，庫柏說服娜塔莉去躺一下，她原本很不情願，但敵不過疲累，還是去了隔壁房間和凱特縮在一起睡覺。庫柏則不確定自己是否能再度入眠，藥效正在退去，感覺好像有爪子深深嵌進他的胸膛，而腦中有把火熱的鏈鋸在轉動。疼痛很好，疼痛是對於他傲慢之罪的小小彌補。就像一次又一次看錄影帶，就像想像軍隊在新迦南外集結，都是為了彌補一樣。七萬五千名士兵，多到誇張的兵力，不是為了要使特區就範，而是要將之徹底弭平。就算是身在地底，庫柏還是能聽到噴射機呼嘯而過的聲音。

如果他能用自己奇蹟般失而復得的生命交換，讓陶德醒來玩足球，他會不加猶豫立刻這麼做，但這麼做感覺只像是個懲罰而已，約翰．史密斯還是會如願開戰，世界會大亂，沒有人可以平安無事。

然後你就坐在這裡束手無策，天啊，你連兒子都保護不了。

他感覺到體內有聲尖叫、蓄勢待發，他想像那聲音像震波，會往外擴散夷平全世界。如果說他過去幾個月學到了什麼教訓，那就是他只是個人而已。

因為幫不上什麼忙，庫柏按著軟式平板，關閉影片，打開想殺死他兒子的男人索倫．約翰森的影片。

檔案很多，關於索倫的出生資訊、孩童時期的診斷、霍克斯東學園的每項紀錄，他是在那裡長大的，檔案還包括他天賦的詳細分析。

第一級異能者已經夠少了，而第一級時間異能又更加罕見，庫柏從未親自接觸過這樣的人。從哲學的角度看來，他們代表的意義令人著迷，像是相對關係一樣，他們證明了人原以為是恆常事物的東西其實並非如此。當然，時間異能不能像速度一樣改變時間，一切都只與感知層面相關，而且差距與正常人相比並不大。在級數較低的異能，像第四級、第五級，可能根本感覺不到差距。一個有著時間感指數一點五的人，也許到頭來只會被認為有點小聰明。

但索倫的時間感指數是十一點二，是庫柏所聽過最高的。這個世界對他來說一定很奇怪，每一秒鐘都被延長至令人痛苦難忍的長度。

很好，我希望你的人生充滿痛苦。

這也解釋了為什麼他自己的天賦派不上用場。庫柏可以讀取意圖、以肢體動作透露出的線索和直覺建立起模式，但索倫沒有任何意圖，他可沒打算要揮擊人家這裡或捅人家那裡，他只單純地等待對手移動，然後在對方慢動作龜速前進時，趁機將刀子擺在會造成最大傷害的地方。事實上，他只真正出手攻擊兩次：第一個保鏢被割喉，還有……

庫柏又重新經歷了那個時刻，他面對那男人，就戰鬥姿勢，然後在那當下捕捉到了一絲意向，他知道接下來會發生什麼事的瞬間，那個渾帳旋轉，手肘抬起，手臂保持不動。

陶德的呼吸梗住了一秒鐘，庫柏跳起來，心中同時充滿不可承受的希望以及無法想像的恐懼，但陶德的呼吸伴隨著鼾聲吐出，只是個小小的生理意外，但庫柏還是眼也不眨地看著陶德又呼吸了二十下。

了解為何他會這麼輕易被打趴沒什麼用。對，沒錯，庫柏可以讀取意圖，但那傢伙沒有意圖，這轉換成實際行動卻變得沒那麼清楚易懂。你要怎麼打敗一個利用你打敗你自己的人？

站在他面前把他瞪到死嗎？

真相是，生命中的每件事情都與意圖和結果相關，庫柏殺死彼得斯並釋出影帶的意圖是好的，但結果卻是個災難，這是否讓他的意圖變成了一個錯誤？如果是，就表示道德其實只是述說我們希望事情可以如何如何的一種方式而已。希望、同理心、理想主義——也許都不重要了，也許只有結果才重要。

這是一個冷血的實用主義者對世界的觀感，他一直覺得艾茵．蘭德[1]是個沒幽默感的傢伙，意圖一定有某種程度的意義，一定——

等等。

他讓自己喘口氣，直直盯著前方看，大腦飛快運轉著，不是在尋找模式，不是在使用他的天賦，而是**思考**，如果他是對的，那……

庫柏丟下膝上的軟式平板站起來，這動作刺痛了他的胸腔，他感到頭暈目眩，但沒停下來。他快速掃視房間，然後看到了，在角落，一個彈珠般小小的突起。他移動到監視器前揮舞雙手。「艾瑞克！艾瑞克！我知道你聽得到，你這渾蛋，這裡是你的小世界，快點——」

邊桌上的電話響了。庫柏走過去，在第二聲鈴響之前就抓起話筒。「艾瑞克，我需要資料。」

「資料，好，哪種？」

「你說過考贊博士是被應變部綁架的。」

「是，基於多變量的統計投影方法——」

「對啦，我不在乎你怎麼知道的，重要的是意圖。」

「就統計學上來說，意圖幾乎無關緊要——」

「如果考贊博士在應變部手中，那麼一定有人意圖奪走他的研究，我們講的不是統計，而是活生生的人。」

短暫沉默。「請解釋。」

用艾瑞克的用詞解釋給他聽。「我知道克雷總統的為人。你可以開始分析我給的資訊嗎？」

「你尋找模式的天賦。好，資訊已輸入。」

「克雷是個好人，他不想開戰，而是被逼的，被兩邊的激進分子所逼，他們正試著消除所有折衷方案、所有溝通的可能，但克雷會抓住任何合理方式來避免任何毀滅性衝突發生。」

「輸入。」

「考贊博士的成果提供了這樣一個方法。克雷沒採用，代表他根本不知道有這樣一個方法。但是應變部是隸屬於政府的機構，這也就表示？」

「克雷麾下有人隱瞞了這個方法不讓他知道，這人很有可能也是推動這場戰爭的人。」停頓。「如果你可以證明——」

「我們一下就能除掉總統身邊的鷹派人士，還能阻止史密斯開戰的計畫，因為我們不只能證明他被愚弄了，還可以將那位好博士交給他——因為考贊已經在政府手中了。」

庫柏可以想像艾普斯坦站在他的奇蹟之穴、那個圓形劇場般的房間裡，與資料洪流共舞，想像他指揮著圖表，除了他之外，沒有任何人知道該如何解讀那些發光的全息影像，他知道艾瑞克會檢視自己的資料，與其他一百多個因素交相比對。他屏住呼吸，艾瑞克接下來說的話將

---

1 Ayn Rand（1905-1982），美國著名小說家與哲學家，著有《阿特拉斯聳聳肩》（*Atlas Shrugged*）。

會決定很多事情。

當艾瑞克開口時，聲音中有某種興奮感。「你的理論從統計學角度看來很合理，我會將和考贊博士綁架案有關的資料傳送到你的平板。」

庫柏沒有說再見，直接掛上電話，拿起平板。他的胸腔感覺像被熔化的鋼淋在上面，剛修復的心臟每跳一下，他的手就痛一下，但不重要，因為有方法可以導正一切了。就像娜塔莉要他做的，搞定它。他想出方法了，老天爺啊，終於不再束手無策了。

他癱進椅子裡，將軟式平板放在床上，空出沒受傷的那隻手，螢幕顯示有個超級巨大的檔案正在傳輸中，但最重要的部分已經下載完成。庫柏可以感覺到自己的脈搏、粗嘎的呼吸，還有開始閱讀檔案、尋找他需要的證據時讓手指顫抖的開心感。

他花了五分鐘才明白自己錯了。

整整五分鐘，他才明白事情比他想像的更糟糕。

35

娜塔莉說：「我不懂。」

他們在地下診所的走廊上，庫柏來回踱步，感覺得到他們上方所有土石的重量，那也是快要瓦解的那個世界的重量。他原先很確定自己是對的，確定他找到解決辦法了。有那麼一瞬間，生活好像回到正軌了，好像如果他繼續奮鬥不放棄，一切就會平安無事。

他原本以為會花費好幾個小時，以為他得費心研究私人檔案，扭住巴比．昆恩的胳膊逼問他，或者可能需要艾普斯坦駭進先進的電腦系統，但其實只要花五分鐘看看犯罪現場的照片就知道了。

「應變部不可能綁架考贊博士的。」

「你怎麼能這麼確——」

「因為那會是我負責的事，娜塔莉。妳知道我為應變部出過多少任務嗎？知道我下令小組逮捕或者親自追蹤目標多少回嗎？我知道我們的標準程序是什麼樣子，應變部有世界上最強的戰略性資產配置。」

「所以？」

「所以，考贊研究室門旁的窗戶被打破了，讓某人可以把手伸進去打開門。應變部會使用破門鎚或者破門彈，那是特別用來破壞門的霰彈槍子彈。鄰居通報聽到槍響；應變部應該會使用消音武器。屋內家具被翻倒，還有掙扎痕跡，而一個體重只有一百五十磅的脆弱蛋頭人若是對上戰略小組，怎麼可能有機會弄得一團亂呢？他的實驗室到處都是血跡，如果應變部想活捉考贊，他們不會傷到他的。」

「也許他有槍，也許他看見探員要來了，所以他——」

庫柏搖搖頭。「考贊不是應變部抓的，相信我。」

「好吧，」她說，「但知道是誰抓了他有什麼用？不會有事情改變。」

「所有事都改變了。」

「為什麼？」

「因為他根本沒被綁架。」

是血跡露了餡。他並不是什麼鑑定專家，但他工作了十幾年，多多少少也學會了幾招，如果攻擊考贊的是應變部，如果他用盡全力反擊，如果他們被迫使用會濺血的武器，那麼一定會是槍枝。

槍傷潑濺出來的血會是一滴一滴的小點，稱之為高速撞擊飛濺，但牆上的血很密集又很大滴，看起來像鈍器創傷會造成的噴濺型態，像是鉛管擊中頭部時的情況，應變部是不會使用鉛管這種武器的。

但如果有人拿著一小罐自己的血往牆上砸，的確會造成這種效果。現場還有其他細節，不過他是因為這點才想通的。

「他裝的。」庫柏停止踱步，靠向牆壁，閉上眼睛。「他假裝自己被綁架了，其實沒人來抓他。」

娜塔莉靜了一會兒，反覆思考。「如果是真的，那就表示——」

「表示他在跑路，因為某些原因，他決定要消失，並且替自己多爭取一點時間。可能有人願意給他比艾普斯坦所提更好的報酬，不過這不重要。」他揉揉眼睛。「重要的是，唯一可以解救這瘋狂一切的傢伙擅離職守、人間蒸發了。」

「我還是不懂，為什麼這樣比較糟糕？」

「表示他在躲藏，自動自發地躲藏。」

「那就找到他啊。」

他大笑。「我現在動沒幾下就頭暈目眩，我的右手完全廢了，內戰大概再十分鐘就會開打吧，然後可以阻止這一切的男人已經取得先機躲了很久，我兒子還躺在病床上。」庫柏沿著牆壁滑下，坐在地板上。「妳要我怎麼辦？」

他知道他剛剛講的那些話聽起來是什麼德性，但他不在意。隔著他的病人服，地板瓷磚感覺冰冰涼涼的很舒服，他已經盡力奔波太久了，而所有他完成的事都只讓情況更加惡化而已，夠了。

娜塔莉走到他對面，也靠著牆壁坐下，她的頭髮往後緊紮成馬尾，配上眼睛下方的黑眼圈，她看起來虛弱又蒼白。她說：「你以為只有你這樣嗎？」

「不是，我知道妳——」

「陶德是因為我才躺在這裡的，因為我。是我出的餿主意，記得嗎？我想要我們在一起，像一家人，為了我們的孩子，也為了」——她聳肩——「如果我沒有想讓全家在一起的浪漫幻想，如果我不要幻想這對我們兩人來說代表了什麼，陶德現在還好好地待在華盛頓，不會陷入昏迷。所以你少來了。知道嗎？」

「娜塔莉——」

「你不了解，從來沒了解過。在你腦袋中，總是自己一個人對抗全世界，你隻身一人成為全世界的救星。」她冷冷地大笑，「如果情勢好轉的話，你該怎麼辦呢？告訴我，尼克，我很好奇。如果忽然間世界不需要被拯救了，你該做什麼呢？開始打高爾夫球？還是成為會計師？」

「嘿，」他說，「這樣說不公平。」

「公平？」她哼了一聲。「你是我唯一愛過的男人，我們在一起很幸福，我們很快樂，生了好可愛的小孩。但不知道從什麼時候開始，我們忽然就不好了，可能是因為你的工作，可能因為你是異能但我不是，可能因為我們太早相愛、然後對彼此都膩了。不公平，但好吧，人生嘛，總要放手。所以我們放手了，這樣也沒關係。

「然後我們發現凱特是異種，而且不只這樣，還是個第一級異能，那些人要從我們身邊把凱特搶走。

「還好你幹了件厲害的事，你去臥底，為她豁出一切。這不公平，還有結局也不公平。

「但生活開始恢復正常，也許比正常還更好，有部分的我開始想知道，我們之前是不是太快放棄了？我們是不是應該撐過去？因為我自己想知道，也因為我想讓你知道你並不孤單，我們來到新迦南，然後——」她深吸一口氣。「『公平』，去你的。」

這些字句就像一巴掌呼過來，他跳起來。「娜塔莉——」

「你很心痛，我懂。事情看起來很絕望，我也懂。但別跟我這樣講話。我們有沒有犯過錯？當然，無庸置疑。但這場戰爭中，我們是站在良善的一邊，我知道的，你也知道。現在你有選擇了，你可以坐在你兒子病房外的地板上，等著炸彈開始掉下來，或者你可以奮力最後一搏，不管機會有多渺茫，試著創造一個更好的世界。由你決定，尼克，真的取決於你。不管你做什麼決定，沒有人可以怪你，但不管怎麼樣，少跟我談什麼公平。」

娜塔莉安靜了，跟她開始說話時一樣突然，沉默就像打雷後的混亂，空氣像通了電，庫柏盯著她，感覺到胸口的疼痛，不過跟刀傷沒什麼關係。他企圖思考該說什麼、該怎麼回答、該從何說起。

終於，他開口：「考贊是個天才。他知道有人會追他。他不會躲在有人會找上門來的地方。他不會去他自己的房子或親戚朋友的，不會去任何研究設施。娜塔莉凝視著他，表情和她腦中的想法一樣冷靜且意味深長。「你只知道這個人不會跑去任何你意料之中的地方，那要怎麼找到他？」

他低頭看著自己的雙手，被摧毀的那隻飽受劇痛折磨，而——

時間與你為敵，戰爭有可能下一秒就會爆發。

考贊博士可能是地球上唯一能阻止戰爭的人。他的研究可以改變一切，不管現在情況有多令人絕望。

但他躲起來了，而你找到他的機率近乎為零。

艾普斯坦給你的資料指出，雖然考贊是天才，但他並非單打獨鬥，他有一個最頂尖、絕頂聰明的研究團隊。

包含了一名他的門生。

你在哪裡，伊森．帕克？

——另一隻手仍然強壯。他站起身，向娜塔莉伸出完好的那隻手臂，她握住，與他面對面站著，他們的臉靠得很近。

庫柏傾身吻了她，她也回吻他，兩人都很飢渴。經過太短的一段時間之後，他停住，往後靠。「妳會告訴孩子我愛他們嗎？」

娜塔莉咬著嘴脣，他看得出她如何被殘酷現實所衝擊著，這是她那番演說的後果，庫柏也看得出就算如此，她也不後悔，而他為此愛她。娜塔莉點頭。「你要去哪裡？」

「去說服艾瑞克·艾普斯坦借我一架噴射機，但首先」——他微笑——「我要先換掉這件該死的洋裝。」

36

低空飛行的飛機引擎聲將她從深邃的黑暗中拉出。

雪倫眨眼，翻過身，旅館床上有十幾個枕頭，她每個都拿來用。她的繭溫暖柔軟，身體感覺很沉重，不過是一種舒服的沉重。她打了個呵欠，然後瞥向時鐘。早上十點十二分，天啊，她已經連睡了……十八個小時？

整整兩天沒睡的確會讓人睡成這樣。

昨晚尼克離開之後——嗯，應該是前天晚上才對，但對她來說不是——她在特斯拉機場等待理和麗莎抵達。塑膠椅、爛音樂、她的身體疼痛、眼睛沙沙的，雪倫守著熟睡的乾女兒，撫摸著小女孩的頭髮，一邊看著人群來來往往，就這樣度過那幾個小時陰沉的時光。

她看到兩個人影奔過機場大廳時已經快天亮了，她有好幾個月沒看見愛麗絲的父母，自從她和庫柏躲在他們位於中國城的公寓那晚，就沒再見過面。那天晚上毀了他們的生活，害他們兩個被關入監獄，而愛麗絲被抓進戴維斯學園。幾個月以來，他們兩個老了好幾歲，麗莎眼睛下方有深深的黑眼圈，理的肩膀以一種她從沒見過的方式垂垮著。

但是，他們看見女兒時，就好像營火點燃的那瞬間忽然燃起的溫暖與光亮，雪倫搖搖趴在她膝蓋上的小女孩，喚道：「親愛的？」

愛麗絲睜開眼睛，第一個看到的就是爸媽朝她衝來。她跳起來撲向他們，三人撞在一起來個團體大擁抱，手臂交纏在一起，話語流出，關於愛與失落與快樂，他們三個都在哭，而雪倫站在一旁覺得無用武之地，緊握著雙拳，然後又鬆開。

接著陳理轉向她，雪倫一直很害怕這個時刻，怕看見她老朋友臉上露出的第一個表情。她一直以來的魯莽造成很多災難，付出代價的是理，不管他說出任何傷人的話，都是她應得的。

「謝謝妳，」他的臉龐濡溼，鼻子紅紅的。「妹妹，謝謝妳。」

然後她也失控了，也加入團體大擁抱，他們四個人一起又哭又笑。

雪倫打呵欠，伸展四肢，掀開被單。她漫步到浴室，大概花了半小時尿尿，然後往臉上潑水，她的臉頰上有枕頭的印痕。哇塞，小懶女，她爸爸的聲音在她腦中說，她不禁微笑。

她愛旅館的其中一點是因為有浴袍，掛在淋浴間旁邊的是件又厚又軟、毛巾織物材質的美麗浴袍，更棒的是房間裡有臺咖啡機，她在機器中放了兩包咖啡，機器發出咕嚕聲和嘶嘶聲，她站在一旁等待著，想起愛麗絲的頭躺在她膝上的溫暖，以及手指間小女孩頭髮的觸感。

她訂這間套房所砸的大錢反映在擺設上，極簡主義風格、牆壁純白、家具低調，一邊牆壁是太陽能玻璃，在冬天的驕陽下看起來很光滑，雪倫端著咖啡走到陽臺上，發著抖將浴袍的腰帶繫緊了些。十一月的懷俄明州，還是謝謝再聯絡吧。妳得想辦法找個在聖地牙哥的革命。

儘管天氣寒冷，感覺還是很舒服，讓人神清氣爽，而且襯得咖啡更加好喝。特斯拉在她腳下展開，一格一格規畫好的繁榮城市，艾普斯坦企業那簇建築的鏡牆反映著冰冷的沙漠天空。某處傳來一聲轟然咆哮，可能是車水馬龍的聲音。她想知道尼克和艾瑞克的會議進行得怎麼樣了，那個億萬富翁是否承認了他的科學家製造了什麼東西？關於那藥物的念頭仍舊讓她很震驚，有點像是第一次做愛後的早晨，整個世界感覺一如往常卻又完全不同，那聲咆哮是什麼呢？因為聽起來好像……

那聲音忽然變得不只是聲音，而是包圍住她的具體存在，飽滿且巨大，強壯到似乎能倚靠在上面，而且音量迅速變大、吞噬一切，爆炸似的嚎叫聲來自三架從頭頂飛過的戰鬥機，它們排列成三角形的攻擊隊形，飛行高度低到她可以看見機翼下掛的一排排飛彈。

搞什麼鬼？

雪倫抓住陽臺欄杆，看著飛機橫越灰撲撲的天空，引擎怒吼在四周迴盪、跳動。她對軍機了解不多，看不出是什麼型號，但她自成年以來就身為士兵的經驗讓她能一眼認出有威脅性的事物。

她快步走回房間，通往陽臺的門半開著，一股冷風溜竄進來。超立體電視看起來俐落且很有格調，比較像是現代藝術作品而不是娛樂裝置，但她唯一在乎的就是找到該死的電源鍵和可以切換頻道的控制鍵。一個落漆肥皂劇裡的落漆廚房、某個兒童節目裡瘋狂亂動的卡通、一名人體傷害律師的廣告。然後，好不容易才切到了福斯新聞臺，正在播放片頭動畫，誇張的背景音樂，3D立體字母滾入，拼出「美國最前線」幾個字，然後字母爆炸，出現了一張特製地圖，顯示著火的懷俄明州，標題寫著「沙漠危機」，然後迅速出現一堆愛國主義大雜燴：國旗、星星、白宮、尖嘯的老鷹、戰鬥機。

影片切換成空拍圖，新聞採訪無人機緩緩前進，由許多組合屋構成的軍事基地非常熱鬧，一排又一排的坦克與卡車，一座停機坪停滿了武裝直升機，還有成千上萬名士兵。

景色一片土棕色，而且看起來很冷，天空顏色和從她窗外看出去的一模一樣，很熟悉，因為她已經飛越這片天空將近五十幾次了：吉列，通往新迦南特區的東邊要塞，雪倫倒抽一口氣，不敢相信自己看到什麼。

美國軍隊攻占美國城市。

主播的聲音播報：「軍隊繼續在懷俄明州集結，政府稱之為『反恐演習』，但沒有進一步表示演習是否需要進入新迦南特區的土地。」

鏡頭轉到懷俄明州地圖，新迦南特區因為政黨利益而特意劃分的不規則形區塊被塗成血紅色，要進入特區只有三條路，也就是從吉列、肖肖尼、羅林斯延伸而出的寬廣高速公路，這三座城鎮都以星號標記，但看起來卻像是彈孔。

「軍方發言人證實，整起行動已經集結了多達七萬五千名兵力。」

畫面切換到一條跑道，一個軍事基地，戰鬥機一架接著一架起飛。

畫面切換到一排坦克，巨大的金屬怪物，士兵忙著裝載大砲。

畫面切換到橫亙高速公路路面的關哨，悍馬車排列成路障，士兵倚靠在沉重的機槍上，半聯結車呼嘯著往地平線急駛。

「進入新迦南特區的通道全都禁止通行，地方政府抗議生活必需品都必須從外界運進來，但抗議無效。」

畫面切換到一名穿著上等西裝和眼鏡的浮誇男子站在演講臺後方，新聞標記的名字是白宮新聞祕書，霍頓．亞契，他說：「我們已經盡一切努力來確保現狀能快速且和平解決，但我們也必須謹記：現在還有三座美國城市無電可用也沒有食物，這是恐怖行動直接造成的後果，而我們相信是新迦南滋養了這些恐怖分子。」

螢幕配合地切換到一張相片，一個有著好看下巴的帥氣男子站在演講臺邊。

「有白宮高層官員證實，政府已下令逮捕活躍分子以及公眾發言人約翰．史密斯，他曾被視為恐怖組織的首腦，但戲劇性地洗刷了罪名，因為有證據顯示前總統沃克——」

外頭，咆哮的音量又變大了，愈來愈大聲，一開始只像是音量被調到最大的收音機，然後增強為天空中的雷聲，然後又變成群眾在體育館裡的大肆喧譁，最後是戰鬥機呼嘯而過的颼颼聲，讓旅館窗戶顫抖著。

主播繼續播報：「自從達爾文之子第一次攻擊後，緊張氣氛便逐漸升高，動盪指數來到前所未有的九點二……」

有人敲門，雪倫差點要從浴袍中跳出來，咖啡潑濺到她手上。「糟糕。」她將超立體電視轉為靜音，大喊，「不用打掃，謝謝！」

「雪倫？」

她原本正在用浴袍擦手擦到一半，但忽然僵住，她認得那個聲音，雖然在當前狀況下她並不預期會聽到。她將咖啡擺在桌上，走去開門，邊桌上掛著的鏡子反射出她的倒影，她苦笑。她的臉頰上有枕頭的印痕，而且，呃啊，她的頭髮。她用手指梳梳，一點用都沒有。然後她深吸一口氣，挺直肩膀，把門打開。「妳好，娜塔莉。」

尼克的前妻看起來蒼白又疲累。「嗨。」

她們就這樣僵立了一會兒，各自站在門的一邊，然後雪倫說：「都還好嗎？」

「我可以進去嗎？」

「噢，當然，不好意思。」她將門敞開，示意要娜塔莉進來。「咖啡因還沒發揮效用。」

娜塔莉走進套房，緩緩轉身，看見房間的現代風裝飾、窗景，以及明顯的昂貴開銷。雪倫幾乎可以看見她在讚賞這個房間，以及想像尼克在這裡的樣子，一邊評價著他所選擇的另一個女人。

別這樣。她一直以來都很大方。妳愛上她前夫又不是她的錯。

她注意到這個念頭，重新想了一下。

「愛上？」什麼時候「約會」變成了「愛上」？

答案顯而易見。昨晚在機場。不是因為他為理和麗莎做的事，也不是因為他對於藥物的事做出了正確反應，這兩者都很讓她開心，但慷慨與政治良心不是愛情的基石。

不。他道歉的時候妳就徹底愛上他了。當他說他再也不會懷疑妳的時候。

讓她重新愛上他的關鍵是「再也」那兩個字，那是一個半說出口的承諾，關於一個有意義的未來。

她發現自己正呆呆地站著，趕快搖醒自己。「要幫妳拿點什麼嗎？咖啡好不好？」

「聽著，」娜塔莉說，轉身面向她。「我不知道妳和尼克現在是什麼情況，也不知道我和尼克現在是什麼情況。但妳救過我的孩子一命，我永遠不會忘記這點。就算妳沒救我的孩子，我還是會來這裡，因為妳有權知道他還活著。」

什麼意思？妳和尼克之間？我以為你們兩個已經——等等。「誰還活著？妳在說什麼？」

娜塔莉說：「妳知道嗎，他第一次為衡平局殺人的時候，我們聊了一整晚。我不是電影裡那種不知道自己老公是祕密探員的老婆。」

「我——什麼？我從沒這樣想過。」

「我不會什麼功夫，也無法幫他找到恐怖分子，但我們已經一起做過晚餐好幾千次、做愛過更多次。我生陶德的時候，他餵我吃刨冰、幫我揉背，他爸爸死的時候是我抱著他的。」

雪倫曾經出過車禍，被追撞、被拋進對向車流中，然後被一輛迎面而來的卡車撞回原本的車道，剛好又被另一輛車撞了一次。而此刻她穿著浴袍站在這裡，感受到一股和車禍當時相同的暈眩感。戰鬥機、集結中的軍隊、意味不明的宣言，外加眼前這件事，全讓她感到頭暈目眩。「娜塔莉——」

「讓我把話說完，好嗎？我必須一吐為快。」

雪倫拉緊浴袍，點點頭。

「我想說的是，我不是一個抽象的前妻概念，尼克和我有著一段過去，而且是真心的。他是我的初戀，也是我孩子的父親。」

噢天啊。

她還愛他。

令人震驚的是，她從未這樣想過。她和尼克不曾擁有過典型的交往關係，沒經歷過一對情侶剛開始培養感情時的青澀感。見鬼了，他們甚至沒有過像樣的約會：晚餐、一瓶葡萄酒、隨意聊聊。尼克和娜塔莉多年前一定經歷過這些事，她知道庫柏愛他的小孩，但她一直以為他和娜塔莉的羅曼史已經玩完了。

「我不是要告訴妳該怎麼辦，」娜塔莉說，「事實上，我甚至不知道我要的是什麼。妳不能像占位子一樣占有一個人。」她停了一下，好像在重新考慮、思索著是否就要這麼做。

如果她的確這麼做了，接下來會發生什麼事？妳非常想得到尼克沒錯，但妳真的要阻止一個企圖讓家庭團聚的女人嗎？

在雪倫來得及回答這個問題之前，靜音的超立體電視上有動靜吸引了她的目光，不是因為注意到醫護人員處理那個倒在地上的人時有多快速、多有效率，不是因為她認出了那家餐廳，也不是因為保安人員正在攔住一個尖叫的女人。

是因為那個尖叫的女人是娜塔莉。

尼克的前妻順著她的視線望去，看見影片，她瑟縮了一下。「我得回去了，我兒子還在——」

「娜塔莉，」雪倫說，「發生什麼事了？」

「昨天早上吃早餐時，有個男的攻擊我們。他的目標是尼克，但陶德擋了他的路——」

「噢天啊。」她不禁用手摀住嘴巴。「那他——」

「他還在昏迷中，不過他們說他會沒事的。」娜塔莉沉穩地說，面對著事實。她很堅強，毋庸置疑。「我們很幸運，如果事情是在別的地方發生，庫柏早就沒命了。」

娜塔莉以簡短的語句重述了事發經過：刺客撂倒保鏢，好像他們根本不在場一樣。尼克被刺殺。他的心臟停止。醫護人員，不是正規的第一線人員，而是艾普斯坦手下的菁英醫生，他們想辦法暫停他的新陳代謝，然後將他移送到一間診所進行了一場似乎科幻小說中才會出現的手術。尼克醒來時發現他兒子還在昏迷，而他的國家正在搞分裂。這些全在雪倫不知情的情況下發生，發生在她拖著沉甸甸的步伐離開機場、訂了這間套房、癱倒在床上的時候。

「我可以去看他嗎？」雪倫走向臥室。「我換個衣服。」

「他走了。」

她停下腳步，緩緩轉身。「走了？」

「艾普斯坦正在為他準備噴射機，他想要去俄亥俄州。」

「他想……去俄亥俄？」

娜塔莉發出一個不太能稱得上是笑聲的吐氣聲。「是的。」

「為什麼？」

「有位科學家發明了一樣很厲害的東西，尼克認為這東西能阻止戰爭爆發。」

「我知道，」雪倫說，「是我告訴尼克的。」不是故意要刺娜塔莉，雪倫告訴自己，不是要攻擊對方，只是聲明自己的地位並沒有錯。娜塔莉跟尼克有過一段過去，而她和尼克有的則是一段古怪、緊張的生活，他們兩人都戰戰兢兢，但並非一無所有。

「對。」娜塔莉的雙唇微微一抿。「嗯，考贊博士失蹤了，尼克想找到他。」

「昨天早上他才剛動完心臟手術，然後今天就要去俄亥俄州？」

「妳知道的，他想拯救全世界。」她做了個類似聳肩的動作。「我得回去陪我兒子了，我只是覺得妳有權利知道他還活著。」

雪倫點頭，送她到門口。「謝謝。」

「嗯，保重。」

「妳也是。」

然後她便離開了。這女人束著馬尾、穿著借來的外套，儘管負擔沉重，仍挺直肩膀，雪倫望著她離開。又一架噴射機呼嘯而過。娜塔莉還愛著尼克，尼克死了又復活，如果這一切有除了所有事情都徒勞無功之外的模式可循，她也看不見。

雪倫關上房門，走進臥室，她的手機放在床頭櫃上，她輸入了一串從未使用過的數字，思考了一下該如何措辭，但決定去他的，就說白一點吧。

我需要答案，立刻。

她按下傳送，然後進了浴室，旋開沖澡用的水龍頭。這旅館確實奢華，這裡不像她之前在新迦南特區習慣的戰鬥澡，水穩定地流出而且很熱。她沖完澡出來時，看見手機出現了回覆。

就知道妳會問。44.3719-107.0632。

租來的車子是電動車，但她成功租到一輛有好輪胎的低底盤卡車，要到達衛星定位座標指示的那個地點，得要有這樣的車輛才行。這裡算不上什麼荒郊野外，距離大馬路一哩之遙，在已經乾涸的舊河床上顛簸著，地景的顏色從淡棕轉變成赭色：灰塵、岩石，連扭曲的樹叢都是不同色調的棕褐色。輪胎在車後揚起一團塵霧，變成接回高速公路一條陰鬱的棕色線條。

雪倫在抵達之前就先遠遠望見碰面的地點了，大約五十碼高、空蕩蕩的山脊，她將卡車停在山腳下一輛悍馬旁邊，那輛車超耗油、老舊且沾滿灰塵，倚靠在車上的男人用只有專業人員才會有的泰然自若拿著一把突擊步槍，他身上的軍事服沒有任何國籍或軍階，腰帶上繫著兩個備用彈匣和一把八吋長的刀。「嘿，雪倫。」

「布萊恩．范米特。」她說，想起一、兩年前在博伊西的一份工作，負責偵察一間銀行，之後范米特和他的團隊洗劫了那裡。人們常常忘記一個關於革命的小細節，那就是革命需要錢，而她為了革命犯下了不只一起搶案。她和范米特從那之後沒再合作過，但她對他印象深刻，他用不著賣弄男子氣概就很能幹，工作時她也不用擔心他會莫名其妙開始掃射閒雜人等。

「這身裝備不是鬧著玩的，你要入侵什麼地方嗎？」

「克雷總統」──他大聲清喉嚨、吐了一口痰，「昨天下令，聯邦政府要逮捕約翰。」

她注意到范米特稱呼的是他的名而不是姓，心想，真聰明，讓這傢伙像是你的朋友，而不是員工。然後她想起來自己也叫他約翰。

沒錯，但妳不一樣。

是真的嗎？很難確定，布萊恩．范米特不只空有一身肌肉而已──他以前是名遊騎兵──但雪倫從沒想過他是史密斯的心腹之一，真想知道范米特也是這樣看待我的嗎？

「他在哪裡？」

「上面。小心腳步，有些地方會滑。」

她點頭，踏上小徑，雖然陡峭，但是很好爬。天氣嚴峻寒冷，雲朵洶湧翻騰，映照著一個人影。就算他聽見她靠近，也沒表現出來，仍然遠眺著地平線。約翰．史密斯換下了西裝，穿著破爛的工作褲以及一件長袖襯衫，外罩羽絨背心，頭戴針織灰色毛帽，兩眼都有轉為黃黃綠綠的黑眼圈——拜尼克所賜——搭配著他那身裝扮，看起來和之前不太一樣。不太像政治家，比較像飽經戰場風霜的戰士。

她說：「告訴我，你這麼做是有理由的。」

「妳好，雪倫。」

「我看到新聞了，我知道攻擊尼克和他家人的是你在學園的老友，那個時間怪胎，別告訴我不是你派他去的。」

「他的名字是索倫。沒錯，是我派他去的。」他的語調聽起來理所當然。

她握緊拳頭，又鬆開。「你明知道尼克是我朋友——」

「朋友？」

「——然後你還是派人去殺他。」

「對，我很抱歉，但非這麼做不可，這比私人情感更重要。」

「最好是這樣，」她說，「因為撇開我和庫柏的關係不說，我還是不了解為什麼。他是美國政府的大使，是來這裡調停的。就算你不相信，也應該知道謀殺他可能會引爆戰爭。」

約翰．史密斯的大笑一點幽默感都沒有，他揚起下巴。「可能？」

那片布滿灌木叢的貧瘠土地彼端，大約五哩遠之外，是特斯拉的天際線。從這麼遠的地方看起來小得可憐，由艾普斯坦企業銀色的塔群往外擴散的一群低矮建築物，一座手無寸鐵、做著白日夢的人擠在風雲變色的天空下。她從這麼遠的地方還是看得到戰鬥機在盤旋、直升機嗡嗡地低空飛行，看見一輛輛悍馬在沙漠土地上顛簸前進，比城市綿延得更遠的一列軍隊已經就定位準備好了。

「看看他們的軍隊，」約翰說，「統計上來說，大概有七百五十名是異能，想猜猜這些人之中有幾個當上軍官嗎？」

「你以為我不知道嗎？但用戰爭來導正這一切，實在太瘋狂了。」

「我同意，」他說，「我是名激進主義分子，記得嗎？我想改變體制，嗯，但體制不想改變，為了摧毀任何想改變它的事物，它願意奮戰至死。」

「這些說詞你自己留著對大學生演講用吧，約翰，告訴我這麼做是有原因的。」

「的確有，」他啐道，轉身面對她。「雪倫，他們奴役小孩子，想要在我們朋友的身體裡植入晶片，他們謀殺了單眼鏡餐廳裡好幾個家庭，只為了讓人們害怕異能。為了火上加油，他們還炸了證券交易所外加裡面一千一百多個人。他們隔離了自己的城市，市民乞求糧食時，他們發射催淚彈、朝他們開槍。這些人永遠永遠不會平等對待異能的，他們唯一能想像的世界就是他們既有的那個，為了保護它，他們會不擇手段，不管殺誰都在所不惜。」

「所以你就中了他們的計，想殺了一個調停者？」

他本想開口回應，但住嘴了，手伸進背心拿出一包香菸。「想？」

噢該死。「你知道我的意思，殺了他對我們有什麼幫助？除了讓軍隊攻擊新迦南之外，還會有什麼其他結果？」

他讚賞地看著她，打開香菸包裝，搖出一根，用 Zippo 打火機點燃，雙眼始終直視著她。她開始明白真相。「你想要他們攻擊。」

「他們會的，當他們開始攻擊時，就會毀了自己。」

「為何？那裡有七萬五千名軍力，每個新迦南的男男女女和小孩子都會對上一名武裝士兵，除了眼前這些之外，他們還有好幾百萬兵力。」

約翰深吸了一口煙，微笑。「雪倫，這不是我早上起床淋浴時突發奇想的念頭，我已經計畫了好多年。為了達成計畫，我瓦解了一個局處，還拉了一個總統下臺，如果得到我們所應得事物的唯一方法是開戰，那麼我對上帝發誓，我會讓他們如願以償地開戰。」

雪倫瞪著他，思索著，覺得頭暈目眩。她認識約翰好幾年了，她為了他，甘願冒著被關進監獄的風險、和士兵槓上、殺了不只一人。她知道他不害怕與人衝突，卻從沒想像過他會想要開戰，天啊，那會是什麼樣的戰爭？異能會寡不敵眾，九十九個人對上一個，沒有機會的，除了種族屠殺與奴役之外，他們無法獲得約翰認為他們所應得的東西。她原本對平等沒什麼異議，政府必須為所有人服務，為每一個人，而不是操弄真相來服務金字塔頂端的菁英。

還有一件事。

「那個藥物，」她緩緩說道，「考贊博士對複製異種天賦的研究。你派我進應變部去了解更多時，從沒想過要將這件事分享出去，對不對？你從沒打算要公諸於世。」

他沒回答，只是看著她。

「我這麼問是因為我一直相信你。」

「雪倫——」

「有辦法解決這一切，但你卻不想採用。」她瞪著他，看清了一切，所有醜惡混亂，所有她原本讓自己忽視的那些。「你和他們一樣渴望開戰，對不對？你想要率領軍隊征服全世界，不管過程需要撒多少鮮血。」

他的眼神變得嚴肅。「我只在乎我們的血，不在乎他們的。」

「還不都是血。」

「不，」他說，「不是。而且不會由我開始這場戰爭，動用武力的會是他們。」

「他們還沒行動。」

「他們會的。他們那邊會有人非常確定得殺了異能，對自己人發動複合式攻擊。也許是克雷，也許是他其中一個幕僚，也許是一個拿著槍很緊張的十八歲小夥子。他們會攻擊的，到時候異能將會團結起來。」他瞥了一眼手錶，「要開始了，妳就接受吧。」

「我不要。」

「妳最好如此。我知道妳夢想我們所有人手牽手大唱聖歌，訂立新憲法，然而事情不是這麼運作的，打造新世界是檔血腥的事，妳最好搞清楚自己真正在乎的是什麼。」他將菸蒂彈落山脊邊緣。「因為要嘛妳就站在我們這邊——要嘛就站在他們那邊。」

37

索倫瞄準。

透過望遠鏡，他看著那女人在跟約翰爭執，索倫離他們四百碼遠，但望遠鏡的倍率是二十倍，十字準線定在她前額。要讀她的唇語很簡單，他不喜歡用手槍，後座力會被他的時間感放大，非常不優雅，但狙擊手步槍則是純粹的機械作用。槍托抵住、好好呼吸、輕觸而非扣下扳機，接下來就只是他的意向投射橫越與目標間的距離。儘管如此，他仍然很慶幸不用殺了她，約翰告訴過他這女的和莎曼莎很要好。

她回到卡車上然後駛離，他移動望遠鏡重新對準約翰，他朋友臉上掛著專注的表情，像以前他們在下西洋棋那樣，沉浸在事情的各種發展，一連串的可能。

終於，約翰直直望向他，然後說話。他這次用了正常速度，以為——但並非如此——隔了這麼長的距離需要說慢點。「庫柏沒死，那會有問題。」

遠處飛過的一架架噴射機像憤怒的昆蟲。

「所有事都必須照計畫進行。」史密斯揉著後頸。「只有一樣東西可以阻止這個計畫。」

索倫等著聽他朋友需要什麼。

「考贊博士有個叫伊森．帕克的門生。」

其餘的事就很清楚了，索倫站起來，開始移動。

38

庫柏原先預期的是企業私有的噴射機，俐落又快速，有皮革座椅、頭靠墊上附有超立體電視。「那可不行，庫柏先生，」機長大笑，「美國友善的女士、先生們來訪時無法這麼做，所有的私人飛行器都禁飛，只有載運重要貨物的貨機才可以放行，有些帶種的走私者敢飛，但很有可能會被擊落，因此艾普斯坦先生建議了這個方案。」

「這個方案」指的是波音七三七型貨機，沒有座位，窗戶被封住，機身一邊畫著一個大大的紅色十字架。庫柏看著它，聳聳肩。「所以我該坐哪裡？」

「嗯，你可以挑任何你喜歡的木箱，」機長咧嘴笑，「但在三萬呎高空時可能會有點冷喔。」

「好吧，那我坐副機長座。」他繫好安全帶，準備大幹一場。

三小時後，他們還在跑道上乾等。庫柏又抱怨又咒罵，但機長只是聳聳肩，沒辦法。他指出：他們能在這裡等待起飛，就已經夠幸運了。

等到他們真的能起飛時，庫柏透過窗戶看見底下的軍隊，覺得胃往下一沉，聽到有多少軍力是一回事，親眼看到又是另一回事。一長列的軍隊部署衝著特區的心臟地帶而來，快速搭起的軍營和機庫，一排又一排的重裝備，一團螞蟻般的小人移動著。他離開軍隊已經快十年了，還是可以想像地面上的那些活動，每個人胸膛愈來愈緊繃，緊張的氣氛讓你希望最糟糕的事快點發生，省得你煎熬等待。

從這麼高的地方往下看，士兵們看起來很小，但這是個幻覺，其實他才是渺小的那個。才離開病床沒多久，就要在一個有三億人口的國家中搜尋一個不想被找到的天才，這大概是全世界最徒勞無功的捉迷藏吧。

與其自怨自艾，不如開始幹正事吧？

他打開軟式平板，開始閱讀。

艾普斯坦最不缺的就是資訊，庫柏試著吸收關於伊森．帕克的所有資訊時，時間過得飛快。他的父母、童年、學術經歷、對表觀遺傳學的研究、他和考贊博士的關係，這傢伙顯然是個傑出的科學家，但在庫柏看來，他比較像是那種啟發、帶領他人的角色，而不是領導者。他是一個催化劑、一名門生，注定要與偉大成就如此接近卻擦身而過。這資訊很管用，伊森這種人和能獲得諾貝爾獎的人差別就在於是否有膨脹的自我意識，這是預測他行為時的重要變數。

同時，某個念頭騷擾著他。有一條線索，是他還沒拼湊起的一塊資料拼圖。他知道不要強求比較好，只要承認它的存在，放手讓思緒運轉，並不斷灌入有如燃料般讓他天賦運作的一筆筆資料。

得知伊森．帕克也在跑路，庫柏不驚訝，但也不是很開心。好消息是雖然應變部探員拜訪過伊森，但應該不是他離家的原因，看起來是被克里夫蘭的情勢逼得離開城市。這是很冒險的舉動，但庫柏也認為這麼做是對的，一趟艱困的旅程總好過在原處等到無路可逃。對新手爸爸來說，這是個很困難的決定，庫柏發現自己很佩服這傢伙的大膽。

機長對著頭戴對講機說話，他準備好開始降落——

等等，有應變部探員拜訪過帕克，為什麼？

應變部應該可以和你一樣很快看穿考贊被綁架是假的，但為何應變部會注意到一起綁架案呢？除非……

他們知道考贊在研究什麼，他消失無蹤之後，負責的探員便採取了合理的下一步，和你現在採取的一樣。

他去追捕伊森・帕克了。

——景色改變。

「狗娘養的。」庫柏說。

「先生？」

那個騷擾著他的念頭忽然變得再清晰不過。真難以相信。在他知道上哪去找答案之前，答案就已經擺在他眼前了。他和老搭檔出去喝啤酒的那晚，答案就已經擺在他眼前了。

「什麼時候會落地？」

「三分鐘左右。」

「好。」庫柏試著動動還包紮著繃帶的右手，手掌感覺好像快要裂開一樣，手指上一陣陣火燒般的感覺，他咬牙，還是比出兩根手指。「我需要兩樣東西。」

「儘管開口吧！艾普斯坦先生說，一切都照你的意思。」

「第一，降落後我立刻需要安全的電話。」

「第二呢？」

「一輛速度超快的車。」

他們降落在俄亥俄州艾克隆一座庫柏從沒聽過的小機場，距離新迦南有一千五百哩遠，一位穿著連身工作服的男人快步穿越停機坪，手中拿著一支巨大的電話，飛機引擎甚至還沒完全熄火。

庫柏解開副駕駛座位的安全帶，在飛機外的階梯與那男人碰面，伸出右手想拿電話，但他及時阻止自己。「這真的安全嗎？」

「是的，庫柏先生，艾普斯坦企業決策階級的加密。」

也許比任何應變部有的東西都還安全。庫柏看著機長，直到對方說：「對，我這就滾。」他關上艙門。

庫柏撥號，他記得的少數幾組電話號碼之一。曾經有一段時間，他每天要撥這支電話十幾次，響了兩次、三次，庫柏心想，快呀，快點接起來。然後出現了接通聲，以及一個熟悉的說話聲。

「昆恩。」

「巴比，是我，」

靜默，持續很久。然後，昆恩的語氣凌厲了一點，他說：「不管你是誰，最好知道我已經啟動了追蹤演算法，不管你現在在玩什麼可愛小把戲，都好好享受吧，因為幾秒鐘之後，等我找到你時，我會下令無人偵察機攻擊你。」

什麼？喔，難怪。

「巴比，我沒死。艾瑞克．艾普斯坦變了個小魔術，非法的新科技手術，救了我的命。」

「繼續說啊，渾帳，你覺得你的加密程式對上應變部能撐多久？」

庫柏嘆道：「你離婚了，你女兒叫瑪姬。三個月前，你、我和雪倫在華盛頓市中心把彼得斯局長給推下屋頂。」

停頓。「庫柏和我不久前曾經出去喝一杯，我們去了哪裡？」

「酒吧的名字我不記得了，但記得是個昏暗的地方，掛著聖誕燈飾，我們喝了啤酒和威士忌，商量怎麼綁架約翰．史密斯。」

「老天！庫柏？真的是你嗎？」

「真的是我，老兄。」

「噢天啊！噢該死！」巴比的聲音很急促，放鬆下來，而且溢滿情緒。「搞什麼啊，老庫？我以為你死了。我們都以為你死了。」

「我的確死了。」

「嗄？」

「很顯然在醫學上來說我死過一回，他們用了某種中止生命跡象的東西，修復了我的心臟，跟幹細胞有關，我不知道啦，但聽好，我真的沒時間——」

「陶德怎麼樣？」

朋友的關係帶來一陣暖意，罪惡感與痛苦的糟糕刺痛也隨之一起湧現，「他……他們說他會沒事的。」

「感謝老天，我嚇死了——天啊，老庫！你還活著。」

「嘿，小聲點好嗎？」他想像巴比辦公室裡隨時會有人經過。「這消息還沒公諸於世。」

「為什麼不？」

「當個死人是有好處的，如果我還活著，就得打電話給總統和遵守指令，但是死人可以做他們想做的事。」

「喔完了，」巴比忽然嚴肅起來。「你想幹嘛？」

「拯救世界，跟平常一樣。」

「進行得如何？」

「和平常一樣。聽著，我們時間不多了，那晚在酒吧裡，你說你剛從克里夫蘭回來，你說你在那裡有個目標要忙，一個逃跑的科學家。」

「對啊？」

「是亞伯拉罕．考贊博士，對不對？」

更多的沉默。「我不確定我能回答——」

「我知道是考贊，我也知道你在那裡還有個目標二號，一個叫伊森．帕克的傢伙，對不對？」

一聲嘆息。「對。」

「我知道考贊發明了什麼，你也知道，他找到了造成異能的根本原因，而且正在想辦法複製。」

「你知道我愛你，老兄，但這個已經大大超過了——」

「巴比，別開玩笑了，現在不是時候。我是你的老上司、總統的特別顧問，也是你最好的朋友，不管要我以哪個身分發言都可以，只要你現在能廢話少說就好。」他讓自己的聲音更加堅定，讓昆恩聽見他的絕望。「你可以做得到嗎？」

巴比停頓許久。「怎麼了？」

「考贊假裝自己被綁架，我一直在想他為何要這麼做，後來事情終於兜攏了。他這麼做是因為應變部要抓他，對吧？你們不知為何得知了他在研究的東西，想要拿到手。」

「靠，老兄，每個人都想要，那種東西可以改變全世界，也許可以阻止快要發生的事。」

「我也是這樣想的，這就是為什麼我得找到那東西，而且是馬上找到。」

「祝你好運，考贊也許不是偽造犯罪現場的高手，但他保持低調的功力可是一流的，為了抓到那傢伙，我已經跑了局裡好幾個程序了，但是都沒用。」

「現在伊森．帕克也開始逃亡了，他是我的目標。」

又停了一下。「是這樣嗎？」

庫柏討厭講電話。如果是面對面，他就可以讀出巴比說詞背後的種種掙扎，然後一一化解，但少了那些細微的肢體動作，沒了那些暗示著緊張的肌肉抽動，他的天賦就完全無用武之地，這已經是最近發生的第二次，你可能太依賴你的天賦了，老庫。

也許是時候你改用大腦思考了。

「之前在克里夫蘭，你說你在帕克那邊做了點防護措施，我猜你們在監視他，對不對？」

「當然，但克里夫蘭後來就出了亂子，叛亂開始時，我的人都被派去幫忙了，帕克逮到機會落跑。」

「你認為他察覺到你的小組在跟蹤他了嗎？」

「沒啦，只是蠢蠢的運氣罷了。很多人想逃離克里夫蘭，我一知道發生了什麼事，就調了監視錄影帶，找到他的車，派出無人偵察機監視，發現他和他家人往南邊前進。國民警衛隊本來應該去接他們的，但是不知道哪個衝動的傢伙射殺了一個難民，然後一切亂糟糟。」

「你跟丟他了？」

「跟丟了一陣子，然後又在一家銀行裡找到他，接著又跟丟了，之後發現他搶了一間加油站。」

「真的假的？」那跟他之前的行為模式相差甚遠。「我以為他只是個書呆子，他開始犯法了嗎？」

「呃，對。」他朋友的聲音中有一絲尷尬。「我做了件冒險的事，趁他在銀行的時候打電話給他，想要說服他加入，但他嚇壞了。」

「那間加油站在哪裡？」

「那地方叫庫亞霍加瀑布，在艾克隆近郊。」

庫柏大笑。「你在開玩笑吧！」

「沒啊。怎麼了嗎？」

「猜猜我現在在哪裡？」

「哇靠？呃。」

「『呃』是什麼意思？」

「嗯，這個伊森非常聰明，他開走了加油站人員的卡車，但他沒有逃跑，反而保持低調。我們花了點時間掃描衛星傳回的影像，還是找到他了，他人在離那邊不遠的一棟小木屋，我正要派警察去接他。」

「當地警方？不行，巴比，我們不能沒有他，要是某個菜鳥看見他有槍，就會開槍射——」

「對，我知道，但我別無選擇，老庫。我手上沒有其他資源，什麼都沒有，你看了電視沒？焦點都放在懷俄明州上，現在我連點個披薩都沒辦法。」

「那就好好看著他，你已經掌握到他的行蹤，他哪裡都去不了。」

「原本計畫是這樣，直到你的玩伴出現在俄亥俄州。」

「我的玩伴？」

「索倫．約翰森，你記得吧，那個拿刀的渾蛋。」

「索倫？他在這裡？你怎麼知道？」

「我知道是因為我動用了所有別人欠我的人情，才發動了全國隨機監視器掃描，休想殺了我搭檔之後就逃之夭夭，我才不管第三次世界大戰快爆發了咧。依照目前情況看來，我只能使用大眾安全監視器，你知道的，公家機關、機場——」

「機場？」

昆恩聽懂了他的語氣。「你到底在哪——你說你在艾克隆，是在傅頓國際機場嗎？」

「克里夫蘭被封鎖了，進不去，只好來這裡。」

對方沉默了很久。「我不知道該怎麼告訴你這件事，但索倫也去了你那。」

庫柏感覺到胸膛緊縮，怪異且忽然的一陣壓力，他的心臟好像黏住了，跳了一下之後就再也不動，像一聲打不出來的嗝。他被一種原始的驚慌淹沒，手指發癢，然後他的心臟又振顫了一下——終於出現的那拍，然後現在跳得飛快，視覺有點搖晃，他靠向副駕駛座的椅背。

「老庫，你還好吧？」

不是恐懼，雖然他的確也感覺到恐懼，不過主要是某種機械問題，好像他的心臟亂了節奏，我猜補過的輪胎一定不比沒損傷過的輪胎堅固。他吸了一口氣，專心穩住心跳。

「這可不是開玩笑的。這就是為什麼我別無選擇，只能派出警察。」

庫柏考慮了一下，何不讓警察幫忙呢？他當然可以不用隻身一人拯救世界啊！尤其是現在這個時候。

然後他記起餐廳裡的場景，索倫輕易謀殺艾普斯坦手下那兩個受過專業訓練的保鑣。現在則是一個身上有槍、擔心受怕的爸爸，他對自己被捲入什麼樣的權力漩渦中一點概念也沒有，萬一再牽扯進幾個想找點趣事做的郊區員警，恐怕只會演變成一場災難。

「別派警察去，巴比，還有一個方法。」

那輛車是保時捷九一一型，因為他領公務員薪水，所以不允許自己看一眼的新款車種，後懸掛式的渦輪增壓引擎，二點九秒內就可以從零加速到六十哩，車身則是糖漿蘋果般的鮮紅色，非常性感。

看來艾普斯坦非常重視你對「快速」的要求。

說服巴比需要花點時間，不過到頭來他還是同意將伊森一家人藏匿的小木屋地址提供給庫柏，也同意多給庫柏比當地員警多三十分鐘的時間找到伊森，可是索倫已經先出發了。

庫柏上車，發動引擎，本來已經準備要揚長而去了，但注意到以他右手目前的傷勢，根本無法駕車排檔。他踩下離合器，用右手手肘按住方向盤，然後傾身用左手打檔。一波疲累和挫敗的感覺湧上來。

你在幹嘛？

坐在艾普斯坦診所裡的走廊上時，他聽懂了娜塔莉話語背後的事實，好的、壞的都有，事實是：儘管他很愛他的孩子，儘管他覺得自己應該睡在陶德病床旁的椅子中，他骨子裡的士兵並不覺得這麼做合理。相信自己會與死神大戰十回合來爭奪陶德的生命是很浪漫，但實際上坐在那邊一點用也沒有，世界就快要開戰了，炸彈快要灑落在新迦南特區，他有機會可以阻止。所以，對，該試一試。

但計畫本是要找到伊森．帕克。以自己的才智和天賦找到這個科學家、說服伊森說出他所知道的事，而不是去戰鬥，不是面對約翰．史密斯的好友和最厲害的殺手。

隨著每一次心跳，疼痛就傳遍庫柏全身，從胸腔開始的一陣痛楚，他的手也跟著附和，然後撕裂過他的頭顱。他的視線有點不穩——不算模糊，但感覺延遲了一個畫面。他跳過二檔，換到三檔，想起餐廳裡打的那場架，想起索倫的動作有多簡約俐落，還有他如何神不知鬼不覺閃過對方的每一擊。

長久以來，庫柏第一次感到真正的恐懼，不是神經質或緊張擔憂，也不是對於某個不知何時會降臨的時刻感到慌張，或者替他所愛之人的安危擔心。

而是即將再度面對索倫的念頭讓他很害怕。

不過他還有什麼選擇呢？如果索倫先找到伊森，任何阻止戰爭的希望都將就此消失。軍隊會進攻新迦南，這脆弱的夢想之國以及幾萬個年輕的夢想家會一起被摧毀。在那之後，美國就玩完了，至少他愛的那個美國就玩完了。

更別提娜塔莉和你的孩子就位於箭靶正中央。

又一次，他所擁有的一切岌岌可危，就像幾個月前在華盛頓特區時一樣，當時彼得斯綁架了他的家人。又一次，庫柏的整個人生被攤在命運鏗鏘作響、旋轉著的賭盤上，只是這次，他甚至連——

夠了！

不成功便成仁。

來看看你有什麼本事吧，大兵！

39

從荷莉・羅格有記憶以來，她都夢想著飛行。

爸爸是原因之一，他是海軍，負責將戰鬥機停在航空母艦上。當其他小女孩聽著公主們與獨角獸的故事進入夢鄉時，她爸爸在黑暗中躺在她身邊，告訴她飛機如何低空飛行，下方是險惡的深海，前方只有一個小小的目標，你得抓準角度才能停在降落架上，如果你搞砸了，可能就會直接滑落、衝進海中。

「很可怕嗎？」她總會這樣問。

他總會回答：「當然，不過是好的那種害怕。」

然後他會在她額頭上親一下，告訴她作個好夢，而她會清醒地躺著盯著天花板，想知道「好的那種害怕」到底是什麼意思。

現在，荷莉全身穿好裝備，坐在懷俄明州界以東的艾爾斯沃空軍基地準備室裡，想知道爸爸會怎麼想這一切呢？他去世的時候，荷莉還在學園裡。一顆像追蹤鎖定飛彈一樣快速的動脈瘤讓他死在他的躺椅裡。他沒機會看到她完成飛行員訓練，不知道她拚到了全班第一名，不知道她是第一個被選上去飛幻夢F－27戰機的女人。那架價值一億八千五百萬的超棒裝備是她第二個真愛，長六十七呎、重六萬五千磅的高性能好物，擁有二點九馬赫的超音速巡航能力，一小時能飛兩百二十哩，令人驚嘆。這臺機器精密到她頭盔裡的微電腦可以讀取她的alpha腦波，只要在腦中想著特定的編碼信息，就能操控讀數與輔助系統。

這架戰機載著她橫跨了美國領土，嗡嗡地低空飛過她同胞建立的一座城市，機上載著滿滿的彈藥。

關於這點她不太喜歡，也不覺得爸爸會喜歡。她是個戰士，在全世界各地飛過很多維和任務，沃克總統拜訪印度時，她被選進空軍一號的儀隊，她的工作是保護而不是威嚇美國。而且不管你對異種有什麼意見，懷俄明州目前還是美國五十個州之一。

雖然今天做任務簡報的不是巴恩斯少校，是里格斯中校，也沒讓她覺得比較好過。

「——持續高度戒備，現在，你們都知道特區有防空砲臺，」里格斯停頓，臉上掛著淺淺的微笑，二十幾個飛行員咯咯笑著。「這的確會大大威脅到米格十九戰鬥機[1]，」——更多大笑——「我不希望你們因此輕敵，任何事都得照程序來。大夥們！我要每個飛行員毫髮無傷地回來，你們將會負載……」

荷莉知道裝載內容，跟過去幾次出勤一樣，這就是軍旅生活，如果可以檢查四次就不會只檢查兩次。

這一定只是在裝腔作勢，她想，只是想做給達爾文之子和其他外頭的恐怖分子看。當然，妳可以幹掉幾輛卡車沒問題，但這個妳做得到嗎？自從韓戰以來，美國再也沒有正式宣戰過，表示大多時候軍事資產是用來溝通而非防衛用，這是政治家們對話的方式，參與他們有著鉅額賭注的牌局。

重點是，他們是在跟誰對話呢？特區只是一群住在沙漠裡的小孩，假裝那裡是個新世界，而非一堆岩石而已。她對這可沒意見，那為何還裝載了滿滿彈藥？每架幻夢戰機所負載的彈藥都足以夷平半個特斯拉，用一整隊戰機去轟炸那座小鎮，簡直就像帶著原子彈去參與後院的小爭執。

「有問題嗎？」

荷莉看著四周，很想舉手問，長官，我無意冒犯，不過我們到底在這裡搞什麼鬼？她當然不會這麼做，但可能有人會。房間裡其他十九位飛行員是世界上最頂尖的，伴隨著這榮耀而來的是高人一等的優越感。

如果做簡報的是巴恩斯少校，也許有人會發問，但空軍聯隊的副隊長來做簡報就不一樣了。他們全都坐得筆直、眼神堅定，隨時準備好起立敬禮。

直到十分鐘後，她的機艙門關閉、抬頭顯示器亮起時，荷莉．羅格上尉才開始思索，是不是正因為如此，才由里格斯簡報呢？

1 蘇聯在五〇年代所研發的戰機。

40

索倫游移著。

他沒辦法進入空無的狀態，他身處一輛行駛中的凱迪拉克上，收音機播放著電視新聞，主持人基本上是在兜售戰爭債券，旁邊還有三個陌生人在檢查自己的武器，用粗嘎的聲音交談，空無的狀態只好等等了。現在，他往後靠在椅背上，讓自己的眼神變得渙散，讓世界淹過他、流過他，像被河水沖走的一片葉子。

他懂為什麼約翰決定要派布萊恩．范米特一起來。情勢多變，如果伊森．帕克移動了，他們就得進行追獵，那麼有一組可以與人交談、說服、賄賂、取信於人的隊員會比較好，這些事索倫都做不到。但他還是感覺到其他三名士兵的存在，感覺到洶湧的男性荷爾蒙和粗蠻的競爭心騷擾著他的神經，讓當下更加漫長難熬。

你得再度放逐自己，這麼多噪音，你就快要失去空無了。

很快，約翰想要的戰爭就會展開，偉大的動機和光榮戰役對索倫來說一點意義都沒有，但他希望他朋友能因此而開心。

對他而言，他只希望莎曼莎能跟他一起來。他們沒時間說再見，這其中的諷刺索倫可不覺得好玩。他們是坐軍用噴射機來的，這是他們所能取得最快的交通工具，但索倫的時間感讓他覺得這趟旅程超過三十個小時，花了整整一天半在飛機上，卻沒時間見他的愛人……

你是一片葉子，水流會將你帶走。

范米特對他的小隊簡報，索倫試著忽略。

「庫亞霍加河谷國家公園……」

「可見範圍內沒其他鄰居，但……」

「戰略隊形，兩人在前、一人殿後……」

窗戶外，褪色的松樹枝椏搔抓著灰色的天空，風吹動枯葉。刀子好輕，他得專心才能感覺得到它，這是個很好的冥想練習，成為你胸膛上的一束肌肉，成為貼著襯衫的一片肌膚。他想知道尼克·庫柏是怎麼活下來的，索倫記得自己的手肘碰到庫柏兒子的太陽穴時他的眼神，赤裸裸的痛苦，造成的傷害和那刺穿他心臟的一擊一樣強大。索倫漫無目的地想著不知道有小孩是什麼感覺、創造生命是什麼感覺，會為永恆無盡的時間賦予意義嗎？還是只會讓事情更糟？

「好了，」名叫唐納文的男人說，「為什麼這麼麻煩？他不過是個蛋頭，我們趕快出動、幹活、閃人。」

「你知道你是個蠢蛋嗎？」范米特苦笑，「我們是坐軍用噴射機來的，飛行員是個臥底的，是我們的資產，約翰得犧牲他才能把我們送到這裡。媽的，你可以想像他得動用多少影響力，才能找到這應變部也在追蹤的傢伙嗎？」對方搖搖頭。「我不知道他是怎麼辦到的，我也不知道為什麼約翰要這傢伙死，我只知道他必須這麼做，所以我們得把事情辦好，我們要幹得乾淨俐落、徹徹底底，你聽懂沒？」

「徹徹底底？你的意思是——」

「命令是殲滅那裡的每個人。包括老婆和嬰兒。」

「嬰兒？」唐納文透過齒縫倒抽一口氣。「該死。」

「告訴你讓你更好過一點，他們都是普通人，三個人都是。」范米特轉向索倫，「約翰森先生？」

他揚起一邊眉毛。

「我們不到一分鐘就要行動了，你有任何事情要補充嗎？」

樹林愈來愈濃密，柏油路愈來愈稀疏，間隔也愈來愈遠，他可以看見伊森・帕克博士和他的家人等在其中一條道路的盡頭。

索倫說：「你們都太軟弱了。」

再過不久，這橫跨整個世界的疲累旅程將會終結，然後他又可以回到空無了。

「小孩我來殺。」

41

「你是我的陽光，我唯一的陽光……」

近傍晚的下午，天空已經早早開始變暗，冰冷的雲變得大朵又陰沉。他們升了火，電視播放著新聞，是老派的電視機而不是超立體電視。伊森一邊看著懷俄明州的恐怖報導，一邊分神看著他老婆對女兒哼唱搖籃曲。這是個強烈的對比：士兵和坦克車和戰鬥機、飛彈準備好發射、政客拍打著發言臺，對上他此生最愛的兩個人，他的女兒安全又溫暖地在歌曲的波浪中搖擺擺。

「你每天都讓我好～快～樂。」

他們唱很多歌給薇奧拉聽，幫她洗澡時會唱〈光溜寶寶〉歌（搭配「雲雀」的旋律：「光溜寶寶，光溜光溜寶寶，光溜寶寶，光溜寶寶唷。」），還會唱關於玩具和早餐和便便的即興歌曲。早些時候，艾咪決定他們要來編一首自家版本的〈你是我的陽光〉，內容述說與現狀相關的某種困境。

新聞現在正播放關於克里夫蘭的片段，如果沒明說是哪個地方，他認不出那是克里夫蘭，市中心大部分地區都被火燒過，剩下的好像就只有灰撲撲的人們穿著灰撲撲的衣服在瓦礫堆裡挖掘著，一個個殘破的家庭縮在街角，一隊隊鎮暴警察的盾牌緊密相連。

「你永遠不會知道，親愛的，我有多愛你。」

伊森的視線從螢幕游移到他的家人，又從家人游移到螢幕，但他內心某個部分——如果有人問起，他會說那是他真實自我的那一部分——其實沒專心在這兩件事物上，而是想著艾咪先前所說的話。

她說的是對的，如此顯而易見，根本不用多想就知道是對的。他和亞伯像笨蛋一樣闖進連天使都不敢涉足的禁區，他們在那裡找到了答案，卻也樹立了敵人。好笑的是，他之前從沒這樣想過。就連應變部出現在他家門前打探他的研究時，他還要巴比．昆恩離開，好像他只是個人口普查員。現在回憶起來，一切都再清楚不過：亞伯消失了，而他們永遠不會放棄尋找他，永遠不會，他已經知道太多。

「沒人可以奪走我的陽光。」

而且如果應變部不是唯一想要藥物的人呢？這是艾咪敲醒他之前，他沒想過的另一件事。稱他們研究成果的價值「無法估量」一點也不誇張，掌控這項藥物的人就像掌控了輪胎的專利一樣，難怪亞伯對他的保密條款、他的「多嘴壞事」政策那麼嚴謹。但問題是亞伯似乎還做得不夠多，他們應該在什麼偏遠太平洋小島上祕密進行實驗才對。

如果應變部知道了他們的研究，達爾文之子可能也知道了，還有他們神祕的幕後出資者，那個口袋深到可以資助他們實驗室的人。伊森一直懷疑那人是艾瑞克．艾普斯坦——誰會比他從中獲益更多？——意思是他和亞伯一直以來都在為一個不受政府所控的州工作，而這個州現在正被美國軍隊團團圍住。

多方勢力都與他為敵，而他現在正龜縮在一幢小木屋裡，等著天塌下來壓扁他，更不用說會牽連到他的老婆和女兒，都是因為伊森做的好事。

不，這麼說不精確。不是因為他做的事，而是因為他知道的事，這個差別很重要。前者是因為已經犯下的罪行而接受處罰，那已經無可藥救。

但如果人們是因為他所知道的事而追捕他……嗯，那事情就簡單多了。

伊森專心看著老婆和女兒，艾咪正低頭凝視薇奧拉，嘴上掛著一抹微笑，肩上披著一條針織毯，爐火將她們包圍在一團閃爍的柔柔光暈中。他女兒小小的手握著他太太的食指。為了保護她們，他還有什麼事做不出來？

「沒人可以奪走我的陽光。」

他得快點行動，與妻小待在一起的每分每秒都讓她們身陷險境。

如果他要離開她們，也許永遠離開，那麼他得趕快行動，立刻。

伊森試著命令自己站起身，離開他所愛的一切，這時他聽到一個突兀的聲音，聲音本身並不具有威脅性，在別的情況下他可能不會注意到，但現在這個聲音代表了一切。事實上，代表著一切即將終結。

車門關上的聲音。

他們來了。

42

「我不覺得。」

國防部長歐文·萊希盯著咖啡桌對面的美國總統，心想：該不會又來了吧！

「我知道，」克雷繼續說，「以軍事行動回應也許是必要的，但我不覺得必須立刻回應，艾普斯坦和我還在協商中。」

「長官，克里夫蘭的情況——」

「我知道克里夫蘭發生了什麼事，人們既飢餓又害怕又生氣，他們想要快速了結，想知道仇已經報了。」

「不只是這樣而——」

「幸運的是，我們是共和國家，意思是人民投票給我們，為的就是在危急時刻，也許不該由受害者來做決策。」克雷撫摸著下巴。「攻擊新迦南特區無助於將物資和糧食送進克里夫蘭。」

「跟糧食和物資無關，重點是恐怖分子正毫無顧忌地在美國土地上放肆。」

「攻擊新迦南不會削弱達爾文之子的勢力，情報指出，他們並未直接效忠特區裡的任何人。」

好，夠了。萊希說：「長官，這不是重點，請你不要弄得好像我們是在研究生論壇上辯論一樣。」

克雷眨眼。「你說什麼？」

「現在不是討論身在共和國家有什麼好處的時候，我需要把事情都說白了給你聽嗎？」

「你需要注意說話的態度。」

萊希差點大笑。多年以來，光是用微晶片追蹤異能就已經夠難達成了，現在他們有機會做更多事，他一點也不打算讓克雷的多愁善感成為絆腳石。

美國境內的每個普通人都應該下跪感謝他們，因為他們的所作所為，儘管吃相不怎麼好看，但一切都是為了保護他們的孩子。

「好了，如果沒什麼要說的……」

「還有。」萊希往前傾，伸出手指數著，「有幾件不爭的事實：三座城市被恐怖分子控制，死傷好幾千人，財物損失上億。對政府的不信任感達到有史以來最高峰。全國各地人民都在囤積糧食，躲在地下室裡。」數到五，他換了左手，繼續數，「約翰．史密斯在新迦南特區逍遙。艾瑞克．艾普斯坦是個魁儡，但我們不確定在背後操縱他的是誰。情報指出，特區的科技已經超越我們。我們知道他們在製造武器，以及資助正在發展不知道什麼鬼東西的實驗室。現在，進入特區的美國大使被當著他家人的面公然謀殺。」他舉起十根手指，「還需要我繼續說嗎？」

「歐文——」

「不，長官。沒什麼好討論的，沒什麼需要再考慮，為了這個國家的利益，是行動的時候了，你得下令攻擊，你必須做對的事——」

「我什麼鳥事都不用做。」克雷傾身向前。「我是美國總統，由我來決定什麼時候攻擊，如果你無法接受，我現在就可以批准你的辭呈，聽懂沒？」

角落的老爺鐘滴答作響，萊希聳聳肩。「了解。」

「很好。」克雷站起來，轉身走向書桌，明顯表示會議結束。

啊，很好，你知道事情會走到這步。萊希說：「但你只說對了一半。」

克雷猛然轉身，「歐文，我發誓如果──」

「你是總統沒錯，」萊希露出淡淡的微笑。「但你不是唯一一個可以下令攻擊的人。」

43

伊森跳起來。坐在對面椅子上的艾咪嚇了一跳，懷中的薇奧拉也跟著晃了一下。他老婆望著他的臉問道：「怎麼了？」

「有人來了，帶薇奧拉到廚房去。」

她沒有遲疑，伊森為此而深愛著她，因為她沒浪費任何一點寶貴的時間，他老婆比他更堅強、能幹。他不在了，她仍舊可以生存。他多希望有時間能說愛她，能為自己帶來的這一切道歉。但他們必須活下去，這才是最重要的事情。

手槍在邊桌上，一個星期前握在手中還覺得奇怪的重量，現在變得令人心安。他確認六個彈匣都已裝滿。

你一直告訴自己，為了保護她們會不擇手段，現在是時候證明了。

他溜到前門邊，貼在門旁的牆壁上，門上有個小窗，覆蓋著滿是灰塵的窗簾。透過窗簾望去，前院如同他記憶的那樣，點綴著細瘦的樹木，地上鋪著松針，他們偷來的小貨卡面向外頭停好，準備隨時開走，沒有另一輛車的蹤影，他是不是聽錯——

小貨卡車斗後方有動靜。伊森的胸腔感覺好像已經沒有吸氣的空間，雙手都是汗。最好速戰速決。如果再拖下去，搞不好他又沒膽了。

他急促地吸了一口氣，然後拉開門，衝出去舉起槍。冷空氣和松脂的味道，腳底下的針葉發出清脆的聲響，手槍抖著。兩步、三步，然後他又瞥見另一個動靜，在卡車另一邊，那人繞了一圈。伊森轉身對準，扣下扳機。

手槍在他掌中一躍，好像是有生命的東西，巨響嚇了他一跳。一群鳥從附近的樹上竄出，嘎嘎叫著，那男的還是站得好好的，朝他走來，只剩下幾呎遠，伊森只剩下這個機會了。他又舉起槍，眼也不眨便再度扣下扳機，只是不知為何那男的忽然就不在他原本的位置。他站到一旁，好像被看不見的繩索操縱般，他的左手倏地伸出打掉了手槍，同時撲身向前，忽然間伊森的視線充滿了那男人的頭，以及一聲撞擊聲、暈眩感、疼痛在他雙眼之間炸開，墜落的感覺。

他背朝下倒在地上，喘不過氣，瞪著上方的人影，一邊瞇著眼咳嗽。

「嗨，伊森，」那男的說，「我是尼克．庫柏。」

荷莉．羅格腳下的土地尖叫著，她操控F－27順暢地俯仰轉彎，隨她飛過特斯拉東緣，地平線傾斜十五度角旋轉著。從她的飛行高度往下看，其餘的軍力部署一覽無遺，地面部隊和武裝編隊在幾哩遠外的地方、圓頂的組合屋建築、像蜻蜓一樣嗡嗡作響的直升機。這景象在另一個遙遠的沙漠中看起來會像家一樣，她軍中的兄弟姐妹、蓄勢待發的美國軍隊準備好要大幹一票。

她不經意地在腦中下達指令，要抬頭顯示器開啟四分之一測溫儀模式，沒什麼特殊的理由，只是荷莉單純喜歡資訊，習慣切換顯示器來監測她周遭的地面和天空。她的寶貝讓這一切好簡單，這架令人驚嘆的機器，由她大腦控制的電腦操控這架附有座椅的火箭。

顯示器部分覆蓋測溫圖層，讓城市看起來好像發著一層薄紗似的黃黃橘橘的光，標示出冷空氣中的熱源，荷莉瞇著眼，看起來好像特斯拉著火了。

資訊夠多了。她將顯示器切回標準模式，反射性地檢查隊形排列。她的戰機和其他兩架呈完美的隊形，每架都間隔五百公尺水平飛行。他們十秒鐘之前也是這樣飛，再十秒鐘之前也這樣，再十秒鐘之前也是，她一想到十秒鐘之後他們仍會呈完美隊形，不禁感到小小的驕傲。

城市在機艙玻璃外滑過，過去幾天以來，荷莉花了不少時間飛過這裡，她熟知這裡的地形、建築物和道路的變化與形狀，這小鎮看起來不醜，雖然地點差了些；廣場錯落在城市中，大樓頂端有基因改造作物的花園，城市的核心是一群由超過二十棟方形玻璃帷幕組合成的建築體，鏡子倒映出飛行而過的戰機，最高的那棟上有一堆繁忙的儀器，碟形衛星接收器、氣象追蹤器、地對空飛彈，他們先前嘲笑的防空設備，這些東西對上她的幻夢戰機根本不是對手。

「獵豹一號，妳有新指令。」

「收到，塔臺，待命。」

機艙玻璃開始出現一串文字，這是執行有戰鬥可能的任務時的標準程序，避免口頭下達指令，就算是密語也一樣，那太容易傳送了——

老天。

「呃，塔臺，我覺得好像有錯。」

「檢查中。」過了一會兒。「無誤。我們確定一切正常，獵豹一號。」

荷莉盯著顯示器看，很希望是她看錯了，但她知道自己並沒有看錯。

行動代號 Delta 1，然後是一連串熟悉的細節。早在戰機起飛前，他們就已事先預習過所有可能的行動代號，用不著細讀，她就知道這項行動的內容是什麼，但那串文字還是朝她直撲而來：**目標**和**總部**和**自由攻擊**和**授權許可**。

「塔臺，可以再確認一次指令嗎？」

「收到。繼續執行行動代號Delta1。」

「什麼？不會吧。」她的思緒加速，卻又感覺像跟不上一切發展，這怎麼可能發生。「塔臺，這是攻擊指令。」

「收到。」聲音冷淡而遙遠，荷莉想知道她認不認識那個人。「繼續。」

庫柏的頭因為剛剛那記頭錘而隱隱作痛，他的身體又多了一個地方在痛，很快地，要列出哪個地方不痛會比哪個地方痛還來得容易。

伊森．帕克用手肘撐地爬起來，說：「你得殺了我。」

「嗄？」他彎腰用左手拿起手槍，除了車子以外，他應該多討一樣武器才是，但那樣一定會拖到時間，而索倫已經在路上了。「你誤會了，博士。」

「你跟誰一夥的？」

「跟擦擦屁股站起來一夥的，」他微笑，「聽著，我是來幫你的，你身陷險境，但你根本不知道。而且有戰爭要開打了。」

「我……什麼？」

「我知道給你頭錘不是最好的初次見面方式，沒辦法，你想要射殺我，」他將手槍放進口袋，透過褲子能感覺到槍管還溫溫的，「我會解釋一切，可是現在廢話少說，我們得先離開這裡。」

「放過我的老婆和女兒，我就跟你走。」

「好啊。」

「我說真的——等等，你會放過她們？」

「當然。」

伊森．帕克抬頭瞪著他，全身每條肌肉都散發著不信任的訊息，但在那之下是恐懼。不是為了他自己害怕，這男人是為了自己的家人感到害怕，庫柏能懂。

「聽著，」庫柏說，「我是好人，我沒有要偷你的研究，也不打算追捕你的家人。我自己也有小孩。我只想阻止一場戰爭而已。好消息是，要是我們做得對，你也可以躲過子彈。所以拜託，求你了。」他伸出一隻手，伊森猶豫。庫柏說，「至於另一個要來找你的傢伙？他可不這麼想。」

科學家握住他的手，庫柏拉他站起來。他們身後有樹枝碎裂的聲音，庫柏的左手飛向口袋，笨拙地摸索著武器。太笨了，為了要拉這傢伙起來就把槍收起，幸運的是他倏地將槍抽出時，它沒有走火，他瞄準目標……

「老天，」他說，「你們還真是一對。」

他認出艾咪．帕克，因為看過她檔案中的相片，一個有魅力的女人，眼神炙烈，像拿著球棒一樣握著一柄斧頭站在十呎之外。斧頭刀鋒生鏽了，而且有缺口，是用來砍柴用的。庫柏放下槍，說：「博士，可以行行好嗎？」

「沒事的，寶貝，」伊森說，他的聲音不怎麼有說服力。「如果他想殺我的話，早就殺了。」

她遲疑，然後放低斧頭。「你不是跟應變部一起的？」

「不是。」

「不然是跟誰？」

「現在你們只需要知道有人要來這裡殺妳老公了，我猜可能還包括妳和妳女兒。」

一聽之下，她神情緊繃，乍現的凶猛。用不著天賦，庫柏也認得出母熊捍衛幼獸的行為，他得承認他開始對帕克一家有好感了。「你們的女兒在屋裡嗎？」

她點頭。

「去抱她，動作快。」

艾咪和伊森無聲地交換意見，他們眼神交會，然後她丟下斧頭，跑回屋裡。庫柏轉向伊森，「還有其他沒帶走你就活不下去的東西嗎？」

伊森搖搖頭。「我們被搶了。」

「你的研究呢？任何筆記或樣本？」

「都在亞伯那裡，我有的都在腦袋裡了。」

正如庫柏所預期，但如果他是錯的該有多好。克雷總統會相信他，可是會不會只憑他的話便做決定，就不一定了，特別是任何數據資料都沒有。當然，巴比和應變部的人某種程度上可以作證，但是——

別操之過急了，離開這裡才是第一要務。

那輛保時捷酷炫是酷炫，不過是兩人座，他們得開小貨卡，他可以先撥通電話安排一架飛機接他們到華盛頓特區，快沒時間了。

天啊，他好累。庫柏挺直身軀，深呼吸，將氣送到肺部最深處。空氣乾淨涼爽，瀰漫著地上松針的清香。他腳旁有個菸頭餘燼的紅點，他漫不經心地伸腳踩上去，地上這麼多可燃物，最好還是不要抽菸，只是那個紅點忽然移到他腳上，真奇怪——

庫柏猛然轉身。一個紅點跳到伊森．帕克的胸膛上，然後庫柏注意到四周的靜寂，之前不是還有鳥嗎？他撲向伊森的胸膛，毫不優雅的一個飛撲讓他們兩人撞在一起、摔落地面，接著四周森林開始機槍聲大作。

「你是什麼意思？」克雷總統的嘴唇抽動著。

萊希從沙發起身，走到克雷跟前。米契是怎麼說的？全跟了。

「大概就是」——他看了一眼手錶——「現在，三架F－27幻夢戰機正朝新迦南的艾普斯坦企業總部開火。我不知道你對幻夢戰機了解多少，長官，它們可以負載——」

「你幹了什麼好事？」

「我以為很明顯。」萊希聳聳肩。「我下令夷平那些建築，以你的名義下令，我們開戰了。」

克雷瞪視著，眼神空洞，不敢置信，好像他正試著說服自己這只是玩笑。

「如果我們幸運的話，」萊希繼續說，「可以逮到艾普斯坦本人。不管怎樣，我們都能癱瘓他們的權力核心，更別提能夠擾亂他們的計畫了。」

「不，」克雷說，手伸向電話。「我要阻止這一切。」

「天啊，你還真的搞不清楚狀況對不對？」萊希大笑。「事情已經發生了，萊恩諾。三架戰機剛剛已經朝民用建築發動猛烈攻擊，造成上千人死亡，他們是在你眼皮底下行動的。」

克雷臉色刷白，慢慢地癱進椅子中。「你會因為這事被處決。」

「不，」萊希說，「我不會。而且你還要拿起電話支持我的舉動。你要下令對新迦南特區發動全面攻擊。」

「我不會做這種事。」

「美國剛剛宣戰了，無路可退，現在是我們對上他們了。你可以採取行動，迅速贏得勝利，然後拯救無數性命。你也可以踟躕不前，冒著全面種族屠殺的風險。」

「我會告訴他們是你，我沒有——」

「沒有下令攻擊嗎？說美國總統沒有指揮自己的軍隊？」萊希搖頭。「那些死者可沒人會在意是誰下令的，生還者也不會鑽牛角尖在意這檔事。你即將迎接全國無政府狀態，還有讓克里夫蘭小巫見大巫的叛亂。再說，你從沒穿過軍服，所以也許無法了解，不過士兵可不喜歡被他們的指揮官拋棄。要是你遭政變，我也不會覺得訝異。不管如何，美國都會被摧毀，好幾百萬人會死亡。」

克雷盯著桌子對面看，那張桌子見證過許多國家崛起與衰亡，見過原子彈與第一個異能誕生。他緊抓著那張桌子，好像想攀附著什麼，好像那塊木頭會提出什麼解決方法。

「我再說一次，」萊希靠向他。「我。們。開。戰。了。你的國家需要你，你該怎麼做呢？」

有好一段漫長、揪心的時刻，克雷只是瞪視著，萊希想知道自己是不是太過分了，克雷是不是又嚇傻了。

然後，總統像是正做著噩夢的人，把手伸向電話。

44

庫柏重重跌在地上，撞擊力道震動了他的肩膀，一波噁心的撕裂感竄過他的胸腔，像是被沸騰的熱水燙到。槍響劃破下午的寧靜，三輪爆裂聲像是天神在口吃，小木屋的窗戶炸開來。

劇烈的疼痛，像他體內一頭有著利喙的生物。沒有時間了，庫柏強迫自己滾成側身，然後蹲伏著。他們倒在小貨卡後方，伊森．帕克臉朝下趴在地上，兩隻手交叉蓋住頭，但庫柏沒看到任何血跡。他的背緊靠輪胎，伸長脖子從車頂往外窺探，森林中爆開閃光，子彈咚咚打在車身上，他猛然縮首——

從兩個方位發出的槍口閃光大概隔了三十度遠，如果槍手是趴伏在地上，那麼可能根本看不見閃光。

能躲在車子後面算是運氣不錯，可是撐不了多久。機槍攻擊會射穿薄薄的金屬材料，引擎也許能擋下一些子彈，但擋不了全部。

你不用回家，不過你也不能待在這裡。

——然後趴在地上，舉起手槍往前瞄準，深吸一口氣，無聲地祈禱，然後滾動，試著對準剛剛閃出亮光的其中一個方位。松針戳穿了他的衣物，感受到泥土的氣味和冰冷的地面，他左手拿槍，以他的右手腕固定，小貨卡的保險桿、天空、樹林、一排濃密的灌木叢，一個高高的男子以鴨子走路的步伐靠近他們，肩上扛著突擊步槍。他看見庫柏，追蹤著他的動作，瞄準，泥土在他前方爆開。然後庫柏呼氣，扣了兩下扳機，一、二。

男子的頭顱被削去一部分，他旋轉著倒地，抽搐的肌肉讓槍枝朝天空又發射了一次。

幹掉了一個，對右撇子來說成績還不錯。

庫柏掙扎著爬回卡車的掩護，看見子彈在他先前躺的地方打出一個個小洞。他並不意外這些人是好手，而且索倫還沒現身。

一次解決一件事。

「博士，你還好吧？」

科學家仍舊趴在地上，快速點了點頭。

「你要是想活命的話，就照我所說的去做。」庫柏扭動身體靠著卡車，準備好移動。「我叫你的時候，站起來、跑向房子、跳進那扇破窗。」

「為什麼不從門——」

「太慢了。準備好了嗎？就是現在！」他站起來，曝露他的頭和胸膛。他沿著車頭往車斗移動，子彈晚他三步才擊中，擋風玻璃碎掉了，車窗也被轟破，當他抵達後輪時，他舉起槍扣了兩下扳機，毫無命中可能的兩發子彈，不過成功達成目的，讓另一個傢伙找掩護。庫柏冒險回頭看，及時看見伊森以超人飛行的姿勢越過凸窗，舉起雙臂護著臉，免得被窗邊剩餘的玻璃割傷。

他轉回身，將手靠在車斗邊緣，小心瞄準。如果那男的意氣用事，跑出來想瞄準他，那麼庫柏可能會稍稍占上風。這是個糟糕的對決，一把點三八手槍對上全自動突擊步槍，但他想不到什麼更好的方法。

快呀、快呀。

槍手從樹後面跳出，庫柏瞄準，可是那男的繼續移動，歪歪斜斜地往前跑，挑釁著庫柏開槍，稀疏的樹木遮掩了他行進的動作。他跑向一棵高聳的松樹，樹幹有兩呎寬，很好的掩護，只是庫柏能讀出他的意圖，他緊繃的肌肉和向前的作用力，庫柏得知這男的並不打算要停在樹後面，而是樹的另一邊。逮到你了，他瞄準，當他的天賦要他開槍時，他扣了兩下扳機。

擊錘往後彈了兩下，不過手槍沒有擊發。

噢靠。

庫柏是專業人士，一直計算著他開槍的次數，總共四槍，因為當下的壓力，他忘了伊森已經先對他開了兩槍，手槍已經沒子彈了。

在那永恆無盡的一秒鐘，他和那名士兵盯著彼此，眼神像愛人一樣互相鎖定。那男人留著鬍子、身材健壯，頭髮漸疏但眉毛濃密，庫柏目睹那男人意識到自己應該死定了，然後看著他嘴角露出一抹微笑，他的步槍槍管上提，庫柏命令自己的身體移動，分析出對方目標的向量，然後避開。他真的好累，他的身體痠痛筋疲力盡，就算他處於完全健康且充分休息的狀態，可能也無濟於事，因為大略知道對方會瞄準哪裡是一回事，閃躲子彈卻是另一回事。他看見雷射瞄準器的一團紅光，庫柏幾乎能感覺到那紅點就落在他額頭上，兩天以來第二回，他知道自己死定了。

他考慮要閉上眼睛，但還是決定睜開眼赴死。

一連串快速的槍響，火力全開，他驚嘆著自己在感覺到子彈之前就先聽到聲音。

然後蓄鬍的男人像被一隻巨手壓扁般倒在地上。

庫柏張大嘴巴站著，無法思考。有人在他身後大笑。他慢慢轉身。

雪倫站在小屋邊緣，機槍的彈藥靠在她肩頭，她彎起她特有的那半抹微笑。「嗨。」

□

娜塔莉想要尖叫。

她沒看過任何與這裡相似的房間，唯一相近的地方可能是天文館，但這裡空間更大，而且投影出來的不是星星，而是懸浮在空中的全息影像。表格、圖像和七彩分析圖，每幅圖片以一種看似沒有道理的順序更動著：一個微笑的金髮小孩、一片花瓣的微距特寫、在某個布滿砂礫的國家一棟被炸毀的水泥建築，從散布在新迦南的各架新聞偵察機傳回的即時消息呈現外面世界的現況，集結的軍隊、人們目瞪口呆地看著戰鬥機飛過天空，看著一排坦克開過沙漠，在後方留下一團塵霧。資訊層層堆疊，全都在移動、變化著，隨著他們的主人艾瑞克・艾普斯坦變幻莫測的心思而出現或消失，這名世界上最富有的男人穿著連帽T恤和球鞋。

從診所移來這裡是艾瑞克的主意，在他開口提議的當下，就有一堆效率超高的技術人員推著病床走過私人診所，娜塔莉跟在後頭。

「我們是人質嗎？」

「不是。這樣比較安全，診所很好，牆壁和維安都不錯。但這裡是我的世界，是最安全的地方。」

尼克告訴她，艾普斯坦的每個行為都經過計算，她不確定安全是帶他們到這裡的唯一原因。身為律師，她知道談判無關乎交談內容，重點是雙方所擁有的牌，不管已經打出來與否。如果戰爭開始，有一名美國外交官的前妻和孩子在手邊，對艾普斯坦來說應該有些好處。

在房間中央，艾普斯坦說：「第二到第十象限，取消。取代。影片，特斯拉複合偵察機。」資料跟著波動改變。

凱特在她懷中說：「我們不用害怕，媽咪。」

娜塔莉開始習慣接受她女兒和她前夫一樣，總是在她開口前就猜到她的心思。通常這樣還滿甜蜜的，好像她們兩人有相通的祕密語言。但也有些時候，身為父母的妳並不想讓才五歲的女兒知道妳其實很害怕。害怕她爸爸正在外面某處身陷險境，害怕她弟弟可能永遠醒不過來，害怕妳的世界已經開始土崩瓦解，而外面的世界也即將步上後塵，害怕她知道妳很想尖叫。

「我不害怕，親愛的，我只是累了。」

艾普斯坦說：「解碼攔截到艾爾斯沃基地對F－27戰機的資訊封包，獵豹中隊。」

凱特皺皺眉頭。「我們在這裡很安全。」

「我知道，寶貝。」只是在十幾個螢幕上我都看到軍隊，戰鬥機從城市上空呼嘯而過，機翼下掛著炸彈，還有裝甲坦克朝這裡開來。

在即將毀滅的一切正中心，是我的小孩。

「不是，」凱特說，「不用害怕士兵，我們不用害怕他們。」

艾普斯坦說：「娜塔莉，妳聽？」口氣好像在邀請她參加舞會。

「什麼？好啊。」她將凱特換邊抱。

兩個爭執的聲音從隱藏的擴音器裡傳了出來。

「塔臺，可以再確認一次指令嗎？」

「收到。繼續執行行動代號Delta1。」

「什麼？不會吧。塔臺，這是攻擊指令。」

「收到，繼續。」

「塔臺，我看見到處都是公民，那些建築物並沒有，重複，並沒有被淨空。」

「了解，繼續執行行動代號Delta1。」

「有好幾千人——」

娜塔莉說：「那是——」

「對，是戰鬥機，在我們頭上。你的政府命令他們摧毀我們所在的建築物。」

「什麼？你說我們會很安全！」

「媽咪。」凱特說。

「等等，親愛的。艾瑞克，你答應我們在這裡會很安全。」

「是的。」他的聲音中有一絲像是悲傷的情緒。「我希望妳聽，才能夠了解。」

「了解什麼？艾瑞克，天啊，投降吧，立刻，也許你可以——」

「電腦，」艾瑞克說，「啟動海神病毒。」

「是，艾瑞克。範圍？」

「全部，」他以啜泣的語調說出這幾個字。「全部都做。」

在娜塔莉來得及開口問他是什麼意思之前，擴音器又響了。

「塔臺！塔臺！我失去控制了！重複，我無法操控面板。塔臺，我的電腦正在關——」那女人的聲音被切斷了。

其中一個螢幕的動靜攫住了娜塔莉的視線，一棟建築物頂樓安裝的攝影機正在追蹤三架飛過天空的戰鬥機。

三架都失控地旋轉，角度歪斜到絕不是駕駛有意操控。她看著，其中一架慵懶地翻轉，轉得太遠，撞上另一架，它們爆炸成一團火雨。

「妳看吧，媽咪？」凱特說，「我跟妳說過了，妳不用害怕。」

□

庫柏轉向雪倫。「妳怎麼會在這？」

「是艾普斯坦。他給你的電話有追蹤器，我想你應該會需要幫手。」她微笑，而他感覺到胸中有什麼與傷勢無關的東西騷動了一下。他考慮著要衝上前去，將一隻手放在她後頸，將她拉進來親吻，直到兩人融為一體。但是。

「索倫還在外面。」

「索倫？」她跳了一下，很快地轉了一圈。「他在這裡？」

「對，來吧。」庫柏轉身，快步跑向屋子。

他跑了兩步然後摔倒。

「尼克！你還好嗎？」

「死不了的。」他說，雙手扶地站起來。「來吧！」

通往小屋的門微微敞開，他拉開門，快步踏入。「帕克博士？」

電視打開，播放著懷俄明州軍隊的片段，伊森正從手臂拔出被染紅的玻璃碎片。有聲哭喊，庫柏轉身發現艾咪．帕克抱著一個正在哭泣的小寶寶。一個小東西，他已經忘記他們在這年紀有多迷你了。那名女人看著他問：「結束了嗎？」

「還沒。」他轉向雪倫。「妳的車停在哪？」

「路上。我聽到槍聲，便棄車跑過森林。」

靠。「好吧，大家爬上那輛小貨卡，我們要閃人了。」假設那輛老舊的垃圾還開得動的話，搞不好得發動好幾次，如果——

「不。」伊森說。

庫柏和艾咪同時說：「什麼？」

科學家看著他老婆。「我之前沒機會告訴妳，我們得分開走。」

「伊森——」

「他們是衝著我來的，才不在乎你們。」

庫柏說：「博士，你這麼做真的很高尚，但我們沒時間了。」

「這是我的錯，我造成的。」伊森看向他。「你自己也這樣說，他們要的是我，如果我們跑了，他們會追上來嗎？」

慢慢地，庫柏點頭。

「那好，帶我的家人走。」他的聲音很冷靜。「我留在這裡。」

「博士，那人要來了，他可不是來這裡聊天的。」

「我不在意。」伊森走到他老婆身前，一隻手環住她，將額頭靠在她額頭上。他輕柔地低聲說，庫柏聽不到，但他讀得懂她的肢體語言和她的不情願——

如果他留下，你和雪倫可以救出他的家人，然後索倫會殺了伊森。

但你又能做什麼呢？不好意思說得這麼白，兄弟，索倫已經打爆過你一次，現在你的右手又廢了，快要站不起來，況且你已經沒子彈了。

對上他，你有什麼希望呢？你要怎麼擊敗一個沒有意圖可以讀取的男人？

是選擇的時候了，老庫。

——然後說：「他說的對。」他面對雪倫。「帶艾咪和寶寶離開這裡，從後面離開。小心點，索倫會來找我們，可能還會有更多人。」她猶豫了，他說：「雪倫，拜託，他們要來了。」

她苦笑，然後抓起機槍，轉向艾咪。「我們走吧。」

淚水從艾咪的臉頰滾落，薇奧拉還在尖叫。「不、不，你不能——」

「為了妳的寶寶。」雪倫一隻手放在她手臂上，拉著她。「來吧，」她又拉了一下，這次比較用力，艾咪的視線沒離開過她老公身上，但人移動了。

「我愛妳們。」伊森說。

然後她們離開了，庫柏可以聽見她們快速通過另一間房間，然後傳來門打開的聲音。

好，現在怎麼辦？

「你用不著留下。」伊森說，「沒必要我們兩個都送死。」

「我說過了，博士，我也有小孩。」庫柏繞著房間踱步，尋找著一把武器、一個點子、一段祈禱文。「再說，誰說我們會死？搞不好我們會贏。」

現在，希望你真的如此相信。

警鈴大作，荷莉．羅格掙扎著想控制戰機，握在她手裡的操縱桿鬆鬆的，飛機毫無反應。機艙玻璃外頭的世界翻滾旋轉，幻夢戰機的機鼻往下墜時，她的胃部一縮，好像她正以完全無負載的延伸翼全速向下俯衝，螢幕所有的顯示都消失了，塔臺也失聯。

她心中浮出一幕受訓時的場景，一名教官解釋著現代戰機。他說，要記得的是，它們不是飛機，光靠機翼無法讓你停留在空中。這是火箭，它不會滑翔，而是用噴射的，你和你的電腦分工合作來駕馭這點。

現在，她的電腦當了，控制全都失靈，她的火箭只能任由風與重力擺布。

他們進行過上千次模擬訓練，包括電腦當掉時該怎麼辦，就算發生機率近乎為零，戰機系統使用了三元重複模板，就算進階系統失靈了，基本控制也該要能用才對——

機艙外，獵豹二號像風箏一樣往下掉，整架翻過來撞上獵豹三號。

「不！」

她感受到兩架戰機對撞，伴隨著一股熱浪襲來以及忽然的一震，接著天旋地轉。她的戰機完全失控，警鈴大作，所有儀器都沒反應，忽然一棟建築出現在她眼前。

她所受的訓練接管一切。荷莉用左手護住胸前，低下頭，拉下彈射裝置。

她的下方發生爆炸，一團亮光和噪音，荷莉感覺胃部被拉扯到膝蓋部位，一陣冷風用力撞上她，所有事物都在旋轉，看不見地平線，然後她感覺背部被往上一扯，呼的一聲，降落傘啪地在她頭上打開，她以一個大弧型在空中來回搖擺，有段時間甚至與降落傘面同高，直到空氣支撐住尼龍布面，她又往下晃了回來。

過度換氣、身體顫抖，她飄浮在天空中。

下方發生撞擊，比打雷還大聲的崩毀及碎裂聲，她往下看，目睹她的戰機撞上其中一棟玻璃帷幕，剛剛她正朝向前進的那棟建築，在機尾湧現的火焰中斷裂，漣漪般的震波震碎了每扇窗戶。

呼吸。妳得呼吸，飛行員，現在情況如何？

她集中注意力，顫抖著吸進滿滿的空氣，試著評估，強迫自己機械式反應，不要思考也不要感受，只單純搜集資料就好。

她下方的建築物繼續爆炸，一陣陣火舌從窗戶噴出。

荷莉可以看見地面上躺著獵豹二號和獵豹三號扭曲的殘骸，散落在半哩的範圍。她搜尋天空，沒看到其他降落傘。另外兩名飛行員都是她的朋友，她曾和喬許一起小酌，還給過泰勒與女生約會的建議，現在他們兩個人都死了，不是燒焦就是被炸得支離破碎。

部隊裡其他人呢？

她將視線從燃燒的飛機殘骸上移開，眺望地平線。

軍力分成三部分，目前人數最多的部署在特斯拉附近，四萬五千名士兵綿延兩哩長。

而那裡正在發生激戰。

洶湧的黑煙像高塔一樣從百餘個地點冒出。爆炸像遠方的煙火般閃爍，持續不斷而且很明亮，過了幾秒鐘才聽到沉沉的轟隆聲。

裝甲師在最前線，坦克和運兵車從城市往外延伸成一條歪歪斜斜的線，有半哩長，像是塵土中的小玩具。她看著，它們之間閃過一道道亮光，一次又一次，他們正在開砲。

但朝什麼開砲呢？

她看不見任何敵方軍力，對面沒有任何的陣線，所以他們是在朝什麼開——

她看著一輛坦克側翻過去，懸在那邊一下子，然後整個頭下腳上傾倒過來。花了幾秒，聲音才傳到她耳裡，遙遠的一聲重擊。

一輛運兵車炸成一團火球，火球邊緣有小小的點往外彈，她知道那些小點是一個個士兵。

沙漠土地整個隆起，吞噬了一排悍馬。

怎麼做到的？炮火是從哪裡來的？

有可能是地雷，或者——

她看著，最前方一輛坦克的砲管慵懶地劃了個弧形，砲口發出亮光。

它旁邊的坦克爆炸了。

我的天，它們互相攻擊。
不知道為什麼，機器都被滲透了，就像妳的幻夢戰機。
現在它們在殘殺妳的同袍。
荷莉·羅格徬徨失措又冷得要死，無助地掛在三千呎的高空中，腳下是一片煉獄。

45

雪倫從敞開的門望見外面的風景，一片修剪過的稀疏灰綠色草坪，連結著一個小池塘，同樣不是很濃密的森林沿著低矮的丘陵生長，看起來很祥和，卻讓她感到更緊張。

她從沒見過索倫，可是聽過夠多關於他的事。莎曼莎愛過他，說不定現在也還愛著，但他們的關係卻讓雪倫感到惱人不安，像短路般的一段關係，以個人的缺陷餵養著彼此。莎曼莎渴望被人需要，而沒有人能像一個一秒鐘感覺像十一秒的男人一樣熱切地需要她。

至於約翰，他告訴過她索倫是世界上最接近他孿生兄弟的人，不過是他的闇黑版本。史密斯完全活在未來，計畫中有計畫，執行時間橫亙數年，但索倫卻活在無窮無盡、同樣緊密堆疊的當下。當史密斯提起他的老友，聲音中有一絲溫暖以及正面的敬意，有點像動物園管理員對一隻稀有品種且特別致命的毒蛇的複雜情緒。

如果你就是那條毒蛇，會跑去哪裡呢？

距離她幹掉瞄準尼克、準備開槍的那人還不到一分鐘，但在戰鬥中那是一段很長的時間，對索倫來說更久，他一開始可能還願意留守殿後，讓戰術小組先動作，現在他們被擊潰了，他一定會出手。

就讓他來吧，讓他來找妳和這把可愛的九釐米衝鋒槍，總好過他去找重傷的尼克。

夠了。如果他在外面徘徊，她會將他解決掉，雪倫走出屋外，來回轉來轉去。沒有任何動靜。嬰兒在她身後哭了，而那女人——艾咪？——企圖要讓她安靜下來，搖晃著嬰兒。

無法神不知鬼不覺，只好靠速度取勝了。

「來吧，」她說，頭扭向最近的丘陵方向。「我們走吧。」

她原本害怕艾咪會猶豫，出現一些平民老百姓的舉動，然後呆住，但是那女人還滿有種的，眼淚沿著她的臉頰留流下，懷中抱著嚎啕大哭的寶寶。丈夫犧牲自己留下來，她還是做了必須做的事，開始移動。她們小跑步前進，雪倫監看四周，衝鋒槍隨時待命。空氣很冷，有冬天和藻類的味道。

進入樹林後讓她感覺好一點，掩護比較多，比較多空間可以讓她施展長才。再說，如果帕克博士說的沒錯，索倫可能甚至不會理她們。來到丘陵頂端，她稍微停下腳步往回看。

剛好看見一個削瘦的人影從後門進入屋內。

雪倫一把從肩上抓下武器，用瞄準器瞄準，可是她心知肚明這一點用都沒有。

艾咪看見小木屋裡的動靜。「我們必須折回去。」

「來吧，我們繼續前進。」

「我們可以幫忙。」

雪倫抓住女人的手臂，將她拉往丘陵開始下坡的另一側。「走。」

雪倫半是帶頭、半拖著艾咪，快步往馬路走去，她可以看見她的休旅車停在路肩。快到了，再加把勁、再加把勁。

一個聲音在她身後說：「雪倫。」

娜塔莉站在艾普斯坦的洞窟正中央，雙眼瞪視著。

大多數圖表都消失了，被懸浮在空中的一格格影片取代，新迦南特區周圍的即時影像。每個場景都是無法想像的災難，火焰、鮮血和煙霧。

她的女兒抓著她，娜塔莉知道自己應該叫她不要看，但她發不出聲音，只能瞪視著。看著一架直升機冒著火從空中墜落，數個人從敞開的艙門跳出。看著像座沉重小塔般的坦克旋轉車身，砲管對準五十碼外的運兵車，無聲地往回縮了一下，接著火焰炸出，那輛車便消失在一團久久不散的煙塵中。看著一束束光線打在四下逃竄的軍人之間，穿著戰鬥裝備的男男女女往四面八方跑，看不見的無人偵察機從上空投下炸彈，每一擊都撼動地面，將人們像破碎的洋娃娃般拋出，他們的身體扭曲、撕裂。

離他們幾哩遠的地方有上千名士兵，而成千上百人正在死去。

「你做了什麼？」她說，「我的天啊，你做了什麼？」

「我不想這麼做，是他們逼我的。」艾瑞克．艾普斯坦說，聲音顫抖著，用手背擦拭眼睛。「妳都聽到了，是他們逼我的。」

雪倫倏地轉身，那男人從一棵樹後面步出，手裡堅定卻又放鬆地握著一把衝鋒槍。她今天早上才看過這個男人，在離這裡一千五百哩遠的地方保護著約翰．史密斯。

「范米特。」她說。

「妳在幹嘛？」

他還沒拿槍指著妳們，目前還沒有。

「跟你一樣，約翰派我來追伊森．帕克。」她更用力抓緊艾咪的手臂。「這是他的老婆和小孩。」

「約翰沒有告訴我。」

「他都會把計畫告訴你，問你同不同意嗎？」雪倫聳聳肩。「我跟他當朋友十年了，關於約翰，我學到一件事，那就是他驚喜連連。」

「妳這個婊子！」艾咪掙扎著想甩掉她的手，「妳說妳在保護我們。」

雪倫讓她走，然後旋身，反手用力打了她一巴掌。艾咪倒抽一口氣，腳步踉踉蹌蹌。

范米特的眼睛是亮藍色的，很好看，但感覺沒有完全被說服。「博士呢？」

「索倫去料理他了。」她用拇指比了比肩膀後方，「在屋子裡。」

那雙漂亮的藍眼睛只閃神了大概一秒，雪倫移動，閃到一邊，然後單膝跪下，知道范米特的眼神會再度掃射回來，而視線移動的過程將為她爭取到她所需的那半秒鐘時間，就算他舉起了槍，雪倫也看得出他已經知道了。然後她殺了他。

嗯，約翰，是你告訴我要選邊站的。

她站起來抓著艾咪，說道：「來吧。」

槍聲讓寶寶又開始尖叫，艾咪的鼻子在流血，她看向那具屍體，雪倫看得出她已經開始了解了。她們跑向休旅車時，她沒有抗拒。她遙控開鎖，打開駕駛座的車門，艾咪跑向另一邊，雪倫說：「不。」

「什麼？」

「這邊。」她遞過鑰匙。「妳有可以去的地方嗎？」

「我媽媽家，她住在芝加哥。」

「汽油夠開到那邊了，不管怎樣都別停下來。」雪倫轉身，衝回丘陵朝小屋跑去。

電影裡的小木屋都有用玻璃罩著的槍架，庫柏可以擊碎玻璃，取槍出來用。不幸的是，韓德森度假勝地的負責人沒看過這類電影。

庫柏打開彈倉，倒出空彈殼。「你還有子彈嗎？」

「本來有，但是被——」

「偷了。好極了。」他往旁邊一瞥，看見電視正在播放懷俄明州的新聞。庫柏強迫自己別過視線，現在不是分心的時候。

伊森說：「現在怎麼辦？」

「我在想辦法。」

當他想到時，因為實在太顯而易見了，他有一股想要拍打前額的衝動。外面那兩個槍手都拿著衝鋒槍。

他將手槍放進口袋，開始朝門走去，然後僵住。你得思考，在這裡你不能仰賴天賦。

庫柏趴倒在地，匍匐前進，這動作需要用到核心肌群，而當他拉扯那些肌肉時，熱辣辣的疼痛穿過他的胸膛，還有心跳漏跳一拍的奇怪感覺。他喘氣，強迫自己前進，手肘、膝蓋、手肘、膝蓋。移動的玻璃碎片在他身上割出淺淺的傷痕。爬到窗戶底部時，他背部緊貼著牆，在碎玻璃中揀選了一塊六吋長、匕首般的碎片。他慢慢地拿著玻璃碎片往上移，調整角度好看見窗戶外面。

倒影像是蒙上一層紗，呈現半透明，但還是足以讓他看見整輛小貨卡。庫柏將碎片稍微往旁邊一傾，試著回憶那兩人到底倒在什麼地方。樹木和漸暗的天空，一團模糊，然後……

然後是索倫，以一貫冷靜不在乎的態度朝小屋走來，右手拿著長長的戰鬥匕首。

庫柏趕快放下碎玻璃，他的心臟像酒醉的鼓手一樣亂敲，沉重而且節奏錯亂。他的手掌被汗浸溼，十幾道小小的割傷滴出鮮血。

沒辦法拿到衝鋒槍的，一定得對上索倫。

選項。

後門也許能走，也可能會有一隊狙擊手奉命在外頭等著他們真正的目標。這很合理，索倫從前門進來，將他們驅趕到狙擊範圍中。

好，一扇邊窗，他們可以爬出去然後死命奔跑，衝進樹林中，但還是會遇上同樣的問題。

而且，你在耍誰啊，庫柏？你跑不過索倫的，現在不行。伊森可能可以，但之後他就得靠自己了，那跟殺了他沒兩樣。

他的雙手顫抖，深深吸了一口氣，感覺好像吞了剃刀。沒得選了。他們必須守株待兔，而最適合的地點就是在小屋裡。

但要怎麼做？上次他面對這傢伙的結果一敗塗地，而現在的情況比上次更糟糕。

快動腦！所有的東西都攤開來放在牌桌上了，賭盤轉輪的速度正在減慢，球就快滾落了。

他無法對付索倫，在一場公平的打鬥中絕對無法，那男人的天賦讓他異常強大，時間感指數十一點二，天啊。一眨眼的時間拉長成整整一秒，每踏一步感覺像五秒，這是一個奇怪又糟糕的天賦，一個——

等等，對大多數異能來說，天賦只是他們的一部分。

可是索倫的天賦不一樣。實際上，他就是他的天賦。

他的天賦完全形塑了他對這世界的認知。

他必須徹底依賴他的天賦，相信它所告訴他的事情。

——可以反過來利用、對抗他自己的天賦。

庫柏爬過地板，忽略疼痛的感覺，風險高到令人不敢置信。現在攤在桌上的不只是他的性命了，還有伊森的，以及伊森能給予未來的希望。這全都仰賴庫柏是否夠聰明。

「博士，你得再相信我一次。」他還拿著剛剛用來當作鏡子的碎玻璃，往身後一瞥，避開窗戶快速起身，將整個房間納入眼底，在腦中評估角度。「你看到那個櫥櫃了嗎？我叫你去的時候，你就趴下來朝那邊移動，然後進去裡面。不管怎麼樣都不要往回看。」

伊森大笑：「你是認真的嗎？」

庫柏也有想大笑的衝動，可是沒這麼做。客廳有條似乎通往廚房的拱形通道，雪倫剛剛出去的路線。「現在就去。」

萊恩諾．克雷坐在主位，環視著戰情室以及發瘋的世界，身穿制服的男男女女對著彼此大聲吼叫，講著電話，但所有人都盯著同樣的東西看。

超立體電視牆顯示著自相殘殺的美國軍隊。

偵察機從高處拍攝，顯示一排燃燒的車輛，還可以動的那些則就暴露位置朝彼此開火。

一架攻擊直升機在一隊奔跑的士兵上頭盤旋，發射子彈和閃亮的曳光彈，士兵腳步不穩、跌跌撞撞，彷彿有人在後面推了他們一把。

一個失去一條手臂的士兵在被炸爛的土地上爬著。

四處都是死者，不是成群被炸死，就是一一被槍殺。

戰術無人機迅速投擲下一束又一束光線，小型飛彈砸入地面，一個個爆炸，將沉重的坦克像玩具一樣拋出去，撕裂人體。

「發生了什麼事？」

沒人回應，他發現自己剛剛發出的只是嘶啞的聲響。克雷用拳頭往桌上一拍，說道：「發生了什麼事？」

參謀首長聯席會主席育弗．拉茲將軍是個有四十年資歷的老將領，身上的軍服因為別著從世界各地得來的動章而沉甸甸的，他看起來似乎想爬進桌子底下。「是個病毒，木馬病毒。他們一定早就植入我們所有的硬體裡了。」

「我們不能直接關掉所有儀器嗎？」

「沒有任何東西對指令有反應，病毒已經破壞了手動操控系統。」

「一支電腦程式正在屠殺成千上萬個美國士兵，我們只能坐在這裡乾瞪眼嗎？」

「我們正在處理問題，但目前──」

「將軍！」出聲打斷的士兵別著代表中尉官階的橫槓，將電話拿在耳邊，他需要刮鬍子了，雖然鬍碴這裡一片那裡一片的。好年輕，克雷心想，好多人，都好年輕。「有一通未經授權的飛彈發射指令，是ＢＧＭ－１１７。」

「復仇者飛彈？」拉茲看著克雷，「那一定是來自夏安的沃倫空軍基地。」他問中尉：「抵達新迦南特區的預估時間是？」

「長官，」中尉說，雙眼睜大、面容蒼白。「不是沃倫發射的，空軍司令部報告飛彈來自堅毅號，月神級攻擊潛艦，緯度三十八點四七，經度負七十四點四零。」

「北緯三十八，西經七十四？那是……」

「大約是在華盛頓特區東方一百哩。」中尉重重吞嚥了一口口水。

拉茲將軍將手指攤在桌上。「他們試過自毀了嗎？」

「沒回應，長官。」

「啟動所有彈道防禦設施。」拉茲轉身。「長官，我們必須馬上帶你離開。」

「飛彈正朝白宮飛來？」

拉茲點頭。

「你有辦法摧毀它嗎？」

「我們會試試看，長官，不過你得走了，現在就走。」

萊恩諾．克雷瞪視著螢幕，他的士兵正烈火灼身、流著血，看著圍繞桌子四周的官員，看著角落垂掛的美國國旗。

「長官，復仇者飛彈是我們最先進的科技，一小時可以飛超過四千哩，是音速的五倍，你必須離開了。」

你從來不想要這樣的。不想要這間辦公室、不想要美國分裂、不想要戰爭，你讓他人將你推到這個境界。

你知道怎麼做才是正確的，卻還是讓事情發生。

而現在好幾千人正在死去，還有一枚飛彈朝著美國民主的基座飛來。

它抵達時，你會在哪裡呢？

「是我下令攻擊的，我要留下來。」

「長官——」

「這是命令。」

將軍給了他一個讚賞的表情，然後俐落地點頭。「是的，長官。」

克雷站起來，從椅背抓起他的西裝外套穿好。他是名歷史教授，不是數學家，但計算不算太複雜。如果飛彈一個小時可以飛四千哩，代表一分半鐘就飛幾百哩了。

也就是說，他們只剩下三十秒。

「長官，乞沙比克灣的反飛彈裝置已經發射。」中尉閉起眼睛，咬著下唇。

白宮在一八〇〇年竣工，除了喬治．華盛頓之外的每任美國總統都在這裡辦公，兩百一十三年來它一直矗立於此，是美國所代表一切事物的象徵。

房間裡每個人都盯著中尉看，他緊握話筒的手指都泛白了，除了呼吸聲之外，鴉雀無聲。然後那個年輕官員的神態中，有什麼瓦解了。他垮著肩膀，垂下頭。

結束了，在他開口前，他們就都知道了。「不行。沒有接觸。」

十五秒。

克雷將外套的鈕釦扣好，站直身體，他的眼神掃視房間。真好笑，直到現在他才意識到誰不在場。

你這個小屎蛋，萊希，最少最少，你也該一起站在這裡。

他想說點什麼，想找到適當的用詞來賦予這一切意義。

但會是什麼呢？

五秒。他屏氣凝神，以為會聽到尖嘯聲，但想起飛彈本身比它製造出的聲音還要快，創造出各種自我毀滅的方法，是我們最聰明的時候。

「我很抱歉，」萊恩諾．克雷說，然後，「天佑美國。」

世界消失在白光中。

索倫行走著。

走過紅色的保時捷，他的手指沿著車篷滑過，金屬冰冰涼涼的。現在該由他來了結了，他是城堡，但已經不在最後一排守著，而是開始在棋盤上潛行，強勢進逼，準備將軍。

他的空無已經被粉碎了，他悉心蒐集而來的遺世獨立已經被揮霍完畢。是離開的時候了，但先為你的朋友做完這件事。

尼克．庫柏的出現令人驚訝。那男人真有韌性，但索倫看見了他手上還包著繃帶，也看到他踉踉蹌蹌跌倒的模樣，他所有的韌性所能做到的，只是往後推延終究會發生的事。

他走向小木屋，冷靜、警戒、專注在當下，從碎裂的凸窗望進去，他看得見客廳，一臺電視開著，看不出有人在的跡象……直到，雖然伏得很低但不夠低，他看見伊森．帕克蹲低身體快速衝向牆邊一扇門，一個櫥櫃，索倫利用他的時間感所給的餘裕，將裡面的物品分門別類，毯子和外套、釣竿和棋盤，帕克溜進裡頭，將門關上。

索倫暫停，花了在他感覺是三十秒的時間思考。那博士很聰明，而躲在櫥櫃裡是小孩的行為，尤其是庫柏也在房子裡，那就表示……

當然，一個陷阱，是故意要讓索倫看見伊森躲進櫥櫃，庫柏會等在某個可以同時掌握前門與櫥櫃動靜的地方。他微笑，想像約翰一定會覺得如此簡單的一步棋很有趣。

他忽略前門，小跑步繞過屋子。他拐過轉角時，四周的一切盡收眼底，池塘、樹木、那個叫雪倫的女人帶著艾咪．帕克和嬰兒進樹林，很好，現在沒必要處置她。

後門微開，一定是她逃跑時留下的。索倫靠近，放輕腳步，雖然知道自己會看到什麼，他還是小心移動，慢慢靠近門框邊緣。

尼克．庫柏站在廚房邊通往客廳的拱形走道旁，他背向索倫，拿著手槍瞄準前門，索倫幾乎要難過起來。那男人曾證明過自己足智多謀，他會在這裡再度失敗，但一定會奮戰到死。

索倫溜進門，四步就能抵達終點。

他踏出第一步，然後第二步，舉起匕首，扁平的黑色刀鋒很輕，就像他手臂的延伸。

第三步。庫柏用左手握著手槍，靠著牆壁，穩穩地瞄準前門，庫柏所有的注意力都放在他設下的陷阱上，但背後暴露出來，一點防備都沒有。

第四步。

索倫將匕首往後拉，對準庫柏脊椎骨偏左的地方，然後往前撲。

庫柏可以感覺到房裡的空氣波動，感覺到他的血液在血管裡脈動，可以聽見小屋細碎的嘎吱聲，聞到汗水和血的味道。他的手臂很痠，但還是繼續用手槍瞄準前門，一切都看現在了。他會有一個機會，唯一的一個，如果他失敗了，他們兩個都會死，他必須表現得完美無缺，為了他自己的性命，為了伊森的，也為了他的孩子們，還有他的國家。一個機會。

當他從他靠著流理檯放置的那片碎玻璃倒影看見索倫舉起匕首撲向前時，他轉身，一切都取決於這瞬間。他左手揮出那把沉重的手槍，祈禱自己是正確的，還有陶德在餐廳裡讓他看見的是真的，當他看見索倫往前衝，刀刃伸出、重心轉移，庫柏的天賦讀到了他和霓虹燈一樣清晰顯眼的意圖，然後他往旁邊一滑，用全身力氣將手槍砸向索倫的脖子。

那男人臉上出現的驚訝表情，是庫柏這一整天下來所見過第二美好的事物。

那一擊很猛烈，足以使人失去行動力，刀子從索倫手裡掉出，但庫柏沒有停下來品嘗這一刻的美好，而是繃緊身體揮出另一擊。這次重重打在男人臉上，然後那怪物倒下了，喘著氣跌落在地板上，喉嚨發出咕嚕聲。

「嗨。」庫柏說，然後他抬起腳，重重踩落，聽見手指像火柴一樣碎裂的聲音，索倫尖叫，用好的那隻手握住受傷的那隻。

「真有趣，」庫柏一跛一跛地走到索倫另一側。「我找到了自己為何打敗不了你的原因。你從來不攻擊，而是等我行動，然後將刀子放在我會出現的位置。但只要你一開始動作，我還是可以清楚讀到你的意圖。」

庫柏又抬起腳。「你知道我是怎麼曉得的嗎？我唯一可以讀到你的一次，就是你即將攻擊我兒子的時候。」他將那男人的左小腿像折樹枝一樣踩斷。「所以，我代陶德向你問好。」

索倫尖叫。

庫柏聽到外頭傳來更多槍響，和之前同樣快速的一輪槍聲，是雪倫的衝鋒槍，沒有反擊的砲火聲。很好，庫柏微笑，然後他試著靠在牆壁上，卻跌倒了。

一會兒之後，雪倫出現在廚房中，快速移動，槍往上指著。「尼克！」

「我還好，」他抓住她伸出的手，搖搖晃晃地站起來。「妳呢？」

「很好。」

「嘿，博士，」他朝另一間房間大喊，「你可以出來了，好人贏得勝利。」

地板上那名害他兒子陷入昏迷的男人扭動著呻吟，他的臉沾滿血跡、一隻手毀了、一截斷骨從小腿中穿出。庫柏看著，過了一會兒，他說：「博士？」

「庫柏。」另一間房間傳來伊森微弱的聲音。「我覺得你需要看看這個。」

他瞥了雪倫一眼，她正用武器指著索倫，庫柏一跛一跛走過拱形通道，經過牆上碎裂的圖畫和玻璃，到達伊森旁邊，他正盯著電視看。

一排坦克燃燒著，背景顯然是毫髮無傷的特斯拉天際線，四處都是屍體，好幾千具像地毯一樣覆蓋著沙漠地，組合屋悶燒著，黑色繩索般的煙霧冉冉上升，直升機嗡嗡穿梭在煙霧間，朝少數幾個還站著的士兵開火，然後影片切換到即時新聞。

不，不，不。

曾經是白宮的廢墟。建築物被一個巨大的坑洞取而代之，周圍的土地像地毯一樣出現摺痕與波紋。一縷濃煙遮蔽了大部分景象，但看得見四處都是殘骸。南騎樓的梁柱像小孩玩的積木散落一地，碎玻璃在成堆的石灰石、大理石和彎曲的鋼筋間一閃一閃的，紙張在風中翻滾，小小的火苗四處閃爍。塵土與血肉融合成一團邪惡的灰色。北邊草坪的樹木在燃燒，熊熊火焰像秋天落葉一樣搖曳著。

他向前一步，找到音量鍵。

「——一枚顯然是從潛艦發射的飛彈。白宮徹底被夷平，據悉，克雷總統當時也在白宮之中，以及……天啊。」主播哽咽，「是電腦病毒，異種發動的特洛伊木馬程式，部署在新迦南的兵力將自己撕成碎片，傷亡數以千計。我們——」停頓了一下，然後又一聲哽咽。「美國現在開戰了，我的天，我們內戰了。」

庫柏瞪著，看見他為之奮戰的一切都在燃燒。

他們再也不是站在懸崖邊緣，而是直接一頭衝進深淵。

他想也沒想就踹了電視一腳，螢幕被踢翻，往後砸到牆壁上，火花四濺。伊森跳起來說：

「我的老天！」

庫柏轉身，腳步蹣跚地走回廚房，索倫翻到一邊，躺著發抖。雪倫眼睛睜大抬頭看他。

「我是不是聽到——」

「對。」他往下看。

伊森加入他們，看到索倫，又說：「我的老天。」然後問道：「我的家人在哪裡？」

「她們很安全。」雪倫說，「沒人在追她們，艾咪要去她母親那。」

慢慢地，伊森點頭。「現在怎麼辦？」

現在怎麼辦？到底怎麼辦。

庫柏原本就知道這個計畫很難成功，知道他有可能因此喪命。相反地，他活下來了，還救了伊森．帕克一命，但這些都不重要了。白宮被摧毀，總統死了，美國內戰開始，約翰．史密斯贏了。

不行。

我不准。

「博士，你的上司考贊，你跟他很熟嗎？」

「當然，但他被綁架——」

「沒有，他假裝的。」

「他假裝的？」

「對，他還在外頭某處，手上握有我們最後一個希望的配方，你要幫我找到他。」他面對雪倫，「事情還沒結束。」

「尼克……」

「還沒，到我們放棄之前都還沒結束。除非我們自己讓史密斯贏。」他深吸一口氣，試著阻止雙手顫抖。「所有事情都土崩瓦解，但我們還是能反抗，只要我們決定這麼做。我們的孩子還活著，只要他們還活著一天，我就不會放棄。」

她看著他很長一段時間，他凶猛的女戰士，然後她慢慢點頭。「計畫是什麼？」

「妳要帶這個渾帳」——他指指索倫——「回去給艾普斯坦。」

「什麼？為什麼？」

「艾普斯坦說過，他是史密斯最親密的朋友，他比任何人都了解史密斯。」他從她眼裡讀到了贊成之意。「很好，我們需要他。」

「那我呢？」伊森說。

索倫在地板上呻吟，庫柏心不在焉地轉身往他太陽穴踹了一腳，他便一動也不動了。

然後庫柏看著科學家。「你和我，博士？」庫柏微笑，「我們要拯救世界。」

——第二集　完——

尾聲

這家小餐館有著布滿裂痕的富美家流理檯，櫃檯後方貼著醜小孩的照片。廚師看到他站在那裡，開口問道：「兩杯黑咖啡外帶嗎？」

男人點點頭，你快要有模式可循了，你以後不能再來這裡了。

他環視房間，一個肥男弓著背非常專心吃著盤子裡的東西，小小的超立體電視播放著一幕崩壞的景色，啊，對了，白宮。他聽說了什麼它被炸毀的消息——一個星期前，大概吧？——但是他太忙了，沒時間詳細了解。

「聽著，」其中一個工人說，「當時他們有可能發射核子彈吶！還可以轟炸曼哈頓，但他們沒這麼做，所以搞不好我們要——」

「已經給過變種機會了，」另一個人回答，「我們九十九個對他們一個，再來看看他們要怎麼用電腦病毒對抗刺刀吧。」

廚師將咖啡放在流理檯上。「四塊錢，喔對了，我叫札克。」廚師伸出手想跟他握手，胖胖的手掌被汗浸溼，而且指甲需要剪了。

亞伯拉罕．考贊博士看著廚師的手。「抱歉，我感冒了。」他將四塊錢放在檯子上，拿起咖啡，走出小餐館。

十二月上旬，天空是冰冷的白色，亞伯撕下其中一杯咖啡的封口膠帶，喝了一大口，然後又一口、再一口。喝完後，他將藍白色的空杯丟進垃圾桶，開始走路，南布隆克斯不算是小鎮上美麗的地方，可是他已經漸漸習慣了，沒人會想到要來這裡找——

那個在等公車的男人，你昨天不是也看過他嗎？

微風中有汽油和魚的味道，鐵網圍牆卡著的一點垃圾在風中發出嗡嗡聲。亞伯豎起外套領子，又走了五十呎，然後忽然轉身。那男人沒跟上來。

這不代表什麼，此時此刻可能有高空無人機正在搜索他的下落，政府探員、恐怖分子組織、艾普斯坦的間諜——一堆髒手在翻攪他的過去、檢視監視器影像是否有他的蹤跡、在他家裡翻箱倒櫃。

皮耶爾．居里就做了。

他昨晚忽然冒出這個念頭，這是確保他的研究成果永遠不會被偷走的方法。

那棟建築很低矮，沒有窗戶的三角形水泥塊。亞伯打開門閂，將拇指押上生物辨識系統，一排又一排螢光色的燈一一亮起，照亮了兩千平方呎的廢棄倉庫空間。私藏一部分艾普斯坦提供的資金來買下這地方，並依他的要求建造，實在容易到讓人想大笑。

巴里．馬歇爾也做了。

一排定向氣流防護衣懸掛在牆上，呼吸管路往天花板延伸，再過去是已經依照功能區分的一個個實驗臺：溼式工作臺、儀器臺、計算空間、冷凍器和試劑冷凍庫。一個壓力蒸汽滅菌生物指示物培養器、熱循環儀、一排離心機、一個微量移液管、三座DNA測序器。

這裡跟克里夫蘭那個被他拋下的實驗室一樣好，但沒人知道這裡的存在，就連伊森也不知道。要是那些渾帳想搶走他的成果，得先找到他才行。

喬納斯．索爾克也做了。

還有些東西要解決，一些癥結、問題、副作用，他們應該允許他執行這些測試的，不過艾瑞克．艾普斯坦的催趕和來搗亂的政府讓他沒辦法進行。

但他是個科學家，他的工作就是把宇宙給打趴在地，勒著它的脖子逼它吐出祕密。

亞伯又喝了一大口咖啡，走向冷凍庫，打開門，拿出注射器，裡頭的懸浮劑是乳白色的。

這太蠢了。

他撕開一包酒精棉片。

很魯莽。

捲起袖子。

但是皮耶爾．居里將輻射鹽綁在手臂上來證明輻射會造成灼傷。

用酒精擦擦二頭肌。

巴里．馬歇爾喝了一批幽門螺旋桿菌來證明胃潰瘍是細菌感染。

拿起注射器。

喬納斯．索爾克為他全家人都接種了小兒麻痺疫苗。

將針尖戳進肌膚中，壓下活塞。

而亞伯拉罕．考贊博士將非編碼RNA注射到自己體內，徹底改變了他的基因表現。

完成了，已經無法走回頭路了。亞伯將注射器放到一邊，放下衣袖。

他一直知道自己是個天才。

現在，是成為異能的時候了。

致謝

我虧欠的人多到一個尷尬的境界。

Scott Miller 和 Jon Cassir 是業界最頂尖的經紀人，有他們為我撐腰真好。

Thomas & Mercer 出版社的團隊太棒了，我的編輯 Alison Dasho 的編書技巧高超，肚子裡還一邊懷著小寶寶。那個小寶寶堅持要出世時，Alan Turkus 專業地接管了我的書，繼續編輯。Jacque Ben-Zekry 即將統治世界。Gracie Doyle 是公關天后。Danielle Marshall 是個神祕的天才。一邊喝酒一邊聊書時，Daphne Durham 所向無敵。Jeff Belle 是真正有原創性的高手。也謝謝 Andy Bartlett、Terry Goodman、Paul Morrissey，以及 Tiffany Pokorny。

我很感激 Alex Hedlund、Palak Patel、Joe Roth 還有 Julius Onah，謝謝他們不只致力於製作出一部電影，還是一部超棒的電影。謝謝 David Koepp 寫出了搖滾巨星級的腳本。

Robert Yalden，前美國特勤局員工，提供我許多關於白宮的細節，還分享了關於網路安全的嚇人看法。

大大感謝我的高中兄弟 Yuval Raz 博士想出了異能的基因是怎麼運作的，更不用說讓庫柏起死回生了。所有錯誤、不精確之處或者狂想全都算我的。

Jeroen ten Berge 的封面再度神來一筆，謝謝你從不輕易滿足。

Joe Buice 畫了故事開始時林哥陸軍海軍用品店的傳單，Nick Robert 設計了「正常了沒」的海報，兩人純粹是因為喜歡這本書才這麼做，這大概是有史以來最酷的一件事。

謝謝所有讀過故事草稿並給予意見的朋友和家人，特別是 Darwyn Jones 和 Michael Cook，兩位都是紳士和學者。

Majorie Braman 的編輯意見給了讓我改進的真知灼見，Jessica Fogleman 挽救了被我搞砸的地方。

我的好友 Sean Chercover 和 Blake Crouch 一路上幫了我很多，不只是因為沒有他們，這本書會變得很糟糕，而是因為如果沒有他們，這本書根本不會存在。也謝謝 Gillian Flynn 的大力支持。

謝謝**你們**，親愛的讀者，謝謝你們選擇了這本書，希望我沒讓你們失望。

我的家人是我的一切，謝謝賽基 1.0 一家，也就是我的媽媽 Sally，爸爸 Tony 和兄弟 Matt。

Jossie，妳是我所參與創造最好的一項作品，我瘋狂地以妳為榮，我愛妳愛到頭昏昏。

最後，g.g.，我的伴侶、我的妻子、我的生命，我愛妳。

【Echo】MO0052

異能時代II：美麗新世界
A Better World

作　　者❖馬可斯．塞基（Marcus Sakey）
譯　　者❖林詔伶
美術設計❖朱陳毅
內頁排版❖Rubi
總 編 輯❖郭寶秀
責任編輯❖許鈺祥
特約編輯❖林婉華
行銷業務❖力宏勳

發 行 人❖涂玉雲
出　　版❖馬可孛羅文化
10483臺北市中山區民生東路二段141號5樓
電話：(886)2-25007696
發　　行❖英屬蓋曼群島商家庭傳媒股份有限公司城邦分公司
10483臺北市中山區民生東路二段141號11樓
客服服務專線：(886)2-25007718；25007719
24小時傳真專線：(886)2-25001990；25001991
服務時間：週一至週五9:00～12:00；13:00～17:00
劃撥帳號：19863813　戶名：書虫股份有限公司
讀者服務信箱：service@readingclub.com.tw
香港發行所❖城邦（香港）出版集團有限公司
香港灣仔駱克道193號東超商業中心1樓
電話：(852)25086231　傳真：(852)25789337
E-mail：hkcite@biznetvigator.com
馬新發行所❖城邦（馬新）出版集團
Cite (M) Sdn. Bhd.(458372U)
11 Jalan 30D/146, Desa Tasik, Sungai Besi,
57000 Kuala Lumpur, Malaysia
電話：(603)90563833　傳真：(603)90562833
E-mail：cite@cite.com.my
輸出印刷❖前進彩藝有限公司
初版一刷❖2017年3月
定　　價❖420元

國家圖書館出版品預行編目資料

異能時代. II：美麗新世界 ／馬可斯．塞基（Marcus Sakey）著；林詔伶譯. -- 初版. -- 臺北市：馬可孛羅文化出版：家庭傳媒城邦分公司發行, 2017.3
面；　公分. --（Echo；52）
譯自：A better world
ISBN 978-986-94438-1-4（平裝）
874.57　　106002207

ISBN：978-986-94438-1-4（平裝）